玉堂留故

不知春将老 著

目录

第一章	天马养老院	003
第二章	原来姹紫嫣红开遍	007
第三章	食不厌精，脍不厌细	017
第四章	夜深忽梦少年事	028
第五章	人去楼未空	032
第六章	浮生如茶	048
第七章	流年晚景	054
第八章	花的青春	065
第九章	人生何处不相逢	079
第十章	酒不醉人人自醉	097
第十一章	玉堂春	108
第十二章	聚散终有时	119
第十三章	一波未平一波又起	131
第十四章	凤凰于飞	138
第十五章	结好趁佳期	145
第十六章	良夜	151
第十七章	流光容易把人抛	157

| 第十八章 | 人生得意须尽欢　　　169

| 第十九章 | 鸿雁在云鱼在水　　　178

| 第二十章 | 花田错　　　187

| 第二十一章 | 有难同当　　　199

| 第二十二章 | 青黄皂白谁能睹　　　207

| 第二十三章 | 狭路相逢　　　219

| 第二十四章 | 莱芒湖　　　231

| 第二十五章 | 当时只道是寻常　　　241

| 第二十六章 | 怨曲重招，断魂在否　　　250

番外　　　253

鸳鸯锦　　　255

云谁之思　　　282

夕阳之下　　　299

玉堂春好比花中蕊
王公子好一似采花的蜂
想当初花开多茂盛
他好比那蜜蜂儿飞来飞去采花心
如今不见公子的面
我的三郎……

第一章
天马养老院

刚刚下了一阵冷雨，晚凤园的水汽还未褪尽，大门口那丛梧桐树顶上，绕着一层薄薄的白雾。寂静的屋内，飘浮着那种温软、柔曼和热烘烘的彩妆的气息。门后一排挂钩，挂着几件戏服。床前有一张破旧的梳妆台，镶在台上的镜子擦得雪亮，可见它的利用率颇高。

陶斯甬倚靠在墙边，一头斑白的头发跟着翘了起来，显得有点凌乱。他回望了一眼门后，忍不住地从挂钩上摘下一件戏服，对了镜子穿在自己身上。才套上一只袖子，忽地闻到衣领上那股子熟悉的彩妆气味。陶斯甬不禁心中一凛，把衣服又脱下，抱在手里，鼻子凑上去细细地闻。

他做了几十年的男旦，至今仍然记得第一次登台唱的是《玉堂春》。蟾天宫的师傅曾说，这整个申城算起来，就数陶斯甬唱得最正派。

晚凤园外面一阵汽车的喇叭声把陶斯甬惊醒了。他猛然抬头，对着镜子捋了捋早已灰白的头发，提上行李箱，赶紧下楼去了。大门一开，那辆桑塔纳轿车就跟着驶了进来。这喇叭声对于陶斯甬而言，非常熟悉，自从他独自一人住到晚凤园以来，已经听了十几年了。

他晓得，今天或许是他人生中最后一次坐剧团的专用车了。因而一大早，他就已经穿戴好了衣物，屋子里也收拾得妥妥当当的。

这会儿车子一停，他就跨了上去。

车子行驶了二十余分钟，前头便要到天马养老院了。陶斯甬下意识地将车窗玻璃摇了下来，一阵冷风从领子里灌了进去。他伸出手来，想要抓住那不断吹着的冷风、树丛、郊野，却什么也抓不住。

对于陶斯甬这样已经七十古来稀的人来说，世界上最珍贵的东西，恐怕只有一样，就是光阴。光阴就像一块嫩豆腐，横切不行，竖切也不行，不论如何都得捧在手心里，随时都怕它摔碎了。可是不同的是，豆腐摔碎了，还可以去菜市场重买。光阴就不行了，一旦过去了，就再也回不去了。

车子停下的瞬间，陶斯甬理了理发鬓和衣角，而后提着他的行李箱，竭力沉稳地下了车。

天马养老院门口挂着的那块铁匾牌，早已经斑驳得生了锈渍。陶斯甬顿住了脚步，略微迟疑了一阵，深吸了口气，这才跟着走了进去。

从今天起，陶斯甬便算正式入住这座位于申城郊野的天马养老院了。先前，他总听一块唱戏的搭档跟他讲，养老院就是一个睡觉、吃饭、坐等着油尽灯枯的地方。一旦踏进那里，就跟一只脚踏进棺材没有什么区别了。

陶斯甬的老伴爱姝，早年因为心脏病突发去世了，但是陶斯甬也算不上是孤寡。他倒是有一个儿子，叫陶知远，只是自从老伴去世以后，儿子就再也没有出现过。每年年底，陶斯甬的银行账户上，都会固定收到一笔从瑞士汇入的外汇款项。除此以外，似乎他与儿子知远之间，便再也没了旁的联络……

大理石拼花的地面早已经磨得照不出人影了，头顶上的水晶吊灯晦暗地缩瑟着，发着莹莹的淡白的光。墙上有几幅寓意喜庆的花鸟山水画，这是重阳节的时候，市里几个画家来养老院送温暖时留下的。在陶斯甬眼里看来，这里的一切就像一个老式的国营招待所。事实上，在养老院的创建初期，它也确实是三星宾馆的标准。

"请问，您是陶斯甬，陶叔叔对么？您好，我是院长助理柳程程，我带您去您的房间吧。"柳程程一面热情洋溢地接过陶斯甬的手提箱，一面将他从公共服务设施区请进了生活楼里。

说起来，天马养老院院长助理这个职务，当初放到网上整整半年，都无人问津。柳程程算是唯一一个来应聘的年轻姑娘，应届大学毕业生，性子开朗，院长几乎想都没多想，就直接把人给招了进来。

老人们都很喜欢柳程程，只要有她的地方，准有笑声。在这冗沉的养老院里头，柳程程就像一朵饱满的向日葵，总是用向阳而生的笑容温暖着每一个人。

两个人并肩走过一段全落地玻璃窗的走廊，空间看着很是明亮，人的心胸好像也能跟着敞阔一些。沉默了一路，陶斯甬总算是开了口：“柳小姐，上次我就支付了半年的房租和伙食费。余下的部分，我会尽快再补给你们的，谢谢你们通融。”

柳程程顿了顿，微微笑道：“您的入门费、押金、房租和伙食费，这些财务都已经清算完了。有人一次性给您缴清了五年的费用，给您升级到了单人套房，您就放心住着吧。”

"五年？"陶斯甬凝视着窗外，心里头觉得好轻好空，似乎什么都没有了一样。他并没有开口去问柳程程，究竟是谁帮忙缴清了费用，只是垂下头，又恢复了缄默的状态。

……

养老院三楼棋牌室，麻将桌上，开裂的吊灯照着牌桌。洗牌的时候，牌桌上的几只扭花金丝镯子显得格外耀目。桌布是柳程程专门托人从国外带回来的英国货，几个老头、老太围坐一圈打着牌，好像个个也跟着洋气了起来。

"咚咚咚……"柳程程敲了敲门，探进头来笑着招呼道："哟，叔叔、阿姨，一早打牌又打上啦？"

吴丽娟抬起头来，满面欢喜道："程程，还是你带着旺气。瞧瞧，你人才来呢，我就已经自胡了一把了。"

柳程程眨巴着眼睛，俏皮笑道："那是吴阿姨您手气来了，挡也挡不住的。不过，冲着您这话，回头我可得吃您的红才行。"

吴丽娟铮铮锵锵地拢了拢腕上的四只扭花金丝镯子，脸上略有些得意的神色。她那一双眼睛眯起,透过柳程程的肩头望去,一下就瞧见了一个陌生的人影。

"这是新来的?"吴丽娟笑着问了一声。她的眼睛在陶斯甬身上转溜着,见他身上套着一件藏青色的套头毛衣,底下配一条浅灰色的薄呢裤,一头梳刷得妥妥帖帖的灰白头发,想着这人倒是看着比寻常的老头要讲究多了。

柳程程忙将陶斯甬让到了前头,大大方方地介绍道:"这是新来的陶叔叔,往后他就住3208房间了。"

"哗,3208房哦……"棋牌室内异口同声地发出了惊叹声。

| 第二章 |

原来姹紫嫣红开遍

3208房是天马养老院里头装修最好的单人套房，一对一护理制，整个户型足足有六十平方米。这套房的硬件设施非常完备，唯一的缺点就是贵，光押金就得先交个五十万块钱。住到这里的老人，多半都是掏不出这笔钱来的。因而这个房间看着就像一个穷摆设，一直空置着，少有人问津。

前些时候，养老院里还有传闻，这里要改建成一个乒乓球室。大家都没有想到，这会儿竟然还真有人住进去了，自然都觉得诧异。

陶斯甬并不喜欢牌桌上的这些目光，侧过身去避着，略略皱着眉头，对柳程程道："我想先去房间看看。"

柳程程带着陶斯甬前脚刚走，护工就送了毛巾过来，给方才酣战的老头老太们揩面醒神。

"啧，瞧见没，那姓陶的，还真舍得花钱呢。五十万块钱的押金哟，外头都可以直接买个精装修的单身公寓了，还住什么养老院呀！"吴丽娟从手边的小包里掏出一支香水的试用装，在脖颈后洒了一圈，慢条斯里说道："外头要是再雇个保姆，这日子怎么也比在养老院里要畅快，真不知道这人心里怎么想的。"

"这话也不是这样说，你们又不是不知晓，现在外头的家政市场里，保姆的素质残次不齐。说是叫进家里来照料的保姆，可要是运气不好，直接请回一个姑奶奶都说不准。好吃好喝供着不说，要是这雇主手脚不好动了，就是遭了虐待都没处说理去。"说话的是沈伯业，他那前额上的头发差不多脱落殆尽，只剩下脑后挂着一撮斑白的发块来。

沈伯业在申城鞍钢厂里，兢兢业业工作了一辈子，如今也算是天马养老院的资深住户了。算起来，他被家里孩子送到这里来，也已经有整整八年时间了。

吴丽娟不屑地从鼻子里冷哼了一声，她原是有话想说，想了想，又按捺了下去。她总觉得跟沈伯业这种没见过世面的人说话，是说不明白的。

桌子对面的罗无名，拿起手边的黄茶，啜了一口。他的眼睛本就小，这会儿更是眯成了一条细缝："要是没难处，谁愿意住到这儿来呢？就拿我说吧，从前收养了我们家小囡，就盼着将来帮着养老送终的。结果呢？她自个儿日子都顾不上了，更别提给我养老的事儿了。好在国家政策好，顾念我们这种老人，养老金月月给发两千多块钱，好歹有个落脚的地方。"

周诒环顾四周，终于忍不住开腔道："哎哟，看你说了半天，都没说到点子上。你们就当真没瞧出来，刚才那个姓陶的，是什么人么？"

吴丽娟觑起眼来，看着周诒，不以为意道："你这藏着掖着做什么？有话直说呗，我们哪晓得他是什么人哟。"

周诒脸上的褶子跟着抖了抖，哑吧着嘴道："那可不是咱们申城剧团里头，顶顶有名的男旦陶斯甬嘛。我还记得他自创了一派唱腔，就叫陶氏唱腔，他唱的那出《玉堂春》，可不得了。现在那些小年轻，我敢说，没一个能学得来他那神韵了。"

吴丽娟"哧"的一声笑："原来就是个唱戏的，难怪我看他那眼睛里有股子迷迷蒙蒙的神气。要是年轻个二三十岁的，肯定没少勾人魂呢。"

沈伯业反驳说："老吴，你这话说得就有些老不正经了。听下来，他可也算是个戏曲专家了，可不也得跟着敬几分呢？"

"呸……"吴丽娟转头啐了一口在地上,"什么专家不专家的,进了这养老院的门,可不就是个没人搭理的糟老头子么?跟你、我有什么区别?"

这话一出,几人都闭了嘴,一声不响了。

吴丽娟这话,算是实实在在戳到他们痛处了。

"吱呀"一声,柳程程开了锁,带着陶斯甬推门而入,一一介绍起屋内的设施来。

进门就是一个宽敞的玄关,进去一边是厨房,大理石的台面,还有微波炉、电磁炉。水槽上放满了碗、碟、筷子,各色器具应有尽有。另一头是专放被褥、衣物的六门大橱柜和木板床。客厅里放着一长两短的沙发,阳台是落地窗,采光极好,午后打盹再合适不过了。

陶斯甬一进门就注意到了,这房间内的装潢确实为老年人的生活便利处处都有所考量。包括浴室里,为了老人安全考虑的大小扶手,还有求助的警铃装置。若是再加上一对一的护工照看,住在这里倒是比从前晚凤园老楼还要方便许多。

"陶叔叔,这要是有什么事情需要解决,您可以直接在电话上拨个1。那是内线,直接通到我办公室的。另外楼下提供往返市区的接驳车,每两个小时一班车子,直接可以送您去就近的超市、公园什么的。您要是想出去散散心,可以提前告诉前台,我们帮您安排,"柳程程笑着将门给带上,"那我就不打扰您了,您先休息一会吧,今天也辛苦了。"

门一关,屋子里瞬间就沉寂了下来。陶斯甬缓缓踱步到沙发边上,吁了口气,面朝阳台坐了下来。他骤然瞥见茶几上搁着一只釉黑的花瓶,里面插着一束洁白的姜花。说起来,从前爱姝在世的时候,最喜欢姜花了。每次她去菜市场,总是要带上一束回家。

那些姜花的中央,有一两棵花朵开得正盛。陶斯甬走向前去,把那些零碎的枝叶拨开,在那一片繁密的姜花下面,他赫然看见,原来许多幼小的花苞，早已经腐烂死去。有的枯黄发了白斑，就那样吊在叶子上。有些内里已然发烂，浑浊的浆液在啃啮着花心，不断从里面流淌出来。

陶斯甬隐隐闻到那股花草腐烂的刺鼻腥臭味，心下不由得一紧。十几年过去了，他仍旧记得，那天下午，在人民医院的抢救室外，也飘着这种难闻的味道。他就守在抢救室外的走廊上，眼睁睁地看着灯灭了。爱妹被护士推出来的时候，已经没了生命体征……

"叮铃、叮铃"，电话铃声响起，打断了陶斯甬暗涌的心绪。他定了定神，这才拿起话筒，缓声道："你好。"

电话那头是前台的声音："陶叔叔，有访客到访，您稍等哈，一会儿护工会带您去会客厅的。"

访客？陶斯甬苦笑了一声，都到了这里了，还能有什么访客呢？

……

会客厅在楼下的后院里，这里栽种满了竹子。这会儿是冬季，石径上都挤满了脱落的叶箨。陶斯甬踩在焦脆的竹叶片上，一路响起窸窣的碎叶声。

陶斯甬才到门口，里头的人就迫不及待地迎了出来，握住他的手道："老陶，你怎么回事！不声不响的，一个人就住到这里来了！你还有没有把我这个老友放在眼里！"

来的是戏台上多年的老搭档许丁，陶斯甬倒是也没觉得意外，只是干笑了两声："嗓子都破了，唱不动了，还赖在晚凤园的房子里，浪费剧团的经费做什么？麻利地收拾走人，好歹不算拖后腿，总不至于被后生诟病。"

"糊涂！"许丁急得直跳脚，"我看你是越老越糊涂了，什么叫拖后腿？咱们剧团哥儿几个，什么没一起经历过？怎么就独独是你，嗓子坏了就一个人跑了，可真不够义气啊你！"

"老许……"陶斯甬沙着嗓音，神色满是黯然，"等回去，你就告诉剧团的人，说我好得很，就在这儿住下了。"

"你这是做什么？上个月还说好了，咱们组团去一趟瑞士，顺道去看看知远。怎么，你现在连儿子都不想看了？"许丁挠着头，话里有几分恨铁不成钢的劲儿。

陶斯甬捧起了手边一盏热茶，暖了暖手，吹开浮面的茶叶。他低头啜了口热茶，而后深深地舒了一口气，一开口，却是答非所问："老许，我记得上次，你带着幺孙儿可铮来咱们剧团里头，大家都挺喜欢这小家伙的。不过三岁的年纪，《唐诗三百首》竟能倒背如流，真是了不得啊！可铮、可铮，铁中铮铮，往后定然也是个争气的孩子呢。"

许丁脸上旋即泛满了得意的笑容说道："嗨，他那是班门弄斧，也就学个嘴罢了，叽叽咕咕的，谁晓得他背得对不对。而且啊，他比起你们家知远小时候，那可是差得远了。从前知远可是咱们这一片出了名的神童啊。两岁背诗，五岁上小学，十岁拿国际奥数金牌，十四岁就大学毕业了。任谁瞧见他啊，那不都得夸上两句啊……哎，不是，你怎么岔开话题，我……"

"咚咚咚"，此时响起了一阵敲门声。

"陶叔，到时间了，该吃药了。"护工手里拿着一杯温水和两板药片进来了。她小心翼翼地将东西置于茶几上，而后对着到访的许丁点头笑了笑算是打了个招呼，这才轻手轻脚地出了门去。

许丁觑起眼来，偷偷瞥了一眼桌上的药片。上头写的是一排排的洋文，许丁可谓一看三不知，光看那字母，就觉得脑门疼。

陶斯甬把药片取出，塞到嘴里。而后就捧起那杯温水，试着喝了几口："老许，有时候，我可真够羡慕你的。人活了大半辈子，到了这把年纪了，含饴弄孙，颐养天年，可不就是最大的幸事吗？"

"别光说我的事情了，还是说说你自己吧，你到底是遇着什么事情了？怎么就这么藏着掖着，不同我这个老骨头说一说？"许丁假意嗔道。

等到许丁再次抬头的时候，他却赫然发现，陶斯甬竟坐在那儿，垂着头，悄无声息地睡过去了。见状，许丁略有些吃惊地站了起来，他走到陶斯甬身边，轻唤了一声："老陶……"

"嗯？"陶斯甬吃力地睁开惺忪睡眼，含糊应道，"怎么，你要走了么？"

话到这里，许丁倒是确实不好再逗留了。看陶斯甬那样子，分明是体力不济，想来他今天在这儿是问不出个所以然来了。

"好了，老伙计，你回去休息一下了，看你困得。唠叨了一下午，也没见你说个正经，我还是先走喽。剧团那边，你走得太突然，许多事情还等着我去帮你了结呢。"

陶斯甬怔怔地思忖了半响，徐徐站了起来说道："也好，我是该回去睡一觉了。改明儿，你要是得空，再来杀一盘棋吧。"

"你就别送了，回去休息吧。"许丁再三叫陶斯甬留步，陶斯甬却没有理会，还是执意送他到了养老院的大门外。

临走前，许丁好似突然想起什么，又停住了步伐，转头对陶斯甬道："下个月十五，好像是爱姝的忌日是不是？"

"是呢，亏你还记得。"陶斯甬低声应了一声，眉眼里闪过一丝不易觉察的淡淡愁绪。往年，但凡是老伴爱姝的忌日，他总要去墓园，到爱姝的墓前唱一曲《游园惊梦》。这原是昆曲的保留曲目，可是作为京剧男旦的陶斯甬，昆腔底子却也很是扎实。许多人并不知晓，他除开京剧本行以外，能登台出演的昆曲剧目就多达二十余种。因而陶斯甬偶尔闲赋在家的时候，爱姝便总要他唱上那么几句，来过过耳瘾。

"原来姹紫嫣红开遍，似这般都付与断井颓垣。良辰美景奈何天，赏心乐事谁家院。朝飞暮卷，云霞翠轩，雨丝风片，烟波画船，锦屏人忒看的这韶光贱……"

只有在这个时候，陶斯甬才可以假装这一切是梦一场。或许戏唱完了，梦醒了，爱姝还是会静静地坐在家中，微微笑着待他归家。

"老陶？"许丁轻唤了一声，将陶斯甬从冗沉的过往思绪中拉回到了现实。

陶斯甬侧过身去,并没有去看许丁,只是略微垂下头道:"今年忌日,你就不必陪我去墓园了。我已经托人将骨灰从墓园里迁出来,转移到山上的庵堂里奉着了。有师傅帮忙看着诵经,总比我每年在孤墓前唱独角戏来得好。"

"这……"许丁诧异地张了张嘴,他心里突然有了一种不太好的感觉。陶斯甬一定是隐瞒了他什么大事了,要不然,不会无缘无故去迁移骨灰盒子。到底他们这一辈人,到死还是讲究一个入土为安的。

可是没有等到许丁再多问什么,陶斯甬便黯然转身离去了:"老许,你自己多保重,我得回去休息了。"

……

零零碎碎的光线,迤逦地折过窗台的细隙间,投入到屋内。深深浅浅的暗影,落在茶几上,寂寥地宣告新的一天的开始。

黑胶碟片跟着唱片机,徐徐地旋转着。一曲《四郎探母》从里间缓缓流淌而出。陶斯甬靠坐在沙发上,目光幽远地望着室外的草坪,心下一阵说不出的空泛。

"叮咚、叮咚",门铃响了。

陶斯甬缓缓起了身来,踱步过去开了门。却见是柳程程,手里捧了一束新鲜的姜花,站在门口。

柳程程笑吟吟地望着陶斯甬说道:"陶叔叔,我昨儿个瞧见您房间里的姜花好像有些败了。这不,我一早去花店买了一束新鲜的,这就给您换上啊。"

看得出来,这些姜花,柳程程是特意挑选过的,每一朵都饱满恣意,开得正盛。她将花瓶里的旧花换下,一根根细细插好以后,那些姜花便幽幽地透着清香。

柳程程转过身去,就发现陶斯甬在打量着这束花,她笑了笑:"您要是喜欢别的花草,尽管跟我讲,我可以再去帮您买。"

陶斯甬略略摇了摇头："不，姜花就很好，简洁素净，看着静心。从前我老伴在世的时候，也很喜欢呢。"

"喜欢就好……不过……"程程抿嘴笑着，将话锋一转，"早上的时候，护工赵阿姨上来跟我说，早饭送到您房间里，可是原封不动呢。是不是觉得清粥小菜寡淡，嘴里没味儿？要不然，我跟食堂的师傅说一说，再给您单独下一碗大排面？"

原来，她这个时候跑来，说的是早饭的事情。陶斯甬心里想着，别光看这小姑娘年轻，心思倒是比许多上了年纪的人还要仔细许多呢。"倒是我不好意思了。昨天夜里，嗓子疼了一夜，早上起来吃了药，胃口也不大好，就把早饭给耽误了。"陶斯甬歉意地笑了笑。

陶斯甬说话，总是比院里其他的老人还要客气许多。不过这种客气的背后，似乎还带着些许的疏离。他似乎把自己藏匿在了这个寂静的屋子里头，从来也没有想过要同外面其他老人打交道。

柳程程连连摆手，忙道："陶叔叔，您客气了。就是听说您没吃早饭，我有些担心，就过来瞧一眼。"

陶斯甬徐徐走到沙发旁，沉沉地坐了下来，低声说道："谢谢你了……对了，程程，还有件事情，我想拜托你一下。"

柳程程点点头："陶叔叔，我听着呢，您说吧。"

"关于我得病的事情……"说到这里，陶斯甬跟着顿了顿，半响，他才继续说道："如果我那些个老朋友，有再来问起的，还望一定帮我保密啊。"

柳程程道："这是一定的，我们养老院最注重院友的隐私问题了。该说的，不该说的，我们心里有数的，还请您放心。就是，医院那边，耳鼻喉科的杨佳医生，也有打电话来问过情况呢。她想要问您，什么时候回去复诊呢？说是上次说的手术方案，您这边还没有给答复呢。"

陶斯甬没有急着回话，径自走到了储物柜旁，把放置在上头的老式行李箱，颤颤巍巍地拿了下来。他当着柳程程的面，打开了行李箱，先从里头拿出一个化妆盒。柳程程瞥见那化妆盒的周身，红的、黑的，油彩都是涸开的。可见，陶斯甬已经有些日子没碰过这妆盒了。

陶斯甬又不紧不慢地从里头扯出一件鹅黄、一件嫣红、一件翠绿色的戏服来。这五彩斑斓的颜色，看着像春风柔情。如此精细的戏服，柳程程长这么大，也是头一次看到，心中的震撼是不言而喻的。

这是陶斯甬从前常穿的几样戏服，他一触碰到，就觉得心都要为之融化战栗了。他轻轻叹了一声，似是百感交集，而后竟就落下了泪来。他看看这一件，摸摸那一件，觉得每一件戏服都像是家人一般，亲切、熟稔、温暖。

柳程程原是拿了纸巾过来，想要递过去让陶斯甬拭泪。后来想想，似乎这种时候，做什么都有些不合时宜似的。于是她伸出去的时候，又悄悄收了回去。她愿意等着陶斯甬心绪平复的那一刻。在老人院这些日子，柳程程对老人这一群体有了很多新的认识。她开始意识到，人一旦上了年纪，情感就更为细腻、敏感，情绪上的浮动也很明显。难怪从前总是听人说，老人要当作孩子去哄，要多一些耐心，多半也是因为这一点了。

陶斯甬并没有过分沉浸在自己的世界中，沉默了片刻后，他低下头，轻轻用袖子揩了揩眼角。而后回过头来，对着柳程程不好意思地笑了笑："让你见笑啦。"

柳程程摆了摆手道："陶叔叔，不要紧的。倒是我，托您的福，还看上几件好看的戏服了。这些戏服的做工，可真是讲究呢，一看就知道不是俗物。"

陶斯甬轻轻叹了一声："这都是从前在蟾天宫唱戏的时候，我专找隔壁弄堂里的师傅定做的戏服，那手艺，如今怕是再也找不到了。做衣服也好，唱戏也好，那都讲究一个勤练功底。时候不到，火候不好，自然很难出得了好东西。可是现在的人呐，多半又怕辛苦，做什么事情都是三分钟的热度。热情过了，自然也就没了下文，这些老手艺，后继无人都是常态了。"

柳程程点了点头，替陶斯甬斟了一杯温水，关切道："陶叔叔，您说得对。不过说了这么一会儿了，嗓子该痛了。您喝口水，润润嗓也好的。"

陶斯甬接过杯子，轻啜了一口，这才接着缓缓说道："我是个唱戏的，一辈子就靠这张嘴吃饭……或许你知道的，我的声带出了问题。一年前，我已经进行过放射治疗了，没想到这么快又旧疾复发了。如今杨医生告诉我，必须要手术全喉切除才行。这对于我而言，是无论如何都无法接受的事实。咽喉癌这些玩意儿，我倒是并不太在意。人嘛，年纪大了，总归是有各种各样的病痛要经历的。可是如果失去了声音，这对我而言……"

陶斯甬哽咽了一下，顿了顿，又沙着声说道："程程，我知道，你是个好姑娘，是为了我这个老头子的健康着想，关心我，才说这些的。可是容我也说句不恰当的话，我宁可每天承受身体上的痛苦折磨，也绝不愿意就这样将声带从自己的身体里分离出去。这是我能给自己留下的，最后一点自尊了……"

"陶叔叔……"柳程程略微动容地抬起头来，望着陶斯甬。

他的眼睛，好似一瞬间从充满光亮的地方跌落到深渊里。

杨医生原来在电话里头再三拜托柳程程，一定要说服陶斯甬去接受手术。可是如今听了这番话，程程却是无论如何也开不了口了。

| 第三章 |

食不厌精，脍不厌细

"叮咚、叮咚……"门铃恰在这个时候响了起来。

陶斯甬朝着柳程程点了个头，她这才起身去开了门。此时此刻，门口站着两个意想不到的人。

吴丽娟早间刚做过小黄瓜切片的面膜，这会儿脸上跟着敷了一层脂粉。她那一双眉毛，描画成了最时兴的韩式一字眉。一瞧见柳程程果然在这里，吴丽娟便把手指翘起，盈盈笑道："哎哟，程程，你可叫我们好找。我都绕着咱们院里转了一整圈了，原来你躲这里来了。"

柳程程笑道："吴阿姨，怎么？有什么事情我可以帮得上忙么？"

吴丽娟一面拽住柳程程的手腕，一面时不时地朝屋里瞥上两眼，声调略提高了几分："我跟你说，我这会儿打牌，手气那就一个背。我一看不对啊，得找你这个福星来坐镇，看着我打牌才行。"

一旁杵着的沈伯业，朝着吴丽娟努了努嘴，悻悻道："瞧，我刚才说什么来着，程程一定在忙。老吴，我看你也别难为她了，先让她忙完手头的事情再来嘛。"

吴丽娟觑起眼睛，看着自个儿手上修剔过的指甲，曼声道："啧啧啧，瞧瞧，沈伯业，你说的都什么呀。都是一栋楼里住着，难不成，这程程只能先跟这屋里的排忧解难，我就得自觉往后靠呀？"

沈伯业摇了摇头："你都多大年纪了，怎么还跟小孩子一样闹。这样，咱们先下去，打一轮，程程这边忙完了，肯定就过来了嘛。"

柳程程见状，也并不生气，捧着吴丽娟手，仔仔细细地看了一番，而后由衷赞叹道："吴阿姨，你这指甲，做得太好看啦。是不是上一次，预约过上门服务的那一家呀？"

吴丽娟一听，突然就来了兴致，将指甲凑近自个儿手腕上的扭花金丝镯子，不无得意说道："可不是嘛，那一家呀，手艺没的说。你瞧，这种红，不扎眼，大气得很，配我手上这镯子，正好呢。"

沈伯业听了，不屑地轻哼了一声，想着这吴丽娟一把年纪了，还净把心思放在这些花哨的地方上，可真不正经。不过他也没多说什么，吴丽娟到底是嘴巴太厉害，他不敢惹，也惹不起。从前在家的时候，他就是家里最说不上话的，到了养老院里，就更不用说了。他想，性格这东西，到了这把年纪，是很难改变了。

"欸，那个陶师傅，你要不要下来跟我们一块打牌呀。"沈伯业透过门缝，瞧了眼里头坐着的陶斯甬，招呼了一声。

还没等到陶斯甬出声，就听着吴丽娟"哧"的一声笑："什么师傅不师傅的，你以为是修车的陶师傅啊，还是修脚的陶师傅呢？瞧这叫的样儿，可真是笑死人喽。"

沈伯业脸上一红，一下就急了，抖着嗓子喊道："嘻，老吴，我这好好说话着呢，你怎么净跟我抬杠啊？我是这意思吗？你就是曲解我的话！我叫他陶师傅，那不是多着一份敬重么。我就佩服有手艺的人，那是实干派，可不得比花瓶强多了。"

"花瓶？谁是花瓶？！沈伯业！你给我说清楚！不说清楚，你今天别想出这楼！"吴丽娟指着沈伯业，尖着嗓子叫了一声。

眼见着越发不可收拾了，柳程程忙上前，插科打诨地分散着吴丽娟的注意力，赔笑道："吴阿姨，沈叔叔他说的不是那意思，这就是沟通上的问题嘛，我帮他跟您道歉哈。对了，您快跟我讲一讲，今天做的指甲是哪个色号，我回头也去做一个一样的，看着真是好看呢。"

吴丽娟这会儿气头上，扭捏着说什么都不肯走，跺了跺脚："程程,你今天什么话都别讲,他沈伯业就是个孬种,今天要是不跟我说明白了,我就跟他没完!"

沈伯业怕麻烦,更怕同女人起争执。一看吴丽娟真闹起来了,晓得这是捅了娄子了,忙连声告饶道:"得,老吴,我今天不会说话。要吵,咱们下去吵,别在人家门口不行么?可叫人家陶师傅看笑话了。"

吴丽娟指着沈伯业的鼻子,冷笑道:"你还知道丢人呢,丢人就不该说这话!"

说话间,吴丽娟就觉得肩上被人轻轻拍了一下。她扭头一看,却诧异地发现原来是陶斯甬,正站在她的身后看着她。"实在不好意思了,各位,我要休息一会儿了,烦请你们去别处慢慢聊吧。"陶斯甬一面礼貌说,一面又瞥了眼沈伯业道:"倒是不用叫我陶师傅的,叫我老陶就好,谢谢你们啊。"

还没等吴丽娟反应过来,陶斯甬就轻轻地把门给关上了。

见状,柳程程忙对着门口喊了一声:"陶叔叔,您好好休息呀,我回头再来看您。"

她随即满面笑容地牵起吴丽娟的手,"走,阿姨,我陪您打牌去,今天不赢个十盘、八盘的,可不行呀。"说着,程程不由分说地将吴丽娟让到了电梯口,而后转头朝着沈伯业眨了眨眼睛。沈伯业哭笑不得地摇了摇头,他知道,这一次风波,算是勉强翻篇了。

……

夜里,陶斯甬翻来覆去,不曾好好安睡。

他突然又想起了从前,夜里一旦睡不着,只要把被褥轻轻转动一下,爱姝就会晓得,他这是醒了的。

爱姝总是会不厌其烦地起身来,陪着他一块谈谈日间的杂事,或者是关于儿子知远的种种。两个人轻声细语地说着闲话,似乎漫漫长夜不也不算难消遣。

可是自从爱姝去世以后,夜半醒来,身边连个说话的人也没有了。

那种苦凉的滋味，一旦从心间浸透出来，就会觉得连带着牙齿里都会跟着发凉。

陶斯甬越是睡不着，心里便越是烦躁。他血管里的血，也像他脑海里的繁复心绪一般，翻腾迸沸个不住。结果到最后，他浑身发热，额头的筋掣掣地跳动，真是再也不能在被窝里躺着了。他轻轻掀去被褥的半边，而后将身子靠着枕头坐起来，两眼望着那朦胧夜色的窗台，一动不动地发着怔。

这时候的养老院里边，比日间的时候更沉寂了。有时听见保安经过巡逻的声音，有时候好像又从哪里，被风送来了几阵狗吠声。除此以外，外边真是万籁俱寂。

隔日，陶斯甬还在迷迷糊糊地阖着眼，就被门铃声吵醒了。

他略略皱了眉头，隐隐记得一早已经电话跟前台交代过了，今天不用送早饭进来了，这会儿还有谁会来呢？想着，许是有护工找错门了，于是他索性又躺了下来，阖眼养神。

没多会儿，门铃又继续响了起来，陶斯甬被这声响闹得头疼。不得已，他还是趿了拖鞋下床去开门。

"老陶，还没吃过早饭吧？怎么样，要么一块去食堂吃一点？"说话的是沈伯业，他这一趟，专就拉着周诒一块过来的，就为了唤陶斯甬一道去吃饭。

陶斯甬牵扯了下唇角，略略笑了笑："不了，你们去吃吧，我没什么胃口呢。不过还是谢谢你们了。"

周诒一双眼睛，直愣愣地盯着陶斯甬看着，眼见着陶斯甬要关门了。她忙一个箭步上前，挡在了门前，对着陶斯甬笑道："陶老师，我是周诒。你或许不认得我，我可识得你呀。你从前在申城剧团演的那几出戏，我可是看了好几场！仔细论起来，我也是你的戏迷呢。真没想到，能在这里见到你哟。"

陶斯甬愣了愣，他仔仔细细地打量了周诒一番，好似这张脸，是有那么一些面熟的样子。于是他客气回道："这一句'老师'当不起呀，你客气了，你跟这位……"

说到这里，陶斯甬就顿住了，他似乎还不能想起沈伯业的名字。

"我叫沈伯业，你喜欢怎么叫都行。"沈伯业指着自己，笑嘻嘻地主动介绍。

陶斯甬干笑着点了点头，转头对周诒道："是了，是了，你跟这位沈先生一样，叫我一声老陶就好。"

沈伯业"咻"的一声笑："我可是地地道道的郊区小市民出身，在鞍钢厂做了一辈子的工人，又没什么学问，要我做'先生'，那可真是没羞没臊了。"

周诒笑道："好了，好了，咱们谁都别客套了吧。老陶，你跟我们一块下去吃饭吧，今天有现磨的豆浆，可新鲜着呢。吃的可就是这头一份，要是凉了，那味道就不对了。"

陶斯甬到底是面子薄，架不住沈伯业和周诒的轮番劝说。盛情难却之下，他只得换了一身还算体面的线衫外套，就跟着一块儿下楼去了。

天马养老院的食堂，设在东南的花园一隅旁。

陶斯甬随着沈伯业和周诒才下了楼，一阵凉风迎面而来，就把陶斯甬的线衫都给扬开了来。他拢了拢线衫外套，放眼望去，晨光映射在枯黄的草坪上，几朵枯叶就在上头打转。

隐隐约约的，他好似闻到了什么清香的气味，于是目光又到处追寻着，直到他看到花园的尽头，有许多白菊在那里开得正盛。他近身上前去，望着这些白菊，只觉得眼前亦有些朦朦胧胧了起来。这白菊随风飘动的样子，可真是像极了雪绒花。

知远十岁的时候，陶斯甬曾跟着剧团去瑞士的卢加诺演出。演出结束以后，他带着知远一块去了一趟附近的阿尔卑斯山。在阿尔卑斯山的半山腰上，知远就兴奋地指着那些雪绒花，连说："爸爸，这花真好看呐。"

风里摇晃的雪绒花，簌簌似雪。那个时候，陶斯甬绝没有想到，有一天,他和儿子之间亲密的关系,竟也会像雪花一样四处飞散开去了。

"老陶,你看这白菊,开得好吧?"沈伯业上前拍了拍陶斯甬的肩膀。

陶斯甬吓了一跳,下意识地缩了缩身子,直到看定是沈伯业,这才跟着笑了笑:"是啊,你看我,都看得入神了。"

"这可都是今年新栽的白菊,去年种的那批太娇弱,都枯死了呢。从前我可不知晓,原来菊花都这么脆弱的。"周诒在一旁跟着轻叹了一声,好似是在怜惜这花,又好似是触景生情想起了什么。

沈伯业摆了摆手:"嘻,什么脆弱不脆弱的,那是照看花园的人,不晓得种花是怎么一回事。从前啊,我们鞍钢厂宿舍门前就种了许多的菊花,那都是铺了吃剩的骨头、鱼刺,还有一些蛋壳,营养够了,那花就疯长呢。去年那批白菊,我看死得挺冤。"

"说起种花经,你可又是喋喋不休了,我现在可没心思听你说了,这肚子饿得呱呱叫了。你要说啊,咱们一会儿吃饭时再说。"周诒一面说,一面将陶斯甬和沈伯业都带进了食堂里去。

沈伯业自告奋勇地去柜台前帮忙点餐,周诒便带着陶斯甬在临窗的角落里落了座。这个时候,陶斯甬骤然瞥见对面的位置上坐着一个一身玫红长裙的人。那是吴丽娟,她总是穿得这么鲜艳,现在还戴了一副宽边的墨镜,指甲上是大红的颜色,跟血似的鲜亮。

陶斯甬只瞧了一眼,就略略皱起了眉头来,他很快移开了目光,望向窗外。眼见陶斯甬不说话,周诒为了打破沉闷的气氛,不住地说着不相关的闲话。诸如养老院门前偷吃面包的麻雀;寻上门来偷自行车的小贼;还有逢年过节跑来说是送温暖的小年轻,屁股都没坐热就跑了云云。

陶斯甬偶尔也跟着应个一两声,表示在听周诒说话。周诒说的都是形形色色的生活化的事情,实在跟陶斯甬内心深处所想的那些事情毫无关系。但他还是耐着性子听了下去,他看得出来,周诒也是一个很需要倾诉的人。至少她还带着几分礼貌,他也就愿意听下去。

沈伯业将新鲜的豆浆、油条、小笼包,一并端了过来,笑着对陶斯甬道:"老陶,快吃,刚出炉的呢,味道老嗲了。"

陶斯甬感激地点了点头,习惯性的从口袋里取出一块巾帕,把筷子从头到尾擦拭了一遍,这才放心用餐。

沈伯业虽爱吃小笼包,可是因着皮太薄,每回都是筷子夹上去就破了。汤汁尽数流在碟子里,非但享用不成,还搞得狼狈不堪。这一次,当着陶斯甬的面,他又如此这般地吃了一嘴油。

陶斯甬吃了一只带汤的小笼包,咸中带甜,又有股子浓浓的猪油香味。他倒是有些惊诧,没想到,这食堂里的师傅,还能有这样的手艺,一点也不比外头排长队的南翔小笼逊色呢。

看着陶斯甬吃得斯斯文文的,沈伯业自己倒是不好意思了,他眼睛只往自个儿盘里的小笼包上瞧了两眼,索性先去咀嚼起了油条来。

陶斯甬正想对沈伯业说些什么,却不料从身后传来了一声尖锐的笑声。

"晓得这叫什么伐?这叫自取其辱啊。有些人,就不是那斯文人。明明一粗人,偏跟人家硬生生地凑一桌吃饭,可不是露馅了?你不害臊,我还替你害臊呢。"吴丽娟抬了抬墨镜边缘,无不讥讽地嘀咕了一声。

周诒放下了筷子,扭头盯着吴丽娟,原是有冲动站起来与她辩驳一番。可是腰板才挺了起来,一看见吴丽娟那趾高气扬的架势,她一下又把气给咽了下去,只得偃旗息鼓地坐了下来。

这话自然是说给沈伯业听的,沈伯业也算听了个明白。想来多半是因为前次与吴丽娟结的梁子,她这是记仇了。沈伯业重重地干咳了两声,而后嘀咕道:"吃饭,吃饭,我从来不跟女人吵架。"

"啧……"吴丽娟以一个鄙睨姿态对着沈伯业,轻笑了一声,"什么不跟女人吵架,明明是被我戳到了痛处了嘛。人啊,还是得自个儿知道斤两才好。要么你问问人家，跟你一块吃饭，瞧你那满嘴的油腻，不嫌弃得慌吗？"

陶斯甬晓得，此时此刻，几双眼睛都在齐刷刷地盯着他看。他倒是不介意同沈伯业一块儿用早点的，反倒是吴丽娟叫人觉得聒噪不已。不过陶斯甬最是不屑与人争执，他的身子朝着沈伯业那里挪了挪。而后将天竺筷的尖头轻轻夹住小笼包的尖顶，手腕用着平时练功甩袖的那股子劲，慢慢悠悠地将那汤包提离了蒸笼。那小笼包沉甸甸的，薄薄的皮下是晃晃悠悠的汤汁。陶斯甬尖起嘴，略略低下头，在小笼包的边上咬了个小洞，喉咙滑动之间，那汤包也跟着渐渐干瘪。等到里头汤水吃得差不多了，他这才在小碟子里沾了一沾姜丝醋，一口送进了口中。为了不使沈伯业感到尴尬，陶斯甬在此间还与周诒照应着，与他说了几句无关紧要的闲话。

吴丽娟轻哼了一声，对此很是不屑。沈伯业将筷子重新转向那屉小笼包，成功地吃了一只下肚。他慢慢咀嚼了一番，觉得这可是他这辈子吃过最好吃的小笼包了。

陶斯甬微微笑道："咱们申城的食物，最讲究'食不厌精，脍不厌细'。特别是这小笼汤包，更是深得精髓。"

沈伯业抹了把嘴，笑道："可不是嘛，你看，我叫你下来尝一尝，总不算诓骗你吧？"

听着陶斯甬这桌，已然全然不在意地说起闲话来了，吴丽娟只觉得心下更生了闷气。她端起茶杯，喝了一口黄茶，这茶水在舌头上打了个滚，苦得很，才下了喉咙就跟着重重地咳嗽了起来。咳嗽得厉害了，呛得吴丽娟眼泪都出来了。她只得取下墨镜，揩了揩眼角。

见状，周诒忙起身过去探望道："老吴，你没事吧？"

吴丽娟仰起头来，却是一双大大的眼袋挂着，眼里尽是红血丝，看样子可真是憔悴极了。不过她还是一副不依不饶的样子，连连摆了摆手："不用你猫哭耗子假慈悲，我好得很。"她随即又狠狠瞪了陶斯甬和沈伯业一眼，这才转身离开了食堂。

"这个吴丽娟也真是的，我不过是好男不跟女斗，懒得跟她吵，她还顺着杆子往上爬，没完没了了。"沈伯业望着远去的那抹背影，咕哝道。

周诒摇了摇头，唏嘘一声："欸，昨儿个夜里，我睡得正好呢，就听见一阵哭声，凄凄惨惨的，可把我给吓得七魂六魄都要掉了。后来我才发现啊，原来是老吴躲在卫生间里哭呢……啧……可别瞧她平日里厉害，她那家里啊，也真是……"

"叔叔、阿姨，你们都在呢，太好了。"柳程程踩着轻快的步子走了过来，周诒即刻就闭了嘴，把话给重新咽回了肚子里。

"程程啊，怎么，有什么事情么？"沈伯业笑眯眯地问了句。

柳程程双手撑在桌面上，笑道："今天一早，院长找我去开会，说是呢，要响应市里的号召，丰富一下老年人的精神生活。所以啊，咱们养老院预备成立个兴趣班。我刚才已经去楼上征询过罗叔叔的意思了，他说还是以你们的意见为准，所以，你们可以多多提一提意见哦。"

周诒望了陶斯甬一眼，喜色道："这是好事呀，我就说，平时打牌都打腻味了，还是学学新东西好。活到老，学到老嘛。而且，咱们这可是有个现成的京剧大师哦，要不咱们学个戏得了？"

沈伯业先是愣了愣，而后很快就回过神来："对对对，老陶在行，咱们要不就组个唱戏的班。我虽没学过戏，可是平日里，没事也喜欢对着广播吊两嗓子呢。"

沈伯业一面说，一面就扭头看着陶斯甬示意。

陶斯甬垂着头，略略笑了笑，而后突然起了身来说道："抱歉啊，我身子有些吃不消了，该上楼去休息了，改日再聊。"

沈伯业与周诒面面相觑，眼睁睁地看着陶斯甬朝外处走去。

"程程，你看这……"沈伯业那叫一个丈二和尚摸不着头脑了，他压根不知晓，陶斯甬方才为什么会突然起身离去。难不成，这京剧大师脾气就不比常人，脸上风雨天晴全在一瞬间，还特爱摆谱吗？

可是也不对啊，方才陶斯甬还帮他出头了呢。

柳程程眨了眨眼睛："好了，沈叔叔、周阿姨，你们也别多想，估摸着，陶叔叔就是身子不清爽。我上去看一下哈，这兴趣小组的事情啊，咱们晚些再来讨论。"

眼见程程也走了，周诒这才重新坐回到了位置上说道："老沈，我看呀，这事儿没戏。你看到了吧，刚才陶老师那脸色哦，一下就不好看喽。我看这唱戏要是学不成呐，还不如跟我一块跳跳广场舞呢。反正也是健身，怎么都是好的。"

沈伯业撇了撇嘴："这唱戏吧，我还可以跟着你们一块练练。广场舞还是算了，我还不如找老罗下棋呢。"

……

"陶叔叔，这是今天的药。"程程亲自把药送进了房间里。

陶斯甬瞧了一眼，将药暂时放置在茶几上，而后示意程程在沙发坐下："我在想，这什么老有所好的事情啊，是市里这些年一贯以来都在提倡的。好端端的，怎么偏就在这会提起了。我看啊，这哪里是院长的主意，一定是你这想出来的吧？"

程程腼腆地笑了笑："陶叔叔好厉害，一下就被看穿了。是了，是我跟院长提议的，想着，这里的叔叔阿姨们平日里光打牌也不成啊，坐多了容易静脉曲张，对身体也不好。不如找些特别的兴趣爱好学习下，动动手脚。这样既长了见识，又对身体好，也能打发时间。赶巧您住进来了，我想这是个难得的机会，大家可以一块练嗓子，切磋切磋。我觉得总比一直闷在屋里头要强，您说呢？"

陶斯甬不置可否地笑了笑："打从住进这养老院开始，我就没打算再开口唱了。程程啊，你这可是给我找了难题了。"

柳程程凝视着陶斯甬，他千方百计不想做手术，要保留自己的声带，难道不是想继续唱戏么？可是如今听起来，又好似是封山不唱了，这就叫人有些匪夷所思了。或许，他是心下还有旁的顾虑吧？

"陶叔叔，这样吧，您要是不喜欢开腔啊，那就有空来听一听嘛。我预备啊，去市里再请别的老师过来教一教基础的东西。等开练的时候，大伙儿要是哪儿做得不好，您还可以在旁胁从指导一下，您看成么？"柳程程仍没打算放弃，竭力笑着邀请道。

陶斯甬指了指程程，而后笑着摇了摇头："你这小姑娘呀，千方百计的，就想着诓着让我出这房间门呢，我老头子可不上当。"

"嘿嘿。"程程低声笑了笑，眼见着陶斯甬换了一副玩笑的口吻，她便知晓，这事儿还没到不好商量的地步，兴许还有转机。

两人又说了一些无关痛痒的闲话，程程不厌其烦地交代了服药的顺序和注意事项，这才蹑手蹑脚地关上了屋门出去。

| 第四章 |

夜深忽梦少年事

夜里,陶斯甬在床上翻来覆去,睡得有些不太安生。迷迷糊糊的,他好像看到一片白雾之中,出现一个熟悉的身影。

陶斯甬不知怎的,只觉得心跳得厉害,他上前轻拍了那人的肩头。只听见"啊"的一声,那人诧异地回过身来,陶斯甬定定地看着她,那是年轻时候的爱姝呀。

隐隐约约的,陶斯甬好像又看到了他与爱姝初见时光景。那个时候,他刚下了戏,正匆匆赶出人民剧院,要去外头会师友。两个人就是在人民剧院的窗台下,极其微妙地见了第一面。彼时,两人只隔了几步之遥,陶斯甬低着头,缓缓而过。

因着平日练功的关系,陶斯甬走路的体态总是比旁人要轻盈许多。那一日,他穿着一身最为普通的蓝色布衣,裤脚随着脚步的点落而起起伏伏着。他的姿势、体态、神色,就似一叶扁舟,独行于江海之上。

才看了一眼,爱姝便已经深深为之沦陷。她心里莫名有一种随着铜锣翘起的节奏,仿若一颗心,也能跟着陶斯甬同行着。他身上的那种决然的风度与气质,是一身粗布蓝衣都掩饰不住的。

陶斯甬从来没有想过,在申城,还能有女孩像爱姝这样清丽透彻,就好似一块璞玉一般。她的琼鼻杏眼,但凡瞧上一眼,好似都能丢了魂似的。她对着他笑,却又一点都不轻慢,那种与生俱来的诗书气,真叫陶斯甬一下就着了迷。

剧院的窗台，就是西厢院中那堵墙，一样穿着蓝色布衣的现代张生与崔莺莺，便这样相识、相知、相爱了……

"斯甬，你看，前头的杏花开得多好，咱们一块去看看吧。"爱姝牵起陶斯甬的手，一下就闪入了一片杏花烟雨之中。

可是不知道什么时候这里下了一场雨，脚下的青苔湿滑，没走几步，爱姝便滑落了下去。陶斯甬心下一着急，忙拉了她的手想要牵住她。可是不管他如何去抓，似乎总是握不住爱姝的手，越是着急，就越是离得远了。

"爱姝！爱姝！"陶斯甬大声唤着爱妻的名字，一骨碌地坐起身来。

这个时候，他才突然意识到，原来方才不过是一场噩梦罢了。

靠在床背上，陶斯甬的背后早已经是湿漉漉的一片，额上也因着冷汗而泛了青光。床头柜上的那盏台灯，惨白地亮着，照着他的人影，疏疏落落的，可真是凄凉。

陶斯甬但凡一想起刚才梦里的情形，总觉得仍心有余悸。他旋即望了眼墙上的挂钟，不过才凌晨四点多，离天亮还早呢。心下不由想着，果然这人上了年纪，睡眠就浅，总是不容易一夜睡到天明的。

外头窸窸窣窣地下着雨，陶斯甬在屋内坐不住了，索性披了一件外套，到外头的走廊里透口气。不知道从哪里传了一阵穿堂风过来，陶斯甬身上那件灰色的线衫，也被风吹掀了衣角。那种冰凉沁骨的寒气，一下就从皮肤透进了心里。

陶斯甬朝着楼下张望了一番，此时此刻，虽然走廊上的灯都亮着，可是人都睡下了，周围悄然无声，再回身看看自己住的这间屋子，好像也跟着平添了一层寂寥。

不知不觉的，陶斯甬坐电梯下了一楼。这个时间点虽早，可是食堂的师傅们早就在这会儿开始预备今天的早饭了。

陶斯甬走过去，跟后厨的师傅们打了一声招呼，才转过身来，却看见一个女人坐在角落里，不知道在吃着什么东西。

这个时候，吴丽娟感知到了这一抹目光，她抬起头来，看到陶斯甬的一刹那，也跟着微微愣了愣。

想着昨儿个日间的不愉快，陶斯甬并不想再与吴丽娟起什么冲突。因而便掉转步子，预备去另一个角落的位置坐。

"咳咳……"吴丽娟似乎是被口水呛到了，她重重地咳嗽了一声，而后这才连忙喊了一声："也起早呢？"

陶斯甬倒是没有想到，吴丽娟会主动唤他。他转身望去，就看见吴丽娟手边放着一碗清粥，一碟酱萝卜和榨菜，还有一本……好像是法律相关的科普读物。

陶斯甬索性大大方方地在她对面坐了下来说："清淡小粥、两碟小菜，倒是也不油腻，蛮好的。"

吴丽娟干笑两声："还差一碟腐乳，就齐全了。"

陶斯甬微微笑了笑。

吴丽娟把挂在面颊两边的卷发往耳后刮了刮，整张脸一下就跟着显露了出来。这个时候，陶斯甬就瞧见，吴丽娟的一双眼袋早已经垂落了下来，那双浑浊的眼珠子，虽是转着的，却怎么也叫人感受不到生气。

"我知道，我说下面的话会很可笑，可是还是想问问你，能不能帮我一个忙。"吴丽娟一改白日里尖酸刻薄的样子，小心翼翼地试探着问道。

"忙？什么样的忙？若是违法犯罪的，我肯定帮不了，力所能及的，我自然是不介意的。"陶斯甬说道。

吴丽娟听着这话，虽是不大好听，但也晓得是自己该受的。于是她咬了咬牙，将手里的书页给盖上，说道："这养老院里头的人，我想你是最见多识广的。所以我想问问你，或许……你认不认识什么律师朋友？我要咨询一点私人的事情。"

陶斯甬双手环抱在胸前，仔仔细细地回想了一番，半晌方才回道："我想了半天，还真没有认识什么律师朋友，倒是辜负你的期望了。"

吴丽娟眼里是止不住的失落，不过还是勉强摆了摆手："得，当我没说吧，我这是病急乱投医了。"

作为一个年逾七十的老人，陶斯甬自然很明白，什么该问，什么不该问。即便他确实有些好奇，这个吴丽娟究竟遇到了什么难处？不过他还是把这种好奇心压在了心里头，并没有问出口来。每个人都有说不清楚的难处，又何必叫人难堪呢？与人方便，就是与己方便，这一点，陶斯甬很早想得透彻了。

吴丽娟或是觉得自己很自讨没趣，粥还没吃完呢，便低着头匆匆离开了。

陶斯甬突然意识到，吴丽娟这样的人，别看面上看着尖酸刻薄，很是厉害。实际上，在这深夜的食堂里头，她反倒是最孤独无助的那个人。

吃了一些白粥、小菜，又吞了几杯温水，陶斯甬这才姗姗回了屋内。他漱口净手，预备再躺一会，养养神。

哪里晓得，到了早上七点，楼下却跟着热闹了起来。起先，陶斯甬对这些窸窸窣窣，此起彼伏的声响，也并没有太在意。直到那骇人的咒骂声，源源不绝地传来，这才使得陶斯甬不得不趿了鞋子，出去看个究竟。

楼下的走廊上，熙熙攘攘地围满了人。护工、清洁工、住户，都在注视着发生在 2201 房间门口的闹剧。

陶斯甬挤进人群，只听着"哎哟"一声，就见着吴丽娟一个踉跄，应声跌坐在了地上。

| 第五章 |

人去楼未空

吴丽娟一面蹬腿,一面拍着地板嚎道:"你狗仗人势!真没天理了!逮着我这一把年纪的都能打,真真的黑心啊!呜呜呜……你们还拽我!就这样,就是老天爷也看不过眼呀!天打五雷轰!看不劈死你们这帮不是东西的!"

"啊呸!"这个时候,一个中年女人插着腰板,对着吴丽娟啐了一口,厉声吆喝道:"雷公劈死谁呢?劈死你这老不死的才好!你说你,人都住到养老院来了,心怎么还这么大?外头的那些个东西,你说说,哪样该是你拿的?你这会还不肯撒手,难不成,你预备要带进棺材里头去吗!"

吴丽娟即刻起了身来,用力去扳那女人的手指,狠声道:"好啊,你这该死的,可算是把心里话给说出来了吧!可是我偏就是这么命硬啊,该我的还是我的,我就是只剩下一口气,我也得拽在手心里,看我不气死你才好!"

这话逼得急了,那女人一下就红了眼睛,一口向吴丽娟的手臂狠狠咬了下去:"大不了,咱们同归于尽!"

"哎哟!"吴丽娟没命地尖叫了一声。

周诒原是躲在床铺后头,眼见着吴丽娟处于下风了,连忙又跑上前去拉架:"得得得,也不看看这都什么地方,这也能打起来,可真服了你们了。"

"好你个泼妇,你还敢跟我动手!得,反正今天大家都不要脸面了,我豁出去了!"吴丽娟也不知道是哪儿来的力气,一下就反手擒住了这女人的手腕,揪住她的头发,没头没脸的跟放炮仗似的,与其扭打作了一团。

所谓兔子急了也咬人,吴丽娟虽在身形上与那强壮的中年女人无法相提并论,可是但凡发起狠来,也是不容小觑的。起先,那女人还能跟着挣扎两下,到了后来,声音都跟着弱了下去,就剩一双脱了鞋的脚,在那儿踢着。

周诒实在是急了,随手抄起身边一盆脏兮兮的换洗衣物,一股脑地都往这女人身上泼了出去,糊得她满头满脸都是沾了味道的衣物:"滚!这里是养老院,不是你该撒泼的地方!"

……

天马养老院,特殊看护病房内,充满了一股子消毒水的味道,刺鼻的味道时不时地充斥着几个老人的鼻腔。

周诒坐在病床旁,将床头的大灯转暗。护工刚校对完氧气筒的开关,床头柜上的铝盘里,放着一堆刚才社区医生开的形形色色的药。

吴丽娟躺在病床上,眉头紧锁着,嘴里叽里咕噜地骂着,似乎睡梦当中也不得安宁。

罗无名从门边探出头来,对着周诒摆了摆手。周诒会意,替吴丽娟掖了掖被角,而后轻手轻脚地出了特殊看护病房。

走廊上,没有开灯,灰沉沉的一片,比外头暗多了。只有靠窗的地方,有些许淡白的光线映入。

"怎么样?这老吴要紧么?"罗无名见了周诒,禁不住担忧问道。

周诒摇了摇头,叹了口气:"这都一把年纪了,还跟人家打架,老胳膊老腿的,能挨得住几下打?还好后来保安来了,要不然,可真是不知道说什么好了。"

沈伯业哼唧了一声:"要我说,这闹事的,还真会挑时候。今天恰好程程请假不在,要不然,多少还拦着一点呢。"

陶斯甬坐在一旁沉思着,半响方才出声道:"这事情,我看还是要报警。"

"别……"周诒左右环顾了一番,做了一个噤声的手势,"陶老师,您是不知道呢,今儿个来的那人呀,是老吴前夫另娶的新嫁娘呢,可使不得。"

"哦……"联想到早间食堂里那本法律书,陶斯甬倒是也能推测出一些脉络来了。

听罢,罗无名跟着瞪大了眼睛说:"哟,我怎么从来不知晓这么一回事呢?"

周诒摆了摆手:"要不是今天老吴被打了,我还真不爱说呢,这到底还是人家的家事呢。"周诒先是叹了口气,这才把事情的缘由娓娓道来。

原来,这吴丽娟前两年,跟前夫离婚了。这前夫吧,也不知道是哪里来的门路,竟然另外娶了一房小他个二十岁的娇妻来。那女人叫刘绸,是从乡下上来的,因而办事一贯粗鲁,全无章法可言。去年末的时候,吴丽娟那倒霉的前夫不知道什么缘故,夜里突然心肌梗塞,说去就去了。这人死了吧,也就算了,偏还留下一套房产,上头写的还是他和吴丽娟的名字。那是当初离婚的时候,吴丽娟想着反正膝下没有孩子,分房子也没意思。因而就跟前夫商量好了,房子不卖,但是多出的房间,每个月出租的钱,都得给她才行。

不卖房子,还有个容身的地方,前夫高兴,吴丽娟也高兴,总算是皆大欢喜。可是到了小娇妻入住的时候,麻烦事就接踵而来了。刘绸始终觉得,这两人既然离了婚,怎么也得把这笔糊涂账给算清楚了。为着这事儿,刘绸没少闹过,可都被吴丽娟的前夫给硬压了下去。

现今,这人既然死了,事情也便另有说法了。刘绸仗着吴丽娟住在养老院里头,消息也不灵通,就自个儿做了主张,把房子内部全部拆了,重新装修了一番。房子不在她名下,卖自然不容易,可是到底是黄金地段,要出租,还是不难的。于是刘绸把原本租住在单间里头的租客给赶了出去，预备将新装修的房子重新投放到市场上去出租，以换取每月几千块钱的进账。等到吴丽娟得知这件事情的时候，刘绸已经收了大半年的房租钱了。吴丽娟也不是个会吃哑巴亏的人，知道以后当然不肯轻易罢休。

两个人就这样东拉西扯地耗着，吵吵闹闹的始终也没个结果。

吴丽娟并不是没想过要上法院去解决事情，可是她和前夫到底没有孩子。而刘绸呢，是他唯一登记在册的妻子，那么顺理成章这房子最后还是有她可以继承的一部分。可无缘无故送这个女人房款钱，吴丽娟实在是做不到。因而她就使得一个"拖"字诀，想着反正自个儿住在养老院里头，平日里也见不着刘绸，所谓眼不见，心不烦，倒也乐得自在。

显然，吴丽娟还是低估了刘绸这个女人的能耐。她吃过的盐虽然比刘绸吃过的米多，可是论闹事的手腕，她到底还是不及那刘绸半分。刘绸先是发动社会舆论的攻势，在网络社交平台上将事情歪曲渲染了一番，将吴丽娟塑造成了一个贪得无厌、为老不尊、发死人财的形象。

一开始，从全国各地打进来的电话和发来的短信，都叫吴丽娟有些不知所措。后来负面的信息太多了，吴丽娟有些支撑不住了，这才想着换了手机号码。原想着，只要换了号码，总归能平静一阵子了吧？可这刘绸就是不能用旁人的思绪去推测、去揣摩。就像今天，她直接就闯到了养老院里来，差些将吴丽娟给打残了。

几人听完，都唏嘘不已，罗无名连连摇头："没想着，老吴还挺有气性啊，竟然还有耐心跟这么一个女人耗着。换成我，早就怕了，巴不得早点把房子卖了透口气。钱要分了，就分了呗，那还不是保命要紧。"

周诒皱起眉头："要是换成咱们，兴许这事情，也就算了。卖了房子，分了钱，那便翻篇了。可那是老吴呀，连香水都要用进口的牌子，那么要好的一个人，怎么可能咽得下这口气。"

沈伯业原是想开口说些什么,听周诒这样说,话反倒卡在喉咙里,一时间也说不出口了。

"好了,问题既然已经存在,最要紧的就是解决问题。看起来,她家里头也没有旁的人可以倚靠了,那么这事情,我看还得找人来帮忙出面,去找那位刘女士谈一谈,看看人家和解的条件是什么。"陶斯甬徐徐说道。

"对,就这么办。我看明天,等程程上班了,咱们去找她去。程程这姑娘热心,想来这忙,怎么也会帮的吧。"沈伯业帮腔道。

陶斯甬捏了捏鼻梁,沉声道:"咱们住在这养老院里头,程程的义务是看护好这范围内的事情……这事儿找她,怕是她也为难呢。"

这盆冷水倒下来,几人面面相觑,真当是彻底没了声响了。

隔日,程程闻讯,匆匆赶到特殊看护病房的时候,吴丽娟还在昏睡当中。

她照看了一番,这才蹑手蹑脚出了房门。

彼时,柳程程抬起头来,忽然就看见陶斯甬、罗无名、沈伯业、周诒齐齐地站在门口看着她。他们刚一块在食堂吃了个饭,这会儿就相约再来看一看吴丽娟。

"哎哟,叔叔、阿姨,你们到得这么齐整啊,可把我吓了一跳。这是怎么了?你们是有什么话想说么?"程程一面拍着胸脯舒了口气,一面笑着问道。

"程程啊,我们……"沈伯业刚要开口,就看见陶斯甬使了个眼色过来。他晓得,昨儿个陶斯甬就把利害关系说清楚了。这事情要是跟程程讲,她兴许是会应下来,可是相应的风险,也都得由她承担了去。

要说平日里,养老院几个人,可都没少受她照顾,要是万一因为吴丽娟的事情,程程被院长给责难了,或者在外头惹了麻烦,那就不好办了。

许久,程程都未有得到答话,于是抿嘴笑了笑:"好了,我知道了,你们是担心吴阿姨吧？其实就算不碰见你们，我原本也是打算要来找你们商量一下的。"

周诒眨眼，小心翼翼问道："怎么？程程，这是……"

"吴阿姨这事情，很早以前我就听过一二了。只是当时没有想到，事情会发展到这个地步。按理说，这事情是吴阿姨自己的私事，我也不好插手管的。可是想来想去，我这心里头就堵得慌，先是自己那关就过不去了。吴阿姨没有孩子，也没有旁的亲眷可以帮她出面了，我想，还是我悄悄出去看一看，或许事情还有解决的可能性呢。"程程一面说，一面有些不好意思地低下了头来。

柳程程这一番话，确实是真心话，可是她只是这个养老院的院长助理而已，与吴丽娟非亲非故的，突然这样说出来，似乎有些唐突。又或者，这些叔叔阿姨们，还会觉得她年轻气盛，不懂得社会上的深浅吧？

陶斯甬面上的肌肉略略抖了抖，他望着柳程程，心里一时倒是说不清楚是什么滋味了。他没有想到，程程这个姑娘，竟然单纯至此。说起来，从前出门买菜的时候，他也摔倒过几次。一看见他一把年纪了，也不是每个人都有胆量敢随随便便上前来扶的。每每这个时候，陶斯甬只得无奈地说："这都是我自个儿不当心摔的，不赖你们。"这才有人敢上前，将他给扶了起来。有时候想想，社会上形形色色的人和事情太多了，也不怪他们如此小心。可是今天柳程程的这番话，却不得不叫他感到动容了。他看到了柳程程纯粹的心，也看到了她不同于一般年轻女孩子的那份担当。

"哎哟，程程，我就知道，你是个好姑娘。"沈伯业上前，拍了拍程程的手，激动道。

"嘘……"罗无名做了个噤声的手势，"小心被人听到，跟院长去多嘴呢。到时候，程程指不准还要被骂多管闲事，那不是吃不了兜着走嘛。"

程程"咯咯"地笑了起来，她心里暖融融的。想着，就是冲着这些老人们维护自个儿的那点心思,这事儿,她也得帮吴丽娟给办了。

陶斯甬原本是不想开口的,到了这会儿,他努了努嘴,还是禁不住开腔道:"程程啊,你可想清楚了,这事儿你要是揽了下来,将来所要面对的情况,也许是很复杂的。"

程程调皮地眨了眨眼睛:"谢谢陶叔叔关心,有我男朋友陪我去呢,他可是跆拳道黑带呢,一对四都没问题。"方才紧张的氛围,一下就被程程的玩笑话给逗弄开了去,大家都禁不住小声笑了起来。

程程并不是一个鲁莽的人,在去谈事情之前,她也是有专门去看相关的法律文书,了解情况的。

这一日恰是周末,她的男友姚光潜也不用上班,两个人就相约一起去吴丽娟与前夫共有的老宅一趟。

老宅位于市中心的弄堂里,是里头唯一的旧屋。前后都是高楼,这老宅就好像一个肉夹馍里的肉块,被团团围困住了。程程之前虽然有心理准备,但是待得跟姚光潜一块到老宅前的时候,还是吓了一跳。老宅如今斑驳得像从泥里挖出来的棺材板,门上的把手也早就不见了踪迹,替代它的是一根铁丝,勉强围了一个圈。墙头上的瓦当草高高地耸立着,看起来这地儿压根就不像有人住的样子。墙角呢,也有数不清的野花,看起来生命力很是顽强,把整堵墙都给挤得有些东倒西歪了起来。程程觉得,她这会儿要是轻轻一推这墙角根,指不准整面墙立马就会倒塌下来。

她长长地叹了口气,心下感慨万千。

"怎么了?"光潜见程程眉头有些皱起,关切地问了一句。

程程抿了抿嘴,半晌方才开口道:"这房子亏得在市中心,寸土寸金的地儿,这全赖着地段保着身价呢。要不然,破成这样,随便换个地方,恐怕早就没人搭理了。"

光潜点头道:"是了,刚才我乍一看,也吓了一跳。没想到,咱们市里,还有这么破的老宅子,还以为早就拆迁光了。"

程程回过头,瞥了眼光潜,轻声道:"你可总算说到点子上了,这房子，据说明年真是要拆迁了……"程程说罢，深深地吸了口气，而后敲了敲门。半响，里头都没有人回话。于是她绕到墙角的窗户底下，试探着唤了一声："请问，有人在么？"

这个时候，程程听到，里头的院子里传出了一阵泼水的声响。从墙角的窗台那里，倏地便探出了一只头来："谁呀？"

程程忙上前，笑脸相迎道："是刘姐吧？你好，我是柳程程，是天马养老院的助理，这一趟，是有事情专门来找您的。"

"天马养老院？"刘绸喃喃了一句，而后不耐烦地把窗户关了，"不认识，不见不见。"

"砰"的一声响，窗户重重地关了上去。墙上的墙粉跟着簌簌地往下掉，程程无奈地望了光潜一眼，果然吃了一通闭门羹。

……

第二天一早，刘绸起了个大早，开了门，挎了个小包，就预备去菜市场买菜。哪里晓得，一出门就看见柳程程和刘光潜站在那儿，满面堆笑地看着她。

"哎哟，你们俩这是干嘛，一大早的，可吓死我了！"刘绸说着，嫌恶地甩了甩手。

"刘姐，我们就借用您几分钟的时间，说几句话，不会影响您去买菜的。您看，是不是能跟我聊一聊呀？"柳程程一面说，一面将手里的一套进口化妆品递了过去，"这是送您的礼物，也不知道合不合心意，还请您笑纳。"

刘绸眼角的余光瞥了眼，好家伙，这小绿瓶可是瑞士的高端护肤品，她也就在商厦里远远地瞧上过一眼，可真没舍得买。

"哎哟，真是怕了你们了。行了，我就给你们几分钟时间啊，你们说完就走。"刘绸毫不客气地拿过柳程程手里的护肤品套装，而后将人带进了院子里头。

刘绸穿着一身鲜艳的长裙，耳朵上垂着两条细细的金链，脚上的鞋子也是高跟的，看得出来，她也是很喜欢打扮的一个人。

房子外头破败，但是里头却不尽然。毕竟是刚装修过的，现在看起来，还算过得去。进了门，柳程程抢先一步，对刘绸介绍说："我是天马养老院的助理柳程程。"而后她又转头指着刘光潜道："这位是我的男朋友，姚光潜。"

程程面带笑容，先跟光潜找了俩缺脚的板凳坐了下来，"真是没有想到呢，刘姐原来这么年轻漂亮，果然这一趟还是要来的。原来我们刚到外头的时候，还想着，这屋子可真老旧，可是您住在这儿啊，总觉得好像屋子也带光了。"

所谓伸手不打笑脸人，刘绸拢了拢发鬓，脸上略有了笑意："噢哟，瞧瞧，现在的小姑娘哦，可没几个有你这么会说话的。"

程程又恭维了一句："那也不是什么时候都能这样说的，好看就是好看，我也说不得假话的。"

"老了，老了。先前，刚结婚那会儿，我还真算得是一枝花呢。可是被这老头一张嘴巴诓骗着，嫁了过来，都没什么时间保养。张口闭口，那都是吃吃喝喝要钱的，日子可不是过得愁死人。"刘绸挑了挑眉梢说道。

姚光潜应承道："那也得够能干，才能操持一个家呀。"

刘绸叹了一声："跟着耗了大把的青春，老头死了，啥都没留下，只留了这么一破房子。房子租出去，手里头好歹还能有几个流动的钱。诶，我也是很不容易的。"

程程和光潜都是聪明人，刘绸这话一出口，他们便明白里头的意思了。"是啊，这年头，过日子总得精打细算，不容易呢。"程程一面笑说着，一面给刘绸递了张纸巾。

刘绸揩了揩眼角，软中带硬道："所以吧，这事儿，你们也别瞎掺和，该管的，不该管的，得拎得清楚。"

程程与光潜对视了一眼，而后转身笑了笑："是了，我就是都了解过了，所以今天才来找您商量的嘛。您看，这房子，本来就是吴阿姨和您先生共有的资产。法律上来说，这房子还得经过一个继承的手续,才可能转到您的名下。现在这房子屋主名字也没有变更,那么吴阿姨还是主要的房产所有者嘛。"

刘绸冷笑了一声,跟着跷起了兰花指,掸了掸身上的灰,曼声道:"那吴丽娟住在养老院里是好了,有人帮衬着,有吃有喝,她能愁什么?你们看看我,钱没几个,人要多辛苦有多辛苦。这房子修缮、看顾、出租,哪一样不是要我亲力亲为地看着,钱和精力付出多少哟。"

程程听了,只觉得这个刘绸有些蛮不讲理,不过脸上始终隐忍不发,仍旧笑着说道:"是了,刘姐说得对,是这么个道理。可是,如今您先生到底是不在了。若是他还在世,那他和吴阿姨商量好了,这房子就是送给您,那也算不得什么事情呢。可是偏偏现在就是只剩下吴阿姨这一个屋主了呢……"

光潜在旁边帮腔道:"我这一看刘姐就知道,心地好着呢,生怕房子没人管,才主动把担子给挑起来了。这别人看不出来,我们可是看出来了。"

刘绸轻声哼了一声:"可别急着给我戴帽子,这老头原本是家里的顶梁柱,如今柱子倒了,屋子还能维持到什么时候呢?我也就在这破地儿混口吃的,讨个生计罢了。"

程程见刘绸软硬不吃,于是又说道:"要么这样吧,刘姐您要是觉得合适,要么我定一个时间,接您去我们养老院,大家一块坐一坐,具体深入地聊一聊,您看怎么样?"

刘绸百无聊赖地坐着,似乎丝毫不为眼前这两个年轻人的话所动。她不过细细欣赏着自己手指甲上的小太阳,一双手翻来覆去的,一会儿迎着初晨的太阳照了照,一会儿抠了抠手皮,全然当他们是空气一般。

"刘姐……"程程又唤了一声。

刘绸吁了口气,瘪着嘴道:"我说,你们俩可真够不识相的啊,非逼着我骂街才好呢?也不能怪我这张嘴说得难听,实在是你们拎不清爽,都不知道自个儿说的什么玩意儿了。别的不讲,她吴丽娟在养老院里住着,什么也管不着。可有我在这儿住着,就好比家里请了尊门神,能不放心吗?要是家里头没人,天晓得还能闹出什么动静来,就凭吴丽娟那点本事,真要有什么情况,她能招架得住?别开玩笑了吧,那还不就是把房子给作死了嘛。"

话到了这会,纵然程程脾气再好,也坐不住了。她气得嘴都发了白,勉强笑道:"这样说来,吴阿姨每个月还应该给你钱才对了?"

刘绸起了身来,拿着手包打在程程和光潜身上,赶着人道:"话不投机半句多,我可真是吃饱了撑的要跟你们说话。"

"砰"的一声,重重的关门声。

程程面色煞白地望了眼光潜,两个人面面相觑,久久无言。

……

回去的出租车上,姚光潜嘀咕了一声:"程程,我就说吧,你去买那么好的护肤品干嘛。你自己都不舍得买这么好的呢,可抵得了你一个月工资了,还真下得了手去买。买就买了吧,偏偏人家还不领情,可不是撞了一鼻子灰。"

程程目光望向窗外:"要是没这护肤品,咱们今天早上连门都进不去。"

光潜摆了摆手道:"好了,我也不是要找你吵架的。我就是想,看这个刘姐也不是个好说话的,恐怕一时半会儿也说不动她。要不,这事你就别管了吧。那个吴阿姨,跟你非亲非故的,管这闲事干嘛?"

"光潜!"程程突然加重了语调,"你要是不赞同我的想法,那你一开始就不要和我一起来嘛。什么叫非亲非故?养老院里的叔叔、阿姨,都像我的亲人一样!你不好这么说话的!"

"好了,好了,我就抱怨个两句,看看,你倒是先着急了。"光潜用手扶住程程的手肘,忙放低了姿态说道:"可是你也看到了,今天刘姐那个态度,我估计,你就是在门口把石子路给坐穿了,人也不会出来跟你好好商量的。"

程程咬着下唇:"要是这房子的事情不处理好,恐怕吴阿姨接下来的房钱都凑不出来了,现在用的可都是她之前放在财务那里的押金呢……"

"这是蛮可怜的,可是你也没能力帮她呀,还能怎么办呢?我说你就……"

"光潜,别多说了,这谁人不会老呢?人这一辈子太久了,生老病死,谁都会经历的。难道,你老了,没能力了的时候,遇到难处,不会希望有人能帮帮你么?"程程哑声说道。

姚光潜沉默了一会儿,而后叹了口气道:"我为先前的话道歉,事不关己高高挂起这种态度,是不应该的。"

"我本来就不想跟你吵架的,算了,不讲这个了。你倒是好好动动脑筋,帮我想一想,还有什么办法呢?"程程发愁道。

姚光潜顿了顿,眼中突然闪过一丝光,拍了一下大腿道:"有了,有了!"

"有什么了?哎呀,你倒是快说呀,可急死我了。"程程抓着光潜的胳膊说道。

姚光潜刮了刮程程的鼻子:"快,先夸夸我,我才说。"

程程脸色一红,偷偷看了眼汽车后视镜,司机师傅似乎没有关注他们的谈话,这才略略松了口气:"好了,我宇宙第一聪明、帅到惨绝人寰、善良到花儿都羞愧了的光潜,快告诉我吧,你想到什么了?"

光潜神神秘秘地笑了笑:"你想啊,这吴阿姨虽然没有儿女,也没什么亲眷了,可是人刘姐不一样啊。她总有什么亲戚朋友在申城或者周遭吧?总不至于这么巧,她也就剩自个儿一个人吧?要不试试,去找她的亲朋好友,看看能不能说得动人出面,做个中间人。"

"对哦,我怎么没想到这一层呢。哎呀,光潜,你这脑瓜,可真不是盖的。"程程兴奋地"吧嗒"一下在姚光潜额头上亲了一口。

姚光潜搓了搓手说:"一个不够,再来一个。"

程程摸了摸光潜发烫的脸,又轻轻在他脸颊上点了一下。

"哈哈,你们这些年轻人啊,谈恋爱就是有意思啊。"司机师傅突然开腔跟着打趣道。

程程与光潜互望了一眼,不约而同地笑出了声来。

……

好不容易,他们打听到,这个刘绸还真有个三舅,就住在申城旁的乡下地方。

这一日,程程和光潜,凌晨五点就起床,去汽车北站坐最早的班车赶下乡。一开始,自然也不是一帆风顺的,甚至连这个三舅的人影都瞧不见。

后来光潜要出差,程程一个人也不放弃,连着跑了好几次,村里人也就对程程熟悉了起来。村里最不缺的就是说嘴的人,三舅到底架不住这样的软磨硬泡,总算是答应先见一面。

程程进门的时候,三舅正拿着小槌子,在一个小小的石盘里磨着土烟的烟丝。待得捻碎了,他就用油纸包起来,然后小心翼翼地倒进那杆白钢烟杆头上。他那两个乌黑的眼袋跟着抖动了下,而后在油腻的裤腿上抹了把手,这才将烟杆拿起,"咕嘟、咕嘟"连吸了好几口。等到拔出烟杆的时候,他舒畅地眯起了眼睛来,吐出了一缕缕的白烟。

烟的味道有些大,程程禁不住呛着打了一声喷嚏,逗得三舅哈哈大笑。"你们城里来的姑娘,闻不惯土烟的味道吧?"三舅摇了几下那双肥大粗黑的手,端详着程程问道。

程程摇了摇头,笑道:"鼻子本来有些过敏,倒不是闻不惯的缘故。"

三舅将那支白钢烟杆揣到夹肢窝下,拍了拍程程的肩膀:"你这来的目的呀,我已经知道了,要么你先回去。这件事情,我一做人长辈的,也不好多嘴。这断人财路,总归不是什么好事儿。再说了,阿绸那孩子,脾气不好,连我都怵她三分呢……"

"我知道,这事情叫您出面,是有些为难的。可是如果不是真的没办法了,我肯定也不会找到您这儿来的。"程程诚恳说道。

三舅努了努嘴:"好了,你回去吧,我还要蒸糕呢,可顾不上招呼你喽。"说着他就起了身来,走到砧板边上,开始和面粉,看样子,是要做糕饼了。

程程也没急着走,想着来都来了,不妨再待一会。趁着三舅去一旁的煤炉燃煤球的功夫,程程净了手,主动挽起袖子上去帮忙做糕饼。

三舅起身的时候,看见程程做得像模像样的,倒是也有些诧异:"现在的年轻人,可是少见会做这传统糕饼了。"

程程回道:"小时候,我妈妈过年会在家里做的。现在她退休了嘛,那就换我来做了。"

三舅点了点头:"这可是手艺活,这水多了,就粘成一团,水少了,糕饼就松散,没个三五年的功夫练下来,光有天赋都很难做的。"

程程微微笑了笑:"其实,手艺什么的,我真不大懂,就是全凭做事时候手里的感觉。我也算是误打误撞,都能蒙个七八成吧。"

等到糕饼做得差不多了,程程就把它们一一放入蒸笼里,再用盖子盖上,三舅就在下头看着煤炉的火候。蒸笼的圈上雕刻有各式的花纹,雅致的梅兰竹菊,喜气的福禄寿,但凡能讨好彩头的花样,都能找得着影子。

"喏,擦把汗吧,看你给热的。"三舅突然递了一块毛巾过来。

程程嘻嘻笑着,接过毛巾,揩了揩面颊,而后盯着那氤氲升起白烟的蒸笼,略微有些出神:"一看这情形,我就想起小时候,那时候最盼着过年了,因为过年有糕饼吃。现在倒是不讲究时候了,想吃,随时都可以做。时代发展得快,生活也方便不少呢。"

三舅点了点头,咂吧着嘴道:"可不,我就好这一口,馋了,那就自个儿做。"

说话间,第一笼的糕饼已经蒸好了,三舅取来沾了红米水的印章,在热腾腾的糕饼上一一印上了红色的小梅花。乍一看之下,白中一点红,可真是漂亮极了。

太阳落山的时候,今天又是无功而返的一趟。六点是最后一班车回城的时间,程程虽然心有不甘,可是没有法子,也只得回去了。她一个人望着天边的红云,慢慢地朝着村口的马路而去,预备等车回去。

"程程!"

听到声响,程程回过身去,诧异地看着三舅朝她一路小跑过来。

"喏,拿去,都帮我干了一天的活了,我看你都没吃饭呢。你这小姑娘,可真够捱得住饿的。"三舅一面说,一面把一大袋的糕饼塞了过来,"路上带着吃吧。"

程程有些不可置信地抬起头来望着三舅:"这怎么好收的,我……"

三舅不以为意,将袋子结结实实地系到了程程的手腕上,语重心长地说:"我年纪大了,较劲较不过你们这些年轻人。这回,我认栽了,阿绸那事儿啊,我答应你了。明天,我就上城里一趟,帮你们说道说道。只不过,成不成,我可不敢跟你打包票,到底这事儿也不是什么面上有光的事情。"

"欸!行了,谢谢您了。有您这句话,就是让我在您家门口站上一年,我都愿意。"程程一面看着手里的糕饼,一面高兴说道。

"傻姑娘,你在我门口站一年,我这把老骨头还不得吓死。你这门神我不敢要,可赶紧走吧,错过最后一班车,我家可就只有猪圈可以睡了。"三舅揶揄了一句。

"滴滴……"不远处响起一阵中巴车的鸣笛声,车子的前照灯打了个双闪,提示乘客赶紧上车。

"谢谢您了!"程程赶忙扭头朝着中巴车跑去,一面跑,一面回头挥手致谢着。

……

天马养老院活动室里头,锣鼓声敲得断断续续的,一群老人们在台上费劲地练习着基本功。

翻跟头、拿大顶,那是做不动了。几个老人也就是做些基本的穿梭、踢腿、甩袖,时不时掺杂着吊嗓子的声响,屋内气氛,一时间很是热烈。

陶斯甬双手交叠在胸前,时不时地皱起眉头来,表情严肃极了。那些动作,那些吊子,就没一个像样的。

他叹了口气,捏了捏眉心,终于还是起了身来,预备出活动室外头透口气。

"欸,老陶,你来给我们看看呀,你看这姿势怎么样?"沈伯业兴致勃勃地走了过来,一把就拉住了陶斯甬的手,也不管他愿不愿意,就往人堆里钻,"嘿,你看看老周,这身段,我看可专业着呢。"

陶斯甬无法,只得随手从讲台上拿了戏本子,卷了起来,而后点了点周诒的肩头:"立直了,肩头往后。"

周诒连忙调整了下姿势,可是这肩膀,任她如何调整,总有些难以适应。

沈伯业忙踢了个腿:"来来,老陶,你看我这怎么样?"

等到他再踢起的时候,陶斯甬直接掰住了他的脚踝,来回伸缩了一番,感慨道:"太僵硬了,放松一些。"

"哎哟……老陶,你可真下得了手呀!"沈伯业吃痛地单脚跳了起来,那滑稽模样,一下可把其余老人都给逗乐了。活动室内,一时间盈满了笑声。这笑声虽不如年轻人那般清脆,也少了些许中气,可是听在陶斯甬耳里,却意外觉得十分的悦耳。

他从来没有想过,会去指导这些老家伙们唱戏、练基本功。现在看起来,有些出乎意料,至少也并没有太差劲。陶斯甬从这些人的身上,看到了一种不一样的精神面貌,仿佛这里只是老年公园的晨练一角,而不是沉闷的养老院。

| 第六章 |

浮生如茶

三舅跑了一趟城里。论起辈分来，三舅是家里的长辈，刘绸就算知道他是当说客来的，那也得恭恭敬敬地听着。三舅好说歹说，总算劝服了刘绸。她勉强同意了跟吴丽娟坐下来，心平气和地谈一谈。

寻常的道理说起来，刘绸这人肯定是听不进去的。三舅只在她跟前说了一句话："你这年纪轻轻的守了寡，难不成，是要跟房子过一辈子么？"

刘绸这回算是听进去了，三叔公这话是戳到她心坎上了。她到底比吴丽娟年轻，总还是有再嫁的机会。房子的事情，要是没完没了纠缠下去，还要耽误找新对象的时间了。

谈判当天，选在了天马养老院的会客厅碰面，由三舅做中间见证人。养老院其他老人执意要跟着吴丽娟一块去，说是在旁边给她打气壮胆。可是吴丽娟一踏进那会客厅大门，见了刘绸，气氛就一下变得很是尴尬。

刘绸这话匣子是关不住的，才见了吴丽娟，就先发制人地呛了一声："哼，别以为我同意来谈一谈，那就是人前矮了三分的。可别忘了，这是我姿态高，让让你年纪大了。哎哟，你们可别怪我说话难听，我想想，你也是怪可怜的。这么一把年纪了，要再婚找个男人知冷知热的，也不可能了，余生呢，就得在这养老院过下去了。可我不一样啊，还年轻呢，有的是机会继续精彩。我就光替你想想，都觉得可怜又可叹呢。"

吴丽娟一眼便睨住了刘绸，脸上似笑非笑地开口道："你这说了一箩筐的话，可是当真呢，还是闹着玩呢？如果闹着玩的，也就算了。可是如果较真了说，那咱们也不怕讲一讲的。就你这样的条件，要学识没学识，要脸蛋没脸蛋。也就那不挑食的，兴许还能瞧上一眼。要不，你出去打听打听，谁愿意跟你这样的二婚头过日子呢？"

刘绸一下就起身来，把手边的塑料袋"哗啦"一声摔到了地上，狠狠地啐了一口："呸！放你娘个狗屁！左一个条件，右一个二婚的。要我说，就你那老泼妇嘴脸，搁到乡下茅坑里，也未必能占得一份！"

吴丽娟自然是一腔怒火被勾了起来，这个刘绸简直不像话！见了面，竟然还满嘴乱骂，真当自己是哪根葱呢！谁都没有料到，这次竟是吴丽娟先出了手，一上来就拉拧住了刘绸的耳朵，咬牙切齿道："骂谁呢！你骂谁呢！你这是几天不修理，皮痒了吧！"

"哎哟喂！"刘绸一声尖叫，她的脸瞬间痛得惨白。

好好的一个商议碰头，瞬间又闹成了一团糟。吴丽娟和刘绸再次扭打在一处，你出拳来我踢腿，把整个会客厅闹得不像话了，大家七手八脚地围上来拉人劝架，好不热闹，一时间都没人顾得上说闲话了。

出乎意料的是，这一次，竟是刘绸被吴丽娟追着打，猫狗叫一般躲着，讨饶都不行。等到三舅和柳程程上前把她架出去的时候，整个人也就跟着脚软了过去。这一回，她算是真正领教了吴丽娟的厉害了。

"三舅，她们以多欺少，这不成啊！你得帮帮我。"刘绸不甘心地抹了把嘴，扯着三舅的手，就要进去再斗一斗。

三舅尖起鼻子，竭力压着声道："我是叫你来谈事情的，哪里是来打人的。你不嫌丢人，我还嫌丢人呢。要是传出去，你两度在这儿撒野，往后，你还能抬得起头来么？"这话说得重了，刘绸自然不敢再说下去了。她斜眼瞅了眼柳程程，咬了咬牙，只觉得又气又恼，但是这气又不好发泄出来，可憋得够呛。

程程还没有放弃寻找解决问题的办法，她想了想，又跑了房子所在地的居委会，由居委会的几个阿姨出面去调解了不下四五次。刘绸却坚持要吴丽娟先道歉，再谈房子的事情。这样一来，事情又陷入了僵局。而程程呢，因为连日的奔波和疲乏，一下就跟着发起高烧来。

谁都没有想到，在这个时候，却悄然出现了一个转机。一向心高气傲的吴丽娟，竟然出乎意料把这件事情给应了下来。在看到柳程程和养老院的几个老伙计，为了自个儿的事情，不厌其烦、忙前忙后跑着的时候，甚至程程还病着了，吴丽娟心下自然是十分感动。她这颗心，就是石头做的，这会儿也给焐热了。因而，她才决定抛开面子，预备自己独立面对这件棘手又难缠的事儿。

当刘绸再次出现在天马养老院的会客厅时，里头等着她的，却只有吴丽娟和陶斯甬两个人。乍一看，她还有些不可置信地左顾右盼了一阵，直到确确实实没看到其他人在场的情况下，才吐了口气。上一次的场面，刘绸也是见怕了的。眼见屋里就他们三个人，倒是心下也跟着放松一些。

"今天约你来这儿之前，我想过是不是要喊上你三舅。想想，若是你家中长辈在场，有些话倒是也不好说了。这不，我请了养老院里最持重的老陶来做这个见证人。他见过大世面，也不是个多嘴的人，你尽管可以放心。"吴丽娟一面说，一面摘下了墨镜。

陶斯甬坐在了一旁的长椅上，对着刘绸点了点头，算是打过招呼了。

刘绸转过身来，就瞧见吴丽娟的眼角有一道淡红色的疤痕，想来是前次见面的时候，掐架掐出来的。刘绸避开了吴丽娟注视的目光，含糊声道："今儿个我既然来了，那么不妨把事情再摊开说一说。可是这也是有条件的，你必须……"

"对不起。"吴丽娟率先开了口，低声说，"上次的事情，是我冲动了。既然要商量事情，自然是要好好谈的。"

刘绸微微愣住，眼睑上的睫毛不经意地颤了颤，她从来都没有想到过，这个泼辣的吴丽娟，竟然还有服软的一天。"咳……既然你道歉了，那么咱们言归正传吧。我先说了，这房子的事情，我是不会让步的。"刘绸抬起头来，触到了吴丽娟的眼睛，她很快低下头去，装作不以为意的模样道。

吴丽娟转头看了眼不远处的陶斯甬，似是要寻求他的帮助。陶斯甬不过略略点了点头，给她予眼神的鼓励。

吴丽娟心下会意，自己的事情，到底还得自个儿亲自去谈才好。她起了身来，走到一旁的橱柜边上，替刘绸亲自斟了一杯热的大红袍。热腾腾的烟气飘着，屋内瞬间浓香四溢。

"从前，我和老叶还在一块的时候，他总是说我，什么事儿都穷讲究。就像喝茶，他喝茶叶碎末也是没有二话的。可我就不一样了，就得喝武夷山的大红袍才行。"吴丽娟一面说着，一面将茶杯放在碟子里，推到了刘绸跟前，"他是个糙人，我很清楚的。倒是亏得你，真心实意待他这些年。"

刘绸皱起眉头："先前，人人都说我嫁给叶琮是图他的钱，要不然，凭什么跟着一个半百的人呢？可笑的是，迄今唯一说我待他好的人，却是你这个死对头。这话听着，可真是讽刺呀……"

吴丽娟自顾着低头先啜了口茶，而后深深地舒了口气："吃的也不是人参鲍鱼，不过就是那点粗茶淡饭，图钱……能图到几个钱呢？我最了解他的为人了，抠门得很，也亏得你不嫌弃。"

刘绸突然笑出声来，而后瞬间濡湿了眼眶。

她抬起头来，揩了揩眼角，沙着嗓子说道："我当初就是瞎了眼睛，才答应嫁给他的。呵，想想也是不可思议，头天还跟我说要一块去游泳锻炼呢，夜里竟然就突然死了……我是当真一点心理准备也没有的……糟老头子实在是坏得很呐。"

陶斯甬坐在会客厅的角落里，转头遥遥望着窗外。太阳冲破了乌云，天空亮得好像烧着了一般。连着下了许多日的雨，这会总算是放晴了。

吴丽娟站起身来,与刘绸互相望着,两个人郑重地握了握手,算是达成了共识。在陶斯甬的见证下,两个人签了一份协议,商定在房子拆迁以后,吴丽娟拿拆迁款的四成,剩下的六成就都由刘绸所得。那一成的相差,是吴丽娟表的态,算是主动退让的。对于这一点,刘绸也是事先所没有料到的。

吴丽娟倚靠在门框边上,看着刘绸离去的身影,不知怎么的,心下一阵悱恻。

"你让出那一成,签了协定了,可就是不好再拿回来了的。"陶斯甬顺着她的目光望去,缓缓说道。

"每次同刘绸说话,我心里总觉得有气。就算不是为了房子的事情,也总能因为一两个词不对付就翻脸。或许,我气的不光是她,还有她身后的老叶吧。他走得太突然了,都没有留下半个字,竟然就去了……"吴丽娟说话的声调不同于往日,显得格外平抑,又彰显着无边的空洞,"有句话,其实她没有说错。我都这把年纪了,不服输又怎么样呢?早晚还是得下去见祖宗。她不一样,比我年轻几十岁,还有的是好时候……"

这个"她"指的是谁,自然不言而喻。

陶斯甬瞥了眼吴丽娟,她不知道又想起了什么,肩膀不由自主地哆嗦了一下。

陶斯甬的心里突然有一种念头,他似乎是第一次真正认识吴丽娟这个人。那些嘴上的尖酸刻薄,与其说是不予人好过,何尝又不是与她自个儿过不去呢?

……

罗无名躺靠在床上,他那偏头痛的毛病又犯了,睁着一双眼睛,脸色也很不好看。

柳程程端了一碗红糖姜汤过来,拿到床边,亲自喂他吃了几口:"罗叔叔,您慢点喝啊,还有点烫。"

罗无名嘴里嚼着姜汤，喃喃道："早上，我在电话里跟我家小囡讲，这孩子还小，得穿袜子才行，要不然得冻到了。可是囡囡不领情呀，还把我好一通数落，说我不懂什么是科学育儿，还非要来插嘴。这不，话没说上两句，电话就给挂断了。"小囡是罗无名女儿的昵称，她的大名叫罗珠。罗珠是罗无名从垃圾场里捡来的孩子，天生脚上有残疾，走路的时候是跛着的。

程程认真地倾听着，不时点头笑道："明白的，都是为了孩子好嘛。"

罗无名摇了摇头："现在的人不比我们从前，生活条件好了，接受知识的来处也多。我也知道，新时代了，我们那一套老观念啊，也不一定行得通了。可是小囡多半也是不记得了，我把她抱回家开始，那都是穿着袜子的，哪里舍得她光脚过。"

程程将碗搁在一旁的床头柜上，那汤里的热气氤氲上升着，整个屋子里都是姜的浓烈味道。

"您也别多想了，都是小事儿罢了。等罗珠气消了，保不齐又要打电话来我办公室追问您的近况呢。"程程不免宽慰道。

罗无名脸上的褶皱跟着略略舒缓了一些，唇角一扬："这孩子就是这样，嘴上数落着，心里头呢，又放心不下我呢。就是个刀子嘴，豆腐心的。"

"可不是嘛，罗珠孝顺着呢。"程程附和道，"那我先出去啦，有什么事情您打内线叫我就成。"

程程笑眯眯地将房门关上，屋门紧闭的瞬间，心下不由得重重地叹了口气。方才所谓的罗珠打电话追问近况，自然都是她编造出来的善意谎言。自从罗无名住进天马养老院以来，罗珠可是一通电话都没打来过……

| 第七章 |

流年晚景

时逢十五清晨,陶斯甬坐着养老院的车子到了山脚下车。程程陪同着,帮着挎着一只竹篮,两个人预备去山上的庵堂,这是要给陶斯甬的老伴爱姝上个香,摆个食盘。

到底是年纪大了,陶斯甬想上山,那是十分不容易。即便一路上,都是由柳程程搀扶着,但到了山顶,清冷的天气,还是让他禁不住出了一头的汗水。

一座巍巍的石牌幽幽立于眼前,这座古旧的牌坊由青石砌成,其上有鸟兽等纹样点缀。进了山门,穿过庭院,有一个青砖铺就的天井,两边各置一只一人来高的青铜香炉。这个时候,程程注意到,有一位师太背对着她,正在用铁耙子清理着炉内积淀的香灰。

这位师太做事倒是极为仔细的,但凡这里头的烟灰火点跟着冷风溅了一身,也是一点声响也没有的,好似是完全不知晓烫,也不知晓呛了。

陶斯甬立定了看着,总觉得此人的背影很是熟悉。沉吟了片刻,半晌方才略略迟疑地开口唤了一声:"净慧……师傅?"

那人回过了头来,眉眼很是沉静,可不就是当初帮忙将爱姝牌位接入庵中的净慧师傅嘛。

净慧眉目淡然地望着陶斯甬与柳程程,点了点头:"一早已经掸过尘了,还在原来的地方,施主随缘。"

陶斯甬心里头潜藏的那些苦楚,一点一点又涌上了心头,他垂下了头,双手合十,苦笑了一声:"有劳了。"

那师傅回过身去,继续专注地处理着香炉里的积灰。而此时的程程,刻意撇过头去,不去关注陶斯甬。即便是在一旁,她也能感知得出来,此时此刻的他,心里头怕是如滚针毡一般的痛。

陶斯甬的眼角闪过一丝稍纵即逝的泪光,而后低声道:"程程啊,劳你在这儿稍等片刻,我一会就来。"

程程将竹篮递了过去:"陶叔叔您随意,我就在厢房喝茶,不着急的。"

去祭拜,自然少不得祭祀的供品。蟹壳黄、素菜包、桂花糖藕,还有苹果和香橙,这些都是爱姝生前爱吃的。到了牌位前,陶斯甬倒是一点也不着急,慢慢地从竹篮里将供品拿了出来,在案台上一径摆开,而后就跟着点了一炷香,插在香案里头。

陶斯甬一头灰白的短发,在风中被吹得有些缭乱。这是庵堂院子旁的一处角落,四周静悄悄的,一点声音也没有。

陶斯甬小心翼翼地抚着牌位上爱姝的名字,然后笑道:"你瞧,这里都是你爱吃的。只不过现在我住养老院去了,条件跟家里不好比的,也就只能请食堂的师傅帮忙准备了几样。如果不合口,我也没法子了,你多少将就用一些,总算是我的一份心意了。"

说罢,陶斯甬就席地坐了下来,凝视着远处的海城:"我记得知远小的时候,你要去庙里上香,他却是调皮捣蛋得很,差些没把你准备给菩萨的供品给摔了,可把你给急的呀。那时候你就常说,他可真是个不省心的小家伙。我就跟你讲,男孩子嘛,大了就好……"

陶斯甬边说,边抬起了眼角,只是防着眼里的泪水落下:"你看我啊,絮絮叨叨的,都不知道自个儿说的是什么了。人年纪大了,就是禁不住话多呀。爱姝啊,我就是跟你说一声,我把你牌位迁到水月庵来的事情,已经写信告诉知远了。我想,他要是知道的话,总是会回来瞧你一眼的吧。他心里对我那个怨啊,也就是冲着我一个人的。我想,他始终放不下的人,还是你这个母亲呢。"

一阵冷风掠过，吹得香上的香灰也跟着掉了下来。

陶斯甬转头苦笑道："我倒是真后悔了，从前跟着剧团到处跑，跟知远一块的时间总归太少了，我以为他该是明白我的……可是，如今这样的局面，也该我自个儿受着。"

天边慢慢又挤满了乌云，陶斯甬嘘着气，颤颤悠悠起了身，笑看了眼牌位道："爱姝，时候不早了，我该走了。我现在在养老院里头呢，一切都好，你也放心。如果你觉得寂寞哪，也别着急。指不准哪，明年这个时候，咱们就能团聚了呢……"

下山的时候，陶斯甬都是缄默的。程程小心翼翼地扶着，就怕这天即刻就要下起雨来。说起来也是凑巧，直到两个人踏上养老院的班车，那雨才窸窸窣窣地下了起来。没多久，那雨夹了雪粒，一下就转成了漫天的大雪。

一片、两片，那雪花就像天鹅绒一般洋洋洒洒地飘落着。车窗开了一条细缝，罡风劲烈，可真不是开玩笑的。那脸但凡着了一两点雪花，就觉得冷冽得发疼。

陶斯甬的睫毛上也落了些许的雪珠，一片模糊中，山顶的水月庵跟着消失在视线里。"程程啊，我想请问你，最近有没有收到我的信件之类的东西？"陶斯甬低声问了程程一句。

程程转身望着他，回道："没呢，有的话，肯定会送到您的房间里的。陶叔叔您就放心吧，我都跟前台的人交代过了。"

"哦……"陶斯甬含糊地应了一声，"也不知道，他是不是会回信呢……"

程程不明所以，不过还是微微笑了笑："春天马上就要来了，总是会带来好消息的。"

陶斯甬点了点头："你这姑娘，倒是耐心好，陪我爬山这么辛苦，也没一句抱怨的。跟我们这些老头、老太在一块相处，你就没觉得烦闷么？"

"这可是托您的福，顺便锻炼身体了，还省了我健身房的钱。"

程程打笑说道,"而且我觉得跟叔叔、阿姨在一块,挺好的。不是老话说得好嘛,家有一老,如有一宝。咱们养老院里这么多人,可叫我学到了不少东西呢。"

陶斯甬缓声道:"老沈有句话,我倒是觉得他说对了。你这姑娘呀,看着就有福气呢。"

程程嘻嘻笑着捏了捏自个儿的脸蛋,硬是凹出了个双下巴:"瞧瞧,这都是叔叔阿姨待我好,什么好吃的都念着我呢。这不,我都吃胖了好几斤了,简直福气满满,可以做福娃了。"

"哈哈……"陶斯甬快意地笑了一声。

说起来,他上一次这样笑,怕是都不记得什么时候了。

转瞬到了五月初,春天未走,夏天未至,申城的天气也是不冷不热的,倒是温和如酥得很。盎然的春意吹遍了天马养老院,陶斯甬觉得室内排戏、练嗓有些憋闷了,于是就带领着一众老人往花园里去。

习习的和风,蓊勃满园的花香,老人们在里头唱戏,自然最合适不过。大家排练的兴致都很高昂,并没因为时间久了而觉得倦怠,反倒都因为各自的进步而觉得欢欣。

精神好了,自然浑身都会觉得轻快起来。悠扬婉约的曲目,使得老人们有了一种少年如醉的感觉。

陶斯甬手里拿着曲本,半倚着一棵梧桐树,只觉得清晨的花园有股沁人的凉润,真是舒服极了。

老人们孜孜不倦地在另一棵树底下相互切磋着。陶斯甬略略抬头,透过人群,张望着不远处的景致。却见那春阳越过绿叶,深深浅浅地映射下来。叶缝的间隙都是细细碎碎的,光影零落下来,把老人们周身都给镀了一层浅色的金光。风一吹,人影好像也跟着梧桐细叶闪烁着。落花挟着清香,簌簌疏雨坠落于人身上。好一个岁月静好的诗意清晨呀,陶斯甬不由得暗暗想到。

此情此景,陶斯甬又不由自主地想起儿子知远来。知远刚到瑞士时,寄来的那些风景相片,可真是风光旖旎啊。那些相片,至今仍在陶斯甬的那些曲本里静静地躺着。他夜里但凡睡不着了,总是要悄悄拿出来瞧上一眼的。

虽然相片上没有人迹,可是那毕竟是知远拍的,一触着那些相片,陶斯甬便觉得已然与儿子有了某种精神上共鸣。

"陶老师。"周诒笑眯眯地走了过来,唤了一声。

陶斯甬回过神来,点了点头问:"怎么?还是方才的调子,提不上去么?"

周诒摇了摇头说:"那倒不是的,你都指导了好几回了,我怎么也该领悟一点了。就是我那天听老沈说,你儿子在国外呢?我倒不是要打听你的私事啊,就是纯粹想说说闲话。其实呢,我儿子也在国外的,他在美国的普林斯顿大学数学系做教授呢。前阵子啊,我听孙女说,他拿了那个什么……什么……"说到这里,周诒忙从怀里掏出一副老花镜来,在手机上费力地翻查着微信的聊天记录。她突然顿了顿,而后把手机往陶斯甬跟前一晃,喜色道:"陶老师,你看,就是这个。我儿子呀,前不久拿了这个什么菲尔兹奖呢。我这什么都不懂,是不晓得这个奖有什么分量的。但是我孙女说,这个就是数学界的诺贝尔奖呢。"

"哎哟,老周,你这是家有喜事啊。"沈伯业嬉笑着背手走了过来,调侃道,"你们家那数学家,可给咱们中国人长脸了。到底还是你厉害,老教师,教子有方啊。"

陶斯甬点了点头,轻声附和道:"确实是呢,听起来这小伙真有本事啊。"

周诒脸上浮起一丝红晕道:"嗨,哪里的话呀。我连那数学的公式都看不懂,哪里能教儿子什么呢?那都是他自个儿争气,倒真不是我教的。"

吴丽娟手里的水袖向前一甩,"哧"的一声笑:"再争气,可不是你生的?你就别瞎谦虚了,听着都作。"

水袖拂过周诒脸上,痒痒的,她有些不好意思地搓了搓手:"老吴,你就不能装作没听见嘛。这样拆台,下次谁还敢跟你做麻将搭子。"

吴丽娟拢了拢发鬓,挑眉笑道:"噢哟,你还较真喽,小气的咻。"

眼见着大家围成一团说说笑笑的,难得下楼来晒晒太阳的罗无名也跟着凑了上来:"那你儿子是不是该回国来看你了?得了大奖,可不得跟你一块高兴高兴啊?"

周诒脸上的肌肉瞬间就僵凝住了,她略略尴尬地扯了扯嘴角:"这……怕是他写文章忙,一时还抽不开身呢。"

午休间隙,罗无名戴着一副老花镜,在阅览室费劲地翻阅着报纸。厚厚的一沓报纸,他看了半天,却不识得几个字,实在是吃不消了。罗无名不得不摘下了眼镜,搓了搓眼睛,长长地叹了一声。他年轻时候本有天生的高度近视,等到现在年纪大了,老花的问题又加重了几分。因而,对于他来说,这配镜的时候也十分麻烦,总是要比旁人费时许多。

坐在角落里,正盯着手机看的周诒听见动静,也便跟着抬起头来瞥了一眼,正踟蹰着是不是要去关切几句,这个时候,门突然被推开了来。

进门的是陶斯甬,腋下还夹着一本厚厚的戏本。

"哟,陶老师,你也来看书呢?"周诒笑着打了一声招呼。

陶斯甬指了指手里的戏本:"我看大家最近那些入门的曲目都熟悉得差不多了,就把压箱底的宝贝拿出来,给大家都看看瞧瞧。接下来想学什么呀,你们看着,咱们再投个票,决定下。"

周诒点头道:"这主意好,你看吴丽娟吧,早就嚷嚷着想学新戏,这下好了,可有新曲子够她折腾的了。"

此时,陶斯甬注意到,一旁的罗无名神色黯然地扶着额头,似乎有些烦恼的样子。

他便踱步上前,俯下身来问了一声:"怎么,老罗,是身体不舒服么?要不叫医生来看看?"

罗无名抬起头来，摆了摆手道："都是老病秧子了，算了，叫医生来看，翻来覆去也就那么几句话，没个新鲜的说法。还是别叫了吧。今天我看程程被院长都叫走，忙别的活去了，我就不给她添乱了吧。"

周诒道："身体不舒服还是要讲的，咱们这种年纪的人，最怕就是有事不说，小病熬成大病了，那才是得不偿失呢。"

罗无名愣了愣，望了眼陶斯甬，又看了看周诒，这才低声说道："嗨，没什么大事，我就想看看，上一期双色球的中奖号码是多少，看看是不是对上号了。"

周诒诧异道："怎么，老罗，你现在也买彩票了呀？"

罗无名眯起了眼睛，不好意思地笑了笑："是的，我们家囡囡说是家里多个小孩，要汽车代步的，总抱怨说没钱买车呢。这不，我动个歪脑筋，想着试试买彩票看看。这还是上次程程下班的时候，我拜托她买的呢。人家姑娘也不嫌麻烦，还真给我带回来了。"

"嗳哟，老罗，你看看，你自己这样身体也不好的，哪里顾得上你家孩子的事儿？要我说，你少操心一些，多休息，多养好身体才是真的。"周诒诚恳说道。

罗无名苦笑一声："周诒，我家囡囡不比你儿子呀。你儿子有本事，名牌大学教授，在国外买什么都不成问题。囡囡呢，也就是念个中学毕业，就出去打工了，大学都没上过一天，比不来的。"

"可是好歹，你家孩子还在国内呢，想见面，那是随时的。我呢？想要见儿子一面可太不容易了……"周诒说着跟着叹了口气，话里带了几分说不清的愁绪。

"你那个彩票，能给我看看么？我帮你对一对号码。"陶斯甬适时地岔开了话题，缓解了阅览室内略微尴尬的气氛。

罗无名忙从口袋里掏出一张褶皱得变了形的彩票出来："喏，就是这个，麻烦你帮忙看一看。"

陶斯甬接过彩票，十分认真地核对着报纸上的期数、号码，然后耐心道:"这上面写的最低中奖条件,比对下来,你这光中了一个红球号码还不成,还得带一个篮球的号码呢。简单说,就是没中奖。"

罗无名吁了口气,自嘲一声:"也是,我这辈子,最大的运气,就是国家帮补,还给了养老的钱,好歹还有个安生的地方。我竟然还想着买彩票发财,真是做白日梦呢。"

是夜,才刚看完《新闻联播》,罗无名就坐在位置上,昏昏沉沉地瞌睡了过去。

"罗叔,今天针还没打呢。"护工过来,把罗无名摇醒,而后就推进了屋内,拿出针盒,预备给他打胰岛素。

罗无名身上扎了针,脸上却是毫无起伏,好似不知晓疼痛一样,嘴里喃喃道:"这糖尿病不该是富贵病么,怎么我这种人也能得病呢?"

护工笑笑说:"医生那天来,不是说了么,糖尿病多半是有遗传因素在里面。再加上您先前,老爱喝糖水泡茶,可不就变成诱因了么?"

罗无名咂了下嘴巴:"说起来,还真好久没喝那甜茶了,嘴里没味呀。可不是小时候没人管,穷怕了,这喝点甜的,就特别高兴嘛。"

"现在糖尿病也很常见啦,我家爱人也是这毛病,可不得每天都得定时打针控制了。不过我那天听小柳讲,好像医生怀疑你是糖尿病引起的并发症,脑部血管有堵塞什么的。说是要安排你去市里做个核磁共振,你这几天还是早点休息了,别在外头看电视扛着了。"护工好心提醒了一句。

"什么?堵塞?核磁共振?"罗无名听着这些名词,只觉得脑子里直发晕。他似乎听懂了,又似乎有些糊涂,嘴里咕哝地重复了几句,有些心下发乱的感觉。

护工意识到,看起来,罗无名还不知晓这件事情,今天倒是她多嘴了。于是她忙笑道:"罗叔,你别在意,我就是那么一说。有可能我记错了呢?您看您,精神头多好,也没必要太担心了。"

……

"砰砰砰……"

敲门声连着响起,陶斯甬将电视机一关,去开了门。

待得看到罗无名的脸面,他倒是吓了一跳。他从来没有想过,罗无名会主动来找他。

"陶老师,你还没睡呢?"罗无名扯着嘴角,先是客套了一句。

陶斯甬听他这么称呼,倒是一时有些不大习惯。不过手一伸,就将他请进了屋内,问道:"老罗,这么晚了,你来找我有什么事儿么?好好的,突然喊我陶老师作什么?怪别扭的。"

罗无名徐徐走到沙发边上,喘着细气。

陶斯甬也不着急,不过给他斟了一杯热茶,递了过去:"先喝口水再说话,不着急。"

罗无名拿起陶瓷杯,"咕嘟、咕嘟"地喝了个底朝天,这才抹了把嘴,略微尴尬地笑了笑:"我看周诒都喊你'陶老师、陶老师'的,我就想着,我也跟着这么叫。不过你要是不喜欢,那我还是叫你老陶了?"

陶斯甬笑着摇了摇头:"这都没关系的,就是觉得,一个院里住着,不必太生分了。你这夜里来找我,是有事儿啊?"

"周诒喊你一声老师;吴丽娟谁都不服,就服你;沈伯业更别说了,都敬你三分。我就觉得,这养老院里头,应该是你最有见识和学问的。我就想来找你说道说道,解解闷呢。"

陶斯甬又替他满上茶水:"我就是一唱戏的,能懂什么呀,知道的也都是些皮毛。你这么一说啊,我都怪不好意思的了。"

"我也没念过什么书,说话不周到的地方,老陶你多担待。"罗无名低头看着自己的鞋尖,半天就愣着不动。隐隐的,他觉得后背升起一股凉意,慢慢地沿着血管往上涨。那感觉就好像无数的蚂蚁在后背爬着,泛着痒,又无可奈何。"唉,最近心里头闷得慌,要不是医生不让,可真想痛痛快快地抽几口土烟丝。"罗无名一面说,一面将一双水肿的脚盘在沙发上，似乎想歇口气。

陶斯甬笑笑："现在外头抽的都是现成的香烟了，要找点土烟丝都不容易了。从前，我母亲在世的时候，就有这个嗜好，时不时总要过点嘴瘾。"

罗无名抬起头来："怎么，你也跟着一块抽呢？"

陶斯甬摇了摇手，眼睛从杯沿上抬起："哪里呀，我不过就是在边上陪着，闻两口味儿罢了。唱戏最讲究保养嗓子，就算是有瘾啊，那也不得不戒了。"

罗无名笑着拍了拍自个儿腿，弯着腰杆道："也是，瞧我问的什么蠢问题。"

"你是不是还想着白天那张彩票的事儿呢？倒是也不用太放在心上，这种东西，概率太小了，就当花钱做了个慈善了。"陶斯甬起身走到柜子跟前，找出了一盒曲奇饼干，用一只菊花水晶碟子装了，搁到茶几上，"你尝尝，这是瑞士货，酥脆可口，不费牙。"

罗无名犹豫了下，还是拿起一块饼干，小心翼翼地咬了一口："这……"

陶斯甬笑道："这是无糖饼干，我晓得你不方便吃甜的，这个吃了放心的。"

罗无名拿起饼干，放在热茶里沾了沾，才心满意足地塞进了嘴里："这糖尿病老吃苦了，什么都不好吃。可是我以前，就喜欢吃一口红烧肉呢，就觉着糖放得越多，味道越好。现在可不行了，也就只能眼巴巴地看着食堂菜嘴馋。嘴里呢，塞的都是外国人所谓的沙拉菜，那叶子难吃的，跟老牛吃草似的，没一点味道的。"

一听罗无名把自己比喻成老牛吃草，陶斯甬便跟着笑出了声来："现在报纸上都提倡健康生活，什么低脂、低糖、低盐，总之吃到嘴里没味儿的就是最好的了。"

罗无名手搭在扶手上，笑得眼睛只剩一条缝："要不说，这人怎么越活越回去了。我记得年轻时候，就盼着吃口大鱼大肉，再来点糖水，那简直是神仙日子，现在的小年轻可体会不到那种苦头了。那时候只能吃个玉米糊糊垫肚子，就算现在一说起那味儿，我也想吐啊。"

"所以几代人，物质条件不一样，活法也不一样。"陶斯甭一面说着，一面低下头去，缓缓嚼着嘴里的茶水。

罗无名吃完饼干，拍了拍手里的碎屑，头朝着陶斯甭凑近了几分："老陶，我倒是想问问你，如果说，这人要去做那什么核磁共振了，是不是代表这病得很重了？"

陶斯甭顿了顿片刻，而后含笑道："倒也不是，这就是个检查的方式，有没有问题，还是要看出来片子最终的结果怎么样的。具体的，还是要问医生，我这半吊子的水平，说多了怕是还要误导人呢。"

| 第八章 |

花的青春

太阳暖烘烘的,东南角的花园里头,陶斯甬弯下腰去,捧起了一把土,鼻翼里尽是香喷喷的泥土和鲜草的气味。这气味多少叫陶斯甬想起当年下乡时候的情形,一时生了些许感触。

不管多少年过去了,他还记得,那时候与爱妹两个人,在那罕无人际的山野里光着脚,无拘无束地飞奔着。脚下的泥土,也是一样的气味。

想着,陶斯甬笑着摇了摇头。他手中拿着一只咖啡碟,里面装满了花籽。他小心翼翼地从里头抓了一把过来,略略颤着手,细细密密地洒落到地里。

"欸,老陶,在干什么呢?"

陶斯甬抬起头来,将手搭在前额上,就看见逆光处,沈伯业正从小径走了过来。

"前些日子得了一些花籽,我看看阳台空间有些小,就想着要么种到花园里来,透气些。"陶斯甬微微笑道,"老罗走了?"

沈伯业抹了把脑后挂着的那撮斑白发块:"这不,程程一早借了院长的车子,带着老罗和护工一块跟着去医院了。"

陶斯甬点了点头,继续低头撒着花籽。沈伯业也颇有默契,就从墙角拿了竹耙过来,跟在陶斯甬身后,把泥土表层的花籽一径给埋上。

两个人都没怎么说话,但是相互配合却是张弛有度。过了一阵,沈伯业觉得有些腰疼了，就跟着停下来，靠在墙上休息一会儿。他看着陶斯甬撒种专注的目光和动作，多少还是觉得有些诧异的。别看陶斯甬平日里看着斯斯文文的，这下地种花干起活来，还真像那么回事儿。

实则，陶斯甬也是有自己的盘算的。每每他要给程程买花的钱，她总是一再地谢绝。程程一个月工资不过就是三千多块钱，小姑娘省吃俭用，不买化妆品、不买衣服，反倒给他一个非亲非故的老头垫付花钱，这实在叫他心里过意不去。因而他想着，把花园这块空地收拾起来，撒些花种，这样以后可以直接从花园里采花，还省得给程程添麻烦了。

陶斯甬的额上已经渗出了一层汗水，他干脆把衬衫外套脱了，只穿一件白色的小背心，下面是一条深灰色的涤纶裤。养老院照看花园的工人但凡要进去浇水，那都是扎了裤腿来得利落。陶斯甬就略有不同，他仍旧让裤腿敞着，走起路来，看着脚下生风，倒是还有几分走戏台的逸致。

陶斯甬走到哪儿，沈伯业就盯到哪儿。沈伯业这回可算是信了，陶斯甬这样的体面人，就算是下地干这样的粗活，那也是卓然独立的。

"欸，老陶，你等等！"沈伯业撸起袖子追了上去。

陶斯甬回过身去问："怎么了？"

"噢哟，老陶，我刚才发呆过头，忘了讲了，你这花籽撒得也太密实了！"沈伯业一面讲，一面蹲下身来，指着地上的姜花籽道，"你自己看看啊，这么挤，那是丁点空间都没留下的。到时候，这花苗抽出来，还得成片挤，扎堆着可难看。先甭说能不能成活了，就算长出来了，那也是花肥难匀，恐怕到时候还要闹个营养不良什么的，可不是又给自个儿找麻烦嘛？你呀，真的是……"沈伯业滔滔不绝地讲着，话到一半，却突然顿住了。他骤然意识到，这念念叨叨的毛病又犯了，人老陶听了可不得烦死他。他略微心虚地干咳了一声，而后就抬头望着陶斯甬，似乎是在等着他的反应。

陶斯甬不过对着沈伯业笑了笑："晓得了。"说罢,他就继续埋头干活。经着沈伯业这么一说,陶斯甬便更想把活儿办得漂亮了。可是到底是没经验,这想撒花籽匀称一些,真当是一点也不简单。

陶斯甬觉得,这可比当年他练甩水袖要难多了,但凡力道大一点,那花籽就一下漏出大半。气力小了点,手指好像跟缝合上了似的,又一点都撒不出半粒影子来。这可真是劳心劳力的活,陶斯甬一面想着,一面拿出手帕揩了揩脸。

"老陶,你要是累的话,要不换我来搭把手吧。"沈伯业上前,好心说道。

陶斯甬摆了摆手,笑道："这点事情还是要学会的,可不能因为年纪大了,就找借口偷懒。人的潜力嘛,多挖掘挖掘,总能学会的。"

……

申城医院,一楼大厅角落,柳程程仔细地核对着手机上的号码,而后按下了拨打键。

"嘟嘟嘟……"几次忙音自动挂断,程程的眉头也不由得皱到了一处。

"谁呀?会不会挑时候啊!这个时候打电话来干嘛!"电话那头突然响起了一阵抱怨声。

程程咬了咬下唇："你好,请问是罗珠女士么?"

"是我!有什么事快说!昨天上夜班,一宿没睡了,我要补觉的!"电话那头,罗珠将眼睛一翻,话说得毫不客气,好像程程说了什么不该说的话似的。

程程背靠在墙上,轻声道："你好,罗女士,我之前跟你通过电话的,我是天马养老院的助理柳程程。现在我这边有罗叔叔的情况,需要跟你们沟通下。就是他……"

"他死了吗?"还没等程程把话说完,罗珠就抢着呛声问了句。

程程的手紧紧攥紧了起来,抠得紧了,指甲扎进手心里冒了血丝也没有觉察到。她深深地吸了口气,而后竭力以一种平抑的口吻说道："我是想通知你，罗叔叔现在身体情况不太好，我建议你们家属把他接回家里去调养一阵，到底家里环境比养老院要好呢。"

"呸！"罗珠跟着重重地啐了一口在地上，对着手机嚷嚷道，"你们养老院怎么回事？这是推卸责任呢？我爸住在你们院里，月月交钱，那就要你们负责！别想着净拿钱，不干事，还把负担丢给家属了，这像话么！我这一头要管孩子顾着家，一头还得上班赚钱，哪有工夫来伺候老人呀？别给人添乱了行么！"

虽然没有见面，但是听着罗珠说话的口气，程程几乎都可以想象得到，她瞪着眼睛骂骂咧咧的骇人模样。这会儿天气已经有些热了，程程就穿着一件短袖的改良旗袍。空调风从头顶吹下来，两条膀子只觉得十分寒浸。"我跟您解释下，这并不是我们养老院要推卸责任，是罗叔叔他生着病，也想念家里了，就想回来跟你们住一阵呢。你看，是不是可以约个时间，过来接人呢？"程程用力地透了口气，她真当觉得心里头堵得慌。

"多管闲事！"罗珠重重地拍了拍桌板，带起一片孩童的啼哭声，电话瞬间就被挂断了。

程程茫然地听着手机那头的忙音，一时间，好似僵住了似的，手怎么也放不下来。

"程程？"罗无名坐在轮椅上，由护工推着过来了。

程程忙快速转身抹了抹眼角，而后一张笑脸望着罗无名道："罗叔叔，您要喝水么？我去帮您灌一些过来。"

她说着拿起护工手里挂着的水杯，预备去饮水机灌水。

罗无名伸出手来，有气无力地晃了晃："别急，程程啊，我有些话想跟你说。"

程程将水杯交到护工手里，而后推着罗无名到室外一处僻静的拐角处。

罗无名颤颤悠悠地从兜里掏出一包塑料袋，递了过去："程程，这个，麻烦你代我先收着。"

程程没有马上去接，不过问道："罗叔叔这是？"

罗无名喘了口气，而后吃力道："这里头，是一本存折。你知道的，每个月除开养老院的床位费，我也剩不下什么多余的钱了。里面都是我省吃俭用一点点攒下来的，虽然不多，好歹总算是有一些吧。我就怕我哪天，要是人不行了，这存折都没来得及交代。这些，我就想托给你，帮我暂且保管着，可以吗？"说罢，罗无名就抖着手，抓过程程的手腕，硬是将那包塑料袋塞进她的手心里，而后将程程的指头一个个地埋上，"我们家囡囡，埋怨我没本事，拖累她。这些我都知道，也确实是我对不住她，没发财命，也没给她好生活，真活该讨人嫌了。我不想到死都还被囡囡埋怨拉后腿。这些钱，如果拿来对付身后事，多少总能派上点用场吧……"

程程就这样站在原地，许久都没有动弹一下。罗无名捏着她手指的一瞬间，那种凄凉与无力似乎都浸透到她的皮肤里了。那种凉薄的感觉，就好像一层看不见的无形胶水，牢牢地粘在了她的手上。这叫程程觉得有些心慌，手心都跟着发疼、冒汗。

"罗叔叔，我觉得这不太合适。毕竟是您的私人财产，还是您自个儿保存着吧，我怕万一给弄丢了，就不好了。再说，今天医生不是说了么，您那些个症状啊，从检查上来看，就是血管有些堵塞的问题，输液、通一通血管也就好了，倒是不用太担心。您心理上别这么大负担，也别多想，好好休息才是最要紧的。"程程勉强笑道。

"程程，这人年纪大了，有今天没明天的事再正常不过了。你倒是也不用安慰我，我不要紧的。但是我跟你讲啊，这事我就信得过你。如果连你都不肯帮我，我这真是一点法子也没了……"罗无名长长地叹了一声，那气息里尽是数不尽的无奈。

"那这样吧，这本存折，我也不好私藏着。我跟院长说一声，要不就先暂时寄放到咱们养老院财务室的保险柜里。要是哪天，您想要回去，随时开口便是了。"程程前思后想，不由得说道。

罗无名苦笑一声，跟着点了点头，"真是谢谢你了，好姑娘。"

……

梧桐树上的知了不住地鸣叫着,层层叠叠的树荫斜照在养老院的大门上。越到下午,热气就越是厉害,整个养老院好似被浸泡到了蒸笼里头。

程程刚巡视完各房情况,又看着罗无名输液挂完了,这才放心,预备回到办公室去。经过活动室的时候,她突然瞥见里头还有人坐着,等到探了身子一看,原来是周诒,正坐在那儿拆毛线衣。周诒这是把自个儿的一件旧毛衣给拆了,她想着趁着天热,晾晒洗干净了,就好织几件线衫,给孙女单穿用的。那毛衣是浅灰色的,周诒的手在上头不厌其烦地拆动着,阳光落在上头,闪得人眼睛晃。

柳程程进到屋内,伸出手抹了抹那团拆下来的毛线,可真是又软又顺滑。指尖捏住了,再松开,那毛线一下弹了出来,相当有劲道。程程笑着对周诒道:"周阿姨,这毛线质量可真好啊,看着上档次呢。"

周诒略微得意地笑了笑:"可不是嘛,这毛线衫啊,都是我在新泽西的时候,我儿子带我去专门的品牌店里买的。看看,正宗的山羊绒,可贵了呢,我说叫他不要买这个了,太贵。儿子不听劝啊,一定要给我买。这不,线衫太多了,也没穿上几回,我就拆了再打一件小的版,给我孙女穿挺好。"

程程看了眼手表上的时间,索性坐下来,陪着周诒绕线团。到底是年轻人手脚快,两个人绕了个把小时,就绕出了好几团的毛线来。

"您可真有心啊,还专门自个儿织毛衣呢。现在都说外头店里面买着方便,很少有人愿意自个儿织了。"程程手里捻着线头笑说。

"我都老了,不中用了。别的活不一定干得好,可织毛衣我还是拿手的。只要想着,我那孙女,穿着我织出来的毛衣,看着体面暖和,那可比穿在自己身上要高兴多了。"周诒一面说,一面将箩筐里线团归了归位。

"我记得上次您说,蕊蕊可能要回申城学校来插班学中文的,是不是该到了?"程程抬头望着周诒问道。

周诒听了起初只咬着牙,也不吭声,而后忽然眼圈一红说:"蕊蕊跟她妈妈去什么山里边,参加童子军的夏令营去了,说是时间冲突,就不回国了。"

"哦,这样,您别多想,等明年春假,蕊蕊还不得巴巴地回来看您呀。不是说,这奶奶做的菜饭最香了,吃不着,夜里还想得哭鼻子呢。"程程说着,端起了箩筐,"走,周阿姨,我帮您洗线团去,还得趁着太阳落山前,晒到天台去才好呢。"

等到东西一概洗净,程程便利落地全给晒到了天台的竹竿上去。巧着今天护工没来晒被子,看这日头这么大,想来一个下午的工夫也便晒得透透的了。

程程抱着脸盆,挽着周诒的手下楼去,她笑了笑,又说了几句闲话,也差不多该是叫其他老人起床喝水的时候了。周诒却是拉住程程的手,不让她动,而后叉开手指,就要量程程的衣长和胸围。

程程这才恍然大悟,连忙摆手婉拒:"周阿姨,您不用给我织毛衣的,我衣服多得很。这么好的料子,还是给蕊蕊织吧。"

"我这衣服都拆了,蕊蕊多大的身板啊,用不了多少毛线的。我看给你再织一件背心正好。"周诒不禁说道。

"周阿姨,这太麻烦您了,我真的不好意思要呢。要不,您就把毛线先放着呗,想起来了,给家里人织个手套、围巾什么的,总是有派用场的时候。"程程拍了拍周诒手背,轻声说道。

周诒顿了顿,语带哽咽道:"都七老八十的人了,这还有几年可盼着的?难道,这些毛线我还要带到棺材里头去么?这不可能的。"

程程微微愣住,鼻子跟着一酸,眼眶也跟着濡湿了:"周阿姨,我不是要拒绝您的一番好意。说实在的,在养老院里头,跟你们在一块,长了不少见识,是我的福气。我是打心眼里把你们当自家长辈待着的,您这老花眼比去年加重了,织毛衣也很辛苦的,我也是舍不得您吃这苦头呀。"

周诒听程程说得恳切,一时间也不知道说什么好,只跟着叹了口气。隔了半晌,她才想了一个折中的法子说道:"这样吧,我给你织一双手套,这不费眼的,省力得很,好不好呀?"

程程抿了抿嘴,一下就抱住了周诒:"周阿姨,您真好。"

周诒这才破涕为笑,抚了抚程程的后背道:"我也是把你当自个儿孩子看待的,行了,你快走吧,到点了,那帮老家伙该起床嚷嚷着喝水了。"

程程挥了挥手,这才转过身,朝着走廊而去。不知道为什么,她的心里有些沉,方才周诒的啜泣,难道真的就是因为那些线团么?

恐怕并不是……

院长办公室,灯光像两只大大的眼睛,雪亮地瞪着屋内的一切。一大片的圆形光区笼罩着柳程程,仿若把她照射成了透明的人儿。

"说吧,到底怎么回事。家属说你骚扰人家正常生活,是不是真的?"说话的是院长张大雄,身高体胖,脸上戴着一副黑色的镜架,看起来此刻神色略有些严肃。

程程面色发白,一动不动地盯着张大雄看。"院长,是这样的。罗无名最近检查出来,有血管堵塞的问题。老人家嘛,心情也不是很畅快,就想起家里人来了。我之前看咱们养老院的档案,这老人生病,建议家属接回家去调养,也是有的,所以这才跟他女儿提了那么一次。"

张大雄面色一敛,把手里的签字笔往案台上一扔,沉声道:"我什么时候跟你说过,可以擅作主张这样联络老人家属了吗?你倒是真会办事呢!你知不知道,那个罗珠,已经去民政局把我们天马给投诉了一通!说什么,我们天马养老院就是个敛财的地方,专门坑老百姓钱的,说得要多难听有多难听。就她那样子,要是被传出去,咱们可不得被人戳断脊梁骨呢!"

程程听见了自己心脏跳动的声音,"扑通扑通"的,好像跟着张大雄的话一块落到了地上,震得人略有些发颤。从她进养老院以来,什么活儿都抢着干,院长待她一贯也算客气,这还是第一次,这样毫不留情面地斥责她。

程程的手在身后绞了起来,咬了咬牙道:"这次是我事儿没办好,给您和咱们院里添麻烦了,对不起。我下次一定注意,一定多思量以后再办事。"

张大雄把程程冷在一边,半响方才冷声道:"还下一次呢,要是再有下一次,你就做好准备滚蛋了!你可记清楚了,柳程程,这里是养老院,你先做好自己的本职工作,瞎操心个什么劲儿呀!年纪轻轻的,不懂深浅,还真把自个儿当救世主了呢?得了吧,先顾好你自己就不错了!"

窗外天空挂着一轮圆月,干净得一丝云影都瞧不见。夜风灌进走道里,带着些许闷热的气息。

程程手插在裤袋里,低头看着脚尖,总觉得有些抬不起头来。她心下反复地问着自己,难道真的做错了么?可是不管问自己多少遍,她都觉得并没有错。

手表上的指针指向 8 点 45 分,这会要去赶外头的末班车怕是也来不及了,多半是要打的回去了。

反正也不着急,心里又有些烦闷,程程跑到食堂后头的小菜地里去喂鸡。这是食堂的大师傅,专门为养老院的老人们开辟的绿色有机蔬菜区。菜地的旁边就是一个鸡笼,养的都是山里头来的土鸡,说是营养好,等养熟了,炖汤补身子最好了。

程程手里端着装了鸡食的碗,用专门的筷子搅和米糠和剁碎的废弃菜叶,然后搅拌起来就是现成的鸡食。这还是先前跟食堂的大师傅现学现卖的,要不说,现在城里头连见一只活鸡都不容易。

"欸,程程,你怎么还没回去呢?"

程程循声望去,就看见陶斯甬走了过来,手里捏着两把杂草。

"错过末班车了,想着反正是要打的,不如喂了鸡再走。"程程笑着应了一声。

陶斯甬接过程程手里的碗,往边上一放,"晚上食堂的大师傅都喂过了,你这会儿……怎么,是有心事啊?"

程程避开陶斯甬探寻的目光,左顾言他道:"对了,陶叔叔,你怎么还没睡呢,这是去看花了?"

陶斯甬点了点头,指着手里的杂草道:"夜里嗓子疼,翻来覆去睡不着,就下来看看花。还别说,你上次给的姜花种子可好,这不,都出苗了。"

程程反应有点慢,撒着两手道:"哦,是这样,要么我帮您预约下杨医生的门诊,您去看一看?"

"算了,去了也听不到什么好的,还得劝我做手术呢。倒是你这孩子,平时我们有什么难处,都是第一个找的你。换做你自己呢,有事情倒是自己心里头扛着。还别说,这脾气真是有点倔。"陶斯甬拿起地上的鸡食碗,有一下没一下地搅拌着。

程程也不抬头,只是低声说道:"其实也没什么事情,就是下班前,被院长找过去谈话了。"

陶斯甬抬起头来,口气淡淡道:"又被训话了?"

程程苦笑一声:"确实是有一些考虑不周到的地方,给养老院惹麻烦了。不过我没事的,回家睡一觉就好了。"

说罢,程程接过陶斯甬手里的鸡食,走到台阶下,嘴里"咯咯"两声,那些母鸡就扑腾着翅膀围了过来,争先恐后地抢着程程脚下的食物。抢得厉害了,母鸡之间还会相互踩踏,挤来挤去的。程程也有耐心,不过把碗直接放在地上,给其他被排挤的母鸡一个吃食的机会。

陶斯甬望着程程的一举一动,心里想着,这姑娘来了养老院以后,种菜、喂鸡这些农活都学了不少。明明是院长助理的职务,却又额外承担了太多原本不属于她的职责。想来,陶斯甬心里头也替她委屈,一时间倒真说不上是什么滋味了。

"嗡嗡……"手机振动声起,程程抱歉地朝着陶斯甬笑了笑,瞥了眼一叠套的未接来电,"喂,光潜。"

"程程，你在哪儿呢？怎么还没见你回家？"姚光潜在电话那头忧心问道。

程程捂住话筒，转过头吁了口气。待得心绪平复一些了，她方才回道："没事，你别着急，刚才手机忘在包里了，来电都没看到呢。今天我是错过末班车了，得打的回来了。"

"还是我来接你吧，你这样一个人我不放心。"姚光潜一面说，一面拿了汽车钥匙就要下楼去。

"光潜，你别来了，开一趟又浪费油钱呢，还是打的划算。我马上就回来了，你别着急，一会上车，我给你发定位啊。"程程说着就挂断了电话，而后朝着陶斯甬笑道："陶叔叔，我该走了，您早点休息吧。要是身体不舒服，别硬撑着哈，该去医院还是得去。"

陶斯甬挥了挥手说："快走吧，很晚了。回家了你也赶紧休息，可别胡思乱想了。"

程程打开门回到家，姚光潜正坐在饭桌旁。眼见着程程脱鞋进来，也没有吭声。姚光潜背着光，程程倒是看不清楚他的脸。昏黄的灯光下，似乎他的表情有些严肃。桌子上的饭菜齐齐整整的，显然还没有人动过。

"我没什么胃口，就不吃了吧。"程程走到置物架前，把背包搁在上头。

姚光潜坐着没动，背对着程程道："我以为你要回来吃晚饭，白准备一桌的饭菜了。"

"早跟你说过了，养老院碰上什么突发情况，临时加班也是常有的事情。下次你自己先吃嘛，就别等我了。"程程一面说，一面揉了揉额角。

姚光潜眉头一皱，直摇头道："柳程程，今天是你生日！我们不是上周说好了嘛，你说太铺张了，喜欢家里吃，所以我才准备了这么多饭菜。结果你呢……"

程程心下一紧，只觉得太阳穴上的青筋跟着突突直跳，"光潜，辛苦你了。今天忙了一天了，连我自己都忘了今天是生日了，亏得你还记得，谢谢。"

看程程一下放低了姿态，一点怨言也没有地坐在一旁，姚光潜总觉得有些莫名的难受。

程程想了想，还是起身去盛了饭。她随意夹了些菜，一股脑都塞进了嘴里。要说平时，光潜的厨艺还是很不错的。可是这会儿饭菜入了口，总有些味同嚼蜡的感觉。

"你自己吃吧，我气都气饱了。"姚光潜半是赌气，半是无奈地说道。

程程微微愣了愣，随即放下了手里的筷子，半晌方才说道："光潜，我们还是不要吵了。"

姚光潜一把抓住程程的手腕，盯着她的眼睛，正色道："我并不是要跟你起争执，我这是心疼你，知道吗？这养老院到底有什么好？地段偏僻，上下班不方便就不说了吧。偏偏事情又不少，工作又苦又累的，瞧瞧你自己这张脸，才工作这些日子，都瘦得跟锥子似的了。更别提那点工资，还房贷都够不着。你在那儿到底图什么呢？"

"光潜，咱们不是说好了的么，要先稳定工作几年，再考虑别的事情。"程程挣脱开光潜的手说道。

姚光潜突然站了起来，大声说道："你妈说得对，你就该去考公务员和事业单位，去什么养老院呀，简直是浪费时间！浪费青春！"

说完，连姚光潜自己都吃了一惊，他从来没有想到过，自己对柳程程说话会这样重的口气。

"我的时间、我的青春，是不是浪费，是我自己说了算的。你凭什么这样来评判我的工作？"程程的声音略略抖了起来，她手里紧紧抠着桌布，整个人无力地靠在桌上。即便她没有回过身来，姚光潜也知道，她这是哭了。

姚光潜咬了咬牙，悄悄绕到程程身后，想要搂过她的腰身。程程却有些气恼，径自将他的手给重重地甩开了去。面子上虽然过不去，姚光潜也管不了这么多了。程程但凡一哭，他就拿她没辙，只觉得心里也跟着乱糟糟的，也跟着发了疼。他扳过程程的身子，将她紧紧箍在胸前。程程的肩膀略略抽搐了下，而后就发出了一阵无法平抑的哭声。

姚光潜喃喃道："程程，别哭了。"

他的眼睛愣愣地望着程程，她用手捂着脸，哭得十分委屈。空气真是沉闷得很，窗外进来的风都带着热气。姚光潜轻轻地捧起程程的脸，她的眼皮早就因为伤心落泪而变得通红。程程闭着眼睛，扭过脸去，似乎并不愿意去看他。

"对不起，程程，今天是你生日，我不该跟你急的。全怪我，是我态度不对。我答应过你的，要支持你的工作和理想。可是看你每天都这样辛苦，我真的心里头也不好受。这样吧，程程，要不然，你去辞职，别干了吧。我还可以多兼职几家公司，总是能赚到钱的。只要房子首付够了，我就买个你名下的房子，你就坐在家里收租打理房子，好不好？"姚光潜轻声说道。

程程的头埋在姚光潜的颈窝里，泪水一滴滴地滚下来，也没有应声。

姚光潜抽了张纸巾出来，细细替程程揩拭着眼泪，安慰道："好了，真的别哭了，你再哭下去，西湖水都要被你哭干了。"

程程接过纸巾，转身抹了抹眼角，瓮声瓮气道："好你个姚光潜，你能耐了啊，骂人不带脏字了。你这是说我是蛇精转世，作得很呢。"

姚光潜见程程脸上略有了一丝笑意，这才跟着松了口气："不不不，我才是蛇精。哦，不对，我是杠精，反正我不好，就该把我压在雷峰塔下的，永世不得翻身的。"

程程忙捂住了姚光潜的嘴："呸呸呸，你说的这是什么话。难不成，你要我守活寡么？"

姚光潜嘻嘻笑着刮了刮程程的鼻尖："你这算是原谅我了？"

程程假嗔着轻哼了一声："想得美，这账都给你记下了，总有你还的时候。"

姚光潜挠了挠头，还是小心翼翼地问了句："那我刚才说的……"

"光潜，上学那会咱们就在一块了，算下来也好多年了吧？你应该知道的，我只要认定了一件事情，肯定是要把事情做好了的。我现在觉得养老院的工作挺好的，辛苦是在所难免的。可是叔叔阿姨们对我都很好，都把我当家里人看待，跟我掏心掏肺的，我也放不下他们来。"

夜风扬起泛了旧色的窗帘，拂在程程的脸上，好像棉絮一般，又软又暖。

姚光潜凑到程程的耳根下："程程，你这个人就是道德感太强了。有时候要是太累了，该放下的还是要放下。你现在要是不情愿，那没关系，我等着你。你哪天要是真的累了，随时欢迎你家里蹲，反正我一定多赚钱，至少保证你还有一个退路可去。"

程程凑近姚光潜的脖颈，皱起鼻尖，嗅了一下，而后大笑起来："你今天没喝酒呀，怎么说话净带着酒气。"

姚光潜抿了抿嘴，"我这就给你写一张保证书去，以后我要是再犯浑脾气，就自罚跪键盘，睡阳台一个月！"

"嗨，你这憨大头，还真起劲了，这事算是翻篇了。赶紧的，去盛饭，不是说陪我过生日么？连顿饭都不能好好吃，那还算什么生日呀。"程程不由分说地推着姚光潜往饭厅走。

姚光潜顿住了脚步，回过身来，俯下身凝视着程程，郑重道："生日快乐……程程。"

| 第九章 |

人生何处不相逢

陶斯甬嗓子疼了一夜，辗转反侧，到了早间，周身都发困得很。一通好睡，直睡到晌午，阳光透进小厅里，映射到脸上，他感到些许不适，这才跟着醒了过来。

他趿了拖鞋下床，洗漱了一番，便坐到沙发上看了会书。可是到底是嗓子难受，吃了药也不见好转，陶斯甬觉得心下繁复，索性穿了一件外套便下楼去了。

清晨花园里，沈伯业正清亮地唱着一段《三家店》里的西皮流水。陶斯甬就在对面挺直着腰杆，一动不动地细细听着。慢慢的，陶斯甬的眉毛微微地皱起来，嘴角的线条也显得生硬了起来，"老沈，你等等，这一段唱的不太对。"

沈伯业便停了动作，就站在那儿挠头道："我怎么觉得自个儿唱得还行呢？"

陶斯甬摇了摇头，将戏本拿过去，耐心解释道："你看这一段，'将身儿来至在'，那是从板上起唱的，你没跟上。再看第二句，'尊一声过往的宾朋'，连带着后头的词儿，那都是小过门后，过板起唱的。"

沈伯业顿了顿，又问道："晓得了，那后面那句'娘生儿连心肉'是板上唱的，这总对了吧？"

陶斯甬点头道："原本除了第一句，板上起唱以外，大都是过板起唱居多。但你这一句要从板上起唱也不是不行，那就又得改整版了。每一句唱后,还得记得用小垫头与下一句连接,要不然不成形啊。"

"这还说练《玉堂春》呢,我看你是给老沈开小灶,练上别的了。"吴丽娟盯着俩人看,从不远处慢慢悠悠走来。

陶斯甬倒是也不想同她计较:"总算起早了,打算一块练了?老周呢?怎么没见她一块下来。"

吴丽娟摊开手:"天晓得她又跑哪儿去了,我早上起来就没见到她人。"

沈伯业嘟囔道:"八成又欺负人老周了。"

吴丽娟两边的嘴角下撇得厉害,嘴唇中间用劲地撅起来,不满道:"沈伯业,你对我有意见,我早就知道了。但是你有事说事啊!谁欺负周诒了?我看她最近,是有些不大正常的。"

陶斯甬惊诧道:"怎么,又发生什么事儿了么?"

"原来吧,我那金链子不是丢了,一时闹着找不着了么?可是前些天晚上,你们猜怎么着?我竟然在自个儿床头柜的首饰盒里找到了。我是肯定没有收东西的习惯的,这八成还是周诒帮忙收拾的。我就问她了,可是一问三不知,也不像装出来的样子。然后我就仔细回想了下,好像她现在吧,自己做过的事情都不一定记得了,八成啊……"说到这里,吴丽娟就顿住了,也没有继续把话往下讲,她的面色也跟着沉凝了起来。

陶斯甬微垂了头,目光与沈伯业对视了一番,他们都知道,吴丽娟说的是什么意思。人但凡上了年纪,突然记性变差了,恐怕不是什么好征兆。可是谁也没有把话说破,陶斯甬不过吁了口气:"我去叫程程,想法子一块把老周给找过来,咱们这《玉堂春》一定得排下去,少了谁都不行。这样吧,咱们下午再来一块排练。"

……

陶斯甬轻轻叩了叩程程办公室的门:"程程,在么?"

半晌,也没听见有人回声,陶斯甬心里嘀咕着,刚才上来的时候也没听说她出去了呀?

"有人么?"陶斯甬略略加重了力道,又敲了几下门。

"吱呀"一声,门缓缓开了。程程从门缝里探出头来,压着声道:"哟,是陶叔叔啊,有什么事儿么?"

陶斯甬笑笑:"我是想要你一块去找找老周的,该叫她快点下楼去排戏了。吴丽娟都归队了,她也不能跑呀。"

程程回望了屋内一眼,而后将办公室的大门敞开,"陶叔叔,你先进来坐吧。周阿姨这会儿就在我这儿呢,都睡着了。"程程说着就扭头去给陶斯甬搬了一张凳子来,陶斯甬轻声谢过,眼角的余光一下就瞥见了趴在沙发上瞌睡着的周诒。

周诒手里紧紧攥着床边的毛线团,眼皮子随着呼吸一颤一颤的,似乎连个瞌睡也不太安稳。

"她干嘛把手往毛线团里塞呀?"陶斯甬不禁问道。

"可能是在找线头在哪儿吧。"说完,程程又有些后悔了,周诒的手几乎整个都套进线团里了,这么说总是牵强了一些。

程程不好意思地笑了笑:"其实……"

陶斯甬用一个眼神止住了程程的话,他并没打算再继续追问什么。有时候,打破砂锅问到底,可能某种程度上,于周诒而言,也是一种残忍。

陶斯甬笑笑:"那这样吧,下午活动室,可一定得叫老周来。咱们这兴趣班,成立之初的时候是几个人,这排演也就是几个人。一个养老院里住着的,就得齐齐整整,少了谁都不行。"

……

午后,2201屋内。

南墙上嵌了一面长长的穿衣镜。吴丽娟走到镜子跟前,瞥了眼,才梳好的发髻又掉了一绺下来。她只得伸出手,抿了抿碎发。镜子里面是一件宝蓝色的旗袍,这都是二十多年前的旧物了,边角早就磨损得起了毛边,腰身也不算合适了。

吴丽娟越瞧，越觉得这旗袍颜色有些不太对劲。这是她母亲传给她的吴家传家宝，明明从前，这料子在光线下是莹润的色泽，就跟蓝宝石似的。也不知道是室内太暗了，还是镜子不够新的缘故，总觉得这旗袍整个看着有些差强人意。

这是当年申城最有名的绸缎庄苏记出的料子，既然是传家宝，到了吴丽娟手里头，除了刚结婚那会儿，她都一直没舍得拿出来穿。要不是想着今儿个要排戏，她还真不会从箱子里拿出来。

既然如今不合身了，吴丽娟索性就把旗袍前后的线都拆了，她用色系相近的丝线，缝了两道镶边上去。只多了那么丁点的宽度，旗袍穿上身就合适了许多。

出门的时候，几个护工和老太太们围着她转，都夸着样式改得赶时髦了，可把吴丽娟心里给乐的。说到底，她不管什么时候，总是个要面子、爱打扮的人。

下了电梯口，吴丽娟隐约瞥见一抹人影。那是一个年逾七十的男人，穿着深灰色的西装衬衫，这西装剪裁得当，熨烫得很是平整，看起来和这养老院的氛围有些格格不入。

整个养老院里，能这么讲究的，也就只有陶斯甬一个了。其他人，很少有穿西装衬衫的时候，更不用提穿了以后还要熨烫这么一回事儿了。因而她料想，这是一个从外头来的男人。

侧面看着，这人戴着一副金丝眼镜，下巴刮得很干净，脖颈上虽然长满了纹路，却丝毫不影响属于他的气质和整洁。

这种打扮和样貌，都叫吴丽娟觉得似曾相识，好像记忆的深处，某一张早已尘封的脸跟着被揭开了来。

那人一步一步地走了过来，吴丽娟惊诧地微微张开了嘴巴，她愣愣地站在那里，似乎有些身在梦中，不知如何是好。

那个男人走近了，唇角略略蠕动了下，像是想要说些什么，可是半晌也没有说出一句话来。

刹那间，吴丽娟颤着声喊道："世襄？"

那男人好似被点醒了一般，唇角略略一扬，笑得十分和煦："是丽娟么？"

吴丽娟只觉得心下十分激动，语无伦次道："是的，就是我呀！我是丽娟！"

"长得真像丽娜呀，刚才看见你的时候，我差点都要叫错你的名字了。"张世襄苦笑道。

吴丽娟一时五味杂陈，直低下头去。几十年过去了，没想到，张世襄心心念念的还是她那苦命的姐姐丽娜，她不知道究竟应该为此感到高兴还是失落。

高兴的是，吴丽娜没有爱错人，张世襄确实是个念旧情的人。失落的是，他眼里只看得见丽娜，却丝毫没有她的影子。

"你什么时候回申城来的？"吴丽娟忍住心下泛起的酸涩，咧着嘴，笑问道。

张世襄说："我去年就回申城了，这些年，申城的变化真是大呀。我记得我们二中学校里，从前有一片草坪，旁边种了许多法国梧桐，以前丽娜经常在树荫底下看书，现在倒是好，树干都光秃秃的，内里都被蛀空了，一副半死不活的样子，真是可惜呢。"

吴丽娟听张世襄说着，左一个丽娜，右一个丽娜，他对姐姐吴丽娜的深情，总是这样溢于言表。

她听了心里总觉得不是滋味，于是便故意引开话题。

"你在北城这些年过得怎么样呀？这次回申城来，算是定下来了么？"吴丽娟问道。

张世襄笑笑："我把北城的设计公司都迁移过来了，肯定是预备回申城定居了。一把年纪的人了，总是要落叶归根的嘛。对了，你怎么出现在天马了？你是……"

张世襄望着吴丽娟的脸，总是不免要想起她小时候跟在丽娜身后的样子。那时候丽娜总是袒护着她，不管什么时候都把妹妹放在第一位。

"我啊，早些年就已经离婚了，反正没儿没女的，一个人也落得自在，索性就搬进这养老院来住着了。那你呢？你好好的，怎么也来这儿了？"吴丽娟不解问道。

张世襄"咔"的一声笑："我不是说了嘛，我把建筑设计公司都搬到申城来了。最近市里都在提倡改善各个养老院的硬件设施，说要丰富老年人的生活，有很多的政策补贴下来支持的。我们就接到了天马养老院的扩建工程，原来的活动室呢，说是要改造成专门唱戏的排练室。然后你们楼下花园旁边啊，还要多规划一块活动区，什么羽毛球、网球、游泳、健美操等等，总而言之是可以容纳很多人的场地。"

"哦，是这样呢。"吴丽娟含糊地应了一声。

养老院的自动报时设备忽然响了起来，吴丽娟"哎呀"一声，忙道："不好意思了，我这会儿还要去排戏呢，有时间再聊啊。"

张世襄笑笑，做了一个手势道："赶紧去吧，别耽误了时间。"

吴丽娟抱歉地笑了笑，扭头便朝着活动室而去，那匆忙的背影有些慌张，竟然像一个迟到的孩子。

等到了活动室，吴丽娟探进头去，就看见大家伙已经唱开了去。她定了定神，忙从后门溜了进去，拿起戏本子也跟着练习了起来。

"玉堂春好比花中蕊，王公子好比采花蜂。想当初花开多茂盛，他好比那蜜蜂儿飞来飞去采花心。如今不见公子的面,我的三郎……"

吴丽娟一面唱着，心中也跟着起了涟漪。她想起了从前的许多往事。如果丽娜没有这么早死去，那么她与张世襄，多半也会永结秦晋之好吧？

吴丽娟揉了揉鬓角的穴位，又想起丽娜去世的时候，自己穿着不合身的麻衣，跌跌绊绊跟在送葬的家人后面走。所有的人都在悲痛中，却没有人注意到，她艰难追赶人流的狼狈。

吴丽娟并不知道，张世襄并没有离开。他不过绕到了活动室的后门外，身子靠在雪白的墙壁上，一动不动地听着里头的戏声。有两行泪水浸湿了他的眼眸，瞥见吴丽娟侧脸的一刹那，他仿若瞧见丽娜重生归来似的。

张世襄闭上了眼睛，泪水悄然淌了下来。

他其实早就打听到了吴丽娟住在这个养老院中，可是却一直没有勇气去见她。因为他知道，一旦见到她，总是会勾起他心底关于丽娜的许多伤心往事。

他花了几十年的时间去遗忘，原本以为如今已经淡忘了许多。可是现下，他又清楚地看到了自己的内心深处，从来都没有忘记过失去丽娜的痛苦。

整场戏排得稀稀落落的，陶斯甬放眼望去，似乎每个人都不在状态。

吴丽娟唱的腔调很是游移，也不知道心里在想着什么事；周诒呢，原本前次已经记住的词儿和动作，如今早就全然不记得了。

罗无名看着依旧是怏怏的神态，总有些提不上气来；沈伯业也不知道是怎么了，晌午还精神十足呢，这会儿也是有点倦怠了的模样。

人是来齐了，可是大家心不在焉的样子，谁看了都会觉得愁。

"伙计们，我跟你们说啊，程程可是来说过了，咱们这个唱戏的兴趣团，预备要上一次市电视台的直播节目。你看你们这一个个，心思都不知道哪里去了，那还上什么节目呀？可不就得被人看笑话了么？"陶斯甬拿来话筒，刻意放大音量说道。

诸人先是面面相觑，而后叽叽喳喳地嘀咕了起来。

"上什么节目呀？我怎么不知道呢？"吴丽娟甩了一记白眼，没好气道："我看我这练的一点都不好，要么识趣点主动退出算了。"

"那以后你要是心痒了，想来吊两嗓子，我这儿可不欢迎你了。"陶斯甬面色肃然道。

"我……我……"吴丽娟突然就被噎住了，话到嘴边，还是生生地咽了下去。这打牌又不可能天天打，哪天无聊了，可不就是还想唱两句嘛。

沈伯业瞧了眼吴丽娟，笑道："行啊，这是好事儿，说明咱们要上正规军了，真好。我家那几个孩子，都不知道我成天在养老院里做什么。唱个戏倒是正好，给他们也瞧瞧，我这也是老有所好呢。"

罗无名在一旁附和道："我还没上过电视台呢，要是露个脸，可也面上有光呢。"

周诒点了点头："我记得之前在美国的时候，好像有看到过咱们市电视台是有转播的。那我一会儿得上微信，给我孙女蕊蕊报个信，叫她回头注意看节目呢。"

你一言我一语的，气氛一下也就讨论开了来。陶斯甬趁热打铁，忙让大家伙赶紧重新练起来。想着有机会上电视，老人们一下都有了共同的目标，个个情绪都高涨了许多，一唱一扬，都格外用心。

散场的时候，沈伯业与罗无名说说笑笑地去了食堂。吴丽娟唤了周诒一声，半天也没见着没回响，想着她也不知道是哪里不痛快了，也不想自讨没趣，索性就背着包走了。

周诒坐在角落里，手里拿着不知道哪儿来的一朵花，一瓣一瓣地剥落着。她的手臂随着动作起伏，好像拈定一朵花也是极不容易的事情。

她的神色很是认真，夕阳映照在脸上，渗出了细细汗珠。"啪嗒、啪嗒"的汗滴在手背上，她好像丝毫也没有感觉。

"老周？一块去吃饭嘛？"陶斯甬一面说，一面在周诒地面的地儿拣座坐了下来。

周诒拿眼瞧了陶斯甬一眼，带着略略哀怨的口吻道："天刚，你总算知道要来看我了？"

陶斯甬微微一愣，他实在不晓得周诒口中的"天刚"是谁。不过他还是含糊地应了一声："嗯？"

"你看你，咱们就啸啸这一个独苗，好不容易把他培养到大学毕业了吧，你偏偏要撑着他去国外。这下好了，我们俩孤孤单单的，想见都见不着了。"周诒嘟囔道。

陶斯甬瞬间回过神来，看来，周诒是把他错认成老伴了。说起来，自打住到这养老院以来，罗无名也好，吴丽娟也罢，大致家里的情况，他也知道不少了。

就是周诒，难得有说自家事儿的时候。她不愿意说，他也不会刻意去问，到底住在养老院的人，多多少少都有些难言之隐。

"你不是每个星期都和美国的儿子、孙女通视频吗？视频里看到，也是好的。"陶斯甬若有所思道。

这话倒真不是安慰周诒，纯粹是他如今就是想和儿子知远通个电话都难，更别提视频的事儿了。知远一直恨着他，总也不肯与他多联络，他已经数不清有多少个日夜，没有仔仔细细地看过知远的脸了。

"视频里看到不假，可是那隔着一个屏蔽，还隔着一个太平洋呐。我摸不着蕊蕊那小脸，也感受不到儿子呼吸的热度。人明明都还活着呢，可是讲起话来，总觉得太冷了。"周诒说着叹了口气。

周诒只觉得脑子里空荡荡的，有些不安的情绪一下又挤上了心头。她把手放在衣袋里，空摸索一阵，好像这样就可以缓解一些焦虑。

陶斯甬将她的动作纳入眼中，脸上牵动了一下，关切道："那你有没有考虑过，可以去美国跟小孩一块生活一阵子呢？既然想着家里几个小的，又何必自己在这里煎熬呢？"

青色的草坪上，余辉映得金碧辉煌。热风拂进窗内，周诒用力吸一口气，一股姜花的香味，隐隐飘进她的鼻腔内。

"天刚，你难道真的不明白么？"说话的时候，周诒面上没了表情。

"这……"陶斯甬歇了半响，一时倒还真不知道说什么好。

周诒转过身来，就看见嫣红的绮霞和梧桐的落影交织在陶斯甬的脸上，影子微微摇曳着。

"美国再好，那也是别人的美国。我在那儿，总像是多余的。白天啸啸和他媳妇去上班了，蕊蕊又是住校的，家里头就剩下一条不大理人的金毛狗。卫生有扫地机器人，买菜一周一次，都是儿子开车带我去的。平时，我一个人在家里能干嘛呢？打开电视，新闻都是英文的，什么也听不懂。电视台调转到中文频道吧，又觉得没什么想看的台。走出门外，全都是老外，我这除了Hello、Thank you，其余的什么也不会讲。沟通不了，那就跟哑巴差不多。你说说，我一个人民教师，在美国过这种日子，憋屈不憋屈？"

周诒说话的时候，尽量用一种轻松的口吻说着。可是陶斯甬还是听得出来，这话里带着些许小脾气，更是多少含着一种无奈的自嘲。

陶斯甬袖着手，微微笑了笑："现在很多国外的教授啊，做几年都是要回国的，毕竟根在中国呢，走哪儿都忘不了。"

周诒摇了摇头："你从前有句话说我，'儿大不由娘'，叫我放开手，让儿子好好飞到更广阔的天地。我原来是不理解的，还和你恼过。不过现在又觉得，必须得去体谅孩子。啸啸比我们有出息，做大教授了。他的眼界、思路，早就在我们看不到的地方了。什么时候回国，我想总是有他自己规划的，难道还要我们眼窝子浅的人去指手画脚么？所以啊，你也别安慰我了，至多，我就是在这养老院住到床板穿了为止。"

周诒的话看似通透，可是实则又包含了压抑自己本心的痛苦。她不愿意去束缚儿子、孙女，也不愿意变成别人的负担，这才是她住到养老院的真正原因。

"时候有些晚了，赶紧下楼去吃饭吧？或者我帮你叫护工送到屋里去？"陶斯甬眼见着晚饭时间要过了，怕是周诒夜里要挨饿，便提醒了一声。

周诒失笑道："你要急着走，那就走嘛，又找借口。你什么性格，我会不知道么？一向最不喜欢听我唠叨，要不然咱们也不会走到分居这一步了。好了，天刚，你走吧，谢谢你来看我。"

陶斯甬愣了愣，就看着周诒毫不犹豫地起了身来，干脆利落地出了活动室外，没再回过头。他茫然地望着窗外，一堆青草正转成黯淡的灰光，夕阳彻底沉沦到了尽头……

自打知晓张世襄会来养老院督建扩建设施以后，吴丽娟总是有意无意给自己制造与张世襄偶遇的机会。

每次都是吴丽娟借故找话在那里说着，两个人肩并着肩走了一路，张世襄都是沉默的。

吴丽娟到底是个急性子的，一直看张世襄不说话，她也着急了，便壮着胆子问："世襄，你离开海城以后，结婚了么？"

张世襄顿了顿，目光望向远方的青翠山头，呓语道："人生就如你排练的那些戏，铺垫总是多余的，而最终引起共鸣的大概也就只有一次了。戏台上的人物虽然多，可是最后真正出彩的，也就只有那么一两个主角罢了。我觉得人这一辈子啊，不能太贪心了，能平平安安过好每一天，也就谢天谢地了。"

这话说得实在模糊，有些似是而非的味道。虽然张世襄没有明说，但是吴丽娟也能揣测个二三，想来他说的多半是人的孤独。她至少能看得懂，他眼睛里潜藏着哀痛。

可是吴丽娟不希望他们两个人在一起的时候，还是这样反复地陷入消极的情绪里。她希望张世襄能开心一些，于是她有意无意地说起大姐丽娜在世时候的种种趣事。

只要和张世襄说上话，吴丽娟自己也被他的神态一步步牵引回过去的愉快记忆里。她时不时仰头大笑，像个孩子一样畅快。

这一日，园子里养的几只鸡不知怎的，一下就冲出了笼子外头，追着吴丽娟的脚跟飞了起来。

那母鸡"咕咕咕咕"地叫着，在吴丽娟脚边留下一地的泥土碎。吴丽娟唯恐避之不及，一下就乱了方寸，脚下毫无章法地一通乱躲，结果一个跟头摔在了花坛里，人一下就愣住了。

张世襄眼疾手快，忙伸手用劲拉了吴丽娟一把。眼见着那母鸡又一通乱飞起来，吴丽娟一个踉跄，没抓牢，整个人竟然又从花坛里滚落了下来。

"别动！"张世襄高声唤了一声。

吴丽娟也便一动不动地杵在那儿，她的脸上满是泥土，看着真是狼狈极了。

却见张世襄几个箭步上前，连抓带赶，将那些母鸡统统送回了鸡笼里头。等到他返回花坛前，又仔仔细细地看了看吴丽娟身上，确认没有擦破、摔坏的地方，这才放下心来。

吴丽娟有些不好意思道："真没想到，有一天还会被几只母鸡追着逃。"

张世襄看着她，说道："那母鸡挺灵活的，一看就不是这花园里养大的，多半是山里送来的吧？"

"可不，说是要给我们熬汤用的，就养在这儿了。"吴丽娟说着拍了拍身上的土，起了身来，"你倒是一点都没变，什么时候都沉得住气呢。"

张世襄笑了笑，不置可否。

……

陶斯甬原是想到花圃里照看姜花，没想着，才到了园子里就听见母鸡"咕咕"叫的声音。

他以为是食堂新来的年轻人，又拿母鸡当乐子逗趣。哪里晓得走近了一看，是程程手里抓着母鸡在绑着鸡脚。

"程程，你抓鸡干嘛？"陶斯甬问道。

程程笑道："听说今天这些母鸡追着吴阿姨跑，可不得了了。我就想，还是早点杀了给叔叔阿姨们炖汤、做菜吃了好。别的都好，就怕这鸡追人，万一不小心摔一跤，那就惹了大麻烦了。"

陶斯甬笑笑："是啊，人一上了年纪，最怕摔跤，万一摔重了，还真不好过日子了。"

他从程程手里接过母鸡，帮着捆绑道："怎么不叫食堂的大师傅来抓，你一个女孩子，倒是一点也不怕的。"

程程咧嘴一笑："这有什么，就是叫我杀鸡，我都敢的。"

陶斯甬诧异道："怎么，你难道还杀过鸡了？"

程程抿嘴道："这倒没有，不过可以现学嘛。食堂几个师傅都在准备晚饭忙着呢，一时也抽不开身，所以我就想着亲自动手了。"

陶斯甬左右环顾了一番，看到旁边有把菜刀，就拿在了手上，作势要去一旁杀鸡。

程程愣了愣，而后忙道："陶叔叔，不好让您做这些事情的。您还是去一旁树荫底下乘凉吧，我来做就好。"

陶斯甬摆了摆手："怎么？我又不是手脚不好动了，杀个鸡还不行了？"

他说着就去旁边的水池洗了个手，然后把手腕上的瑞士表摘下，放进口袋里。他一面挽起袖子磨着刀，一面要程程去拿壶热水来。

程程不敢耽误，忙进厨房里头，要了一大壶热水过来。

一切准备就绪，刀落之前，他还是扭头道："程程，要不，你先进去忙别的？"

程程"哧"的一声笑："陶叔叔，我都一成年人了，不会害怕的。"

陶斯甬晓得程程的个性，便没再多说什么，拿了刀，就划拉了一道口子。看起来，这过刀很有功夫，悄无声息地就把一只活蹦乱跳的母鸡给解决利索了。

程程把水桶拎了过来，陶斯甬倒抓着鸡脚，等血过得差不多了，这才把整只鸡扔进了水里，三下五除二，就把鸡毛褪得差不多了。

陶斯甬将洗净的鸡肉交给程程："好了，给食堂掌勺的师傅，可以现烧了。"

程程连连赞叹道："陶叔叔，真瞧不出来，您竟然连杀鸡都这么专业呢。"

陶斯甬一面去水池边洗手，一面笑道："当年下过乡，这点功夫要不会怎么能行呢？以前我们剧团老领导就常说，我们是搞文化艺术活动的，就得从群众中来，到群众中去。既然能在台上唱戏，这台下杀鸡自然也使得。"

程程由衷钦佩道:"果然是老艺术家,德艺双馨呢。"

"这么点小事,可别夸我了,这帽子我可不敢接。"陶斯甬揩了把手,微微笑道:"程程,有件事情,我正好想问问你。老周的爱人,是不是叫天刚啊?"

程程略略一愣,而后轻声道:"是了,周阿姨的爱人,是叫这个名字的。怎么?周阿姨说了什么?"

陶斯甬左右环顾了一番,确认无人以后,这才压着嗓子,把那天排练结束后的事情复述了一遍。

程程在一旁听着,面色渐渐敛凝了起来,半晌才说道:"其实,您上次应该已经猜出来了。之前医生过来体检的时候,诊断说,周阿姨现在是阿尔茨海默病早期症状。听您说的,看起来是病情又加重了一些,都开始不认人了……"

程程顿了顿,又道:"您要是怕这事情给您造成困扰,要不下次周阿姨犯病的时候,您叫上我,我总能帮上些忙的。"

陶斯甬挥手道:"我问你这事,只是想心里有个底,倒不是说有什么困扰,或者想打听什么隐私。好好的一个人,谁又愿意得病呢?都是一个养老院住着的,我们不体谅,谁去体谅呀。没事的,我就这么一问,你也别放在心上。"

"那……"程程略有些不好意思地抿了抿嘴。

陶斯甬笑道:"快去把鸡给食堂的师傅吧,再说下去,这大热天的,鸡肉得变质了。"

"哎呀!"程程一拍大腿,这才想起来手里还拎着一只肉鸡,"那回头再聊啊,陶叔叔,我先走了啊。"

练完戏,大家都吃忙着喝鸡汤去了。周诒也不急着去食堂,不过搬了一张藤椅,在沿廊下坐着,她拿出绣了几针的鞋垫,预备要把这费事的活儿继续做下去。

说起来,其实周诒已经好几年没绣过鞋垫了。要不是最近手套和背心都织完了,她还不会想到做这桩活计。从前老伴天刚住一块的时候，总是糟蹋鞋子，一双鞋垫穿不了几回就出洞。因而她总是少不得要备几双鞋垫，好叫他有个替换，总不至于需要的时候没得穿。

说起来也算是一时兴起，还是夜里她陪着吴丽娟收拾箱子的时候，吴丽娟拿出一块不要了的鞋垫料子，她便讨了过来，想着正好可以绣一双鞋垫。

鞋垫的花样，周诒一向都喜欢自己设计，以前她特别喜欢芙蓉，总要在鞋垫中央画一朵，然后再用线头配色。那芙蓉的样子绣出来，不俗套，也不艳丽，任谁瞧了都会觉得欢喜。

家里亲戚、朋友，从前谁去了她们家，那都是要央着周诒给绣一双鞋垫的。周诒总说，平时学校带毕业班很忙，也没这么多功夫绣的。一来二去，也便推了不少人。

这次，想着要淡雅点的样式，周诒便描绘了菊花的式样。那花丝针针分明，看着比从前的芙蓉还要来得清丽。吴丽娟就打笑说，这么好看的鞋垫，她得偷了拿去卖，纯手工的，肯定能卖不少钱。

周诒一面想着，一面就捏着绣花针，才绣了没几根菊花丝，就觉得眼皮子直犯困。她想着索性要么靠一会，休息一下。哪里晓得，才闭了眼睛，一下就迷迷糊糊地睡了过去。

睡到一半，好像隐约有人来了。周诒揉了揉眼睛，生涩地睁眼一看，却发现是陶斯甬，手里端着一碗鸡汤出来了。

周诒心下一惊，慌乱中忙坐直了身子，说道："哟，陶老师，你怎么出来了？大家都吃完啦？"

陶斯甬笑道："老吴嚷嚷着，说你还不进去喝鸡汤，可着急了。她又不好意思给你送出来，觉得有些交情。就推着我送一份过来，说叫你一定尝一口。"

"哦哦，是我不好意思了，刚才就是想抽空再做点针线活，哪里晓得，眼睛一盖就睡着了。"周诒一边说，一边将鬓边的碎发挂到耳后。

她觉得自己刚才睡过去一定很失礼，还被人瞧见了，说什么也有些不好意思了。

陶斯甬将鸡汤递了过去:"唱戏出了一身汗,这会儿喝鸡汤补补水,正好。"

周诒接过,仰头喝了一大口,赞叹道:"新鲜鸡汤果然味道鲜美啊。"

陶斯甬笑道:"可不是?程程对这些鸡比大厨还上心了,都养成半个专家了。"

周诒捧着碗,低头笑道:"这姑娘有心,咱们谁都看得到。"

陶斯甬余光瞥了眼凳子上的鞋垫,问道:"你会绣鞋垫呀?"

周诒拿起绣了一半的垫子,在陶斯甬眼前晃了晃,说:"就是瞎比画做一做,做功好赖说不上,勉强能绣着用用吧。"

陶斯甬细细看了一通,赞叹道:"那你是真谦虚了,这手工,一看就很地道的。从前我老伴也喜欢做鞋垫,可费时间了,眼睛都看着酸呢。你倒是也耐得住性子呢。又是织毛衣、手套,又绣鞋垫的。"

说话间,原本在食堂里的几个老人都齐齐地出现在了院子里。

吴丽娟眼尖,一眼就看见周诒手里捻着的鞋垫,不由得嚷嚷道:"噢哟,老周,这鞋垫又绣上了?来来来,你快帮我看看我的旗袍。我原本是滚个镶边上去,想着改改尺寸。哪里晓得,穿了没几天,镶边走位了。你看看,能不能帮我重新拆线,改一改呀?"吴丽娟说着,就从背包里把一整件的旗袍给敞开了。

周诒接过,在手里左右摸了摸,笑道:"这么好的料子,你倒是抬举我了。我不过瞎比画做做,又不是裁缝铺里的老师傅手艺。我看你自己改的旗袍就蛮好的,再加点线,定定形就是了。"

吴丽娟别扭笑道:"我不就是想这衣服改一改,更出彩些嘛。这排练穿在身上,唱起来我也带劲。这活儿啊,还真就非你周诒莫属了。我都跟你一个屋这么久了,你什么手艺,我能不知道么?要不,我叫你一声周老师,帮帮忙嘛。"

周诒笑着摇了摇头,抖开旗袍,把手指放上去,对照着吴丽娟的身形大致丈量了下,沉吟半晌,而后抬头道:"这肩头的尺寸恐怕还得改大一些,腰围倒是可以再缩一缩,是变形了。"

沈伯业在旁边听了接嘴道:"我看这样成。"

吴丽娟"噗嗤"一笑,"人家是跟你说话的吗?你一个男人懂什么?一边儿去。"

沈伯业得了句骂,只能扯着嘴皮笑两声,干脆在一旁坐下来,就看着周诒手里做活。

周诒的性子就是不做则已,要是做,那就得认认真真仔仔细细地做着。因而接了吴丽娟这活儿,她一点也不敢马虎。

陶斯甬和沈伯业帮着用两张板凳,搭了一个简单的平板桌子。吴丽娟索性回房拿出了划粉、剪刀、软尺、针线一类的,想着周诒多少能用得着。

周诒笑着从吴丽娟手里接过一箩筐的工具,然后就把旗袍在板上摊开,用水抹平边角。

她将旗袍叠了几层,又比对着吴丽娟看了看,心里也就思忖着如何改动的事儿。

吴丽娟一面盯着,一面自言自语:"嗨,老周,你改衣服,都不需要我拿旧的板式来比对看看的么?我就不兴,肯定还得前后多比对才行。"

周诒眼睛盯着旗袍,微微笑道:"老吴,你这前面才说我手艺了得呢,现在又不放心了?我知道你这旗袍宝贝着呢,要是心里真的担心,要不还是拿回去?"

吴丽娟嘟囔道:"噢哟,就属你小气了,我说个几句都不行了哦。你又不是不知道我这个人的脾气,直来直去的,有什么说什么。这不,也不知道背地里得罪多少人了。"

吴丽娟说着,瞥了眼沈伯业,哼唧了一声。沈伯业清了清嗓子,眼睛就望向别处,假意跟陶斯甬说着话。

"你这是做人要体面,什么都想做到最好,对生活质量有讲究。

那习惯了嘛,对自己总是有个高要求的,这也正常。"周诒说道。

吴丽娟乐得拍了下周诒肩头,"还别说,你这话说得真好。下次要是再有谁说我鸡毛,我拿这话堵他。我可不是不好相处,只不过就是要求高一点罢了。"

沈伯业听了,心下琢磨了半晌,这才恍然大悟,靠近陶斯甬耳边嘀咕道:"你看这个吴丽娟,绕这么大个弯子,可不就是要对付我的么?"

陶斯甬笑笑说:"我看你跟她吵架拌嘴就很自在。"

沈伯业耸了耸肩,"你知道的啊,我从来都是好男不跟女斗。如果不是吴丽娟主动挑衅,我可决计不会越出雷池半步。"

"你们俩嘀嘀咕咕说我什么坏话呢?"吴丽娟眼珠子骨碌碌一转,一下就盯着沈伯业犀利问道。

沈伯业忙背过身去,脚底抹油道:"欸,我去看看老罗怎么样了,他刚才还说头疼呢。"

周诒抬起眼来,看看陶斯甬,又看看吴丽娟,三个人面面相觑,而后一下都笑出了声来。

| 第十章 |

酒不醉人人自醉

自从那日以后，吴丽娟就再也没怎么见过张世襄。工程队的人在养老院里进进出出的，吴丽娟随意抓了一个人来问，都问不出张世襄的踪影。她有些不甘心，又有些懊恼，仿佛一下子又有了少女时期才有的烦恼。想起之前世襄谈起过公司的名字，她便决定写信给他。

约莫过了一周多，吴丽娟才收到了一封回信。等到拆开一看，笔迹潦草，不过寥寥几句客套话，跟她印象里那个张世襄的感觉完全是两样了。这样敷衍的态度，是吴丽娟所不能接受的。她拿着那封信，气得够呛，浑身有些打冷战。

一封信，三行字，这是厌烦？奚落？或者不屑？似乎他的用意也很明显，就是要吴丽娟不要再联络，也不要再纠缠了。

这样一想，吴丽娟心里就多添了一道伤痕。他这种不近人情的回信，压根就是看准了她要面子，死死地压过去了。

吴丽娟内心一直觉得，虽然自己年纪大了，也离过婚，可是到底心如皎月，对张世襄那份感情，也总是弥足珍贵的。她以为，他对她一样也是有感情的。可是现在看来呢，竟然成了张世襄手里可以随意抛掷的玩意儿了。

吴丽娟越想就越是气恼，没想到一把年纪了，竟然还要遭这样的折辱。亏她还一直认为，张世襄有学者一般冷静的头脑，又有诗人一样浪漫的性格。现在看起来，还真是她自己蒙蔽了眼睛。

想及此处，吴丽娟闭着眼睛就把张世襄的来信撕了个稀巴烂。

在一旁绣旗袍的周诒吓了一跳，赶忙抬了抬鼻梁上的老花镜，"老吴，你这是怎么了？这些天，我看你心思一点都不在，这是怎么了？"

吴丽娟咬咬牙，一把扯过周诒手里的旗袍，而后捏成一团，扔到地上踩了好几脚，"算了算了，这旗袍我不要了！"

周诒诧异地微微张开了嘴，俯下身去，将旗袍拾起，拍了拍上头的灰尘，问道："你不是挺喜欢这一身的么？好好的，又说什么气话，说得好像排练时不想穿这个了似的。真是小孩子脾气，一会风，一会雨的。"

吴丽娟听了这话，只觉得心里头更是委屈。她想到张世襄信里那些字，感觉有一头小恶兽在她心里乱咬、发狂。她扯了一张信纸，恨不得即刻就写信到张世襄面前问个明白，骂个利落。可是拿起笔，又觉得心里有芒刺在戳。这种愤愤不平的感觉，使得吴丽娟自己都有些诧异了。

她扔了笔，忽然就拉住周诒的手臂，呜咽大哭起来。周诒也不着急，吴丽娟这脾气上的阴晴不定她早就习惯了。只是她从来没有见过，吴丽娟有这么伤心的时候。说起来，先前她和刘绸争房子那会都没现在来得撕心裂肺。这哭声又多少叫周诒有些怜悯同情起了吴丽娟来，她轻轻拍了拍吴丽娟的后背，什么话也没多说，想着这个时候，沉默便是对她最大的安慰了。

等到眼泪哭干了，吴丽娟才抬起头来，红肿着眼眶望着周诒道："我真是被自己蠢死了！"

周诒拍了拍吴丽娟的手背跟着叹了口气："好了，哭也哭过了，也差不多了。再闹下去，该伤身体了。"

周诒从热水中捞起毛巾，绞干了，递给吴丽娟道："喏，擦擦脸，一会儿下楼可别被人看着笑话了。"

吴丽娟犹豫了下，还是接过毛巾，手里来回地翻着。等到热气散了一些，这才将毛巾捂在脸上，只留眼睛眉毛在外面。她的脑袋往椅子后一仰，舒舒服服躺着，眼睛微闭着。这时候，氤氲的热气顺着鼻腔流窜到五脏六腑，使得她整个人都轻快了许多。

未几，吴丽娟挺身坐直了，胳膊就撑在椅背上，整个人朝着周诒探过身去说："你应该知道，我有个旧相识，最近承包了咱们养老院的工程。前段时间，倒是常见面的。"

周诒点头："是了，你每次见面回来都特别高兴。"

吴丽娟面色一红，赶忙又用毛巾捂着脸，含糊道："他叫张世襄，原本是我亲姐姐丽娜的男朋友，都到了谈婚论嫁的地步了。那时候要不是……"

吴丽娟重重地叹了口气，又继续说道："怪只怪，那年开春，我突然得了天花，病倒了。去看了医生，说是只要痘花发出来，那就好了。家里人烧了香，供了痘花娘娘，可是几天下来，都没发出的样子。姐姐一向最疼我，看我憋得难受，特别可怜，就又去卫生院问了医生，怎么才能让我发痘。医生就讲，可能是要吃一些发物。可是那时候，饭都吃不饱，又哪里找什么发物去呢？姐姐就听在耳朵里，趁着家里人顾不上，拿了鱼竿就去河边要钓鱼。那可是接近清明，雨水多的时候，河里的淤泥那么多，脚踩下去可不就是像溜冰似的么？可姐姐就是犟啊，说去钓鱼，就一定要钓几条回来。可是她到底没经验，白费了许多工夫都没吊着。后来，一不小心还被水里的水草勾到了，人就跟着被带到了河底。"

"然后呢？"周诒给吴丽娟倒了一杯热水递过去，这还是第一次，听她提起这位姐姐丽娜。

"然后啊……姐姐就摔坏了，那可是冬春交替的河里啊，能不冷么？等到人家发现她的时候，脚都在水里冻坏了。回到家里，姆妈给她烧了一大锅的生姜水，可是吃完也不顶用啊，夜里她就在被窝里冷得直发抖。等到天亮了，送到卫生所去看，气儿也没剩多少了。"吴丽娟说着眼圈又红了起来。

"拖了两天，姐姐两腿一蹬，直接撒手人寰了。姐姐死了，我倒是吃了鱼，出了痘花，也退了热，除了身上几个疤，倒是什么事儿也没有。虽然家里人什么话都没讲，可是我知道，他们都怨我呢，都觉得是我害死了姐姐，包括世襄……我甚至觉得，他突然回海城来，是不是就是为着报复我来的，他心里到底是没有放下姐姐的……"

"你说人家那张世襄，头发都白了，还有什么仇怨放不下的？我看，倒是你自己，一直没放过自己呢。"周诒摇了摇头说道。

吴丽娟苦笑一声："我一直觉得，我和叶琮上一段婚姻不幸福，也是活该。我害死了姐姐，又有什么幸福的权利呢？甚至连后来一直怀不了孕，我都觉得是天意。这是我欠她的，总是要慢慢还的。可是这个可恶的张世襄，我……"

话到这里，周诒终于明白，为什么陶斯甫曾说，吴丽娟是个自己与自己过不去的人。

与周诒说了说闲话，把心底多年积攒的郁闷一股脑地倾诉开来，吴丽娟便觉得多少好受了一些。

可是吴丽娟就是吴丽娟，她到底是不甘心，这好好的，一封信就把人给打发了，这是她决计不愿意看到的结局。

隔了几日，早间，吴丽娟站在养老院的大门口，伸手在额头上打了一个罩眼，遥遥地往停车场方向张望着。晨间的日光已经有几分明媚，吴丽娟身上就穿了那件周诒重新给拾掇过的宝蓝色旗袍。她特地在脖颈上搭配了一条西湖水色的丝巾，一头搭在胸前，一头掖进旗袍的襟扣里。

她的头上还没有多少白发，说起来，差不多年纪的时候，她的姆妈也是这般青丝依旧的。要不说，这人过了六十，多半还是得靠着天生底子走着呢。

头上的发髻盘得很是精致，外头特地罩了一个黑色的网罩定型。这都是今儿个天还没亮的时候，吴丽娟央着周诒帮忙给做的发髻。

周诒盘发很有讲究，那必须得是沾了清晨露水的檀木梳子，一丝一丝地把头发向后脑勺梳去。因而她手下出来的发型，总是格外仔细、工整。

下楼之前，吴丽娟特地从窗外的花盆里，折了一枝含苞待放的白色蔷薇。她把花别在了发髻边上，看得周诒直笑说，吴丽娟这是真真的老来俏。

吴丽娟下了楼，在大厅走着，时不时就从玻璃窗上看着自个儿的倒影。现在这一身打扮，外人看来，怎么也比她实际年龄要小上个十几岁。体态保持得好是一个方面，皮肤保养也是重要的功课。她最喜欢倒腾那些瓶瓶罐罐，护肤品几个月用一套，眼角四周虽然还是有些鱼尾纹，但是好歹皮肤看着比同龄人好上许多。

清晨阳光下，吴丽娟就顶着这样一身打扮，在那里等候着。

实际上，吴丽娟也并没有什么约会可言，她不过就是清早睡不着了。又听见窗口有喜鹊在那喳喳叫唤着，总觉得是不是今天会来人了。比如，那个躲着不见人的混账……

总而言之，她就是没有任何道理可讲，就这么鬼使神差的一早就在养老院的门口张望着。

吴丽娟脚下不断地挪动着，她多少有些心神不宁，总觉得心里头有些惴惴的。她知道自己今天有些不可理喻，可她就是在房间里头待不住了。

养老院的清洁工，提了一桶水，从大堂穿过。她看吴丽娟那副痴痴望着的样子，就忍不住说道："吴家阿姐，这什么喜鹊叫的兆头，你哪能信呀？咱们养老院，来来去去的就这些人，今天也不是什么节假日，谁能来呀？"

吴丽娟听了这话，转身挑眼道："我虽然不像其他人有孩子可以来探望，可是朋友总是有的嘛。一会儿要是真有人来了，还不得叫你闪了舌头。"

清洁工嘻嘻笑道："那我也巴不得有人来看看你，这样你说得高兴了，我路过看一眼也觉得高兴。"

吴丽娟不由得转过眼去："瞧你这话说的，我怎么听了还觉得有些鼻子发酸了呢。"

说话间，不远处的停车场还真拐进来了一辆黑色的丰田小轿车。车子转弯，磕碰在起了边角的路面上，响起的声音不时地传到大厅里来。

吴丽娟有些紧张地走到大门口，她不知道从车子里头会下来什么人。要是来的是别人的家属，恐怕她又少不得多一回失望了。

吴丽娟重新打了一个罩眼，把直射的阳光挡住，然后细细地瞧着。从车上下来，穿着白衬衫的那个老头，不正是张世襄么？

天呐！竟然真的是他！

吴丽娟心里头又是惊喜，又是懊恼。她有些手足无措，不知道自己应该上去迎接他，还是应该如何。她就这样愣愣的，一直到张世襄走近了。

张世襄还是那般风度翩翩，他见了吴丽娟也是略有些诧异，不过仍旧礼貌笑了笑："怎么？几天不见，就不认识我了？"

吴丽娟"嗯"地含糊应了一声，这才从万般纠葛的情绪里回过神来。她清了清嗓子："我是没想到，竟然会在这儿看到你。"

张世襄顿了顿："我今天就是专程来找你的。"

吴丽娟一怔："你说什么？你说的我怎么听不懂？"

张世襄笑了笑："你要么去前台登记下，今天跟我出去走一走，兜兜风吧。"

吴丽娟有些恍惚，她不知道张世襄怎么比她一个老太婆还要反复。不过她也没有多想，还是很快走到前台，捂着胸口"噗噗"直跳的心脏，给程程打了一个电话知会了一声，又小心翼翼地登记好了，这才跟着出了门外。

张世襄虽然年纪大了，但是开车却是一点儿也不含糊，很是稳当。他陪着吴丽娟重新回了一趟申城二中的校园。

这会儿阳光正好，深绿的草坪上，铺满了金色的光。风徐徐吹过耳畔，温温的、润润的。吴丽娟情不自禁地深吸了一口气，一股

102 | 玉堂留故 |

芳香气味一下就将人包围住了。那是申城二中当年由他们这一代学生，亲自种下的栀子花。没想到现如今，竟然开得这样好了。

"世襄，我想在草坪上坐一会儿。"吴丽娟回过头去，望着张世襄说道。

张世襄点了点头，两个人一块走到教学楼的梧桐树荫底下。

张世襄背靠着梧桐，窸窣作响的叶子里，潜藏着不知道多少人的青春年华。吴丽娟忍不住俯下身去，脸靠在青草上。泥土与青草混杂着，伴随着若有若无的栀子花香味，暗暗在两人周遭浮动着。

吴丽娟略略抬起头来，却见不远处金融大厦的玻璃钢外壳上，倒映出一束光线来，映在张世襄的脸上，泛起一层略带沧桑的白光。老天可真够不公平的，这么多年过去了，他的脖颈还如当年那样线条流畅，可真是好看呢。吴丽娟心下想着，难免起了一丝复杂的心绪。

"世襄，我……"

吴丽娟刚一开口，张世襄却拉着她的手腕朝草坪外走去。

"我带你去个老地方。"

两个人穿过教学楼，蜿蜒的小路层层叠叠穿插而过。两个人出了申城二中学校的侧门，到了一条弄堂。这儿从前本是垃圾堆，现在却开发成了商业街。各式各样的店铺林立，应有尽有。

张世襄拉着吴丽娟进了一家小饭馆，点了好几样申城菜。诸如双档汤、鸡骨酱、南翔小笼、生煎包、卤糟猪脚等等，张世襄依次都各点了一样。

吴丽娟一时兴起，吃饭的档口，要了几瓶店主自酿的黄酒。这酒看着黄灿澄净，入口还带点甘甜，可是后劲却也很足。吴丽娟不知道厉害，酒才上来，菜还没下肚呢，就先当着张世襄的面，连着喝了好几杯。她心里真是苦闷啊，这么些日子，好不容易逮着有酒喝，那也便什么都顾不上了。

未几，吴丽娟感到一阵微微的晕眩，脑袋里昏昏沉沉的，有些酒意上头的意思。刚才灌下去的那几杯黄酒，到底是后劲十足。到了这会儿,她已经两只眼睛又酸又热的了。张世襄那张脸,好像也起了一丝酒晕,看着就是一团细细的微火,在吴丽娟眼里迸跃着。

吴丽娟不是一个心里憋得住事情的人。她借着酒劲,疯疯癫癫地说了不少胡话。她越说,越是来劲,还不住地拍着饭桌,众目睽睽之下,一时引来了其他饭客的注意。

张世襄怕她继续闹下去,怕是大家脸上都不好看。于是他请厨房的帮厨帮忙,专烧了一碗姜汤过来,就为给吴丽娟解酒用的。姜汤一端上来,张世襄就给吴丽娟灌了下去,还给她悉心拍了拍背。吴丽娟眼见着作呕的样子,张世襄忙又扶了去吐了,还不忘替她揩了揩嘴角。

"好好的,喝这么多酒干嘛?你又不是酒量很好的人,丽娜从前就常说,你这个小妹最不能喝酒,喝了就要误事。"张世襄一面说着,一面握住吴丽娟的一只手,而后一根根指尖轻轻按摩过去,"感觉舒服点了么?要是还不行,那我送你去医院看看。都怪我不好,刚才都没看着你,喝酒这样喝法,是要伤人的,下次不能这样了。"

吴丽娟缓缓地抬起头来,一双眼睛早已经吐得通红了,"还能有下次么?我看你,十天半个月不见人影,那明摆着不是躲着我么?我看你今天是一时得了空,就想起我,随便带我走一走,透口气。可是改明儿,你怕是说忘就忘了吧?我,吴丽娟,过了今年就要七十岁的人了,还有什么没见过呢?你说你吧,你这种人就是满脑子糨糊,拎不清的人呐。"

"从前姐姐还在的时候,我就觉得,你对人真是温柔贴心。可是现在看起来,你这个人也挺孬的,没事就别来招惹我呗,一会儿近,一会儿远的,你以为我是一条鱼呢?不好意思,我年纪大了,游不动喽。"吴丽娟吃力地吁了口气,眼里也不知道什么时候含了泪。

张世襄看吴丽娟这样说,只觉得心下百转千肠,起了无数的念头。他迟疑了一会,还是伸出手,轻轻抹掉她脸上的眼泪。

哪里晓得,吴丽娟突然把整张脸埋到了他肩上,一把鼻涕,一把眼泪的,直把人衬衫糟蹋得不像样子了。这还不算完,吴丽娟心里头一股憋了许久的怒气涌了上来,一张嘴,就狠狠地咬了张世襄肩颈一口。

"哎哟!"张世襄尖叫一声,"丽娟,你可真能啊!"

吴丽娟冷哼一声:"我就是要你记住,别以为年纪大了就可以瞎搞了。我吴丽娟就是吴丽娟,哪里是你好随便欺负的!"

她就是要咬疼这个糟老头子,要他记住,这辈子临到死都忘不了。得罪她吴丽娟,可没什么好果子吃。

到了这一步,张世襄龇牙忍着痛,还是扯着吴丽娟起了身来,"行了,我看你这酒还没醒,我不跟你计较。走,我送你回养老院去。我跟你讲,你这个人,真的是不讲道理的,还跟小姑娘似的任性呢。总有一天,我……"这话到了一半,张世襄却顿住了。后面的话,他是无论如何都不能说出口了。他心里到底在磨叽什么,吴丽娟是一点也不晓得,更是没辙了。

她拢了拢头发,扯了扯衣角,推开张世襄,自个儿摇摇晃晃地走出了小饭馆。

张世襄心绪复杂,顾虑实在太多。不过他到底体谅吴丽娟是喝多了酒,还是好言劝着把她送到了车上。

吴丽娟心里那口气还没出完,一路总是拿捏着张世襄冷嘲热讽着,似乎是故意要他生气。

张世襄也不在意,不过若无其事的样子,说说笑笑的。他就是这样,无论什么情况下,都不容易发脾气,性子稳得一塌糊涂。他越是这样,吴丽娟就越是觉得心里头难受,她临到老了,还是没能握住张世襄这颗心呀,这能不叫人觉得焦躁么?

"张世襄,你是不是不会发脾气了?你跟我吵吵架好不好?"吴丽娟睨了眼汽车反光镜里的张世襄,闷闷说道。

张世襄笑笑:"发脾气又能怎么样?也不能解决问题的。乱发脾气可不好,你也得收收心了。"

吴丽娟想，收什么心呐，这一颗心早就零零碎碎被某人踩了个稀巴烂了，真是有苦没处说去。

张世襄为了让吴丽娟消消气，还是开车带她到附近的古镇兜风转了一圈。眼见着太阳要落山了，他才把人送回了养老院。汽车停下，挂好停车挡，张世襄率先下了驾驶座，绕到后面去给吴丽娟开了车门。吴丽娟觑起眼来，盯着张世襄看着，脚也不肯动一下。

张世襄顿了顿，做了一个"请"的姿势，吴丽娟还是一副不领情的样子。实在没办法了，张世襄只好蹲下身来，拍了拍自己的肩道："行了，要是走不动，我背你进去。"

"啧，说得好像谁稀罕似的。"吴丽娟抱怨了一声，不过还是双手揽住了他的脖颈，一下就趴到了他的背上。

吴丽娟还真不比从前年轻时候了，如今体重涨了一些，张世襄背在肩上，就觉得十分吃力。远远看着，就好像背了一个重壳的蜗牛，颤颤悠悠地朝着养老院的正门爬去。

张世襄越遭罪，越吃力，吴丽娟心下就越痛快。

"我跟你讲，不要以为，你这么背我一下，我气就能消了。我跟你讲，我可讨厌你了，最好你下次别叫我再看见了。要不然，我拿我们养老院的扫帚，直接把你扫出门去。"吴丽娟唇角扬起了一丝略略得意的笑容。

哪里晓得，张世襄脚才迈进大门，吴丽娟就看见陶斯甬、周治、沈伯业，甚至是罗无名，齐刷刷地站在大厅里，直愣愣地盯着他们看。吴丽娟看他们的脸上，有诧异，有吃惊，更有难以置信。那一刹那，她就觉得好像直接被人剥了皮似的，一张脸一下就红若熟透的虾子。

她想着完了，这会儿她在院友们面前，那老脸更是被扯了个稀巴烂了。

"站这么整齐看什么看！真是的！"吴丽娟捂着脸，一把推开了张世襄，径自就往电梯跑了过去。要是在这里再多待一会儿，那些人的眼神，可真能把她给淹死。

再说那张世襄，看了看吴丽娟这几个院友，再看看早就跑得没了边的吴丽娟，只能尴尬地笑了笑。他一面揉着发痛的膝盖，一面低着头，拐着脚，忙转头朝着外面的停车场走去。

| 第十一章 |

玉堂春

　　日子差不多了,程程专门包了一辆车,预备送老人们去电视台参加正式的拍摄。全剧本的《玉堂春》,流传面很广,即便是在昆曲流行的申城,也有不少人关注。

　　剧中的情节、唱腔、耍的功夫,纷复繁杂,一说是一班养老院的老人领衔的班底,不免就引来了一些议论。

　　电视台里面,对于邀请这些非科班出身的老人上台表演也有不同的意见。有人说,这老人能不能演还是一回事,要是正式直播的时候,出了点乱子,这电视台的招牌被砸了也说不准。而且人上了年纪,就怕各种意外,一般的展台也不敢贸然叫老人的戏班子出来演一场。

　　可是姚光潜作为节目的新人编导,依旧据理力争,说这天马养老院的班子,是申城剧团知名男旦陶斯甬亲手调教出来的。他想,老人们的底气和自信,总是充足的。姚光潜更是相信,老人们"老有所乐、老有所安"的精神面貌,一定能够真正感染到电视机前的大多数观众。

　　在正式开拍之前,姚光潜还联络了申城戏剧学校的学生们过来帮衬。这些都是正儿八经科班出身的,唱做都是一把好手的孩子。有他们的加盟,表演的可看性也便提升了许多。

　　一早,陶斯甬带着戏曲兴趣班的几个老人早早地吃了早饭,便开始装扮起来。陶斯甬今天要亲自给大家伙化妆,每个人都拿出了最好的精神来预备着。

陶斯甬从前都是自己动手勾绘描画脸面，一阵子不碰油彩了，可是手艺也没生疏。程程在一旁打下手，就看着陶斯甬拿着描笔，在老人们长满褶皱的脸上细细地刻画着一张又一张脸谱。费了差不多一上午的功夫，才算是准备妥当了。大家这才一块上了车子，朝着电视台进军。

说起陶斯甬穿戏装的风姿仪态，整个申城怕是无人能及的了。长得正派还在其次，他这一辈子，走南闯北，在各大城乡角落里挨个演下来的经验、落落大方的谈吐风度，那是一辈子都没出过门的人不好相比的了。

不知道情况的人，还会觉得十分诧异，想着这世间怎么会有风度这样好的老人。等到有人知道陶斯甬是申城剧团退下来的男旦，又马上表示不屑了，自觉陶斯甬有这样出色的气质也是再正常不过的事情。

陶斯甬的大气就体现在，他从来不会把旁人私下的议论放在心上。他只要自己待人诚挚，无愧于心即可。至于旁人窃窃私语说了什么，倒是跟他一点干系也没有。

他这份豁达大气，也便是养老院上上下下的人对他敬重的缘由之一了。他是天马养老院戏曲兴趣班的灵魂和核心，可以说，就是因为有了他，老人们才有了凝聚力。

陶斯甬梳假发髻的手艺也很了得，三两把刷子下来，就能梳出一个合适的配戏发型来。这假发不容易梳好，既要乌溜水滑，还得别在头发合适的高度上，至少要看着不别扭。其他人看陶斯甬梳得好，都想学一学，可是结果自然是学得不伦不类。几个老人里，也就只有周诒手巧，能学到个五六分像。陶斯甬倒是也不嫌麻烦，教戏之余，手把手教了老伙计们好几次，虽然他们也没真的学会多少。

陶斯甬今天穿的是一身跟了自己几十年的戏服，配的是同色的头饰。这是当年在老师傅那定做的款式，上头的团花古朴又不失美观，如今真是难得见到一回了。

来养老院以后,这还是陶斯甬第一次穿自个儿的戏服出门。这种戏服罩在身上的感觉,真是久违了。

一路上,老人们叽叽喳喳地聊着天,大家兴致都很高涨。就连一向精神不好的罗无名,今天看起来都顶了十二分的精神。车子到了申城电视台门口,陶斯甬收拾妥当,率先下了车。一众老人随着门口保安一块进了大厅,纷纷好奇地张望着电视台的内部装饰。

陶斯甬回过身去,望着回旋玻璃门外敞阔的走道,心中难免起了一丝涟漪。这儿从前是国光大剧院的旧址,他也在这儿唱了不少的戏。如今,这一带经过建筑专家的规划,与从前已经大不相同了。清新的空气,整齐排列的街道,道路两旁都是人工培育的花草树木,绿沃得出奇。

程程在大厅的半圆形前台登记证件信息,老人们就在一旁的黑色真皮沙发上坐下,歇口气。

电视台的建筑是最时兴的样式,偌大的落地式玻璃窗,让整个空间都十分敞亮。大厅的装修都是北欧的简约风,灰白的色调中,茎蔓怒长,不时穿插在各色桌椅之间。

电视台员工依次刷卡进了电梯区域,白色的墙壁上,一溜的都是电梯的银色按钮,整整十二架电梯,保证了日常人工的正常运转。

陶斯甬微微阖上眼睛,倚在沙发的靠背上。隐隐的,他的脑海中,人影幢幢而过,好似国光大剧院门口的灯火又亮了起来。

剧院的门口墙壁上,总会贴着各色的海报,玻璃框中粉墨描画的扮相,总是叫戏迷看得如痴如醉。脂粉、脑油、烟草、香水,只有那种混杂的气息飘入鼻中,那才算是真的到了剧院。

但凡有人下了车子,剧院门口便总会有卖花生、瓜子、蟹壳黄的小贩围上来,争着抢着要做看戏客人的生意。说是小贩,其实那都是孩子,可是力气却是不小。每个人手里都拎着一竹篮的好货,篮子上头的白毛巾也是必不可少的。只要掀开来,里头的零嘴都是敞开的样式，好叫人看得清清楚楚、明明白白，总能勾起人肚子里的馋虫来。

他的妻子爱姝，一向是最富有同情心的人。

每次来剧院，看到这些孩子叫卖，她都会忍不住去买个一两包零嘴来。

爱姝也不是自己吃，不过就塞到布袋子里，笑说要带回家去给儿子知远解解馋。那时候工资也没几块钱，她自己一年到头都吃不上几口甜的。可是给知远买好吃的，她总是最舍得的。

"叔叔、阿姨，咱们准备进去啦。演播厅在十九楼，我刚才电话沟通了下，正式开拍前，咱们可以再彩排两次。"程程笑盈盈地迎了上来，对老人们说道。

陶斯甬捏了捏眉心，思绪慢慢回到了电视台的大厅里。

"老周，你快帮我看看，后头的发型乱了没？"吴丽娟忙指着脑后的发髻问道。

周诒笑着替她拢了两下："放心，陶老师亲自做的造型呢，不会乱的。"

沈伯业挑了挑眉梢，扭头对罗无名道："瞧瞧，这摄像机还没对着她脸呢，就先紧张上了。"

吴丽娟挑了挑眉梢说道："沈伯业，你是皮痒了，讨打呢？"

"欸，程程要走了。老陶、老罗，咱们跟上喽。"沈伯业忙左右开弓，拉上陶斯甬和罗无名做盾牌，追着程程去了。

周诒笑着摇了摇头："老吴，还是你行。老沈见你，就跟老鼠见猫似的。"

吴丽娟扬了扬下颌，挽上周诒的手臂说："咱们也走吧，光靠他们这些人，可撑不住台面呢。"

演播厅门口，姚光潜已经等待多时了。他一看见程程与老人们的身影，就忙上前招呼道："叔叔、阿姨们好呀，欢迎来到我们演播现场。"

"哎哟，小姚啊，倒是要谢谢你们哟。看看你给我们搞的这些个海报，可真是好看极了。"沈伯业一面说，一面回头朝着墙上的海报努了努嘴。

姚光潜乐道："这可是我亲手PS的图片，怎么样，还不错吧？看看，图上面看起来，叔叔阿姨们个个都年轻得不得了呢，可比原图好看多了，这就叫修图万能手。"

程程悄无声息地靠了过去，用鞋跟在姚光潜脚背上碾了一下，附在他耳边低声道："姚光潜，你不说话，没人拿你当哑巴呀。"

姚光潜愣了愣，而后马上就回过神来："哎呀，不是的，应该说是叔叔阿姨们本身就看着气质年轻，倍儿精神呢！"

老人们将这一幕都看在眼里，话音才落，不由得都大声笑了起来。

陶斯甬道："好了，小姚，我们肯定是要谢谢你的。要是没有你帮忙，我们也没机会在这个舞台上表演呢。"

"可不是嘛，听说要来电视台，我这又高兴，又紧张的。就怕弄个四不像，到时候就叫人看笑话了。"罗无名在一旁喃喃道。

"我看咱们还是别光杵在门口了，先进去准备排练吧？这闲话再唠叨下去，就是说上一整天也说不完哪。"周诒温和笑着说道。

罗无名到底是老辈务农出身，再加上从小又是孤儿，不怎么跟人打交道。因而说起话来，也不知道什么该注意，什么不该注意。养老院的老人们，平日里相处惯了，又可怜罗无名一身病痛，也便多少都让着他一些。可现在到底是在公众场合，周诒怕他再说下去，被其他人听见了，怕是无意得罪人还不知道。她便赶忙出来打了个圆场，算是给姚光潜和其他老人都有一个台阶下。

"对对对，瞧我，说到兴头上，自己都快忘了，叔叔阿姨们快请进吧。"姚光潜忙拉开了大门，将老人们热情地请进了演播厅内。

程程经过他身前，却觉得手腕被什么给扯住了。回头一看，就瞧见姚光潜不住地朝她眨着眼睛，"老婆，我这事儿办得漂亮吧？快夸夸我。"

程程面色一红，伸手就拍掉他的手掌，有些不好意思道："有什么话回家说不行么？在这儿说什么呀。"

姚光潜自然是故意叫她"老婆"的，为的就是要看程程脸红。这一下看奸计得逞，也便觉得心满意足了。"行啊，那可说好了，等今天演出结束了，你可得回家给我做个芋泥酥，我好久没吃到你做的了。"

程程瞪了他一眼："知道啦，就你心思多。"

"光潜啊。"这时候有人唤了一声，打断了两人的悄悄话。程程扭头望去，就看见一个精瘦的中年男人，穿了一身拉夫·劳伦的休闲衫，满头滑溜的定型水式的大背头，一脸似笑非笑的样子。

姚光潜忙上前笑脸相迎："哟，陈主任，您怎么来了？"

程程恍然大悟，眼前这应该就是电视台市场策划部的陈德忠了。在家里的时候，她多少听光潜谈过，说是请老人们上节目，受到了不少阻力。其中，就数这陈德忠反对声音最大。

姚光潜忙帮程程介绍道："这是我们电视台德高望重的前辈，陈主任。"

陈德忠睨了程程一眼，伸出手来，松松一握，"你就是光潜的女朋友吧？你可多劝着他一些吧，他个愣头青，就为了这群老头老太，跟台里杠了不知道多少次呢。这种老年人的节目，无聊呐，年轻人都喜欢快节奏的，谁会看呢？我看注定收视率是要扑的。"

程程微微笑了笑，忙打哈哈道："谢谢主任对我们光潜照顾哈，您的提点我们听进去了。"

陈德忠的眼珠子溜转了一圈，所谓伸手不打笑脸人，嘴巴张了张，又一时不知道说什么好，只是冷冷地"嗯"了一声。

恰在此时，锣鼓声响了，助兴的孩子们一个接着一个开始露脸了。主持人过来催促了一声，要姚光潜和程程快进来。这倒是帮了两人大忙，他们同陈德忠简单说了一声，忙溜了进去。

老人们极为投入地彩排了两遍，那姿态虽然不能与年轻人完全相比,可是一张张脸上所焕发的活力,却叫台下观众看得移不开眼去。

两轮彩排下来,十分顺利,按照预定计划,表演正式开始。

一班海城戏剧学校的孩子们,这会儿早已经在台上秀起了真功夫。他们全是为了活络现场的气氛而来,翻筋斗、拿大顶、练踢枪、旋腿转,样样手到擒来。一时间,满台的孩子转得跟小旋风似的,惹得台下阵阵喝彩,可算是把整场气氛抬得热烈了起来。

帘幕边上,不时地探出几张描画了的脸谱,那是养老院的几个老人,想要看看台下人的反应。

锣鼓声渐渐急促起来,台上的孩子们一个个接着下场,正戏要开始了。等到锣鼓点子夹杂了胡琴的调子,陶斯甬便领着老人们,"咿咿呀呀"地吊起了嗓子来,台下观众可谓兴味十足。

从"定情"开始,陶斯甬扮演的苏三一出场,便引来了台下一片叫好。他扮演的苏三,初见由沈伯业所饰演的王公子,两边眼神相对,再到二见的海誓山盟,在观众面前碰撞出了无数的火花。

沈伯业本是个业余选手,可是如今跟陶斯甬配合起来,却显得极为默契自然。陶斯甬的飘逸台步、水袖功夫,还有那手势身段,无一不叫底下观众喝彩。等戏演到了"起解会审",也便是《玉堂春》的精华所在了。陶斯甬从帘幕内,唱出一句"苦啊",即刻便引发台下第一声叫好。可是这个时候,却突然出了意外,沈伯业不知道怎么的,一时没站稳,以一个尴尬的姿态,赫然跌倒在了台前。乐声戛然而止,场内先是一阵诡秘的安静,而后又引来了台下一众人的惊呼声,大家都在想着,恐怕这戏是要砸了。

陈德忠双手交叠在胸前,不时望着不远处的姚光潜,唇角勾起了一丝笑意,一副看好戏的样子。他想着,姚光潜这小子一意孤行,可算是自讨没趣,麻烦上身了吧?

程程急得站起身来,想要马上上台去扶起沈伯业,可是想到现在正在做直播,一时又不好乱了方寸。她只能按捺住心绪,等着合适的时机。

"小姚,是不是先叫人插播一段广告呀?"掌镜的人不由得摘下耳麦,好心提醒了姚光潜一声。

姚光潜看了眼观众席上的程程,又看了看台上的老人,沉吟道:"不用了,咱们主打的就是真实,继续播放吧。"

接下来,谁都没有想到的是,这个在鞍钢厂老老实实做了一辈子工人的沈伯业,却在这个时候表现出了格外的镇定。沈伯业先是回身抱歉地望了老伙计们一眼,得到了鼓励的眼神。他便迎着台上的无数灯光,挺着腰板站直了身来,而后朝着台下观众深深鞠了一躬,便快速隐入帘幕后头。

场内掌声如雷,这是大家对沈伯业的鼓励与认同。

沈伯业靠在后台墙上,紧紧闭着眼睛,好不容易喘了口气出来。

罗无名上前,握了握他的手原本想要安慰几句。这个时候才发现,原来他早就是一手冷汗了。

未几,陶斯甬立马无缝衔接地跟进了唱词。他从二黄散板的唱腔,到大段反二黄,生生演绎了一段完美救场实录。

台下的观众瞬间屏住了呼吸,静静地欣赏着陶斯甬的声腔。

罗无名则在这一段里,配合耍胡子的表演,成功与陶斯甬来了个绿叶相配的桥段。

到了周诒、吴丽娟作为问官出场,她们那脸部表情、眼色,乃至于手势都表演得淋漓尽致,可谓是一丝不懈。

程程就坐在台下,目不转睛地瞄着台上,这几出悲欢离合,可是赚足了她的眼泪。

"会审"这一段,台下观众安静得出奇,连咳嗽声也不敢出。大家显然是被戏给迷住了,都跟着听得入了神。

说起来,程程是个记性很好的人,打小就爱看戏,从前乡下上来的戏班子,只要她听过的,最多不超过两三次,她总是能一字不差地将全本给唱出来。有时候,母亲家事繁忙,抽不开身去看戏,那就得要程程回去,将听到的内容绘声绘色地跟她说一遍。在还没有买彩色电视机的童年生活里，这是程程与母亲难得的乐子所在了。

程程看着台上拉起的横幅，红色的绸缎底子，上头贴了"戏如人生"四个字。这几个字，面上看，好像都识得，乍想起来又觉得有些深奥。横幅说的到底是台上的戏，还是说台下人的日常，这也便有些一语双关，虚虚实实分不清了。但是再仔细想一通，人如果到了台上叔叔、阿姨那把年纪，可不是已经演绎了不知道多少剧情么？程程暗自叹了一声，忙又坐直了身子，端正了看戏。

最后一幕，是玉堂春插花扮红，洞房花烛的场面。团团圆圆的结局，既安慰了台下的观众，又叫台上的老人们演了个圆满。到了剧终的那一刻，台下的观众再也坐不住了，男女老少纷纷抢着上台跟老人们合影留念。老人们起初被围绕着，还有些发蒙了，他们并不晓得观众上台来是干什么的。直到陶斯甬大大方方接过一束百合，他们怀中早已被塞满了各式的鲜花。这一下，几个老人都不约而同红了眼眶。他们谁都没有想到，在养老院排了这么几个月的戏，竟然获得了在场这么多观众的认同，并且获得了明星一般的待遇。

"我这不是做梦吧？咱们这算是演完了？我没搞砸呢？"沈伯业有些不可置信地喃喃道。

吴丽娟一边抹着眼角，一边"哧"地笑道："瞧你那点出息，就经不起观众的抬举。"

周诒则抬眼望着不远处的摄像机，心下默默念着远在美国的儿子和孙女。她多想马上拥抱他们，并且告诉他们，今夜她有多么高兴。

再看另一厢，罗无名被观众包围着，激动得有些喘不过气来了。陶斯甬察觉到异样，忙扶着他到帘幕后坐下喝水。

"老陶啊，我今天没给咱们养老院丢脸吧？"罗无名接过陶斯甬手里的水杯，咽下一口温水，一脸担心问道。

"没呢，你今天可是超常发挥。咱们这群人里，你练习的次数最少，可是演得却一点都不赖呢，真不错啊。"陶斯甬微微笑着赞许了一声。

"真的啊？我……我没想到，我也能有这么一天呢！"罗无名一面说，一面就抓着陶斯甬的手，一把鼻涕一把泪，大哭起来，"我真高兴啊，高兴得没法不哭啊！以前总是听人说我笨，还从来没听人夸我一声好呢！"

陶斯甬低头好言宽慰了罗无名几句，心下也跟着泛起了一丝纷复的心绪。

养老院的这群老人们，等待这一天太久了。

很多人以为，住进养老院的人，那就是没有用了的人。可是今天，他们实实在在地告诉了所有人：他们就算外表老了，可是心还没老。他们还能唱，还能演，还能精彩地活出第二春！

上电视一炮而红，老人们一时间都成了炙手可热的网红。探访的媒体越来越多，养老院的访客一度到了要设限的地步。红了有红了的好处，陶斯甬认为，这是一个不错的机会，正好可以利用现在的热度，做一些善事。老人们学戏的间隙，一合计，都觉得这个主意不错。于是他们找程程帮忙，预备把自己的一些物件，放到网络平台上去进行慈善拍卖。最后拍卖所得的钱，陶斯甬会托付老友许丁，通过公益组织，全部捐献给偏远山区，用来帮助他们兴建校舍，还有支持女孩的复学问题。

周诒织的围巾、鞋垫；陶斯甬做的精致戏剧头饰；吴丽娟剪的《三国志》窗花；沈伯业种的花花草草等等，大家都把看家本领拿了出来，就想着尽一份自己的心力。

罗无名眼看着自己一无所长，又瞧见大家伙都拿出了像模像样的东西来。这样一来，显得他自己落了单，心下难免有些着急。实则，他也想为这个慈善拍卖尽一份心力，帮一帮那些偏远山区的孩子。

还是程程善解人意，很快就帮着罗无名想了个点子。罗无名虽然不怎么识字，可是却自学了一套竹编的手艺。

程程想方设法找来了竹子，算是给罗无名当原材料。许久没动手的罗无名，竹子一上手，嘴角就乐开了花。竹编看着简单，实质上还要经过削丝、刮纹、打光,以及劈细的程序,最后得了一些粗细匀称的篾丝。罗无名对于穿丝编、龟背编、翻转弹插等等技艺都是手到擒来。

程程笑问他:"罗叔叔,你这手艺了不得了,这是跟哪里的师傅学的?"

罗无名一面编着手里的蚂蚱,一面笑说:"这都是我小时候,在街头看挑担的师傅现编了几次,也就把动作记在了心里头。回去以后,我就琢磨着,也不知道什么时候,就算是自个儿学会了。"罗无名指尖一番灵活转圜,那些篾丝,眨眼间就变成了形态各异的蚱蜢、知了、花篮等等。件件都是艺术品,表面格外齐整契合。几个老人看到这些竹编小玩意儿的时候,都啧啧称奇,直说罗无名是深藏不露。没想到,看着体弱多病的老罗,还留了这么一手绝活呢。

到了拍卖的那一天,老人们相约在活动室,围坐在一块看热闹。程程指着电脑,耐心地解说着网上拍卖的概念和竞拍的流程。等到开拍时间一到,大家伙就目不转睛地盯着电脑屏幕看。眼见着他们精心准备的物件被拍出了不错的价格,大家心底都十分高兴,得到了极大的满足感与自豪感。

谁说人到养老院里,就不能为社会做贡献了呢?他们这不是也创造出自己的价值来了嘛!

拍卖结束的时候,总计获得了十多万的善款。陶斯甬联络了许丁,由养老院的会计负责把钱交到他的手上。最后经过申城本地的公益组织,在电视台的见证监督下,以天马养老院戏剧班的名义,每一笔钱都落实到了实处上。

看到报纸报道的那一刻,老人们的情绪空前高涨。好像前些时候,身体上的那些疼痛与毛病,也跟着好了不少。但凡护工来见了人,都觉得老人们变了个大样,那个个都是脸上带着笑的。

| 第十二章 |

聚散终有时

雾气越来越浓，沈伯业抬头望向窗外，这雨在天上看起来酝酿了好几天了，总还是没有下个痛快。白天黑夜，都能感受到空气里湿湿腻腻的感觉。雾气软绵绵的，就这样趴在玻璃上，挂在半空中，透过活动室的映射灯一照，看起来好像外头被一片黄色的光给笼罩住了。

今天排练的是《霸王别姬》，与刚练戏那会相比，大家伙的身段都轻快了不少。那动作、样式，上手也很快。休息的间隙，沈伯业就靠在墙壁上，掏出手帕揩拭脖子上的汗气。

"沈叔，有人来看您呢，我带您过去吧。"护工从门外探进头来，对着沈伯业大声说道。

沈伯业愣了愣神，而后抱歉地朝着老伙计们笑了笑，想着这戏今天看来他唱不成了。

……

会客厅犄角，沈乔瞥了眼坐在旁边的兄妹，朝着媳妇陈小红努了努嘴。"你也别闹脾气了，再多说两句，小妹该被你气走了。刚才过来的时候，你就不该明着说不让她坐咱们的车子呀，都是一家人，这面上多过不去呀。"

陈小红眉毛一扬，"谁叫她自己没车子，我要是没车，我也不来这看爸了。再说了，我也没说错呀，咱们还带着孩子呢，车子空间小，多一个人也坐不下去呀。"陈小红说话的时候，刻意加重了语调。

坐在旁边的大哥沈誉听见了，心里琢磨了一下，觉得有些不是滋味。

可是今天到底是来看父亲沈伯业的，一家人在养老院吵架也不像话。于是他就默了声，就好像没事一样，低着头，就算是避开了。

沈伯业跟着护工到了会客厅门口，等到瞧见里头齐齐整整坐了一家子人，那嘴巴就跟着咧开笑了起来。

沈家一共有三个孩子，大儿子沈誉，二儿子沈乔，还有幺妹沈霏。一家几口人，光靠着他鞍钢厂那点工资，养孩子还是吃力了点。但是沈伯业也不喊苦累，就是乐得看儿女们自在。眼见着今儿个难得三个孩子都到齐了，二儿子沈乔还带了媳妇、孙子过来，沈伯业心里头可别提多高兴了。

沈伯业忙进了会客厅里头，他激动地摸了摸孙子的脑袋，又拉了拉几个孩子的手。他真是恨不得再多几张嘴巴，跟每个孩子都好好说说话，拉拉家常。

沈乔在旁边听父亲念叨，不自主地扯起手脚来。他一会摸摸衣服的领结，一会捏了捏衣角，就像身上爬了蚂蚁一样，有些坐立不安的样子。

媳妇陈小红不耐烦地睨了他一眼，在耳边低声骂道："哎，你不要那么神经兮兮的好不好，动来动去的，看得我眼睛都花了。"

沈乔深吸了口气，他天生就是好动的毛病。不过打小，父亲沈伯业就没苛责过他，只是笑说他是猴子转世，太聪明了才多动呢。沈乔跟父亲是一样的人，为人都挺老实的，不管陈小红做得怎么难堪，他也就是默默忍受着。

陈小红突然"哎哟"惊叫了一声，原来是沈乔上衣的扣子，不知道什么时候勾住了她的头发。

这一通乱动，沈乔赶紧缩了身子往后退。这个时候，扣子上挂着一根断了的头发，看起来有些突兀。

陈小红翻了个白眼："你又在发呆了。"

当众被媳妇这么说，沈乔也有些不好意思。明明是陈小红在吼叫着,他却跟做错了事的人一般,搓着手,赔笑道:"我这不是听爸在说话么,听得太认真了。"

沈伯业笑道:"阿乔就是这样的,实诚,干什么都认真呢。"

陈小红讪讪笑了笑,眼看着都坐在一块了,人也没少谁,也就正色道:"爸,我们今天来呢,是有事情想跟您商量下。"

"哦?是这样,好的呀,你们说吧,我听听看是什么事情呢?"沈伯业抱着孙子坐在沙发上,笑着问了一声。

几个人面面相觑,眼神里各有推诿,似乎谁也不愿意先说出来。

沈伯业微微闭上眼,仰着头,孙子肉嘟嘟的像个小肉球,趴在他的胸口上,可真是暖烘烘的。

"你们来都来了,有什么话就说嘛。都是一家人,没什么话不好摊开讲的。我跟你们讲哦,你们知道的,我现在喜欢上唱戏了,平时要做的事情也多。难得今天机会好,大家都在,有什么想说的就说嘛。"

沈伯业说完,沈誉、沈乔,还有沈霏都是默不作声。

陈小红有些忍不住了,她本来不打算主动出头的,但是看着大家伙都没动静,她就实在坐不住了。她先是牵了一牵沈乔的衣角,看他一脸难为的样子,这才眼光对大家看了看,然后才说:"爸,其实就是想跟您商量下分家的事情。按理说呢,这事情不应该是由着我这个当媳妇的讲。但是您也说了,既然一家人嘛,也没什么不好摊开说的。"

沈伯业略略斜了身子,靠在沙发椅角上,两手把孙子抱稳了,点头道:"好的,我知道你们的意思了,其实这件事情,我早就想说了。就是前段时间吧,忙着排练新戏,左右一忙活,就把事情给忘了。"

陈小红笑道:"我就说嘛,爸你是个明白人,以后要是亲戚们嘴里说起分家的事情,那也不算是我们主动提的吧。"

"二嫂,你倒是会做人呢,这好人都被你做尽了。"沈霏不由得讽刺了一句。

陈小红脸色一凝:"小妹啊,咱们家里头,有什么难事儿,需要跑腿的,还不都是我们沈乔出去忙活么。前阵子吧,妹夫在外头赌钱进局子,还不多亏沈乔帮着把人给保出来了嘛?这样说起来,这做好人的话呀,我们还是受得起的。"

这原来只是沈霏与沈乔一家才知道的事情,她哪里晓得到,这个可恶的二嫂,竟然一下就给捅开了来。这会子,当着家里大哥和父亲的面,她一下就觉得很是丢脸。

她思前想后,总觉得应该反驳些什么。可是想来想去,到底还是她自个儿理亏,摊上这么个老公,也是她倒了八辈子血霉。

"小妹啊,你可别误会,我就是那么一说,可没针对谁的意思。"陈小红又补充道。

沈伯业到底了解沈霏,看她脸上青一阵、白一阵,就知道陈小红没有冤枉她。

沈伯业也不想女儿当着这么多人面为难,还是笑了笑:"人没事就好,一家人就是要和和气气,相互帮忙的嘛。咱们还是具体说一说分家的事情吧,这个实际。"

陈小红把脸转向沈誉,说:"大哥,家里凡事都是你当先。要不,你先说说,你对分家是个什么态度吧。"

沈誉手揣进裤兜里,鼻子皱起,嘴角却撇得弯弯的,他还真不知道说什么好。虽然分家的事情,他是赞同的,但是也没想过做出头鸟呀。

他完全是一副不想参与讨论的样子。现在被陈小红直接点了名,要是不说什么吧,好像又过不去。

沈誉索性把手从裤袋里拿出来,手掌摊开,一副无奈的样子道:"说大道理,分析事情,我最不在行了。这些我也说不上来呐。"

陈小红斜眼道:"也不是要你说什么场面话,一家人就跟爸说的一样,说点实际的呗。"

"怎么分,我也实在不懂啊,兄妹三个里,就我没上过大学,嘴里也吐不出金子来呀。"

沈誉说着，掏出一盒烟来。那烟夹在手指上，想抽又不好抽，来回转了一圈，看着十分别扭。

沈伯业手里逗弄着孙子，脸上笑笑："阿誉啊，你是家里头的大哥，几个弟弟妹妹都听你的，你要是有什么想法，就直接说出来吧，爸好好听着呢。"

沈誉挠着头："爸，还真不是我不要说，是确实不懂怎么说。你说咱们家吧，也不比人家家大业大的。拢共就那么一栋祖宅，还有一些七七八八祖上传下来的古董。再就是家里的存款了，那都是您从前年轻时候攒下来的辛苦钱，我说什么都不合适呢。"说完，他索性直接跑到走廊外去抽个痛快。

沈霏看见大哥窝囊，说了没两句就跑了，想着这话语权不能又被二嫂陈小红抓了去，于是开腔道："爸，大哥不愿意说，那我这做小妹的说两句。"

沈伯业点了点头："好的呀，难得见你主动说一说呢。"

沈霏道："这分家吧，其实哪儿都不容易，特别还是在咱们海城，这么寸土寸金的地儿。有些人脑子不清爽，闹起来，还要电视台的老娘舅节目去调节，也不在少数。我想，我们家里头，总是要好好分的，肯定不能跟人家一样在电视上撕破脸，到时候谁出门都不好看。"

陈小红闷声咳嗽了一声，沈霏这话分明就是说给她听的。沈伯业先是略略瞥了眼二儿子沈乔与媳妇，而后转眼对沈霏道："是这么个理，你们兄妹小时候我就经常讲，一家人和和气气的最要紧。"

"具体怎么分，无非就是两种路子。一种是咱们私下协商好了，白纸黑字写了按手印。还有一种就是谁都没说成，最后闹着律师来分，要么法庭上判。我想，爸心里头，肯定是希望咱们好好商量着分了完事的。"沈霏又补充道。

沈伯业松开孙子的手，轻声跟他说了几句，孩子一下就跑到了父母身边去窝着。

"阿霏这话没错，我肯定是希望摊开来说明白了，谁也别留怨恨最好。我这一把年纪的人了，改明儿进了棺材，要是还看见你们兄妹为了这么点事情起争执，那肯定是闭眼都不甘心的。"沈伯业缓缓说道，"反正咱们自己家里分，肯定是平常进出的款项要理一理，看看具体还有什么东西可以分。我其实觉得，你们有家庭的也好，独居的也罢，就是自己谋个生计。分了家，各自生活上也容易点，我这个做爸的，心里头也觉得高兴。"

这话听在耳里，沈乔觉得有些不自在，他连忙摆手道："爸，我们可不是这个意思啊。原来呢，您年纪大了，应该在我们兄妹几个家里头轮流换着住，让我们好好孝敬您的。可是您自个儿就坚持来养老院住，不想给我们添负担，我自个儿真是觉得不好意思呢。说起来，其实就是人到中年了，连副人模狗样都混不出来，自己日子不好过，还连带着没让您享福。说起来兄妹三个，可是其实就是……"

"咳……沈乔，你是不是昨天喝的酒还没醒呢？去喝口茶，醒醒神，爸可不是听你来说这些废话的。"眼见着沈乔越说越没影儿了，陈小红连忙提醒了一声。

沈霏看二哥、二嫂又拌起嘴来了，便道："爸，要我说，具体怎么分家，那还是听您的。毕竟，妈已经不在了。家里面，还是您最大，您做主合适。反正手心手背那都是肉，爸您一碗水端得平，也不会刻薄了谁。我们分了家，那也是为了更好地去生活，不让您操心。看您现在，养老院里面小日子其乐融融的，我们瞧了也是打心眼里高兴呢。"

若说一开始，沈霏是为了堵住二哥、二嫂的嘴，那么到了现下，她就说得有些动了情绪了。那话音越说越响，手放在裤子上来回抓着，好像说出这些话是费了老大的力气。实际上兄妹几个里，她日子最难过，分家对她来说也是再急切不过的事情。可是头上到底还有个二嫂压着，无论她怎么出头说话，那都没什么力道。

沈伯业对女儿的性子再了解不过，看她难得说话腔调这样大声，觉得有些五味杂陈。不过儿女日子难过,他也不会好过。当父母的,哪个又不希望孩子过得好呢?

想着,沈伯业就跟着低头笑了一声:"难得阿霏说几句痛快话,不过倒是也说到我心坎上了。你们兄妹几个,在我这儿确实手心手背都是肉,无论哪个我都不舍得薄待了。其实确实,分家的事情,要是说起来,好像是有那么点为难。但是,今天大家坐在一块了,那就清清楚楚地说出来。都是自家人,不说两家话,有什么心里头想的,就直接大声说了好。要是不说痛快,藏着掖着,猜起来也太辛苦了。我可还得留点脑细胞去记戏词呢。"沈伯业说着,就让他们在会客室内稍等片刻。他转身上了楼,从屋里的柜子里取了一只木盒子。等到重新回到会客室的时候,沈誉也已经抽好烟回来了。兄妹几个齐刷刷地盯着沈伯业的木盒看,谁都没有想到,他们父亲竟然还藏了这么一个盒子。也不知道里头到底放了什么。

沈伯业当着儿女的面,将木盒的锁打开。听着"咔嚓"的解锁声,大家都睁大了眼睛望着,连大气也不敢出。沈伯业慢慢地从里头取了三本册子出来,上面写的是兄妹三人的名字。

"这是阿誉的,阿誉出生那会儿,身体弱,三天两头生病。这不,周岁照上看着,还是刚打完吊瓶的样子。"沈伯业说着把册子递给了沈誉,欣慰道:"还好你长大以后不大生病了,看你身体好,健康,我就觉得高兴呢。"

沈誉咬了咬嘴,手上翻着册子,里面都是他从小到大的点点滴滴。要不是沈伯业事无巨细地记录着,恐怕他自己都不一定记得那些细碎了。

"喏,这个是阿乔你的。你一出生,家里就热闹了许多。你可是个黏人的孩子,你妈一去上班,就哭得眼泪鼻涕一把抓的,真叫她挂心得很。"沈伯业将另一本金色封皮包着的册子递了过去,"你先前哭起来,把册子的封皮都给哭湿了,你妈亲手用日历做书皮包着,这才保存得还像个样子。"

沈乔摸了摸那泛了黄的书皮,想起幼年时候父母对自己的照顾,心中生了一些惭愧之意。

沈霏捏着纪念册里的喜宴照,指尖隐隐泛了白。她就眼睁睁地盯着父亲看着,一时也不能作声了。那不争气的丈夫,是她当初闹死闹活的一定要在一块的。当时父母好心劝了,说这人看着人品不行,嫁人不说多少家底,好歹总是能要一块过日子的。现在想起父母说的那些话,一句句的好不刺耳。她用无法扭转的现实告诉了所有人,她沈霏确实看走了眼,所托非人。

沈伯业目光扫过一众子女,而后掏出一本厚厚的账簿来,"这是家里头,打你们出生以后就有的账簿,所有的进出款项都在上面了。为了公平起见,你们谁出来,帮着念一念吧。我现在眼睛没以前好了,老花眼看上头的字吃力呢。"

既然轮到了账簿,那是谁都不想先出这个头的,谁念谁就是冤大头,注定背锅的。

眼见着一屋子的寂静无声,沈伯业就笑道:"你们要是不看,那我就按照账簿上面的记录来做主了。其实,从你们姆妈在浴室滑了一跤,就再也没起来开始,我就一直在想,人这一辈子,要是闭了眼睛,可是事情没交代清楚,那还是有点遗憾的。咱们家三个孩子,对我来说,谁都是顶好的。要不然这样吧,沈霏嗓门大,由她来念账簿。沈誉呢,家里老大,持重,就帮忙对一对。沈乔为人最老实,那就两边都监督着看。"

话音才落,沈霏已经忙不迭地过去捧起了账簿率先翻了一翻。沈乔原来还在犹豫,有些不大想起来。

眼见着大哥沈誉也走过去了,自家老公还跟木桩子似的坐着,陈小红就急了,忙用手肘推了把沈乔,"爸都叫你了,倒是快去呀。"

沈霏略略翻了一遍,知道是从大哥的账目开始念的。她低头闷声咳嗽了:"那我开始大声念啦,你们可听仔细了。"

沈霏逐字逐句地念了下去,沈誉在旁边听着,直到了兔毛生意借款两万块钱一项，他忙开腔解释道："这是说好了资助的，可不是借的，这点爸知道啊，你可别念错了。"

沈霏白了沈誉一眼，"大哥，你倒是藏得好啊，跟爸妈要了钱，一点风声都不透出来的。"

沈誉一脸不耐烦地催促道："行了吧，爸都没说什么，你啰嗦个什么劲。快继续念下去吧。"

念了好几页，等到了沈乔的部分，那就是真真的账目有些混乱了。偏偏沈乔每次回家拿的钱不多，却是日积月累一点点借出来的。沈誉在旁边粗略估算了下，好家伙，近十年里，这个老实的弟弟，竟然也从家里抠了好几万块钱呢。

陈小红自然忍不了旁人的目光，不过说道："我们又要管小妹的破事儿，又要照顾小孩。家里的进出也是厉害，但凡是红白喜事又出得多，到底没一样是省心的。这家里周转不开，肯定只能找爸帮忙了。这些借的就是借的，可是爸不是还没急着用钱么，还钱也是早晚的事情。我们沈乔人老实，可不像有些人，明明借的钱，还硬说是爸自愿资助的呢。"

眼见着一个个红了脸，又要争执起来，沈伯业忙挥了挥手："继续念下去吧，这些零碎也没什么好讲的。"

沈霏瞥了眼陈小红，而后高声念了下去，等到了自己的部分，自然也不是很好听。众人就见着她声调渐渐降低，直到几不可闻的地步。最后还是沈誉一把抢了账簿过来，把这些年，沈霏名下的账目也算是说了个明白。

临末了，沈伯业才发话道："除开上面这些进出的款项，银行里头，就是我跟你们妈的那点积蓄。还包括你们妈妈，当初下岗，厂里一次性给的生活补贴的钱在里头。拢共也就这么六万块钱了，还有就是老宅子一套。我现在一个人住这里，靠着退休金还过得去了。再加上最近成老网红了，我们帮着拍了几个唱戏的视频，好歹还分了些钱，我住这里总算也没给你们拖后腿，加重你们的负担。

那六万块钱,你们要分就分了。但是老宅子,我话就搁在这儿了,这老宅在,咱们沈家才算有个聚合的地方。真要卖老宅分钱,得等我死了以后,你们才能动手。"

"就怕您要不在了,这分起来才闹人呢,谁知道,有些人是不是会独吞呢。"沈霏小声嘀咕了一句。

沈伯业站起身来,围着三个儿女跟前走了一圈,"有意见,就摆事实、讲道理。一家人,没什么是不好商量的。今天就说到这儿吧,不早了,你们也该回去了。我也得去照看我的花草了,要忙的事情太多了。"沈伯业在子女面前,从来都是和善,很少有态度生冷的时候。想着把父亲闹急了,对谁都没好处,几个人面面相觑,又跟沈伯业说了几句闲话,大家面上都过得去了,也就各自离开了。

不远处的施工队在扩建着设施,沈伯业就站在花园一隅,望着那络满了老翠的菜畦。这是他前些时候试着种上的豆荚。一开始,这些豆荚并不好打理,周遭已经还带了其他花草的缘故,总是会有带刺的蒺藜时不时地疯长一通。沈伯业特意为这些扁豆牵藤,搭了架子。后来,随着藤蔓重了,架子在夜里也压倒过一回。

现在看着,藤蔓上结满了豆荚。折下一枝来,润泽的绿色倒是看得人眼目都舒适了不少。沈伯业蹲下身去,一点点地清理着蒺藜。他抬头擦了把汗,就看见天边的云像被风卷毡着,氤氤氲氲地在天边徘徊着。

"老沈,豆荚都长好啦?"陶斯甬笑着踏着步子而来。

沈伯业咧嘴笑了笑:"可不是嘛,之前架子倒了,还以为活不成了呢。结果呢,长得还挺好。这玩意其实比一般的花还耐长呢。你看它啊,容易长、条件不高,好养活呢。"

"论起种花草,甚至是种菜,那你都是一把好手。你看我种的姜花,先前还觉得长势喜人呢。结果时气一过,都蔫了。还是你这样好,跟着节气种,什么时候眼睛里都能看点绿色。"陶斯甬指了指不远处的姜花说道。

沈伯业伸出手,原是想拉陶斯甫一把,要他进来看看。可是低头一看,手心都是土,这才忙拣了脖子上的毛巾揩了把手。这是他对陶斯甫的尊重,也是一种最朴实的表达方式。

陶斯甫拍了拍沈伯业肩头,说:"看你这脸上别扭的,是心里有什么事儿吧?"

沈伯业顿了顿,而后摇了摇头,"也没什么事儿,就是觉得年纪大了吧,脑筋不大灵光了,想事情就没以前通透呢。"

陶斯甫转身笑道:"也不用这么讲,咱们都是差不多年纪的人,人老了,很多事情就自己做不了主了。就好像老罗常说的,这身体吧,年纪大了很多病痛都是避免不了的。比如风湿关节炎、筋骨酸疼,更别提本来年轻时候就有伤的,到了阴雨天,哪个不是疼得不能睡呢?要是在家里,身体不舒服了,有保姆的就保姆帮忙;孩子有空回家的,就孩子帮忙;没儿没女,又没钱,那就只能忍着疼。咱们在养老院里头,好歹相互都有个帮衬的人,凡事也没外头那么操心,你也别往死理里钻就行。"

沈伯业点头道:"从前在鞍钢厂的时候,就是两点一线。不是在厂里上班,就是赶回家里看孩子。家里老伴去世以后,连个说话的人也没有,偶尔夜里的时候,想起一些事情就会钻牛角尖。其实来养老院以后啊,友伴多了,好歹有说说话的。今天就是家里孩子来看我了,明明是好事吧,可是我这个出了名的老实人竟然忍不住冷脸了。"

陶斯甫与沈伯业一块在花园前的长椅上坐下,陶斯甫说道:"总没有一辈子的圣人,人总是会有情绪不稳定的时候,更何况是咱们这种年纪的人?要不,怎么还有一个词叫'返老还童'呢?说的不就是人年纪大了,情绪就没从前稳定了。但是我晓得,你大体上都是为了孩子好的,要不然你不会这么早就住进养老院来了。"

"家里三个孩子,虽然没说大富大贵,但是看着他们长大、成家,我心里头就很宽慰。孩子长大了,按理说,身上的担子也该卸下来了。

可是架不住，心里头总要替孩子多想想。前些天，老罗把手里一些余款都给了养女，吴丽娟就说罗珠这孩子没良心，老罗不应该给的。"

沈伯业顿了顿，又说道："可是我倒是多少有点理解老罗的，都是打心眼里盼着孩子好的，难道就舍得看着孩子吃苦么？我那三个孩子，各自都有小家，家家都有难念的经。我既然帮衬不上多少，但也不想给他们添负担。所以啊，早早就想好了，住到养老院来。只是没想到，最后还是免不了要看他们三个为了分家，伤了和气，心里总有些过不去。"

听着这些话，陶斯甬难免也想起了儿子知远，喟叹了一声："你这样说，我听了倒是有些惭愧。从前，我就是一门心思都在唱戏上面，平时很少有着家的时候。心里就想着，要把唱戏这门手艺传下去，要让更多人知道戏曲的美。可是到最后，我老伴爱姝，心脏病发去世，我却是最后一个知道的人。儿子怨我啊，怨我从来没有把家人放在第一位。现在想起这些，我也觉得自己真不像话呢。"

这是陶斯甬，第一次在沈伯业跟前提起自己的旧事。乍一听，沈伯业还有一些诧异，不过他很快就安慰道："我们这是事业上没追求，一枚螺丝钉，一辈子在鞍钢厂里苦干。一直做到退休，那就算圆满了。你们戏曲大师可不一样，那是把咱们中国的国粹给发扬光大，咱们放一块，可比不来的。"

零落的雁声，叫破了天边的寂寥。陶斯甬拥了拥身上的大衣外套，那些过去的欢唱、涕泪、爱恋，乃至是切齿的悔恨，都一道在心底交织在了一处。

"老沈，你从来都喜欢夸别人，却很少有时候夸自己的。少了螺丝钉，这社会还转得动么？"陶斯甬愀然说道。

沈伯业深思了片刻说道："老陶，我刚才仔细想了想，或许我应该看开一些。三个孩子都是我亲手养大的，一个个的，里子怎么样，难道不是我最了解的么？只要他们兄妹都还有心，就算分了家，那大家心里的家总还是散不了的。"

| 第十三章 |

一波未平一波又起

早间,姚光潜开车送程程去养老院上班。一路上,两个人聊起养老院最近在开建的新活动大楼。按照与张世襄手下建筑公司的约定,这栋小楼除了基本的教室、舞蹈室、会议室、活动室以外,还会配备单独的小厨房、茶水间等等。甚至设有几间阅览室、健身房和 24 小时恒温的室内游泳池。

大楼周遭,按照申城本地人的喜好,桂花、玉兰花还有迎春花等等,一年四季,都要叫这楼里充满生机。

一路上,程程与姚光潜交谈着,眼中无不流露出对养老院新楼的期待。下车的时候,晨光已经照到了大门上,老人们刚吃过早饭,都各自活动去了。

程程进了大厅,而后绕着走廊一层层地巡视着,老人们年纪大小不一,样子不一,但是生活的态度却一点也不马虎。排戏、打太极、跳广场舞、打乒乓,谁都没有把晨间的时光给荒废了。

按照惯例,程程先进了院长张大雄的办公室。人刚坐定,还没开口汇报昨天的工作情况,就看见有两个新来的老师进门来了。

张大雄推了推镜片,看了看这俩老师,他倒是猜不准,这俩姑娘来是为了什么事情,于是只能先叫人坐下。就听着苏绣课的刘老师睨了程程一眼,率先开口抱怨道:"院长,你们养老院的采购实在有些不合理。原来我说,这事情要么就我来经手去买。哪里晓得,小柳不放心,一定要亲力亲为去采购,结果呢,东西一到,问题就出来了。"

程程心下一惊，忙解释道："刘老师，东西都是按着你的要求去买的。每一件东西的尺寸、样式，也都是经过你看过首肯了，我才下单的。现在突然说不合适，那我就有些不太明白，你说的到底是什么方面的问题了。"

刘老师冷哼一声："小柳，我看你是心思都放在那个什么戏曲班上了，压根就没把我们放在眼里呢。要是早知道，你们根本不注重我们这门课，那我就不来了。说真的，我们做苏绣的最是讲究，虽然学生都是老人家，可我一点都不想马虎，也是想件件样样都教仔细了。而且，咱们面对面的时候，我说了好几次。苏绣要用的是十一号、十二号的细针，这样做出来的成品才细腻。结果呢，买回来的针一看，那都是七号、八号，做欧式刺绣和羌绣用的，完全风马牛不相及两码子事情嘛。现在针头用不了，也就是闲置了，那不就是浪费钱么？还不如一开始都由着我去采买呢。"

程程一面听着，一面忙在手里翻找着订货记录，特意截了图，然后给张大雄看了一眼："院长，你看，我这边订货的记录里面确实都是最小的针头，至于为什么会变成别的型号，可能还得后续跟商家商量下退换货的事情。"

"哦，小柳，照你这个意思，这事情跟你一点关系也没有，还是我没事找事喽？"刘老师双手交叠在胸前，睥睨道。

程程看刘老师的样子，知道她是借题发挥。先前，刘老师建议，夹绣片底料的手绷，一定得买竹制的。可是程程念着陶斯甬等人的戏曲班，要去电视台演出，活动经费上面怕是吃紧。于是她就找刘老师协商，把竹绷换成塑料的。

这件事情，她是专门请教过其他专家的，都说效果也是一样的，程程这才敢跟刘老师开口相商。哪里晓得，就因为这件事情，让刘老师对程程私下里有了看法。她想着自己来这儿，总归是要高人一头的，柳程程显然不接翎子，所作所为，实在是叫人看了窝火。

还没等程程辩解，张大雄便尖起鼻子，当着刘老师的面，把程程数落了一通："你说你到底怎么回事？就这点事情都办不好？你这工资拿得未免也太容易了点！"

听着这些话，纵使程程一肚子的委屈，还是打落了牙往肚子里咽。她知道，自己在养老院里，工作的时间最短，资历最浅。到底太年轻，大家不听协调，各自为政也是常有的事情，更何况刘老师这样的老资格。本着"以和为贵"的态度，程程还是对着刘老师诚恳地鞠了一躬："对不起了，刘老师，这一次是我没办好事情。退换货的事情，我会仔细跟进的，下次保证不给您添麻烦了。"

刘老师眼角上扬着，而后又煞有其事地提醒了程程，这老人里面近视的、色盲的，不适合苏绣课程的，也都得给剔除出来。

张大雄也不管这些要求如何，但凡刘老师开了口，他便满口应了下来。等把刘老师送出了办公室外，张大雄这才躺靠在办公椅上舒了口气。

"柳程程啊，柳程程你说你，来咱们天马养老院才多久，怎么就净给人惹麻烦了呢。"张大雄一面说，一面翻了个白眼，"刘老师可是市里的苏绣专家，得罪了她，这不是给外面舆论找话题么？咱们养老院前不久，就因为那个罗……罗什么来着？"

"您说的罗无名，罗叔叔吧？"程程轻声说道。

张大雄倏地从位置上立了起来，指着程程道："对！就是他！这罗无名的养女，先前在民政局闹了一阵，可把我搞得焦头烂额，批评检讨都不知道写了多少次了。我找你做院长助理，是想着你多帮我分担一些，哪里是要你给我找麻烦的。反正我跟你讲，今后刘老师有什么要求，你都给我做到位了！"

心下难受，话到了嘴边，程程还是咽了下去。她只是静默地点了点头，除此以外，她实在不知道还能如何是好了。

哪里晓得，程程人还没走，这绘画班请来的黄老师又来了。所谓绘画，其实就是教老人们一些基础的素描画。学起来不难，就是要点时间和精力,当初程程就是觉得适合老人们学,这才建议一并引入到养老院的兴趣班项目里的。

黄老师一进门,果然也是来抱怨的,一张嘴说的就是订购的素描炭笔的事情。她先前跟程程要求,一定要去隔壁苏城订购一批清明前杨柳枝做的炭笔才行,说是现在市面上常见的笔,质量不好,出来的画太次了。

黄老师说的那些笔,程程不是不知道。只是统一采买的价格实在太高,她也是巧妇难为无米之炊。当初,请这些专业的老师过来,本意是想给养老院的老人们最好的师资。可是现在问题也很明显了,这些老师几乎个个都有自己的想法,要是一点不合心意,那便是投诉不断。

黄老师带来院长办公室的,就是她认为不合格的劣质货。她甚至说到激动处,直说程程是不是暗中收了厂商的好处费,这才要了这么些不上台面的货色。

这一次,莫名被安上了"收好处费"的名目,程程实在无法再沉默下去了。程程理了理发鬓,一字一句道:"黄老师,我虽然年轻,可是不代表人品就不好。您刚才说的话,要是有证据,那您拿出来,咱们当面对质一下。要是没有,您这可是冤枉人了。您是炭笔画方面的行家没错,我也敬重您的专业能力。画画方面,我是外行,可是不代表我就存了什么坏心眼呀。项目的经费有些难处,并不可能件件事情都做得到位。这个方面的问题,之前在聘请您过来上课之前,我就已经跟您沟通过了的。这话现在是在院长跟前讲,咱们说明白了,那将来还能相处。要是说不明白,我可不是无辜背了个骂名了?"

程程说得句句在理,黄老师这会听了,倒是先红了脸,"其实,我也是为了养老院好,也不能给人留下印象,说你们刻薄老人嘛……"一张嘴,又是一顶"刻薄"的帽子,这位黄老师真是张嘴就来。张大雄的手指在办公桌上敲击着,他也没说话,就由着程程和黄老师去辩。要说一个个都赔礼道歉,他张大雄也真没这么大脸。有锅就由柳程程背着，有骂就由柳程程受着，反正他是不想再插手这些棘手事情了。

"当然，黄老师，您的专业素养和敬业，在业内都是出了名的。如果不是因为敬重您为人，我也不会多次去请您过来教课了。虽然这炭笔画学起来容易，但是教老人，那还是个需要耐心的细致活，也亏得您愿意来，这些我们都感激得很。"程程顺势转圜了口气说道。

"嗳哟，程程啊，你这么讲的话，我倒是难为情死了。"听程程这么一通夸，果然黄老师一时间转怒为喜，脸上跟着起了一丝红晕。连带着说话的时候，嘴角也跟着起了一丝笑意。

眼见着氛围略有缓和，张大雄假意低头啜了口茶水，而后缓缓说道："黄老师，抱歉打断一下哈，这个如果真的是笔质量不行，那就我们另外想办法，再订一批新的过来。经费上面的问题，我会再想想办法的。"

眼见着院长都点头盖章了，黄老师自然心下满意，也不管这事情最后如何落实，总而言之听了个舒服，这事儿也就算翻篇了。

张大雄要程程回去想一想，同财务商量下，看看老人们的学习经费上面是不是可以重新安排下。别的他也便不多说了，到底被念叨了一早上，他早就烟瘾犯了，这会巴不得一个人躲办公室里抽个痛快。

程程带着一肚子的心事，起身离开院长办公室。等走到食堂后厨的时候，就听到厨房里面抽烟机的声响，还夹杂着厨房几个掌勺师傅和打杂帮工们一块嘻嘻哈哈的玩笑声。

敞开的油烟机管道里飘散出阵阵肉香，闻起来，好像今天做的是梅干菜焖肉。程程这才想起，每逢周二、周六，厨房都要改进一些新的菜式。天南地北的特色菜，厨房大师傅们手艺好，都能做得出来，老人们也爱吃。程程抬起头来，想要进去看看，但是想着怕是进去看了，里面的师傅们又不自在。于是她绕过食堂，没有进去看个究竟。

135 | 一波未平一波又起 |

花园旁边那一块空地，原来都是养山里来的土鸡的。等到这些鸡都炖了鸡汤，地儿倒是空闲了下来。原本食堂从前的剩饭剩菜，拿来喂鸡正好，现在倒是多少有些浪费。

程程心里就琢磨着，这么一块空地一定得利用起来了，要不然实在是有些可惜。她想着想着，走到了来时的路上也不自知。

整个天马养老院，程程要操心的事情实在太多了，从老人们的日常、课程到边边角角的一概琐碎，哪一样都离不开她。

"哎哟，程程，你可赖我好找啊。刚才从你办公室到走廊、大厅，我可找了你一大圈了。"沉思间，吴丽娟突然笑盈盈地走了过来，挽住程程的手热情说道。

程程微微一愣，而后笑道："吴阿姨，这是碰着什么好事了？看起来您心情很好啊。"

吴丽娟撇了撇嘴，无不得意道："我跟你讲，拆迁那钱，到账了，我总算是能透过一口气来了。刘绸那女人还算讲信用，先前商量好的拆迁款，一分没少都给我打过来了。"

程程也跟着欢喜，吴丽娟接下来在养老院的住宿也就有着落了，今后应该不会再为日常的这些费用还不上而焦心了。

"程程，这事儿，你可是帮了我大忙的。既然钱到手了，走，你请个假，陪我一块去街上。我给你们每个人都买一身衣裳，也算是尽尽心意了。"吴丽娟乐道。

程程低头笑了笑："吴阿姨，这钱还是您自个儿收着吧，将来万一有急用，还可以用得上呢。我也不想花您的钱，感觉怪不好意思的。您真要是念着我，那不如给我买点书来看看就好，别的真的用不着。"

吴丽娟噘嘴："程程，你这是扫人兴了啊，我好不容易有个机会来显摆下。你可不得顺着我，夸几句嘛。我这一没老公，二没孩子的，将来还能有什么急用啊，大不了就是腿一蹬完事儿。我告诉你啊，我可不管你是不是真客气，反正你就得跟我出去走一趟。"

程程摇头无奈笑了笑:"那这样吧,我现在去请个假,临时陪您出去一会。反正现在也到午饭的时间点了,应该也没什么要紧的事情。不过说好了,咱们最多出去两个小时,要是久了,万一院里有事情,招呼不到就不好了。我就厚着脸皮,蹭一回吴阿姨你的福气了。"

说着,程程匆匆回办公室披了大衣外套,又跟底下人交代了一番,这才跟着一块坐了养老院的班车去了市区。

| 第十四章 |
凤凰于飞

申城市区,程程与吴丽娟走在街道上,远远看着,差不多的高矮,身量又相似,要是她们不亲口说出来,恐怕看到的人都会以为她们是母女关系。

吴丽娟最是好面子,既然计划好要出门,那就一定是好好打扮过的。描画细致的眉毛,一双被粉底盖住了细纹的凤眼,再加上那脸上人逢喜事的样子,看着就格外精神。

出门前,她央着周诣给自己盘了一个高高的圆髻,一如她高调的性子。上头点缀着几支珍珠做就的头饰,在阳光下面时而闪烁着,倒是显露出几分成熟的韵味来。

再看程程,肌肤胜雪,一双漆黑的眼眸,有着年轻人独有的光彩。与吴丽娟闲话家常,顾盼之间,又显露出一种不谙世故的单纯。

为了更方便工作,帮助老人们,程程已经把养了许多年的长发给剪断了。随之替代的是一头干练的短发,散落在修长的脖颈上,没有任何的修饰。随着风而起起落落,颇有一丝飒爽的味道。

本是冬季,可是外头的天气却并不冷。新闻上说,这是一个暖冬,今年恐怕连羽绒服都穿不着。程程穿的是一件简单的咖啡色大衣,袖口自然敞开,领口上别着一枚姚光潜送她的梅花式样的胸针。吴丽娟则是穿着那身经过周诣巧手改造的开衩旗袍,一条丝巾点缀在脖颈处,看着很洋气。

两人一路走着,说笑个不停,既像是母女,又像是可以谈天说地的小姊妹。市中心的街道上，两个人一路下来也不知道吸引了多少人的瞩目。

令程程没有想到的是，吴丽娟并没有带她去日常的服装店或者商场，反倒在立交桥下，拐进了弄堂里。这里有一家装修简陋的裁缝店，门面很小，大门上稀稀落落地挂着几件成品的样衣。要不是吴丽娟今天带程程来，程程肯定想不到这弄堂里竟然还藏了这么一家门面。

进了弄堂，程程特意抬头看了眼，墙壁剥落发霉的边沿，色彩暗淡、看得出年份的招牌，在这寸土寸金的市中心，真是很难想象竟然还有这样的店面存活着。

吴丽娟瞥了眼程程，轻声叹了口气："店主姓李，真名叫什么，从来也没人知道。就听着别人喊她李家嬢嬢。你别看这店面现在不怎么样，从前店主可是留过洋的，这进什么布匹，货架怎么个摆法，乃至样衣怎么陈列，那都是很有一套的。不过她也是小姐身子，丫鬟命。这些年就没顺利过，总是好像很倒霉的样子。先是儿子出了车祸，官司缠身，赔了不少钱。后来又是老头生病，她要一头照顾着家里，一头看着店，怎么都是琐事缠身，心有余而力不足了。生意嘛，要说叫她关门，那是不甘心的。好歹这门面是她自个儿的，总算不用交房租，多少也就那么勉强撑着。"

听到声响，一位穿着朴素的老太太从里头探出了头来。令程程诧异的是，这样饱经沧桑的一个人，竟然看着气色意外地不错，脸上还带着些许健康的红晕。老太太的一双眼睛，与那些精明的裁缝师傅可不一样，但凡看了一眼，就会无端地生出信任。这或许就是她的魅力了，也难怪，吴丽娟得了拆迁款，第一个想到的就是要来这儿了。

吴丽娟拉着程程进了店里，看里头光线昏暗，整个空荡荡的，也没见其他人在，就问道："李家嬢嬢，好些时候没来了，看起来这生意也没什么好转呢？"

老太太亲自泡了一壶茶，客客气气地请吴丽娟与程程坐下，温和笑道："差是肯定差一点的，到底时代不一样了。从前是缺衣少食，现在是什么都不缺了。一般人要想换一身衣裳，也就动动手指头，靠个手机就能买得着想要的款式了。"说话间，老太太抬眼看了看程程，她倒是许久没见年轻姑娘登门了，一看程程的样貌，她就觉得这姑娘不错，看着很是舒服。

程程也觉察到了老太太的目光，不过笑了笑，跟着唤了一声："李家孃孃好啊。"

老太太点了个头，转头对吴丽娟道："你倒是福气好，总有不错的人在身边帮衬着。"

吴丽娟扬了扬眉梢："可不是嘛，我也觉得程程这姑娘不错。我这住到养老院以后啊，多亏着她在身边帮衬着，没少要她帮忙呢。里里外外的，我也是感激得很，就想着带小姑娘来挑个料子，做一身衣服。你的手艺好，那可不是什么手机网购买得着的，我就信你这么一家。"

两人说说笑笑的，看着时候差不多了，吴丽娟就带着程程一一看起了料子来。程程的眼角余光瞥到，老太太就在一旁的柱子上靠着，手里拿着一本英文杂志，静静地看着，这多少叫她觉得有些诧异。

吴丽娟一匹一匹地看过去，花色倒是不多，不过总还是有几样可以给自己做几身经典款的。就好像格子纹的布料，不管是内里还是外搭，四季都算合适。

就是看了一圈，好像也没翻到适合程程的。吴丽娟扭头问程程有没有看中的，程程也都是腼腆笑笑，并不急着发表意见。

吴丽娟知道，程程嘴上是应了下来，实际上真要送她一身衣服，多少心里还有点别扭着呢。不过她也不管了，不管怎么样，她总是要给她做一身新衣裳，表表心意的。

吴丽娟翻了半天，不由得开口问道："李家孃孃，从前这里有些进口的纱布，怎么找不到了？"

老太太放下手里的杂志，笑道："你真是有阵子没来了，忘了店里的规矩了。现在都隆冬了，谁还能要纱布呀？肯定都是呢布、天鹅绒或者纯棉面料，做冬衣的了。纱布等要等开春，国外的厂商机器重新开工了那才行。现在要是提早联系了，样式也是仓库旧存的了，肯定没有开春来的货色好。生意本来就不大好，再进一些过时货压着，那我肯定是要亏死的。"

这就是老太太的生意经，看着人和和气气的，实则这什么季节，进什么布匹，多少数量，她心里还是门儿清。这些话，原本不必当面说出来的，但是她就是说得明明白白的。可见，吴丽娟与这家的交情，也颇有年数了。

话听到了耳朵里，吴丽娟念着是这么个理儿，她便与程程商量："要是你没看中的样式，要不，我再带你去外头别的店里瞧瞧？"

程程睁大乌溜溜的眼睛，笑道："吴阿姨，不用了，跑来跑去的多麻烦，等下次机会合适了再看吧。"

吴丽娟指着程程摇了摇头："你啊你，就是一门心思想着帮我省钱呢，可别以为我不晓得你心里头在想些什么。"

老太太在旁边笑着，不免打笑了一声："我看你这不是来我这儿做衣服来的，是来显摆自个儿的福气来的。"

吴丽娟喜得花枝乱颤："瞧你说的，我能是这样的人么？做衣服是真的，没我们程程合适的样式也不假嘛。你可别跟我计较这些啊，要不然，回头还有得念叨的。"

老太太轻声叹了口气："看你现在过得好，我想你姐姐丽娜泉下有知，也一定会跟着高兴呢。"

听到姐姐的名字，吴丽娟下意识便敛了笑意。她望着老太太，迷迷茫茫的，好像有些数不清的思绪从眼前飘过。

她觉得心下有些乱，就伸出手去拿茶杯，想要喝口水冷静下。可是发颤的手碰到杯子上，一不小心那茶水就泼了下来，旗袍湿湿答答地粘在她身上，总有些说不清楚的黏腻。

程程忙递了纸巾过去:"吴阿姨,我帮您擦一擦吧。"

吴丽娟压住了程程欲要揩拭的手腕:"没事的,别擦了。"

她一面说,一面抓着旁边的椅子缓缓坐下:"李家孃孃,好好的,你提姐姐做什么?我听了心里头还是难受呢。"

老太太不动声色地把茶水重新满上,递到了吴丽娟跟前:"难受了才好,难受了才说明,你从来没有忘记过丽娜。你嘴上那点刻薄,骗得了别人,可骗不了我。你想想,丽娜去世以后,你来了我店里几次?"

吴丽娟没有吭声,不过低头抿了口热水。

"你后来跟叶琮结了婚,几乎就不大来我这儿坐了。一年也就见你个一两次,我知道,那不是你不爱打扮了,就是你瞧见我,又得想起你那早早死去的亲姐姐。从前你们俩是多么要好呀?一年到头,也就过年时候能盼着做一身新衣裳。丽娜疼你,总是想着法地把料子让给你。所以你的新衣服,总是比她要多上许多的。"

吴丽娟的指尖触着杯沿上的纹路,窝在她胸中那股苦凉的味儿突地挤上了嗓子眼里。

"李家孃孃,求求你,别再说了……"

程程诧异地看到,吴丽娟的脸上出现了某种她从未见过的惊恐与痛苦的神色。她想要说些什么,可是手放在吴丽娟的肩头,却是什么话都说不出口了。似乎现在说什么都有些累赘,只有沉默才是对她最大的尊重。

"丽娟,你和丽娜,是我看着长大的。丽娜是个很懂事的姑娘,处处都能体贴人,谁都不曾说过她一句不好。你总是躲在丽娜的身影后头,被很好地保护着,大家的目光自然很少停留在你身上。偏偏,你这个姐姐又为了你出了事,你心里那点心结,恐怕就在那个时候上了锁了。"老太太扶着桌板,慢慢在位置上坐了下来,"再见到你来,我其实也很高兴,特别是看着你带了小姑娘过来,总觉得你也是该到了放下的时候了。"

说着，老太太从抽屉里拿出一只已经没了光泽的木雕发钗。吴丽娟接过手，仔细看着，这是凤凰于飞的图样，那细长的眼睛，那展翅的神采，那雕刻的手法，竟然是这样的熟悉。

"这是丽娜来串门的时候，就坐在你坐的位置上，一刀一刀刻出来的。上面有些地方力道过了头，手上还出了不少血。这些你当然是不知道的了，丽娜说，小妹最爱漂亮，她得做一只最好看的发钗，将来等你结婚了，亲手替你插在发髻上。"老太太说着，长长地舒了口气，好似放在心下多年的一桩心事，总算是有了着落，"丽娜就把这发钗藏在我这儿，说是将来等着自己嫁衣做好了，一块来取。后来，她自然没有再来，她那件嫁衣也便没了主儿。你结婚的时候也太仓促了点，婚后来看我的几次也是匆忙得很，压根就没给我说这事儿的空隙过。最近，我常常梦见已经去世了的亲人，想起旧时的说法，可能是我在人世的时间不多了。今天难得看到你来，我心里就想，这发钗必须得转交到你手里了。要不然，哪天要是夜里去了，到了地下见了你姐姐，我这绝对也交待不了。"

吴丽娟将面腮慢慢偎到这支木钗上，那纹路上的凉浸，慢慢地渗透到她的皮肤上来了。一阵寒噤，使得吴丽娟全身好像一碰就要发痛了。

"姐姐……姐姐还说过什么？"吴丽娟抬起头望着老太太，一双眼睛早已经变得通红。

"她说，她的妹妹丽娟，是这个世上最好的姑娘。"

吴丽娟捂住了脸，一时间哭出了声来。程程轻轻环抱住吴丽娟，她能感觉到，吴丽娟的身体在发抖。她只想给予吴丽娟一个简单的怀抱，告诉她，至少还有她在。

哭了好一会，哭声渐渐孱弱了下去，等到眼泪止住了，吴丽娟就拉着程程要回养老院去。

"你别急着走，还有一件事，我也要告诉你。前些时候，店里来了个男人，说是来找你姐姐没拿走的嫁衣的。"老太太喊住了吴丽娟，开口说道。

吴丽娟微微一愣，不由得瓮声瓮气问道："男人？什么男人？"

"我没记错的话，姓张，喏，这是他留下的名片，你看看。"老太太从兜里掏出一张简洁的名片递了过去，"丽娜的嫁衣，早就转交回你们吴家了，当时都跟着一块下葬了吧？我又从哪里找衣裳给他呢？看起来，也是个可怜的痴心人呐。"

吴丽娟分明看见名片上"张世襄"三个大字，心下跟着"咯噔"一声响，"那他还留下什么话没？"

老太太顿了顿，半晌方才开口道："他就一个人自言自语，隐隐约约的，我听到一句，好像说，他谁都对不起。"

程程原以为，吴丽娟听了这些，怕是会更难过。哪里晓得，她不过抹了两把泪，就一脸常色地催促着程程回养老院去了。

初时，程程还有些诧异。她分明感觉到了吴丽娟的一些变化，但具体哪儿不一样了，她又说不清楚。程程只知道，先前那个情绪化的吴丽娟似乎不见了，现在的她，似乎比从前更为内敛了一些。

| 第十五章 |

结好趁佳期

天马养老院内,晚饭的铃声响了。护工们窸窸窣窣地从各个角落里出来。有些准备给老人们送餐进房,有些打算带老人们去食堂用餐。安静的走廊上,因为磕碰的声响,渐渐有些热闹了起来。

程程则在三楼空出的房间里收拾着遗落的东西,书籍、印章、假牙,似乎原来这屋子的住户留下了不少东西。她挨个在笔记本上仔细记录着,然后把一概东西都放进袋子里,挂在肩上,缓缓地把门给关上。

每次检查完空房,程程办公室的抽屉里总是会多出许多东西。不管大小,只要看见了的,程程总是会想办法洗干净了,然后储存着。只是这些物件的主人,大都没有再出现过,长年累月的,程程办公室里也攒下了不少看似无用的东西。这就是程程的朴实,她以一颗善心对待着养老院里的每一个老人,从不会抱怨什么,更不会想着撂挑子。

程程一手拎着袋子,一手稍微捻住裙摆,然后小心翼翼地下了楼梯。她并不想这么快就坐电梯下去,于是就想到了走楼梯的主意,一层层地回旋而下,心情似乎也跟着舒展了一些。

等到了一楼的时候,突然有一只鲜艳的毽子掉落在了程程脚下。在大厅的灯光映照下,那毽子的羽毛更是显得五彩斑斓。程程四下望了一眼,而后弯腰捡起了这只毽子。她心下一时玩心大起,突然就把鸡毛毽子向上一扔,而后连续踢了好几个样式的花式毽子出来。

前台的几个小姑娘惊呼不已，都缠着程程，一定要她再表演一次。眼见着围观过来的老人越来越多，大家都起哄着要看踢毽子。

到了这会，程程实在是无法脱身，只能又换着脚背，用新奇的姿势，反身踢了几个新花样。这一下，几个前台的小姑娘对程程都崇拜的一塌糊涂。几个围观的老人也跟着鼓掌，大声叫好。

好不容易，程程才从人群里钻了出来。她往办公室赶，预备要下班了，可是包才挎到了肩的上，心里头忽然就又念起花园里的那片无端空出来的空地。

外头天色早就暗了下来，在昏黄的灯光下，程程蹲下身子，在那儿收拾着，似乎又沉浸到了自己的世界当中。

姚光潜过来的时候脚步很轻，他惊诧地看到了一个与往日截然不同的女友。她脖子上挂了一条白毛巾，腰上是一件看不清纹路的围裙。手上一双红手套，再加上脚上那双高脚靴子，整个人看起来充满了汗水的气味。

隐隐约约的，程程发觉似乎哪儿有眼神在盯着自个儿。等到她回身一望，看见姚光潜的时候，这才惊喜交加地喊了一声："哎呀，光潜，你什么时候来的？离我远一点啊，我这会身上脏呢。"

程程一面摘下身上的围裙、手套，一面用白毛巾揩了揩脖颈。这个暖冬，可把她闷了一身的细汗。

姚光潜走了过来，似乎想要帮忙，哪里晓得，手才伸出来，就被程程制住了。

"别动，我自己来。"程程从墙角捡起一根黑色的皮管，套在水龙头的出水口上。手一拧，那清水就稀里哗啦地流了出来。刚才还沾了尘土的那些物件，这会索性都冲了个爽快、干净。

水花阵阵地冲刷在长靴上，眼见着那些污泥都被一团团冲散开来，程程这才抬起头对着姚光潜笑道："我前头在想，这平白空出来的空地做什么好，就在泥地里走了一波，想想主意。平常院里的叔叔、阿姨，在这儿种花、种草，甚至种菜都不算稀奇了。先前养的那些土鸡，虽然可以炖鸡汤是不错，但是卫生也是个大问题。"

程程说着，眼神望向了姚光潜，她试图从他的脸上得到一个合适的建议。毕竟光潜跟着电视台走了不少地方，出主意方面他最在行。

姚光潜抬头看了眼天色，委婉说道："程程，时候不早了，要不，咱们回去再说？"

程程知道姚光潜的脾气，说回去再说，那就是没了下文的意思了。她手里的皮管跟着调转了枪头，水"呼啦"一下，跟着扫了姚光潜半身。

"不愿意说就别说。"说话的时候，程程嘴里还带着些许赌气的意思。

姚光潜原来今天难得提早下班，就是特意想着来接程程的。他就是觉得程程在养老院的事情上，花费的时间越来越多了，乃至于两个人的私生活空间也越来越小。

两个人一前一后地朝着停车场走去，初来时候的好气氛，这会全跑光了。两个人之间保持着些许距离，明明各自心里有想法，又不愿意争吵。然后就得没话找话，结果就是反倒两个人更累了。

一切都是匆忙的，两个人乱糟糟地回了家。把门关上，低头放鞋的瞬间，程程忽然愣了一下，不知道什么时候，鞋架旁边竟然已经结了一张蜘蛛网了。

她和光潜两个人都太忙了，以至于忙到上一次收拾家里是什么时候，程程都已经不大记得了。

房子就是这样，有人收拾的时候，看起来干净、敞亮，就会觉得有一种生机在蔓延。可是一旦懈怠了，无人去看管了，那一切就又会变得晦暗起来。

程程不是不知道光潜心里在想些什么。平心而论，先前为了养老院上电视台的事情，他也没少扛着压力，忙前忙后帮了不少的忙。这一点，她是感激光潜的。

程程热爱养老院的这份工作，光潜对此表示理解。可是与之矛盾的是，两个年纪不大的年轻人，却又因此失去了太多单独相处的时间。工作需要用心去维护，感情又何尝不是呢？想到这些，程程就觉得头疼，她感到了一种无可调和的无奈。但是她也并不想和光潜分手，从校园到职场，两个人已经一块并肩走了这么些年了，他们的呼吸里早就已经各自有了对方。

"你先坐着吃点曲奇饼干吧，我去热点小粥，估计这会叫外卖，你也不想吃。"

姚光潜按下了程程的肩膀，自行进了厨房，开了煤气灶，就把隔夜的饭往锅子里倒。加了两碗过滤水，勺子搅动一下，等烧开了，小粥也便好了。

程程是忙碌惯了的人，真要这会坐下也不成。她就站起来摆了碗筷，又从冰箱里拿了一些榨菜、笋丝一类的小菜，两个杯子里都倒满了可乐。这种肥宅快乐水，是两个人共同喜欢的饮料，只要往桌上一摆，那深棕色的液体影子在桌面上晃荡着，好像屋里氛围就跟着温馨了一些。

姚光潜把微波炉里加热好的一叠水煮干丝拿了出来，摆到了程程的位置边上。

程程和姚光潜在一起这样久，他确实不失为一个传统意义上的好男人。不抽烟，交际场合才喝点酒。有时间就往家里赶，主动分担家务，但凡两个人吵架了，也总是他给程程台阶下。

"我妈，下个星期会过来一趟。"姚光潜从厨房探出头来说道。

"哦？下个星期我要带养老院的戏曲班去外面采风，可能没时间招待阿姨了。那你多担待一些，帮我解释下啊。"程程望着姚光潜说道。

卧室的门半开着，从里头飘来淡淡的清新剂的气味，还有程程手工做的香包，以及家具的木屑的气味，一块混杂一起。

姚光潜走过去，把门给带上，而后轻声道："我妈说，咱们谈恋爱谈了这么久，我都还没去你家里提亲，也实在有些太捣糨糊了。她来就是想让我一块去你家看看你爸妈的，然后咱们的婚事，看看是不是该提上日程了。"

程程顿了顿,心下难免一番转圜。其实就是光潜妈妈着急了,眼见着两个人光谈恋爱不结婚,这才专门来催婚的。

"现在要说结婚,别光说我了,就是你自己也没什么时间吧?这婚事上面的琐碎太多了,我们肯定都没时间去准备,也不好叫咱们爸妈去操心。那不如再等等吧,等明年,看看什么时候有合适时间,咱们再把事情给办了。"

厨房内,小粥跟着细火漫溢翻滚而起。白色的泡沫不断迸跃着,慢慢沿着锅子的边沿,一点点地淌了下来。粥水浇在煤气炉上,一股子焦味从厨房里散了出来。

姚光潜面色沉沉地进了厨房,忙将火给关上,白色泡沫瞬间湮灭了下去。他小心翼翼地将粥从锅子里盛了一碗出来,端到程程跟前,"你趁热吃点先。"

这一次程程没有推辞,不过低头抿了一口小粥。嘴里就了一些小菜,吃起来,嘴里热乎乎的,还带点小菜腌制出的咸香味。

"你慢点吃,别烫到了。"姚光潜说着递了一块纸巾过来,帮程程抹了抹嘴角。

程程把手边的粥放下说:"光潜,我知道,做长辈的,肯定是要为孩子的婚事操心的。别说你妈了,就是我家里边,也不知道明里暗里催了不知道多少次了。这些,我都跟你说过的,你应该也是晓得的。我们一起这么多年了,我眼睛一眨,你都能知道我肚子里想些什么。我不是找借口啊,是真的太忙了,今年的话有些仓促了,不如等明年再看看。"

姚光潜不置可否,只是以一种无奈的眼神望着程程,"程程,说心里话,你觉得咱们最后还能走到一起么?"话说完,他挤了下眼睛,程程知道,这是姚光潜紧张时候惯有的动作。

程程拿起可乐,示意光潜也一道举杯,两人默契地碰了碰杯沿。"当"的一声响,各自两口可乐便跟着下了肚。

"光潜，说实话，你这么问，我也不知道怎么回答这个问题。"程程想了想，还是说了实话。

姚光潜心里头"咯噔"一下，脸色略略有些发白，"如果是这样的话……"

"你看养老院里面，这么多叔叔、阿姨，最后能平平安安，无病无痛地跟伴侣走到老的又有几个呢？我在养老院这些时候，看懂了一点，人这一辈子路太长了，应该珍惜眼下。光潜，你就是我应该要珍惜的。只是目前工作上真的太忙了，我实在没有这么多时间来应付婚礼什么的。我虽然不知道这个合适的时间具体是哪一天，但是我觉得，我们是不可能再分开了的。"程程打断了光潜的话，又补充说道。

姚光潜暗暗松了口气，他盯着程程的眼睛看，柔声道："行了，程程，有你这句话就足够了。你看我，现在电视台里跟一帮老头处久了，说话也变得不靠谱了。"

程程笑了笑，转头去厨房里又盛了一碗粥出来："大才子，你也赶紧吃碗粥吧。要是把你饿死了，回头你妈还不得找我算账啊。"

姚光潜手里捧着温度适中的白粥，很配合地笑了笑："我妈那边我会应付的，你不用担心。还有就是，养老院那块空地啊，我刚才想了下，养老院的经费有限，大改动是肯定不合适的。不如考虑下设置一台过滤直饮水的机器，可以直接去跟厂家谈价格，具体总是可以预估的。叔叔阿姨们平时户外练戏，或者有来园子里种花、种菜的，都可以喝上一口。"

程程握住姚光潜的手道："这倒是个好主意，方便实用！"

| 第十六章 |

良夜

周诒的病情，慢慢有了加重的迹象。虽然日常生活还不需要人帮忙料理，可是很明显的，她的脸上出现了苍老的痕迹。

才个把月的时间，周诒已经瘦了许多，吴丽娟在边上看着她的手，一伸出来，那都是青筋盘错着，看起来好像随时要冲破皮肤一样，看着可真够吓人的。

好像是一夜之间，周诒的手臂上，也冒出了许多大小不一的老人斑。周诒每次低头看到的时候，都要下意识的用洗手液狠搓着这些淡淡的褐色痕迹，好像搓得重了，真能把它给从皮肤上剥离了一般。

周诒低头穿衣服的时候，吴丽娟走了过去，伸手就从她的肩膀上拈了许多掉落的灰白头发。这发丝晦暗地蜷缩着，好像见证着主人大脑中的一步步病变。

这一天，吴丽娟突然拿了急救包，神神秘秘地拉着周诒往大厅赶。等到两个人齐齐出现在大门口的时候，周诒才知道，吴丽娟是为着什么了。

这个时候，周诒就看到，陶斯甬蹲在地上，在安抚着一只哈巴狗。

"这狗怎么了？"周诒好奇地问了一声。

陶斯甬抬起头来，见是周诒和吴丽娟，便道："不知道从哪儿来的狗，昨天就瞧见在这儿了。今天不知道怎么的，脚看着好像受伤了，也不知道被什么刺到了呢。"

周诒跟着俯下身看了眼，回身对吴丽娟道："哟，还真是呢，你看看，这腿上都破了一块皮了，真是小可怜。"

吴丽娟翘着嘴，适时递出了急救包："喏，我都带了，咱们要不先帮这狗处理一下吧。不过这些细琐事情，我怕是做不好，要不，老周你来？"

周诒倒是乐得帮忙，忙接过急救包，从里面翻了止疼药和消炎药出来，"这狗我也没经验，不知道是不是跟人一样处理呢。"

"都跑到咱们养老院来了，咱们要是不管，也没人管它了。你就死马当活马医了呗。"吴丽娟靠在门沿上，嚷嚷道。

陶斯甬掰开那哈巴狗的嘴，周诒小心翼翼地先给它喂了两勺水。等到那水咽下去了，她这才在哈巴狗犯了红的腿上上了药水，然后又用棉花仔细揩匀称了，纱布一圈圈地给包扎上了。这包扎看着容易，实际操作起来还是有些难度的。绑得松了，血止不住。绑得紧了，又怕把狗的腿给绑坏了。好在周诒到底有些针线功夫，虽然下手的时候多少有些哆嗦，但是好歹也给缠好了。

"接下来怎么办好呢？咱们养老院好像不能随便养宠物的，可是就这么放这狗出去，好像也不大放心。"周诒认真问道。

"要不跟前台商量下，就放在杂物间旁边的空地上，不管怎么样总得这狗伤口好一些再让它走吧？要是不见好，咱们还得考虑带它去看兽医呢。"陶斯甬说道。

"噢哟，这狗还要大小便，可麻烦了，我是照顾不来的了。要是有别的事情你们叫我，照顾狗，我真不在行。"吴丽娟挑着眼角说道。

周诒耐心地蹲在哈巴狗身边，极其温柔地安抚着它的脑袋："没事，我来照看它。"

到了夜里，周诒有些不大放心那条哈巴狗，她索性披了件外套，悄悄下楼去看一眼。大厅里的灯光已经暗了下来，只有壁灯的幽幽黄光映射在墙壁上。周诒走得近了，就看见一个熟悉的人影蹲在那儿。

"哟，你也来了？也是不放心这狗，来看个情况吧？"陶斯甬站起身来，笑了笑。

"是的呀，总觉得心里搁着事儿，一时半会睡不着。老吴还说这狗一定自个儿跑了，我就想下来看看，是不是还在。"周诒一面说一面看了一眼那哈巴狗，"怎么样，它伤口好一些了？"

"我拿手电筒照过了，没化脓就不错了，具体的要看明天怎么样了。这狗我看之前是有主人的，要解小的，还知道要爬出来找个干净的地方。就是看它爬回去吃力，我还帮着推了一把。"陶斯甬说道。

周诒嘴里咕哝了一句："天刚啊，你还记不记得，从前啸啸最喜欢狗了，总说要养一条。那时候你站儿子，先答应了下来，说肯定养一只。那时候我气啊，气你怎么都不跟我商量一下的？那时候啸啸是要准备中考的，哪里有时间去照顾什么狗呢？为养狗这事情，啸啸当时可没少跟我闹，可我还是铁着心要他放弃这个想法。"

陶斯甬微微愣了愣。他知道，周诒这是阿尔茨海默病又犯了，脑子糊涂起来又识不清楚喊错人了。

陶斯甬含糊应了一声："你这是为了孩子考虑，倒是可以理解的。毕竟养狗跟养孩子似的，要很多的精力付出才行啊。你看啊，不光光是给狗解决吃喝拉撒的问题，它也是有情感需求的。要照顾好一条狗，可不比人简单。"

周诒低了头，苦笑一声："你现在倒是说得通，当时可没这么想，还帮着啸啸一块埋怨我呢。这件事情，啸啸可是记了好久，以至于到了美国念书以后，他做的第一件事情就是在家里养了一条狗。"

"咱们这一代家长吧，其实有个共性，就是一心一意为了孩子好，哪怕你知道这样做了孩子会不高兴。比如你刚才说的养狗的事情，就是一个例子。你知道孩子会埋怨，会不理解，可是还是铁着心肠拒绝了他的要求，那都是为了孩子奔一个好前程。这种用心良苦，在有些西方人眼里看来，那就是一种对孩子关系的越界、不尊重了。可是现在社会竞争这么大，普通人家的孩子，要出头，哪那么容易。难道你儿子这么一个名校教授，是凭空掉下来的么？"陶斯甬一面说，一面跟着叹了口气。

他想起从前,他要儿子知远也跟着学戏,继承衣钵。知远左右就是一个不愿意,总觉得一个男人唱旦角,很没有男子汉气概,而且不合时宜。知远的梦想与艺术品相关,他希望走遍世界上大大小小的博物馆。而把自己拘束在一方小小的舞台上,显然并不是他所喜欢的生活方式。

那时候,父子俩大吵了一架。陶知远心性大,闹了个不愉快,索性就漏夜离家出走。要不是后来老伴爱妹一个地方一个地方的找,恐怕知远还没那么快回家。思绪渐渐收回,陶斯甬笑笑:"我知道你不容易,也就那么一唠叨。儿女有儿女的想法,总是拦不住的。要是不念着你的好,那也没辙。"

"你们在嘀嘀咕咕说什么呢?"吴丽娟刷着牙,含着一嘴的牙膏泡沫,突然出现在了两人身后。

周诒指了指哈巴狗:"担心它腿疼,来看一眼。"

吴丽娟眼珠子一转,"我就知道你肯定在这儿,我不过洗了个澡,出来就不见你人影了。不来看一眼,我还不放心呢。"说完,吴丽娟嘴里含了一口水,到一旁的卫生间里连着牙膏吐了出来,这才重新走了出来。

"要么再帮这个小家伙换个药?"吴丽娟提议道。

"我看换个绷带就行。"陶斯甬蹲下身检查着说道。

吴丽娟快速从肩上的小包里拿出一个小药箱,"喏,刚才出来的时候特意带的,比急救包种类全一些。什么消炎水、酒精棉、纱布,就是跌打药水都有,总之都全了,这狗总归够用了吧?"

周诒接过药箱,给狗的身下重新垫了一条旧毛巾。那狗顺着动静,抬头看着这三人,嘴里咕噜地轻声叫着,好像是在跟人打招呼。

陶斯甬笑着摸了摸它的脑袋,他知道,这是狗要跟他们做朋友的意思了。陶斯甬轻轻地触碰了下狗的鼻子,湿湿的,略微带些冰凉。

"这狗应该不严重,晚上过了就会好很多吧。市里好像有些流浪猫狗的收容站，可以叫人帮忙送过去，等着符合条件的新主人领养，总好过在外头流浪。"

周诒抬起头来，望着陶斯甬的眼睛问："天刚，你什么时候晓得看狗了？"

吴丽娟微微一愣，她自然知晓，这"天刚"是周诒爱人的名字。眼见着陶斯甬并没有诧异的神色，吴丽娟便故意扭头望向别处。

陶斯甬苦笑了一声，嘴里含糊应道："看多了，也就会了。"

实则，是爱姝在世的时候，偶尔会捡一些受伤的流浪猫狗到家里喂养。他跟着剧团在外，知远又去上学的时候，这些猫狗就是爱姝的寄托。每次把伤调养好了，爱姝就要亲自送猫狗去收养站。

有一次，陶斯甬说，这离别的时候难免伤心，还不如当初直接送到收养站多好。爱姝就笑说，这人生来往都是常态，伤心不过就是一时，这相互之间留下的回忆才是一辈子的。现在想来，世事何尝不是这么个理儿呢？

周诒狐疑地盯着陶斯甬的眼睛看着，她寻思着，这个"天刚"从来都没养过猫狗，怎么突然就晓得这么多了？

"看多就会？这哪里这么容易的。"周诒不禁嘀咕道。

"这……反正就是会了嘛。"陶斯甬挠着头，轻声说道。

吴丽娟在边上看的，有些莫名想笑。想着陶斯甬这么一个透亮的人，台上戏演得好不说，就算是在台下，要他配合周诒演戏，竟然也是样样都行。

"好了，好了，这一只狗，都念叨一晚上了。老周，咱们赶紧回房去睡吧，我这眼皮都要盖住了。这都几点了，你也不看看。"吴丽娟假嗔着催促了一句，连连推着周诒朝电梯走去。

"天刚，这么晚了，你怎么回去呢？"周诒似乎是有些不大放心，不由得扭头问了一句。

陶斯甬笑笑："打车，我打车就行。现在手机都能叫车了，方便。"

"叮咚"一声，电梯门开了，吴丽娟"哧"的笑了起来："哎哟，老周,别依依不舍了,赶紧上楼去吧,这手机叫车坏不了。"

眼见着电梯门合上了,陶斯甬这才暗暗舒了口气。他转身从兜里掏出一根香肠,慢慢蹲下身去,对那条哈巴狗说道:"小家伙,你饿么?要不要吃根火腿肠?"

狗似乎真通人性,听陶斯甬这么一说,一下又起了身来,凑近了两步,伸出鼻子嗅了嗅。

陶斯甬笑抚着它的脑袋,"你要是吃不下,不吃也没关系。我这不是要强迫你吃,就是担心你肚子饿问一声。"

那狗"吧嗒"一下就把整根香肠叼了过去,大口咀嚼着,末了还不忘仰头对着陶斯甬轻声哼唧了两声。

陶斯甬点了点头,唇角漾起了一抹满足笑意,他似是自言自语道:"爱姝要是看见你,不知道该有多高兴呢。"他略略顿了顿,缓缓地起了身来,窗外月光清冽,这可真是一个寂静的夜晚。

| 第十七章 |

流光容易把人抛

凌晨五点,罗无名早早就醒了过来。他披了一件起了球的外套,一个人到了食堂里头,想要吃些早饭。没糖也没有酱油的豆浆,再加上食不知味的馒头,作为糖尿病患者,他能吃的也就这么些东西了。

不知道为什么,今天他总有些坐立不安,好像屁股下面长了疮似的,总是扭捏来,扭捏去的。

等到罗无名转身的瞬间,那一碗滚烫的豆浆水就一下洒到了身上。一股子豆腥味紧跟着扑鼻而来,罗无名下意识地跳起身来,看看身上这一身湿了的衣服,多少觉得有些狼狈。

他只得空着肚子,回到房间里去换一身干净的衣物。

彼时,清洁阿姨敲门进来正要打扫房间,就听着"砰"的一声响,好像听见卫生间里似乎有什么沉沉的东西一下就摔到了地上。

"哎哟"一声惨叫,吓得清洁阿姨忙推门进去看个究竟。这个时候,她就瞧见,罗无名一脸可怜又慌张的样子,摔倒在了地上。

"哟,罗叔,你这是怎么了!"清洁阿姨手忙脚乱的要去扶罗无名,可是地上一摊水,实在有些打滑。还没把罗无名拉起来呢,倒是把她自个儿给带倒,连带着摔了一跤。

动静有些大了,几个护工忙赶了过来,这个时候就看见穿着单薄的罗无名,一脸尴尬地捂着身上。他极不自在地扶住一旁的扶手,直低下头去,"我没事,你们出去吧,快出去吧。"

"这可不行,罗叔,你可是摔了的。这万一伤筋动骨的,可就麻烦了。我得赶紧通知人来，看看是不是要送你去医院检查下。"护工赵阿姨皱着眉头说道。

罗无名两只脚并在一块，不停地挪动着："哎呀，你们出去嘛，我说没事就是没事！一个个杵在门口看什么呀？！"说着，罗无名就艰难地转了个身，整个人伏在抽水马桶的盖子上。他有些难为情，也有些生气。实际上，他确实摔得不轻，这会膝盖上疼得要命，要不是碍着这么多人在，他恐怕早就疼的惊呼两声了。

清洁工和其他几个护工相互看了一眼，都悄悄地退到了门外。赵阿姨小心翼翼地走了过去，试图拉了罗无名胳膊一把。

罗无名倒抽了一口凉气，嘴里哼唧了一声，一下就整个人就发抖了起来。

"天呐，罗叔，你这怎么……"赵阿姨忙捂住了嘴，之后的话却没说出口。

罗无名的贴身裤子上，沾了一片湿湿黏黏的东西。再看洗手盆槽台上，一池子混黄的水里浸染着一条罗无名的长裤。

照着养老院这些年的经验，赵阿姨很快判断，恐怕是有情况了。她起了身来，凑近洗手台看了一眼，一下就被一股排泄物的臭味给熏得后退了两步。

"这不是我的……你不好出去乱说的啊。"罗无名红着脸，把头越埋越低，整个几乎都套进了衣服里。

"是那条狗，那条楼下的哈巴狗，它可真是一点也不听话啊。"罗无名声音慢慢小到几不可闻。

"哎呀，罗叔，这事情有一说一。你要是感觉不好了，我还是叫小柳过来看一下吧。这狗都在大厅里头过夜的，一早就被陶叔他们几个叫人来送走了，怎么可能把你裤子给弄脏呢。"护工赵阿姨说着就摇起头来。

在养老院里面，她护理过不能自理的老人太多了。像罗无名这样的，糖尿病带着并发症，现在还开始出现了大小便失禁的情况，恐怕这护理的任务也要加重了。

"就是那小畜生瞎跑,把我裤子弄脏的。"罗无名颤着声带,小声嚷嚷着。他知道在护工面前说这样的谎话很荒唐,可是他不能,也做不到去承认,自己已经是一个没法控制身体的无助老人了。罗无名眯着小眼,愣愣地望着池子里的那些脏污,他真恨不得这一切都是一场该死的梦,眼睛睁开了,那就都好了,再也不用去面对了。

"怎么了?出了什么事情么?"程程敲了敲门,出现在了罗无名的视线里。原来刚才其他人已经通知了前台,巧着程程刚来上班,听到消息就第一时间赶了过来。

罗无名窘迫地靠在墙上,一双眉毛皱得好像要拧下来了一般,"程程,没事啊,你来干什么呢。"他的眼睑下垂着,就像是一个做错事的孩子,不住地搓着手,似乎在等待着审判。他的无助与丝丝怯意,突然叫程程感到有些难受。

"罗叔叔,这摔倒了事情可不小,还是要去医院看看的。我刚才已经叫车子在下面等着了,我陪您去医院检查一下吧。不管怎么说,检查了安心点,要不然万一哪里不好了,看得晚了又耽误事。"程程说着,不动声色地进屋去给罗无名拿了一身干净的衣物过来。

她假意看不到卫生间里的脏污,转头对着赵阿姨笑道:"这儿就拜托给您和清洁阿姨了,我先带罗叔叔去看看,谢谢您啊。"

"哎哟,真疼,疼死我了。"罗无名坐在汽车后座上,一面小心翼翼地打量着程程的神色,一面苦着脸叫唤着疼。他心里有些忐忑,害怕程程如果问起刚才卫生间里的事情,他要如何去回答。虽然说他是苦出身,可是要在人家面前说自个儿没法自理的事情,总归是面子上有些绕不过去。

程程竭力表现出没有去在意的样子,她眼角的余光瞥着罗无名,常年被各种病症折磨着的他,显然已经比同龄人看起来老了许多。如果罗无名真的不能自理了,在通知他女儿罗珠的时候,想来又少不了要有些争执了。按照罗珠先前的表现,想来她并不愿意把罗无名接回去调理的。

"程程,我窝囊……"半晌,罗无名没头没脑地蹦出一句话来。

程程笑了笑,轻声安抚道:"罗叔叔,别多想了,就是去看看医生而已,没什么大不了的。您放心,有我在呢。"

罗无名努了努嘴,最后还是没有继续说下去。

挂号、检查、拍片、看片,到了医院以后,程程轻车熟路地陪着罗无名走完了所有的流程。所幸的是,这次摔倒并不严重,看片子里呈现的骨头也没有摔坏的样子,医生就让回去仔细观察、静养,别的倒是也没多说什么了。

回到养老院以后,谁都没有再提起卫生间里发生的事情。罗无名也试图让自己不要去在意,日子好像照旧过着,可是他心里总觉得有了根刺,还是一根难以启齿的刺。

中饭以后,大家都陆陆续续回房去午休了,罗无名却故意坐着,一直等到食堂里头空无一人。他蹒跚地走到厨房的门边,就看见几个厨房的帮厨在那里说笑着洗碗。洗碗这件事情,罗无名就一直做不好,从前但凡从他手里洗出来的碗,总是带着油光的。

罗珠常埋怨,要他多用点洗洁精去洗,要不然总是不干不净的,碗筷捏在手里也不适意。罗无名嘴上应着,可是还是舍不得多用一滴洗洁精。他真的是从前穷怕了,就算是多倒一滴洗洁精,都好像能要他命一般。

几个帮厨在"哗哗"的水龙头下冲刷着碗筷,那水出得急,力道也大,什么污渍都冲刷得了。等到差不多了,再沥干水,用擦完的抹布抹两把,也便算是把碗筷给洗完了。

罗无名站在门边观望着,他看着白花花的自来水流出去,总有些说不清楚的肉疼。好几次,他都差点按捺不住要去说道说道,这样洗碗也太浪费水了,一点都不节约。可是他还是生生的把话给咽了下去,管太多,那就是糟老头子啰嗦了,他不想继续引来旁人探究的眼神。

罗无名抬起脚,刚要悻悻离开,就听见"砰"的一声,一只瓷碗落了地,顿时摔成了好几瓣。原来是帮厨忙着说笑,没注意到手里打滑,这碗也便跟着摔破了。

"噢哟!"虽然一切在意料之中,罗无名还是忍不住心下可惜地叫了一声。好好的一只碗没了,这可真叫他心里难受。

帮厨朝着罗无名眨眼笑了笑,而后一脸无谓地捡起那些碎片,毫不犹豫地扔进了垃圾桶里。不过一个碗而已,值不了几个钱,帮厨并没觉得这算什么大事儿。厨房里摔破个碗,简直再正常不过了。

可是那厢罗无名就不行了,他再也看不下去这种哪哪都浪费的样子了。要是再继续多呆一刻,他觉得自己都要心脏病发了。罗无名拿出手帕,抹了把额头上的汗,喘着气,一步步走到了电梯旁。他前半辈子,都是在挣扎着求生活,后半辈子,全靠着国家的补贴,总算是有个安身之所。可是,到了这把年纪,本来就是一身病痛,现在竟然还出现了身体失禁的情况,那要说在养女那儿享晚福,更是想都不用想的事情了。

罗无名心里苦闷啊,更是觉得要愁断肠了。之前因为唱戏,他原本精神上好了许多。可是这一次身体上无法自控的失禁,却又把他拉回到了现实的深渊里。甚至一度,他有些不知道怎么去面对,或者说不敢面对那些一块唱戏的老伙计们。天晓得,那天的事情,是不是早已经在养老院里头传开了来。从护工、清洁工到前台,乃至是这些老伙计们,他们的任何一个眼神和动作,几乎都能叫罗无名揣测到心里发虚、发软。由此,避开人群,重新缩回房间里面,似乎成了他保护自己最稳妥的一种方式。

罗无名坐在床头,他身上穿着一件洗得发了白的蓝色长袖。深棕色的裤子已经洗得缩了水,脚踝上空荡荡的,如他的心情一般。

护工过来敲门,说要帮他擦点跌打药。罗无名就转过身,用被子盖住脑袋,一副装睡听不见的样子。直到听见门被带上了,他这才重新坐直起身来。护工留下了几片药丸,罗无名把那些颜色各异的药丸放在手心里，捏了捏，却没有要吃下去的意思。他每天三餐后要打胰岛素针，还要吃这数不尽的药丸，一看见这些药丸，他就有种从内心里升起的厌恶。或者说，他是有些恨，恨自己身体怎么这么不争气，为什么毛病就这么多？这些天，护工送过来的药，如果是当面看着的，他就含在嘴里，硬生生地藏在舌头下。直等人走了，就直接吐到卫生间的抽水马桶里。可是他到底年纪大了，也没这个心力把事情给想周全了。等到清洁工一早进来打扫，看见抽水马桶里那些颜色各异的药丸，一颗颗浮在水面上，一下也就明白发生了什么事情。

程程和护工耐着性子当面劝过几次，罗无名照例点着头什么都应了下来。可是一旦屋里没了人，他就即刻把这些该死的药丸全部又给倒掉了。

这一次，罗无名记得按下了冲水的按键，听着"呼啦"的声响，他心里头的那些郁闷好像也被一块带走了一些。

回到床边，罗无名打开床头柜的抽屉，拿了一瓶跌打药出来。他的动作有些迟缓，手有些发抖，酒精棉沾了药水，好像总是有些擦得不够均匀。

"老罗，要帮忙么？"

"我的个天！"罗无名惊叫一声，一下就把手里的跌打药水给甩了出去。

不偏不倚的，这药水正好就溅到了陶斯甬的眼睛上。

"嗷……"陶斯甬低声痛呼了一声。

他的一只手捂着眼睛不放，总觉得眼皮和眼睛里头有什么东西在灼烧着，痛得"哗哗"的直流眼泪。

罗无名吓到了，他忙取了一块湿毛巾过来，递给陶斯甬："老陶啊，真是对不住啊。我刚才没注意到你进来了，我是吓到了，手腕一下没把住。我……"

陶斯甬接过毛巾，敷在眼睛上，嘴里疼得直龇牙，却还是勉强扯了一丝笑意出来："刚才我经过外头，看见门没关，就想着看看你在不在。可能是敲门声轻了，你也没注意到，没事的啊，你别往心里去。"

罗无名跺了跺脚，又去拿了一杯水过来，给陶斯甬冲眼睛："还疼么？"他的脸上，那些懊悔与慌乱是显而易见的。他从来没想过要去伤害陶斯甬，可是他却实实在在的害了人家。

罗无名瞅着，手也不知道摆哪儿好，他像个无助的孩子一样，眼眶也跟着红了。

未几，陶斯甬略略松开手，眼睛有些红肿。他强忍着疼痛，半眯着眼睛，笑道："这有什么大不了的，没事的。从前下乡的时候，那田里的蚊子才叫厉害呢，但凡在眼皮上咬一个包，保准两个星期都没法睁眼呢。"

"你还安慰我呢，要是你眼睛被我弄坏了，我可赔不起啊，我拿什么赔你呢？"罗无名说话的时候已经带了哭腔。

"好了，老罗，这点事情，咱们大老爷们有什么可计较的。大不了，就少用这只眼睛看东西，都一把年纪了，谁还矫情呢？"

陶斯甬抖着眼皮，笑道："你要是心里真过意不去，赶紧给我回戏曲班来练戏。你说你，之前还跟我豪言壮语，说要好好学戏。结果呢？原来也是个三天打鱼，两天晒网的。先前有阵子，吴丽娟就来得不是很勤快，我就跟她讲，你要是不来啊，往后也别来了。这话放你这儿，可也是一样的啊，咱们一视同仁。"这话里多少还带着玩笑的口吻，罗无名听得出来，陶斯甬这是找了个由头，要他回归小集体呢。

罗无名脸上的笑容有些僵凝然后说道："那也得唱得动才行，像我这样的人，不顶用，还给大家添麻烦，还有什么好去的呢？倒是不如在房间里呆着，谁也不连累。"

陶斯甬的眼睛实在太疼，不得已，他又重新捂住了眼睛说："你要真知道不连累人啊，就应该过来跟我们一块排练。从一开始我就说过了,咱们这唱戏的班子,少了谁都不成啊。当初,死活要拉我来教唱戏的是你们,现在可不好反悔说不要学了的。要不然,我才是真生气了。"

猝急不防的,罗无名脸上流了两滴眼泪下来说:"我就是一副没用的老骨头了,还念着我干什么呢?"

陶斯甬听了这话觉得难受,心头有些发胀:"谁说你没用了?谁说的?你要他出来,我跟讲一讲、辩一辩,看看是什么野路子的说法!"

罗无名突然就笑了起来,笑得带出了一把涕泪。他一面擤着鼻涕,一面摇头道:"你这是逗我玩儿呢,就你这文文气气的一个人,还去吵架呢?你要说沈伯业去吵架,都比说你要去亲自开骂可信。"

陶斯甬抬起头来,他的额上只有浅浅的几条细纹,目光带着些许的明亮:"好了,我不跟你开玩笑了。我也不管你究竟心里在想些什么,反正从明天起,只要你还能走动,你就必须要下来跟我们一块排戏。要不然,我可得把你扔药丸的事情告诉程程啦。"

罗无名愣了愣,而后忙扶着墙走到卫生间门口一瞧。好家伙!这刚才药丸没冲干净,竟然还浮了几片在上头。也亏得陶斯甬这眼睛尖,这也能注意得到!

陶斯甬微微笑着,拍了拍罗无名的肩膀。他一边眼睛是眯着的,往日清逸的面容,神情看着略有些滑稽。

"算我怕了你了,我去还不行么。"罗无名轻轻地喟叹了一声,好像胸口里一块石头也跟着落了地。这一刻,罗无名心里十分清楚,他的老伙计们没有放弃他,一直都在等着他归队。即便他搞七捻三地曾经想要远离大家,可是谁都没有想要同他计较过。临到老了,收获几份不一样的友情与呵护。这件事情,至少在罗无名年轻的时候,是想都不敢想的。

"不过你药还得按时吃了,这老胳膊老腿的,全靠着你自己爱惜了。"陶斯甬一面说着,一面将门轻轻给关上,"老罗,别忘了,在养老院，你不是一个人，还有我们呢。"

几乎是悄无声息的，陶斯甬又重新出现在了杨医生的办公室复诊。这些天，他的喉咙已经疼得每唱一句词，都要强忍疼痛的地步。就连服用的早晚止痛药，都渐渐失去了效用。

陶斯甬一贯对声线敏感，眼见着自己声音渐渐地失了控。他心里头十分明白，恐怕是病情进一步恶化了。检查结果明明白白地写着，甲状软骨已经入侵到会厌前隙，还连累甲状腺等邻近组织，甚至癌细胞还出现了扩散与转移到胸腔部位。

陶斯甬问杨医生，如果切除喉部手术，成活几率有多大。杨医生据实告之，根据她的经验，患者术后五年成活率大概是百分之三十。陶斯甬沉默了片刻，百分之三十的几率，连一半的可能性都不到。去祈求自己成为那个幸运的人，让命运去决定和审判自己是否能活下去，这并不是他所喜欢的方式。

他唯一的遗憾是，至今还没有联系到知远，也不知道他现在过得怎么样了。倘若临死前，还能再见到儿子一眼，他也便真的没有什么牵挂了。

"杨医生，我的决定还是没有变，手术的话，我想就不必了。只是麻烦您，再帮我开一些药吧。"陶斯甬唇角扯了扯，露出一种难以形容的坦率笑容。

杨医生愣了愣，她的眼睛凝视着陶斯甬，这是第一次，她看到面对死亡能够这样从容的人。

"好吧，我们肯定是尊重患者的意志为先的。但是我也要告诉您，这个病情，恐怕也拖不了太久了，您自己相应的，可以做一些准备了。"说话的时候，杨医生还带了些许扼腕的口气。她已经尽了该做的所有责任和义务了，可是总觉得好像心里空落落的。

陶斯甬垂下头，在位置上立定了许久，而后礼貌道别，转身出了门。

跨出门诊的那一刹那，他还回头看了杨医生一眼。杨医生后来对程程说，陶斯甬那一眼的分量，真是百感交集啊，她一辈子都不可能忘记曾经有过这样一位病患。

回去的车上，陶斯甬望向窗外，喃喃道："程程，刚才杨医生的话，你应该也听到了吧？"

程程咬了咬下唇，略略点了点头："听到了。"

"你也不用觉得太难过，这都是我自己的选择。不过这件事情，还是请你继续保密下去，也不要叫其他人知道，否则怕是容易影响他们练戏的情绪。"陶斯甬脸上的肌肉扯动了下，似乎笑得有些吃力。

"瑞士那边的情况，我还在托朋友打听。虽然现在还没进展，但是当地的华人社团已经在帮忙一块找人了。我想，不久以后应该就会有消息了吧。"程程轻声说道。

程程这人心地好，说什么都是在安慰人，就算是没什么好消息，也总是说成很有希望的样子。陶斯甬听了，只是静默地望了程程一眼，心下想着，养老院有这么好的姑娘，真心实意地帮衬着每一个老人，总算是一件好事呢。

戏曲班出门采风的活动，院长张大雄是不同意的，总说这个事情风险太大，万一老人们磕着、碰着了，这家属要是追究起来不好担当。一句随口所说的"自找琐事羁身"几乎就差点把这个活动给取消了，程程自然不甘心，重新做了计划书去争取。

平日里，张大雄过问养老院日常的时候，程程总是紧紧抿着下唇，尽量恭谨地听着。可是一旦她下定决心要去为老人们争取一次活动机会的时候，她的眉眼便似剑鞘拔起，多少叫张大雄不敢轻视了。

要说一番似是而非的大道理，随便打发人，这种功夫张大雄很是在行。可是论起面对一个正儿八经要较真的人，那才是最叫人头疼的。

张大雄皱着眉头，口气有些勉强道："我跟你讲，程程，这事情，你得跟我签一个保证书。这出去采风的活动，是你自己的主意，那就自己负责。万一出了任何事情，是不好叫养老院帮你背锅的。当然，这样讲起来是不大好听，可是总归咱们要落实好，说清楚了，也是本着对大家都负责的态度嘛。"

说完，张大雄的嘴巴半天没合上。他似乎还有什么话想说，可是抖了抖嘴唇，最终还是没了下文。柳程程这姑娘倔起来，那就是一根筋，他可不想再惹一身的不痛快了。

"谢谢院长，这个责任保证书，我会写好放在您案头的。这趟出行的安全，我一定保证维护好。"程程原来是想说得客气一些的，可是话出了口，总有些生硬的味道。出了门，程程长长地吁了口气。她生怕张大雄又临时改了主意，索性拔腿快步回了办公室去写所谓的保证书。

程程心下是有火气的，可是她还没有到要点燃炮仗，对着张大雄乱开炮的地步。在养老院工作的这两年，她已经渐渐知道到底要如何与张大雄打交道了。

养老院戏曲班的几个老人，多多少少都有些不同的病痛与症状。能出门采风一次，对他们来说也是难得的户外活动时间。毕竟谁也不知道，意外和明天，究竟哪个会先来。

时光啊，对老人们来说太珍贵了。跟这些比起来，程程觉得似乎就在办公室里受的那些委屈，也不算什么了。最要紧的是，争取得到了结果，这也便够了。

到了出发的那一天，几个老人不约而同地换上了许久没穿过的运动服。清晨的阳光照在他们的脸上，空气里总有一种隐隐飘荡着的兴奋，随着阳光一块热烘烘地挤上了车子。

面包车途经市区的时候，被车水马龙赶着上班的各色车辆包围着，半天都没动弹一下。

吴丽娟将车窗开了一条细缝出来，她一边用纸巾揩着汗，一边把那顶难得舍得拿出来的英国帽子，当做扇子在那儿煽动着，"噢哟，早上这个点，过市区，真是懊糟得要命。"

周诒偏过头去,对吴丽娟说道:"那是不赶巧,早上赶内环线的人多,外环出城一般没这么挤的。反正时候还早,不要着急嘛,我看过了前面的路口,就该畅顺了。"周诒穿了一件多年没上身的绛红长裙,笑起来的时候,嘴角是带着弧度的。

| 第十八章 |

人生得意须尽欢

一个小时以后,车子驶出了外环高架,一路畅通无阻,窗外终于吹进几丝凉风。

"欸,那是哪里?"周诒的目光被外头的景致所吸引住了。在她的印象里,申城从来没有这样一片白净的沙滩。

程程探出头去,瞅了一眼说道:"那是新开发的海滨度假项目,据说比欧洲的沙滩还要好。"

吴丽娟倒是有些坐不住了,"那咱们去看看吧?反正采风嘛,练个嗓子,在哪儿都一样呀!"

陶斯甬与沈伯业,还有罗无名相视看着,大家都点了点头,表示赞同。

车子停在一棵椰子树下,几个老人脱了鞋子踩下去,就能感触到沙子的细软。晨光笼罩下,沙子的表面折射出一层浅浅的亮光。时候尚早,那些五颜六色的遮阳伞下空荡荡的,场地显得格外的宽敞。

程程把录音机带到遮阳伞下,戏声阵阵响起,一时间沙滩上嗡嗡嘤嘤的,老人们靠在躺椅上哼着戏,格外的惬意。偶尔一阵海浪打上来,把戏声与唱腔都裹挟了,几个人还会不约而同地纵声笑起。真是难得的大好时光,自从进了养老院以后,多久没有这样放松过了!唱了个把小时,过了把戏瘾,大家都各自回到躺椅上,略略靠着休息片刻。

吴丽娟自然是坐不住的,她率先站起身来,拉了把程程:"你不是带相机了么？帮我们照个相吧。"

程程笑着点了点头，而后将单反挂在脖颈上，她蹲下身来，不时地变换着角度，替吴丽娟和周诒连拍了好几张相片。看几个人拍得热火，沈伯业时不时地站起来在她们身后走动着，一不小心就要出个镜。到了后来，他索性直接跑到她们的身后，做了一个胜利的手势。

程程从镜头里看着，一时忍不住笑出声来，她倒是没有想到，沈伯业还有这样俏皮的一面。

看着沈伯业来蹭镜，吴丽娟便拉着他做出各种千奇百怪的搞笑姿势。这一下就更是不可收拾了，逗得在场所有人都笑得直不起腰来。

小卖部的人开门营业了，程程特地叫了几杯新鲜椰子水过来解解渴。

吴丽娟从包里拿出一瓶防晒霜，央着周诒帮她擦上一些："我跟你讲哦，这紫外线可是衰老的第一杀手。防晒工作是一定要做好的，不然今天折腾下来，可是会晒得够呛。"

周诒笑笑，拿着那瓶写了外文的防晒霜，挤出一些，手法不太熟练地替吴丽娟抹擦起来。"要说讲究还是你讲究，这玩意，先前我孙女也给我买了一瓶，都过期了，我都没用上一回。"

"嗷哟！老周，你轻一点喂！"吴丽娟突然蹬着腿，煞有其事地叫唤了一声。

周诒笑了笑："要么叫程程来？"

吴丽娟瞥了眼周诒，假嗔道："不，就你来。"

周诒抿嘴笑着，略略加重力道一搓，吴丽娟一下就叫着跳起了身来："好你个周诒！什么时候也学坏了你！"吴丽娟一路拿着草帽追着周诒，一副玩笑作势要打人的样子。一来一回地跑着，看着倒像是年轻女孩子戏耍的样子。

阳光渐渐变得刺眼，陶斯甬的皮肤上已经被晒得起了一层暗色的红斑。他揩了把汗，吸了一口椰子水，瞬间感觉体温跟着降了不少。

透过眼角的余光,陶斯甬看见罗无名似是有些别扭地望着不远处的沙滩,不知道在想些什么。

"老罗,你不下去沙滩耍一耍?"陶斯甬开口问道。

罗无名低头看了眼自己凸起的腹部,裤子滑坠坠的。裤脚有些滑稽地贴在沙地上,就那么拖曳着。

昨天半夜,罗无名又失禁了一次。先前合身的裤子都洗掉了还没干,这会也就这么一件长裤可穿的,不得已,只能将就着,可是心下多少都有些紧张的情绪。

"不去了吧,这会海水还凉着呢?"罗无名下意识地系了系裤腰带,他实则是很想去赶海的,可是又怕沾了凉水,会有控制不住丢面子的事情要发生。

"走吧!难得来一趟呢!"陶斯甬笑着拍了把罗无名的肩头,鼓励道。

沈伯业见状,也不管三七二十一,遽然拽着罗无名就往浪里赶。这会天上圆圆的日头,岸上也是一片白光,倒是叫人一时睁不开眼睛来。

罗无名小心翼翼地伸出脚,略略探了探海水,还别说,真有点凉丝丝的。他一下就把脚给缩了回来,实在不敢贸然跑下去。

忽然间,吴丽娟倏地从一旁的浪里冒出了头来,猝急不防的,她泼了许多的水到罗无名的身上。罗无名下意识地打了一个冷噤,脸上先是僵凝了片刻,而后就憨憨地笑了起来。

"老罗!你也下水玩一把呀!"沈伯业嘻嘻笑着,手里也不知道从哪儿拣来的小水桶,一下又浇湿了罗无名一身。

"哗"的一声,打了一个大浪上来。罗无名趔趄地走着,就像个不倒翁似的摇摇晃晃。周诒笑着,从旁边包抄过来,也加入了水仗的战局。她捧起海水,朝着沈伯业泼了出去。

"哈哈,老沈,看你那一脸的水!"罗无名终于咧开嘴笑了起来,他那一双眼睛眯成了一条细缝。

几个人兴致勃勃地打着水仗，仿佛先前的那些顾虑与担忧一下都被抛诸在了脑后。

陶斯甬与程程坐在边上，看着他们相互之间的进击、防御，乃至是戏耍中表现出来的那种少见的智谋与骁勇。打水仗无疑是快乐的，这一片广阔的沙滩给了所有人一个喘息的空间。

未几，陶斯甬注意到，罗无名脚下的步子越来越迟缓，已经有些体力不支的痕迹了。一个巨浪打下来，罗无名一下就被掀翻在了地上。陶斯甬和程程忙跑了过去将他扶起，此时的罗无名，嘴里已经被迫塞满了一嘴的沙子，他急得呛了起来，大声地咳嗽了好几声。

陶斯甬忙带他去一旁冲洗的池子，替他清理了下口腔，反反复复地含水、吐水，好不容易才把嘴巴里的淤泥给冲刷干净了。

到了这会，已经是接近中午时分了，几个老人仰卧在躺椅上，四肢都有些酸酸麻麻的。热气浮动在沙滩上，大家谁都不想动弹一下。

吴丽娟单手支在椅背上，嗫着嘴，遥望着一望无际的海。周诒闭了眼睛，耳边尽然是海风掠过的声响与浪声交叠着。

沈伯业扭头看了眼罗无名，又看了看陶斯甬与程程，虽然脸上都是倦容，可是眼神交汇的一刹那，大家都笑了起来。

沈伯业嗫嚅道："就是年轻个十岁的时候，也没见得像今天玩得这样尽兴呢。"

陶斯甬笑道："人生得意须尽欢，有老伙计和海浪相伴，蓝天、白云、海鸟为画，人间值得走一遭呀。"

入夜以后，程程并没有急着带老人们回养老院。她看了眼手表上的时间，临时决定趁着门禁之前带老人们去一趟金铆大厦的楼顶看夜景。

陶斯甬抬起头来，看着高耸的金铆大厦，可真真像个上古神话里的天君，就这般巍峨地耸立在申城最中心的地段。大厦的周遭一径都是景光灯映衬着，说起来，从前还在戏剧团上班的时候，他无数次路过这里，可是从来都没有进来真正看过一次夜景。

"叔叔、阿姨,你们跟紧了啊,我们一会儿就上楼顶了。"程程买好了票子,挥着手大声招呼道。

"哎哟,这里老外好多哦,真是热闹的嘹。"吴丽娟兴奋地伸出头笑着。

几座升降电梯前,挤满了各色游客。有带着孩子的中年父母,有说着韩语的年轻女孩子,还有几个三三两两的外地游客,都在等着电梯到达。待得电梯门一开,一群人便蜂拥而入,不知道从哪个角落传来小孩子的声响,"八十六、八十七、八十八,哎呀!我们到了!"

玻璃窗前早就挤满了人,大家都各自找了个细缝挤进去瞭望着。陶斯甬凝视着底下申城标志性的铁塔,还有那条滚滚而过的江河水,心下登时起了波澜。

他不由得想起那首爱姝生前极爱的曲子——"百年的钟声起惊澜,只叹往事旧风霜。风吹花落心惘然,涌浪淘尽旧时模样……"

"快看,那是金融大厦吧?"吴丽娟转身问道。

陶斯甬若有所思地点了点头说:"是了,金融大厦和中心大厦都在旁边呢,这儿可真是看景的好地方。"陶斯甬觉得心里有点说不清楚的心绪,他说空气有点闷,一个人走到角落里透了口气。头顶的空调风一阵阵袭来,吹到陶斯甬的脸上,好像裂开来似的,有些痛楚,有些清冷。

一对年轻的小情侣,相拥在一块,看着窗外的景致。这里瞭望出去的夜景,好像有些飘渺,没有边际的夜色下,窗外的那些霓虹灯好像都变成了一团团的光球在飞舞着。

从前,爱姝曾经说过几次,想来金铆大厦看看夜景。陶斯甬次次都说好,可是到底忙着跟剧团东奔西走,直到爱姝死前,一次都没陪着她来过这里。如今他是得空了,终于卸下了剧团的担子。可是这会放眼皆是夜色茫茫,他的爱姝已经不在了。

记得爱姝刚去世,知远愤而消失于人海的那一年时间里,是他这一辈子最最混乱和迷茫的时候。几乎每一天，他都奔波在剧团训练或者演出的路上。他要心里塞得满满的，机械地做着一切事情。

他甚至不顾身体的不适，一次次地跟剧团申请去外地交流讲学。一切都是为了，他能够忙得没有时间去想起，爱姝已经去世的事实。

这个世界上，最懂他的人已经走了，他也不知道还可以去跟谁倾诉。而这些苦痛，他都习惯于埋在心底，直到自己以为已经完全丧失了感情的神经触觉。

"你们人民艺术家啊，就是感情丰富，这是看着景致，又想起什么伤心事了吧？"沈伯业不知道什么时候走到了陶斯甬身后，轻声说道。

陶斯甬略略侧过身去，抹了抹眼角，沉吟片刻，才说道："哪儿的话呢，这是高兴的，我都没想到过，这辈子还能亲自来这儿看一次夜景呢。"

沈伯业拖长了声音，慢慢悠悠说道："不瞒你说，我也高兴呢。像我们这些工人，在工厂奉献了一辈子，平时忙得连孩子都顾不过来了，更别提说看什么夜景了。这是我第一次，清清楚楚地看到，这住了一辈子的申城，究竟是什么模样呢。"

陶斯甬扯开嘴角略略笑了笑，却没有再多说什么。沈伯业默契地点了个头，人到老年，更多的是一份相互体谅的惺惺相惜。

跟着面包车回养老院以后，大家陆陆续续各自回屋去了。陶斯甬坐在屋里，觉得有些发闷。他轻轻触碰了下手臂，黏黏腻腻的，好像总也洗不干净的难受。

陶斯甬索性下楼去，来到后花园里静坐片刻。一旁进行到一半的工事，突兀地矗立在暗色中，只瞧得清楚形状，却看不清楚细节。

陶斯甬本就容易出汗，这会顺着汗腺的味道，蚊虫也跟着"嗡嗡"袭来。这些小东西一圈又一圈地绕着，倒是给这闷热的夜里徒添了不少动静。初夏的蚊虫到底厉害，但凡逮着一块皮肤咬上一口，那就是立刻发痒得厉害，越抓越是红肿。

蛐蛐儿躲在菜地里欢叫着,知了不知道从哪个枝头应声唱着。还有时不时出来蹦跳两下的癞蛤蟆,这夏日的夜晚,真当热闹。

"是老陶么?"突然从菜地里站起一个人影,倒是把陶斯甬吓了一跳。

他觑起眼睛,借着路灯仔细瞧了,这才看清楚,原来是沈伯业。

"哟,老沈,你也没睡呢?"陶斯甬走近几步,就看到沈伯业的脚下放着一堆掘出的芋艿。

陶斯甬略略弯下腰,就看见那些芋艿大小不一地堆积在地上。看样子,个头大的斤把重量是有的。个头小的呢,倒是也有手腕的尺寸。这些芋艿陶斯甬记得,是沈伯业的小女儿沈霏送过来的种,没想到这么快就收成了。这些芋艿颜色是带着些许红色的,夜色下看着好像还泛着些许淡淡的紫色色泽,只是浑身毛茸茸的,一点也没有好看的意思。

"我来搭把手吧。"陶斯甬笑着主动拣起地上的一把铲子。

沈伯业道:"亏得你不怕脏,总舍得进来趟这些混泥。"

陶斯甬一铲子下去,就把芋艿连着藤蔓和根一块扯起,沈伯业便帮着剪断。两个人一贯配合得很好,今晚也不例外。

"其实,这芋艿要种在山上的沙土里才好,咱们院子里的土也太肥了,养花还行,可是养芋艿啊,那就光长藤蔓了。"沈伯业一面说,一面拿了脚底下一个大山芋,"你看这个,别光看着个头唬人,其实里面全是空心的。这玩意,过去就是拿乡下去喂猪啊,那也是没人要的。"

陶斯甬捏了把芋艿,果然外头实在,捏下去却是空心塌陷的。

沈伯业又指着陶斯甬脚下的山芋笑说:"你看这个芋艿,少说也有两三斤重呢,不过这心都变花了,不好再吃了,可惜呢。"

陶斯甬一看,果然芋艿虽然看着大,但是凑近瞧了,皮上都是晕咧的纹路,还有一些不知道什么虫子咬出来的小孔。

沈伯业轻叹了一声:"要是这玩意好的话,还可以咱们自个儿煨着吃了，那滋味真是好呢。"

"焦香的风味，那是厨房里做的比不了的。"陶斯甬点头，深以为然，"我们从前下乡的时候，都用马粪煨芋艿。时候差不多了，就拨开热灰，再放进烧热水的炉子底下。那时候啊，我光凭着鼻子就能闻出这芋艿是不是熟了。还得赶紧趁热剥皮去吃，那叫一个香啊。这味道，我到现在都忘不了。"

话毕，待得陶斯甬转过头来，就瞧见沈伯业手里已经搓了两根艾草点着了。一束就放在他的脚边上，一束放在围栏外头。

"这蚊香味道太难闻了，又有毒，不好呢。还是艾草好，纯天然，这玩意比什么蚊香都好使。"沈伯业喃喃说道。

夜色下，那两团火点子时明时暗地发着光。白色的雾气顺着夜风盘绕着，陶斯甬抬起头来看着那些烟雾渐渐交织到一处，那股子艾草的味道也便愈发地浓烈了起来。

"阿嚏！"沈伯业揉着鼻子，禁不住打了一个喷嚏。

而后他抬起头来，对着陶斯甬不好意思地笑了笑。说起来，沈伯业鼻子敏感，爱打喷嚏这个毛病，还是从先前鞍钢厂时候落下的。沈伯业做的是技术操作工人，他也不算是普通的工人，而是经过厂里专门集训，并且听过专家一对一教学的人。

他的身体原本没什么大毛病，但是就是鼻子比较敏感，这还是先前学习进口机械技术时候留下的鼻子敏感的毛病。

那一阵子太刻苦了，乃至于人时时处在紧张的状态下，但凡有那么一丁点的不舒服，沈伯业都是忽略不计的。他就想着早点掌握技术，早点投入到实战里。

操作台上，各色的开关和按钮，下面的备注清一色的都是外文，沈伯业看不懂，也觉得看了头疼。可是他还是要想法子学会了，每一道工序，每一个步骤，他都不会去偷懒，只是老老实实地按着培训时候的要点来办。后来，他是能够亲手操作机器，将钢片轧成比纸片还薄的样子，可是鼻子也莫名患上了慢性鼻炎，但凡有丁点异味，总是免不了发痒或者打喷嚏。

　　沈伯业倒是去医院瞧过,医生就说慢性病,时好时坏也是正常的。医院开了点药,吃了觉得没什么用处,他后来就懒得再去吃什么药丸了。

　　鞍钢厂在七八十年代的时候,在国内的水平是数一数二的。时常会有各界领导和嘉宾过来参观,因而沈伯业对于自己这份工作,一向都是觉得很自豪的。

　　现在再看鞍钢厂,早就不是当年的样子了,从质量监控到生产程序,甚至可以做到不需要工人在场,完全的自动化生产和处理。机器控制的失误率比人还小,效率又高,听说这两年鞍钢厂的效益又翻倍了。

　　沈伯业看到新闻的时候,心里就想着,要是再晚几年退休,恐怕也是要被工厂给淘汰的无用之人了。

| 第十九章 |

鸿雁在云鱼在水

命运总是在一个猝急不防的时候,以某种惊诧的形式重新出现在人的眼前。

柳程程出现在房间门口的时候,吴丽娟正低头洗着头发。浴室地上掉了一大撮的头发,那都是从她头上落下来的。

"吴阿姨!"程程敲了敲浴室的门,"有人找您。"

吴丽娟仰起头来,用毛巾裹着还沾着洗发露的头发,嘟囔道:"一大早,还能有谁来找我?难不成,是刘绸那女人又来找事情了?"

程程轻声道:"是您的电话,只是打到我办公室来了。"

吴丽娟撇了撇嘴,将干发帽套在头上,这才嘀嘀咕咕地跟着程程匆匆出了屋外。

办公室内,吴丽娟听着话筒里的声音,缠着电话线的手陡然停住了。她把夹在腋下的小包慢慢抽了出来,一双眼睛望着程程,一阵连一阵的酸楚,好似跟着起伏的心绪一块抢进了她的鼻子里。

"无论如何,我想您最好来一趟医院,看看情况吧。"电话那头的护士轻声说着。这护士似乎还有话要说,但是又没有继续说下去。实则生活中,很多人都是这样含蓄,意思就是点到即止,至于意会到哪一层,全看天意。

吴丽娟挂了电话,脑子里"嗡嗡"作响。她的心里有一株疯草,东倒西歪地胡乱吹着。她实在是难受,又有些恼怒,好像眼前有什么东西,一下就飞了出去,好像怎么追都追不上了。

"吴阿姨……"程程关切地唤了一声。

吴丽娟的手紧紧捏着桌子的边沿,她心里窝着的那股子纠葛心绪,一下有些无处可安放了。她抬起头来,看着程程的眼睛,年轻的女孩子,眼睛似乎都是这般的清亮有神。想来,她自己二十多岁的时候,应该也是这样的吧?吴丽娟想着,眼睛紧紧地阖着,嘴巴跟着微微抽搐了下:"对不住了程程,又要给你添麻烦了,我得想法子去一趟市三院呢。"

……

风吹过街道两旁,把来来往往的人影都给搅乱了。偶尔飘过几片温吞的云,把亮白刺眼的阳光给遮住了。

车子在市三院停下的一刹那,吴丽娟果断开了车门,丝毫也没有犹豫。来都来了,她难道还有后退的地方么?

专家门诊处,吴丽娟靠坐在角落里,从医生手里接过那厚厚的一叠分析诊断书。她每翻动一页,那窸窣的声响就似利刃扎在她的胸口上。吴丽娟看不得那些密密麻麻的专业医学术语,她也不懂什么心理学诊断。她只知道,她清清楚楚地看到了报告书上写着"重度抑郁"四个字。

医生告诉她,昨天夜里,张世襄被送进了急诊,原因是割腕。

吴丽娟筛糠似的抖动起来,她实在是很生气,这个张世襄,一阵子不见人影,突然有了消息竟然是要自杀!

生气的背后,又是一种止不住的难受。吴丽娟实在不知道为什么张世襄要割腕,难道就只是因为重新与她见面么?难道她就这样不被待见么?

张世襄病了,心里病了,这个事实让吴丽娟无法接受,也无法忍受。她因为姐姐丽娜的事情,背负了一辈子的罪孽,活得像个没有灵魂的人。可是她都没有因此去做任何出格的事情呢,他张世襄又凭什么就要比她先死呢?!吴丽娟沉默了半晌,这并不是因为她无话可说。而是她需要一点时间,来适应这个让人诧异的消息。

程程悄悄瞥了眼吴丽娟，就看见大滴的眼泪从她的眼角淌了下来，一点点落在胸前。程程心下不忍，便拉着吴丽娟的手好言宽慰了两声。

吴丽娟扭过头，抹了把泪，她今天一早化好的妆容，这个时候都乱套了。她的面色有些苍白，就像是怀抱了一个不甘心的躯壳，却又无法挣脱。

"我有时候真觉得男人真是心狠啊，明明最该被唾弃的人是我，他张世襄又没做错什么，何必这样呢？要我说，这什么抑郁症，真要得，那让我得病好了，就算是折磨得我死去活来的，我也认了，那都是我该受的。可他这么好好的一个人，怎么突然就活不下去了呢？"吴丽娟捂着嘴巴，好让自己不哭出声来。苦涩的泪水缓缓侵入唇角，吴丽娟深吸了口气，总觉得好像有些不可置信竟然会发生这样的事情。

她是爱张世襄的，即便那也掺杂了过去时光的一种怀念。那一封封的信，那一次次的见面，她只是想要告诉他，这么多年了，她从来都没有忘却过他。可是吴丽娟万万也没有想到，张世襄心里的负担会这样大，竟然宁可选择自杀也不愿意去面对两个人之间的感情。

是了，吴丽娟一直就知道，张世襄的心里爱的只有姐姐丽娜。张世襄没有错，丽娜的去世已经深深地伤害了他。可是那也不能就这样轻易放弃了自己的生命，还给她造成了这样大的冲击。这不公平，也实在没有一个合适的理由，能让吴丽娟心情平复下来。

"医生，你能确定，你的诊断是一定对的么？会不会，他只是一时冲动，并不是因为什么该死的抑郁症？有这种可能么？"吴丽娟也不知道自己在说什么了，她望着医生的眼睛，有些浑浑噩噩地发着晕。可是很显然，医生环抱双臂的样子，是一种无法去辩驳的笃定。

这是第一次，有病人反问他，是不是诊断失误了。但是熟知人们心理的医生也知道,从这句话问出口开始,便是对面这个女人对结果的抗争与不愿面对真相的绝望。

"作为医生来讲,我倒是宁可希望,这真的是一个错误的诊断。可是很抱歉,患者之前就已经来就诊过了。这确确实实就是真的,患者有严重的抑郁症,这已经不是简单的药物治疗就可以控制的事情,还需要你们家属的全力配合。"医生缓缓说道。

家属……听到这个词,吴丽娟的脸色略略缓和了一些。她轻轻地舒了口气,将那叠诊断书放回到了医生的桌案上,"上面字太多了,我看不完。我想知道,这病到底还能不能治好?"

医生推了推厚厚的镜片说:"还要看患者自己的意愿,就好像他现在还在昏迷,其实并不是因为失血过多,导致严重到了无法醒过来的地步……有时候或许只是因为他的个人意志,就是希望自己这样沉睡下去。"医生说话的时候很谨慎,几乎是逐字逐句地思量着。他并不想把事情描绘得太糟糕,却又不得不把事情给说明白了。事实残酷,但他也有告之的义务。

"可是他之前还好好的呀……"吴丽娟无力地靠在墙面上,喃喃自语着。一想到张世襄心里已经放弃了自我,吴丽娟心里就没由来的又是一阵痛苦与折磨。她真的没有想到过,与张世襄再见面以后,竟然会是这样的局面。

现下并不是病房里的常规探视时间,走廊上一片寂静无声,吴丽娟每踩在地上一步,都觉得自己心脏跟着紧张了一下。漠冷的自然光线从窗外探进来,笼罩在走廊里,显得愈加地沉了。吴丽娟抬眼望了眼在窗外树枝上盘旋的麻雀,那儿有着它们的家。虽然鸟窝看着破旧,可是他们确确实实相拥在家里,比起在这住院部里住着的人来说,这些鸟简直太幸运了。

"有个家多好呀。"吴丽娟嗫嚅说道。

程程停下了步子,略略皱了皱眉头。她的眼睛掠过吴丽娟的肩头,顺着她的目光望去,心下若有所思。

那天在医生办公室里，吴丽娟出来以后，不顾一切地奔跑到病房去。也不管张世襄是不是醒了，她就趴在他的身上，一会儿笑，一会儿哭。

她不断喃喃道："这又不是绝症，真不是什么大不了的毛病。你好好治病，病好了，你就是要我再也不见你都成。你这么有才华的一个人，怎么能想不开呢？我告诉你，你一定会好的，而且会长长久久地活下去，一直过百岁。"

在这件事之前，吴丽娟决计不会太明白，抑郁症究竟是什么。她还是极尽所能地每天抽出一些时间，来医院里探视张世襄。

吴丽娟是不懂药理的，可是现在也知道了，抗抑郁药也需要分人的。老人不能吃丙咪嗪、阿米替林之类的药，麦普替林的副作用更小，更适合老人服用。她陪着张世襄吃饭、散步，看新闻联播，再也没有提起过过去那些悲痛的往事。病房里漠冷的白色墙上，挂了一幅她特意托程程买来的油画。医生说了，明亮的颜色有利于病人调整心态。

每一次踏入病房，吴丽娟手里都必定拿着一束鲜花。火红的大马士革玫瑰下，掩映着几朵娇粉色的花瓣。她希望张世襄能轻松一些，至少在她陪伴的这段时间里，能够忘却一些烦恼。

可是对于吴丽娟而言，这些日子，她过得一点也不容易。她照例雷打不动地去参加戏曲班的活动，养老院的那些绘画课她也不曾落下。可是几个老伙计们都知道，实际上，吴丽娟的心里，早已经被枪把子打的没一块是完整的了。

吴丽娟深吸了口气，将思绪慢慢拉回到现实里。她轻轻地把玻璃缸放在病床旁的床头柜上，里面有两条金鱼，在欢快地嬉戏游动着。澄净的玻璃折射出金鱼的影子，张世襄嗅了嗅鼻子，并没有闻到那股子鱼类的腥味。生命在眼前跃动着，张世襄的身子微微往后倾了倾，似乎是有些触动。他出神地望着玻璃缸，一动也不动的，甚至都忘了吴丽娟就在身边。

"你要不要喂一些鱼食？"吴丽娟递过一包红色的颗粒，这都是买金鱼的时候附赠的。

张世襄略略抖着手接过，上头的疤痕就似蜈蚣一般蔓延而来，"金鱼吃太多，怕是要撑着的。"

"你怎么就知道它们吃饱了呢？放心吧，买来的时候我问了，这鱼大半个月没吃东西了。你喂一些，不碍事的。"吴丽娟轻声说道。

张世襄咬了咬下唇，眼中渐渐闪烁出兴奋的光来。他小心翼翼地将鱼食上的胶带拆开，而后一点一点地投入到鱼缸里，"吃吧，都是你们的了。"

金鱼优雅地甩了个尾巴，张了张圆嘴，一下就把浮在水面上的鱼食，逐个吃了个精光。张世襄的影子倒映在鱼缸里，鱼儿们朝着他张嘴，似乎在打着招呼。

"你看，金鱼都喜欢你呢。"吴丽娟微微笑说。

"欸……"张世襄含糊地应了一声，半是欣喜，半是叹息。

一个月后，张世襄出院了。吴丽娟将他的家重新布置了一遍，她以为，短暂的磨难结束了，一切都在好起来。

夜里，一个电话却把她给惊醒了。

"不好了，吴阿姨，张叔叔自杀了。"程程在电话中焦急地说道。

吴丽娟即刻便是一阵阵眩晕。她只觉得身子跟着发了软，一下就滑落了下去。若不是周诒在身后扶着，恐怕吴丽娟早就摔出了大事来。

周诒扶着吴丽娟，连夜打了一辆出租车奔赴医院手术室，她第一眼看见的是一具盖了白布的人形躯体。她颤着手，欲要掀开白布。可是手却顿在了半空中，半响都没有落下去。一阵战栗从她的脚心升起，她的脸上激动地抽搐了起来，眼里焕发出一种恐惧的光来。

"医生，你们救救他！你们救救他呀！医生！我求求你们了！"吴丽娟抓住医生的裤脚，跌坐在地上嚎哭着。

医生脱下了口罩，低声道："很抱歉，我们尽力了。"

吴丽娟倒吸了一口凉气，慢慢地，哭声也跟着抖动了起来。

护工推着床车，按下了B1的电梯按钮。周诒扶着木讷的吴丽娟，踉跄地跟在身后。

在进入太平间之前，吴丽娟突然挣脱开周诒的手，而后一把将那块白布给掀开了来。窗外凛冽的月光映射在张世襄的脸上，他的眉眼似乎很是安详，好像走得也很平静。

吴丽娟伸出手来，轻轻地摩挲着张世襄的面庞，冰冰凉凉的，直刺得她心下发疼。她一连打了几个寒噤，挣扎着转过身去，对着护工摆了摆手，示意他可以将车子推进去了。

回去的车上，吴丽娟望着汽车反光镜上的黑影，一动也不动的。周诒盯着吴丽娟，轻轻拍了拍她的手背，示以安慰。

吴丽娟愣愣地望着周诒的下颌，摇头道："老周，我没事的。"

"你这是何苦呢？心里头难受，就发泄出来吧，千万别憋在心里。"周诒忧心道。

吴丽娟苦笑一声："都这把年纪了，还有什么想不开的呢？他去了就去了吧，我难道还能拦着不成？"

回到养老院，周诒知道，吴丽娟需要清静，她匆匆洗漱以后，便先盖了被子，假装要睡的样子。吴丽娟轻轻锁上卫生间的门，黑漆漆的空间里，没有一点光亮。她一屁股坐在地上，浑身上下止不住地哆嗦。

刚才的样子，她是做给周诒看的。她捂着嘴巴，大滴大滴地掉着眼泪。她感觉整个人一点点地沉了下去，简直要在泪水里溺毙了……

隔日，程程在养老院天台见到了眼眶红肿的吴丽娟，看样子怕是哭了一宿。吴丽娟就靠在墙壁上，嘴里叼着她这辈子抽的第一根香烟。烟雾氤氲缭绕着，她小心翼翼地吞吐着。那股子烟气进了喉咙里面，毛毛躁躁的，真是叫人痒得想咳嗽。不一会，那烟气突然从鼻孔里钻了出来，吴丽娟一张嘴，便是剧烈的咳嗽声。

程程走近几步，一面甩着手驱赶着香烟的烟气，一面连打了好几个喷嚏。

"吴阿姨……烟还是别抽了吧，伤身体呢。"她关切说道。

吴丽娟撇了撇嘴，又吐了几缕烟出来，"我现在总算是知道了，为什么男人总是喜欢抽烟。可别说，这玩意真是解闷的。我就抽几口，过过瘾，你别担心。"

程程抿了抿嘴说："火葬场那边都安排好了，周末就可以安排下葬了。"

吴丽娟抬起头，凝视着程程，略略凄楚地笑了笑："总是麻烦你呢，谢谢了。"

程程的目光扫过吴丽娟的发鬓，原本漆黑的发丝，几乎一夜之间全白了。吴丽娟身上好似有某种东西被抽空了，成了一个名副其实的白发老太太。

殡仪馆的告别仪式很简单，黯淡的光线下，吴丽娟看着张世襄的脸面，经过化妆师的巧手，这会他的面色真是异常的静穆平和。

他的嘴角是含着笑的，好像只是沉睡过去一般。

吴丽娟在张世襄的手里塞了一束香气蓊勃的百合，她的脸消瘦了不少，两颊也是深深的凹陷了下去。

墓园是程程帮忙选的，位于申城郊区的一处僻静地方，隐匿在一座山坡上，倒是不必被尘俗所打扰。

吴丽娟穿着黑衣，举着一只白玫瑰，张世襄公司的小年轻，在前头说着什么，她已然是听不清了。她心里的悲苦，渐渐成了沉湎的哀思，就如那洪涛已退，只剩下一派涟漪的水，荡漾摇曳于无穷。

她先送走了姐姐丽娜，然后是父母、前夫，现在是张世襄，他们都已经安眠在了地下，从此真真正正的就只有她一个人了。

乌云黑压压的，气势汹汹地从地平线涌上来了。雷电闪闪，如若金蛇，在云缝中乱迸跃进着。隆隆的雷声，大雨磅礴地落下来，猛扑着车子的玻璃窗。

回养老院的路上,积水横流,好像一切都要被吞噬扫荡而去。车窗外的雨淌得太急,吴丽娟已然看不清外头的光景了。

"程程啊,可别像我一样……珍惜眼前人呐。光潜这小伙子,还是不错的,也别错过了。"

吴丽娟喃喃地转过身去,伸手捂住了脸,登时掌心湿了大半。

"嗯……"程程含糊地应了一声。

实则,这些天所看到的事情,对她心下触动也是颇大。要说先前是对婚姻生活的一知半解,还有那些未知的恐惧,那么现下更多的是对光阴的珍视与思量。

诚如吴丽娟所言,人这一辈子太短了,若是错过了,便再也回不去了。

| 第二十章 |

花田错

一个月后,程程在办公室里收拾了拎包,预备下班。等走到大厅的时候,就看见几个前台的小姑娘围着姚光潜叽叽喳喳地大声说着什么。

程程凑近一看,就看到光潜手里拿着几张当红小鲜肉明星的签名照。几个女孩子争着、抢着,好不热闹。

眼见着程程来了,前台小姑娘立马挽着她的手道:"诶,程程姐,你说,这些明星真人有照片上这么好看么?"

程程低低笑了一声,朝着姚光潜努了努嘴:"这个你们问光潜吧。他天天在电视台守着,明星是见了不少了。"

光潜挠了挠头,似乎是有些不好意思道:"这个吧,我也说不好。总归这台上、台下肯定是有点区别的。就好像你们女孩子吧,卸妆前后不也是有差别的么。"

"我去!看光潜大哥这话说的。"不知道是谁叫了一声,几个小姑娘登时笑了起来。

虽然是意料之中,但是程程还是假嗔着瞪了姚光潜一眼,还含了几分娇嗔的意思。

"嗷哟,程程姐都脸红了。看看我们几个,心里太没数了吧,这当了电灯泡还不自知了。这光潜大哥是来接程程姐下班的,咱们还围着他俩干嘛呀。"前台小姑娘嬉笑着说了一句。

大家你看看我,我看看你,眼见着程程脸比刚才更红了,一下子又哄笑作一团。

"哎呀！吃你们的糖去！"程程嗔怪着从包里掏出几包瑞士糖来。

几个姑娘拆开包装袋，举起一颗糖就往嘴里送："这下好了，拿人手短、吃人嘴软，咱们该闭嘴啦！"

"去去去，你们该下班了啊。"程程忙撵了几个人往外赶。

前台小姑娘故意打笑道："那光潜大哥不走啊，难道要在咱们这儿值班么？"

程程一时间语塞，脸又红透了一遍，她瞧了眼姚光潜，半晌方才勉强挤出一句话来："他当然也是要走的。"

几个小姑娘抿嘴偷笑着，四目一望，都"咯咯"笑着下班离开了。

程程捋了一捋耳边垂下的碎发，对光潜笑着轻叹了一声："你看看，养老院新来的几个小姑娘，够热闹的，但是也喜欢瞎起哄呢。"

光潜笑着耸了耸肩说："热闹点有什么不好，你们养老院从前就是太冷清了。这里头住着的老人们，哪个不是巴巴想着有人关心。有年轻女孩子愿意进来工作是好事，多半都是像你一样热情大方的，估摸着几个叔叔、阿姨都瞧着高兴吧。"

"嗯。"程程抿了抿嘴，当她再次抬起头来的时候，目光就与光潜漆黑的眸子一下对视上了。

"你不是今天要陪你妈去亲戚家吃喜酒么？怎么下班了反而来这里了？"

"人家的喜酒有什么好吃的，多我一个不多，少我一个不少，反正我妈把礼金和祝福送到就是了。再说了，谁叫你最近几天下班晚呢？我就是不放心你一个人回家，索性还是来接你下班了。"光潜柔声说道。

程程有些不好意思地别过脸去，说："你也真是的，要是被阿姨知道，你不去吃喜酒，其实是因为来这儿接我下班，可不得又要我背骂名了。"

"那我真管不上了,我媳妇只能我自己疼呀。"光潜笑着刮了刮程程的鼻尖。

程程低声笑道:"论自夸吹牛,也就属你最在行了。"

"难道我对你不好么?"光潜清了清嗓子,明知故问道。

"好像也不算差吧。"程程斜眼道。

"那不就行了,反正你说了,嫁人就要嫁给一个品性正直的好人。你看我,不就是你理想型么?"光潜嘻嘻笑出了声来。

程程捶了一把光潜的胸口,"哎呀!你这个人,这是想着法儿让我往坑里跳呢!我有说要马上嫁给你么?还说得真像那么回事似的。"

"程程,我的心意你不是早就知道了么。咱们之间难道还要多说什么么?也就是差那一张纸而已,在我心里,你一直就是我老婆。"

说着,姚光潜张开臂膀,轻轻揽住了程程在怀中,"你放心,我不是催你结婚。我慢慢等你,等到你自己愿意为止。"

程程趴在光潜的胸口,心如擂鼓一般跳动着,不知道为什么,此时此刻,光潜的这番话,叫她觉得十分动容。她略略闭着眼睛,有些享受这一刻的时光。

"从前我总以为,我们还年轻,相爱的日子还长着呢……"

程程突然把头扭过去,假装在看门口的那株盆栽。

"可是最近,养老院里发生了一些事情,让我突然有了一些别的想法。光潜,其实你知道的,我也不是什么胡搅蛮缠的人,有时候对你要耍小脾气,也是因为我在心里面早就把你当成我的另一半了。先前一直不愿意应下结婚的事情,现在想来也有些像是自己给自己设的一道心魔。现在我想通了,日子再长,总是有期限的,谁知道明天还会发生什么呢?与其心里头惶惶的,还不如早一些定下来,携手继续走过今后的每一天。"

姚光潜一个七尺男儿,瞬间红了眼眶,他紧紧握住程程的手,哽咽道:"我……我真是不敢相信,你竟然突然就答应我了!我真是……真是太高兴了！我觉得我是这个世界上最幸运的人！"

程程仰起脸来，半娇半嗔道："都说男儿有泪不轻弹，原来这话是假的呢。"

光潜眼眸闪烁，他凝视着程程，咧嘴笑道："诶！遵命，老婆大人！我保证下次不哭了！"

……

周诒架了一个绣花专用的棚架，这会她坐在台灯下头，眯着眼睛，一丝不苟地绣着手里的料子。

吴丽娟进门的时候，周诒抬头看了她一眼，手里的绣活却没停下，"在给程程绣嫁衣呢，她忙成这样，怕是连结婚的事情都没什么功夫去准备呢。咱们多少也得帮衬着点，好歹算是尽了心意了。老陶买了料子来，我看成，就给绣上了。"

吴丽娟微微愣了愣，听到"嫁衣"两个字，她多少有些心里发紧。明面上，她似乎已经把张世襄去世的事情放下了。暗地里，她这心里没有一天不是在难过着。

周诒手巧，本就有些绣活的基础，再加上跟着苏绣的老师研习了一阵子，现在绣起花色来，比从前更甚了。

等到吴丽娟走近了的时候，她就看到周诒在绣着一朵浅色的玫瑰花。

"传统的嫁衣，不是应该绣点牡丹什么的吗？你倒是有兴致绣玫瑰呢。"吴丽娟喃喃道。

周诒笑笑："这料子这么红，要是再绣个牡丹什么的，怕是红对红，反而看不出样子来了。玫瑰刚好，浅色的，落在大红的料子上头看着也合适。"

吴丽娟点了点头说："我说你晚饭时候怎么不见人影，原来是躲起来绣花了。你倒是有工夫去做这细致活，也不怕眼睛疼的。要我说，老陶也是迂腐了，有这心思，还不如外头找师傅去做，花点钱就是了，也不用自己辛苦啊。"

"喏,这都是老沈小女儿来的时候带的花饼,你尝尝。"周诒给吴丽娟递了一块玫瑰花饼过去,"外面那些花样,我怕绣不好,只能远看,凑近了瞧着就寒碜,粗糙了点。"

吴丽娟低下头来,咬了一口花饼,糖分有些多,她吃了没两口又吐了出来,"我看这饼里放了不少糖,吃多了我还怕糖尿病呢。老沈家那孩子不行啊,不会来事,送的这都什么东西?"

周诒"咯咯"笑了起来:"还念着咱们,给带几块饼就不错了,你倒是还挑剔上了。"

这自然是玩笑话,吴丽娟一贯挑剔,她要是说甜过头了,那肯定就是含糖量高了。

"那程程那未婚夫小姚,他结婚时候,难道还要陪衬着穿长袍马褂么?"吴丽娟转念一想,又问道。

"那就不知道了,总归该是随着程程喜好来的吧?总不至于,这新娘子穿中式嫁衣,新郎官穿西装吧?那可不就不伦不类了。"周诒依旧低头认真绣着花。

两个人有一搭没一搭地聊着,吴丽娟心里空落落的,就图跟周诒说话解解闷。

这个时候门口突然响起了敲门声,吴丽娟主动起身去开了门,没想到,门口站的却是陶斯甬。

"都在呢?你们都吃了么?"陶斯甬笑着客气问了一声。

"我是吃过了,就是老周,拿着你给的面料,在那不要命地绣着花呢。我看你也是出的馊主意,光叫老周劳心劳力了。"吴丽娟略略带着抱怨的口吻说道。

陶斯甬刚要开口说些什么,就听着周诒抬头笑道:"哪儿的话呢,这也是我自己的主意,就是刚好跟老陶对上意思了。我本来最近胃口也不好,屋子里随便吃一点就是了,食堂去不去都无所谓。而且啊,老吴刀子嘴、豆腐心,你看看,每次食堂回来,都是给我带了吃的上来呢。"

周诒这话既给了陶斯甬台阶下,又是特意说给吴丽娟听的,两面谁也不得罪,也算是做得圆满周到了。

"哎哟,算了算了,这说来说去也没意思。欸,老陶,你怎么这会儿来找我们?是有什么事情么?"吴丽娟双手交叠在胸前,开门见山地问道。

陶斯甬笑了笑,"没什么要紧的事情,这不是想着,程程要结婚了么?我就想着也不能干坐着等,要么咱们几个人合计合计,再做点什么事情?"

周诒停下手里的针线,"老陶,咱们这些人里,就数你世面见得最多。我原本也在琢磨着,感觉光绣嫁衣还不够,最好再做点什么才好。你这话倒是正合了我的意思了,我也是这么想来着。就是一直不见你们提起,我也不好意思问,再说……"周诒说到一半便顿住了,她悄悄瞥了眼吴丽娟,心下又跟着叹了一声。自打张世襄过世以后,她与吴丽娟相处也便格外的谨慎。与吴丽娟住在一块这样久,她是什么样的性子,周诒再清楚不过。别看这明面上依旧挑剔刻薄,什么都没少,实则这心里头也是难过呢。她怕是吴丽娟看到程程婚事触景伤情,也便多少总是有些顾虑。

陶斯甬颇有默契地笑了笑,又接话道:"我先前跟老罗还有老沈商量过,他们觉得这中国人结婚,讲究的就是一个喜庆。也难得,程程和小姚呢,对传统的文化也感兴趣,那我们私下就在讲,要么咱们排个戏,去现场给他们小两口演上那么一出,也就算是尽了心意了。"

"听起来好是好,可是总不至于又去唱《玉堂春》吧?这人新婚呢,可不就是要喜气一些么?"吴丽娟喃喃道。

屋子顶上的吊灯,先前冷白色的节能灯已经被换掉了,如今统一改换的暖黄色,映照在屋子里,倒是显得有些溶溶的。

"这倒是不难,有一出戏叫《花田错》,说的是花田祭上的一系列阴差阳错的故事。这戏在几十年前,是我亲自参与改动的,氛围轻松幽默,还是大团圆结局,放在婚礼上来演,最合适不过了。"陶斯甬进而说道。

"那好呀,就照着你说的,排这个《花田错》吧。就是我现在记性不大好,老要忘词,你可得早点把本子给我,我好多记一记。"周诒喜色道。

"老罗前两天不是说又进医院过了么,他去婚宴合适啊?身体能吃得消么?"吴丽娟眼珠子一转,又开口说了句。

陶斯甬摆了摆手说:"这事儿我之前也是有考虑过的,这不,专门去找老罗谈过了。他的意思呢,这别的事情就算了,但是程程的婚礼啊,他是一定要去的。到底程程待他好呢,他也不想错过这么一件大好的喜事。"

吴丽娟点了点头道:"那行,就照你说的,咱们找个时间私下里排练下。既然是婚宴去演的,我看咱们这排戏的时候也要保密才好,这样也好给人一个惊喜不是?"

周诒忽而起了身来,皱着眉头说道:"对了,咱们要是出养老院,去参加婚宴,一下出好几个人呢,这报备也不知道能不能准了。张院长现在是一万个小心,但凡有点责任都不愿意去担待的。上一次,程程带咱们去一趟沙滩采风都不容易了,更何况是咱们要去婚宴凑热闹呢。"

陶斯甬点了点头:"这倒确实是个问题,看来我还得单独去趟院长办公室,聊一聊这件事情。"

吴丽娟倚靠在柜子上,挑眼道:"就数张大雄事情多,该管的不管,不该管的管一堆。我才不管他同不同意呢,就直接包个车子,直接去酒店参加婚宴。他难道还能硬拦着不成?那就是个欺软怕硬的主,我可不信他敢跟我吆三喝四。"

姚光潜和程程结婚,也没有预备太铺张,不过事先把小家给略略修整了一番。简简单单的几个大红的双"喜"字贴在门上,看着多少热闹一些。至于其他的,繁复的装饰是免了,姚光潜就照着程程的喜好，自己动手做了彩色小灯泡，还有一些藤蔓、鲜花一类的。

入口的玄关，灯下点缀着中国结。到了晚上，但凡开了灯，那一束红光便穿绕而下，显得很是喜气。就连平日两人经常出入的厨房，似乎也因为喜日的临近，而多了一种妙不可言的欢喜。

小家基本的生活用品都算齐全，就算是两边家长想要帮着添置些什么，光潜和程程都是婉言谢绝了。对他们而言，小家里的一切，都是两个人一块布置的。里面凝结了两个人的心意，这也便够了。

陶斯甬踟蹰了几日，总觉得这事情不跟院长协商的话，怕是又要给程程带来麻烦。思忖再三，他还是敲开了院长办公室的门。

"欸，陶老师呀，怎么是您来了呀，快坐、快坐。"张大雄到底念着陶斯甬本是戏曲名家，因而面上功夫，那还是少不得的。虽然他心里纳闷，好好的陶斯甬怎么突然来找他了，想来多半没什么好事儿。但是他面上也就热情地招呼着陶斯甬，"陶老师稀客啊，来了咱们养老院这么久了，这还是头一次来我办公室呢。"

陶斯甬笑应了一声："我这就不藏着掖着了，自然是无事不登三宝殿，有事情来找您相商的。"

张大雄倒了一杯热茶，弯下身去，把杯子双手捧了给陶斯甬："您老是专家，您说，我听着呢。"

"这事情说来也简单，这不是程程要结婚了么？我和几个老伙计一合计，就想着程程这姑娘很不错，平日里待我们几个也耐心周到。所以我们就想着，要给她准备一份新婚贺礼。别的嘛，我们也说不上来，但是去唱个戏，助助兴还是可以的。"陶斯甬略略笑了笑，不过低下头去，缓缓咀嚼着热茶，"而且您看啊，上一次，我们戏曲班的几个人在电视台登台演出，张院长当时也是很支持的。说的是老有所学，老有所好，要多发扬发扬，好好展示下咱们养老院的精神面貌。这次程程结婚，我看也是个很好的机会嘛。"

张大雄呵呵干笑了两声："这个嘛……"

"怎么？院长觉得有难处么？"陶斯甬放下杯子，凝视着张大雄问道。

张大雄身子前倾，靠近了一些，这才压低声道："哎呀，陶老师，这要是别的事情也就算了，偏就是这么多人一块出养老院呢……不瞒您说啊，这些日子，我们养老院收到的投诉是比往常多了许多的。就好像你们一块唱戏的那位罗叔吧，但凡他身体有一点不好，他女儿罗珠在外头是到处说我们的不是啊，我现在真的也很难办啊。今年要是再出什么岔子，咱们养老院的'优秀'称号怕是要保不住喽……别的吧，我也实在不知道说什么好了，总而言之，还请您多理解呢。"

陶斯甬迟疑片刻，凝望着张大雄，缓声道："张院长，我知道，你是个负责任的人，我们也确实是上了年纪了，有很多事情总是有不确定性的。但是，凡事总有个特事特办吧？我们平日里也很少会外出了，这一次，只是为了程程的婚事，去助兴而已，也不会耽误太多工夫的。"

"哎呀，我说陶老师，您这不是难为我么？"张大雄对陶斯甬说着话，眼睛却瞟向了窗外，叫人一时瞧不清楚他的面色。

陶斯甬仰头，将杯子里的茶水一饮而尽。那茶液入了喉咙，可真是又苦又涩。

"行，我大概知道院长的意思了。我也不是胡搅蛮缠的人，既然今天说不通，那没事，下次合适了咱们继续再谈。"陶斯甬人已经走到了门边，半背着身。他一只手扶在门框上，一只手有些略略不甘心地蜷成了一团。他深吸了口气，还是带着遗憾离开了办公室。陶斯甬做了一辈子的体面人，这个时候，要说让他跟张大雄争执个脸红脖子粗的，他还真做不到。但是陶斯甬心里头终究还是觉得有些气闷，为张大雄的迂腐、保守，也为自己越来越力不从心的状态。

排练室内，沈伯业将一柄二胡从身后的背袋里拿了出来。他轻车熟路地在脚上搭了一块白布，然后就把二胡放上去，再把弓弦拉上，试着调了调调子。却见他头上一扬，就听着二胡的声线像一串大珠小珠落玉盘般地蹦落了下来。用二胡拉出来的《花田错》，意境倒是也对得上。声音清脆悦耳，又踩在节奏点上。

底下旁的老人们都听得兴致勃勃，时不时还跟着拍手叫一声好。沈伯业许久没有拉过二胡了，要不是为了帮伙计们排戏助兴，这二胡恐怕还仍在住处角落里积灰。

陶斯甬悄然进了室内，倚靠在墙边，静静地听着。还别说，这沈伯业别看着好似有些粗糙，拉起二胡来也是像模像样的。谁都不曾想着，他还留了那么一手呢。

陶斯甬从柜子上取了一柄笛子来，与沈伯业对着调子。笛声婉约，如行云流水，并着二胡的声响，相互映衬托举，可算是相得益彰。

乐声止住的时候，吴丽娟递了一瓶矿泉水过来："老陶，你今天来的晚了唶。"

陶斯甬点了点头，含糊地应了一声："是啊，晚了一些。"

"我早上听护工说，你去院长办公室啦？"吴丽娟拢了拢发鬓，挑眉问了一声。

陶斯甬顿了顿，摇头苦笑了一声："看起来，要按你说的去办了呢。"

吴丽娟倒是不以为意地说："我早就知道他张大雄是什么样的人，要是能轻易说服了，那还能是他么？这人最怕担责任了，要说叫他多些同理心什么的，那是做梦呢。"

沈伯业接腔道："那咱们这一趟擅自出去的话，总不至于给程程惹上什么麻烦事儿吧？"

吴丽娟甩了甩手："畏手畏脚的，做的成什么大事儿？你要怕，那你别去。"

"别别别……我就说说还不成么？"沈伯业一下又涨红了脸面。沈伯业的意思，究竟说的是什么，周诒在旁边自然听得明白。罗无名这些天身体本来就不大好，到时候程程婚宴能不能去还是个问题。再者，毕竟是去了这么几个人，谁都不能打包票不会发生任何意外。

要是出了什么事情，到时候第一个倒霉的，恐怕还是程程。

想到这些，周诒还是开口说道："其实，老沈也是为了程程好，他自己嘛肯定是很想去的。"

"就是呀，看老吴这脾气急的，把我的话都给堵住了。我难道还不盼着点好么？不就是想着大喜的日子，可别给程程添堵了。"沈伯业念念叨叨说道。

陶斯甬转过头来，望了诸人一眼，说道："反正呢，老罗的意思是跟我说的很明白了。程程的婚宴，他无论如何是要去参加的。现在就剩下咱们四个人，那不如投个票表决下。要去的话，举个手，不去就不举手，怎么样？"

吴丽娟拢了拢手腕上的金丝镯子，清了清嗓子："我肯定是要去的！"说着她那双眼睛就眯成了一条缝，迸出了逼人的光，望向几人，"你们自个儿想清楚了呗。"

周诒微微倾了身子向前，轻声说道："我也是要去的。"

到了此刻，沈伯业觉得全身的血液都涌上了头一般，他略略红着脸，举起手道："那怎么也算我一票呗。"

吴丽娟嫌恶似的摆了摆手："啧啧，瞧瞧，刚才还一脸正义凛然说不要给程程惹麻烦呢。这不，这会儿又表态要去了。你说你这变来变去的，怎么比女人还麻烦？"

"咳……"沈伯业尴尬地呛了一声，"我……"

"那我也表个态，程程结婚是大事，到场庆贺也是应该的。就是咱们肯定要比平常更小心一些，比如老罗，到时候万一要是有个什么不舒服的，咱们多盯着点，多观察。"陶斯甬一面说，一面捏住了沈伯业的手，示意他不要继续与吴丽娟无谓争执。

沈伯业摇了两下头，喃喃道："那就听老陶的，就这么办了。"

吴丽娟甩了一记白眼，扭头走了两步，忽而又回过身来，迟疑道："老陶，你嗓子是怎么了？我听着你说话越来越沙哑的样子，没去看医生么？"

陶斯甬面色平静道："不碍事的，就是着凉了，反反复复的，一时不见好而已。"

　　话才说完，陶斯甬就觉得喉头好像被人拎着用刀片猛割了一下，那疼痛一阵阵侵袭而来，简直叫人痛得想要蜷缩起来。

　　"多喝热水，多休息呀。"周诒关切地插了一句话。

　　陶斯甬和蔼笑笑："谢谢你们了，我这身子骨还硬朗的很。向天再借一百年，唱个一百年的戏都不成问题。"

　　吴丽娟"哧"的一声笑："得了吧，你是《康熙王朝》看多了吧？我看你是和沈伯业一块久了，说话也是越来越不着调了。"

　　周诒和沈伯业亦跟着笑了两声，没有人注意到，此刻陶斯甬的腕上，已然在微微发抖。

第二十一章

有难同当

"我跟你说哦,早上起来的时候,我听见有喜鹊在咱们窗外叽叽喳喳的叫呢。程程结婚,果然是好日子。"吴丽娟一面洗漱着,一面笑着对周诒念叨着。

周诒看了眼桌上的闹钟,"老吴,咱们得快点了,这约好的车子一会儿就得到了。"

吴丽娟摆了摆手,忙揩了把脸说:"噢哟,可别再催了,我怎么也得把 BB 霜抹匀了吧。"说话间,吴丽娟已经穿好了外套,拉着周诒蹑手蹑脚地下了楼去。为了避开人群,老人们约好了,早上五点就从养老院出发,省得等其他人都来上班了,再出门也就不可能了。

陶斯甬叫来了许丁帮忙,引开了门卫的注意,几个老人趁着暗色,偷偷溜出了养老院,一块上了一辆许丁事先帮忙联系好,等在路边的专车。

"老罗,你要是一会体力吃不消,提早跟我们说啊,不要勉强撑着。"陶斯甬从副驾座上扭头看了眼罗无名,轻声说道。

罗无名眯起眼来,笑眯眯道:"没事的,我自己心里有数。"

……

程程与姚光潜都是脚踏实地的年轻人,既然是婚礼,自然挑的都是周末家里亲戚、朋友多半不必上班的周末时间举行。

这小家里的装饰,一概能免则免,一切从简,因而准备起来倒是不算费事。

姚光潜找的两个伴郎，一个是昔日大学寝室好友，一个是电视台的同事。都是铁哥们，光潜也便一口把伴郎的礼服装扮一概给包了下来。姚家几门亲戚早早就上门来，一看见光潜请的两个伴郎，便围着开了几句玩笑话，气氛一下子就烘托得很热烈。

这一日的晌午，光潜带着一队从婚庆公司请来的乐队，一路吹吹打打，到了程程的娘家。程程家虽然偏僻了些，但嫁女儿该有的排场还是没有落下。虽然装饰简朴，可是来帮忙的亲眷、朋友却是不少的。

柳家这边的伴娘，请的也是大学时候的同窗好友，都是知根知底的，照应起来都不需要多交代什么。

这会儿，程程端坐在卧室里头，身上穿的是周诒亲手缝制的水红色绣花嫁衣。

一清早起床，程程的母亲就依了旧俗，用沾了清水的梳子，一下下地将程程的长发理顺，最后盘出一个圆满的发髻来，再插上一朵画龙点睛的玫瑰在鬓边，真叫人一下移不开眼睛去。带露的玫瑰，有花香阵阵飘出，若隐若现。随着程程说话的微微转动，那香气好似跟着愈发的浓烈起来。干净的妆容配着一副恬静的脸蛋，前几天还在天马养老院里忙忙碌碌着呢，这会就穿了嫁衣坐在自己娘家的房间里，程程倒是觉得心里头有些暗涌的心绪。

她不知道如何去形容这种心情，只觉得有些坐立不安，索性就矜持了一些，就坐在那儿一动也不动。那一身嫁衣罩在身上，程程还有一种恍然如梦的感觉。明明年初的时候，她还因为要不要结婚的问题，与光潜起过争执，到了这一回，两个人竟然已经结婚了，这多少叫程程觉得有些欣喜。

可是仔细想想，养老院的事情还这么多，结婚以后能照料到家里的时间屈指可数。小夫妻新婚，聚少离多，也不知道光潜是不是还能继续支持她。

况且光潜是家里的独子，程程也不确定，婚后婆家是不是会催着要孩子。至少在程程心目中，现在养老院的工作是第一位的，孩子的事情还没有在她的计划之中。

程程就这样坐着胡思乱想，一言不发地发愣着。程程的母亲往年也是极不容易将她拉扯大的，这会儿见程程一言不发地坐在那儿，以为她是不想这么早离开娘家，结果看着看着，先流眼泪起来。

程程心里头本来有些乱糟糟的，这会儿看母亲哭了，她心里头更加难受，也就跟着一块莫名其妙哭了起来。

听见动静，几个伴娘和亲戚都进卧室里，各自劝慰了几句。大家都说，这结婚了，还是在申城，要回娘家也容易，没什么舍不得的。两个伴娘赶忙拿了粉扑过来，给程程补妆，都要她快别哭了，不然一早上的妆算是白化了。

收拾得差不多了，这外头就跟着响起了乐队的演奏声。程程头上盖了红盖头，被母亲和伴娘牵着坐电梯下楼，然后上了车子。

坐在车子里的程程就觉得有些紧张，光潜暗暗拍了拍她的手心想要安慰她。结果程程发现他手心反倒是有冷汗的，看起来光潜心里也紧张呢。

一路上乐声吹吹打打，时不时有孩子拦住婚车要喜糖吃。程程就在车子里听着动静，就觉得真是热闹得厉害。反观养老院里，什么时候有这样热闹过呢？

车子戛然停住，车门开了的时候，程程稀里糊涂的下了车。她就知道一味跟着人走，头上盖了个盖头也不习惯，走得反而有些拘谨。透过眼角的余光，程程还是认出来这是她和光潜租住的公寓楼下。两排梧桐树下，停了不少的车子，脚下铺了红地毯，乐队已经走远了。

"砰"的一声，伴郎点燃了炮仗，光潜在众人簇拥下，抱起程程坐电梯上楼去了。进了家里，脚一落地，程程就感觉很软，原来里面都重新铺了地毯。

音响播放着钢琴曲，程程就觉得听了有些晕乎乎的，简直不知道自己是不是真的已经到新家了。等到头盖掀开的时候，姚家和柳家的亲友都拥了过来，围着程程不住地说笑着。程程其实昨晚并没有睡好，反而彻夜失眠了。可是这会就觉得心情有些跟着兴奋，好像一时间也忘记了那些疲倦。

入了夜，也便是到酒店吃酒席的时候了。这是今天的重头戏，在酒店的礼堂里，司仪按照事先规划好的流程来。在诸位亲友的见证下，光潜与程程相互交换了戒指，算是完成了这场仪式。

酒宴开席的时候，舞台上的帘幕又重新拉开了来。刚换了一身敬酒服的程程，就瞧见，台上这会搁满了各色演奏的用的乐器。仔细看了，台上放了胡琴、二胡、月琴、笙，还有笛子、堂鼓、铙钹、梆子等等，乐师们早已经准备就绪。

程程狐疑地扭头望着光潜，她印象里，婚宴的流程里并没有看见类似的表演安排。数道灯光凝聚到舞台上，一时间金碧辉煌，闪得人有些睁不开眼睛来。

"老汉刘德明，雁门人氏，居住在桃花村。膝下无儿，只生一女名唤玉燕，幼读诗书，可算是不枥进士，奈红鸾不照，未选乘龙，也是一桩心事。今日闲暇，不免请安人带女儿出来闲叙……"

花旦、小生、净、旦等角色在舞台上转换着，程程一眼就认出了陶斯甬这几个养老院里朝夕相处的叔叔阿姨们。这是她无论如何都没有预料到的一幕，只觉得心头一热，眼眶里旋即盈满了泪光。一旁的光潜紧紧握着程程的手，在她耳畔轻声道："叔叔阿姨们准备了很久的《花田错》，他们不让我告诉你，说是要给你惊喜的。"

程程真的是又惊又喜，一时间就这样愣愣地望着台上认真演出的老人们。她对老人们如自己的家人一般细心，可是从来都没想过要求什么回报。

可偏就是这群在许多人眼里已经风烛残年的老人们，却用一种最朴实的方式来表达了他们对程程的喜爱和给予新婚的祝福。

短短几个钟头，台上与台下便是两重天。

谁都没有料到，戏演绎到正当时，罗无名却抖动着乌青的嘴唇，一下就跟着喘了大气,一头栽到了地上去。

罗无名本来就身子不好,再加上又有失禁的问题,总想着不能给大家伙丢脸。可是心里头越是紧张,那就容易身体失控。这会一口痰憋在他的嗓子眼,台下坐着的人,几乎肉眼可见地看着罗无名的面色,渐渐由白转了紫。那挣扎着干瞪眼的样子,就像活见鬼似的。

万幸的是台下一众亲友里,还坐了一个急诊科的医生。那医生赶忙拿着急救箱奔上了台,他先是从里面拿出一样连接了细皮管的器具来,伸到罗无名的嘴里。医生手里不停地按压着器具,"呼啦、呼啦"的声响不时入耳。没多会,好像是把痰给吸了出来,罗无名原先狰狞的模样一下就恢复了平静。

程程忙递了一根汤勺过去,医生拿着撬开罗无名的牙齿,然后拿出一瓶喷雾来,朝着他的嗓子喷洒了两下,这会总算是脸色有些转圜了过来。

姚光潜反应快,事先叫了救护车过来。等到罗无名被抬上担架的一刹那,程程毫不犹豫地就抛下了一切跟着一块上了车子。

……

夜里,医院的正门已经关上了。偌大的花园里,寂静一片,早已经没了人影。从窗外望过去,昏暗的光线愈发显得有几分清冷。走廊里没有开灯,自然的光线透进来,落在陶斯甬的脸上成了暗影。

吴丽娟抬头看了眼抢救室的灯光,揉着心窝,一副心有余悸的样子道:"亏得今天婚宴上还有医生在场,要不然恐怕还没等急救车过来,老罗一口气憋不过来,那就……"

想起来,确实多少有些后怕。如果当时没有医生在,没有把人给急救过来,万一罗无名当场腿一蹬,撒手人寰了,这真当是没处说理交代去了。

周诒坐在边上,默默地听吴丽娟念叨着,她眼泪早就流了下来,把戏装都给哭花了。沈伯业递了纸巾过来,她接过手,脸上一抹,又是一片眼泪往下淌。她索性把纸巾塞进包里,用手捂着脸,就跟着哭了起来。

程程坐在边上,强压着心下的起伏,好言宽慰着周诒。可是她的脸上多少有些呆呆的样子,她心下再怕,也不可能像周诒这样哭一声。要是其他几个老人心态也崩了,那事情就更难办了。眼见着罗无名进手术室这么久了还没出来,程程也明白,多半不是什么好征兆了。她试图想一想接下来可能会面对的情形,可是脑袋发昏发疼得很,实在是有些想不下去。

周诒哭了一阵,心里头的那些压力发泄了一些出来,看了眼大家,而后沙着嗓子道:"我这个人也是沉不住气,遇到事情也别没的本事,就知道哭了。今天明明是程程大好的日子吧,我们也就是想给她一份惊喜。结果惊喜变惊吓了,之后的事情还不知道怎么办才好呢。我真是心里头……"说着,周诒禁不住又红了眼眶,不由得扭过头去擦拭。

"有福同享,有难同当。这事儿到底是我们自个儿私下出的主意,跟程程没关系。凡事也不用往坏处想,大不了就是我们自己把责任担起来,走一步算一步了。"吴丽娟长长地吐了口气出来。

"老吴这话我同意,这是我们自己要来的,要怪不能怪程程头上。院长那边,我会去说的,倒是委屈程程了,这大喜的日子,还来医院这地方折腾。"沈伯业说着摇了摇头,"作孽啊,作孽死了。"

程程靠在光潜的怀里,抿了抿嘴:"今天看罗叔倒下去,我这心里头也是乱得一点底都没有。就觉得乱糟糟的,又特别担心罗叔的情况。刚才我已经打电话给罗叔女儿过了,估摸着一会儿就该到了。事情到底是因为我发生的,也有我一份责任呢。叔叔、阿姨们不用担心,我年轻,捱得住。"

听到这里,周诒又带着哭腔道:"那怎么办呢?这事儿闹成这样,我真是一点办法也想不出来了。"

彼时,陶斯甬靠在窗台边上,他倚着手,托着腮帮,就这样望着大家讨论着。他原本妥帖的白发,这会都翘了起来,显得有些懊糟。

"我看，这样吧。光潜，你先带程程回去吧。你们好好休息下，有什么事情，等睡醒了再商量。到底是结婚头一天，也别跟着在医院干耗下去了。老罗的家里人来了，我会交代清楚的，你们也不用担心。"陶斯甬轻声说道。

程程挣开了光潜的手，头摇得跟拨浪鼓似的，"不行，陶叔，我不能走。我要是走了光留你们在这儿，我心里才是真过意不去了。我和光潜在，看着就好了，你们快别陪着熬夜了，先叫车子回养老院去吧。要不然看见你们都不在，怕是几个护工大姐要急疯了。"

"是的呀，叔叔、阿姨，我看程程说得对。我叫同事开车送你们回去吧，这儿有我们照应着，请放心。你们要是继续在这儿等着，怕是身体也吃不消，还不如回去等消息。"光潜跟着说了声。

"这也行，我们也别在这儿给人干等了。先回去休息下，养养神，明天早上咱们再想法子过来一趟，看看情况吧。"陶斯甬扭头对老人们说道。

程程和光潜说的也是事实，到底几个人年纪都大了。这样在手术室前煎熬着，身体也不一定吃得消。到时候万一再出什么岔子，事情就愈加难办了。

大家相互对视着，而后默默地点了个头，算是认可了这个提议。

离开之前，吴丽娟特意嘱托程程和光潜道："罗家那姑娘可不是省油的灯，指不定见人就骂呢。你可别光想着吃亏忍着，该说就说啊。这事情的责任反正算不到你们头上，别什么都往自个儿身上揽。"

程程苦笑道："吴阿姨，知道了，您快回去休息吧，我有光潜在呢，吃不了亏的。"

吴丽娟还是不大放心，想要再交代几句。沈伯业连说车子已经在楼下等着了，催促着一块下楼去，吴丽娟只得不了了之。

看着几个老人的身影渐渐消失在走廊尽头，程程复又看了眼手术室亮起的灯说道："光潜，对不起呢，好好的婚礼给我弄砸了。"

光潜紧紧地将程程拥在怀中,柔声道:"罗叔要是醒了,听见你这样说,心里也是要难过的。谁都不想这样的,意外总是来的突然。我就想着,祈祷罗叔快点醒过来,一切无事才好。"

程程缓缓阖上了眼睛:"难为你了,光潜。"

光潜的下颌抵在程程的头上,微微摩挲着:"你又说胡话了,我们都已经是夫妻了,还有什么事情不能一块面对的么?"

| 第二十二章 |

青黄皂白谁能睹

乌云渐渐聚拢而起,把下午昏黄的日头给层层掩埋起来。大雨欲落不落的样子,夹杂着医院里特有的消毒水的气味,病房里的空气也跟着浊闷起来。

"我呸!负责?你凭什么负责!就凭你们养老院这态度,什么时候好好帮我们看着人了?三天两头跑医院不说,风吹草动都还想在我们家属身上扒皮,我看你们是真的良心被狗吃了!"罗珠啐了一口唾沫在地上,两只脚晃荡着,一脸讥讽不屑道。

程程看着罗珠犀利的目光,心下只觉得十分难受。"需要承担的责任,我肯定是不会推卸的。但是要说把其他老人也算上连带责任,这就有些过了吧?叔叔、阿姨们都一把年纪了,何必跟他们过不去呢?有事儿就冲着我来,我年轻,我担着。"

罗珠突然拍着手,尖着鼻子笑了起来:"哟哟哟,你这是跟我演戏呢,还是一出苦肉计!我告诉你,柳程程,你可别把人家当傻子,以为好糊弄呢!我可不傻,别以为你看着态度端正,我就轻易放过你们了。我爸这会还在床上躺着呢,什么时候醒都不知道,天晓得是不是就这样到死了。"

"我爸在你们养老院里住着,真是倒了八辈子血霉了!今天我也把话搁在这儿了,我就是要去告你们养老院,告你们这帮不要脸的东西!爸好好一个人,就是在你们这儿给瞎折腾出事了!现在好了,我这上班上不了了,医院里守着不说,还得空出手来照顾孩子,这哪哪都是事儿，我上哪儿找人帮忙去？看见你这张脸，我就来气，真是猪油蒙了心，黑啊！"罗珠越说越激动，喉咙里拼命挤出一阵哭腔来。那骂骂咧咧的声音，很快引来了周围其他人的围观。人来的越多，罗珠哭嚎得更起劲，众人那些探究的目光，简直看得程程抬不起头来。

"罗女士，你冷静点，还请相互尊重下。我们都能理解你的心情，谁都不想这样的，可是既然有问题了，那么咱们就想办法解决问题。事情靠闹的话，是闹不完的。"姚光潜将程程掩护在身后，挺着胸膛对罗珠说道。

被抹了一鼻子灰，一下被定性成"闹事"的人，罗珠自然咽不下这口气。却见她面色一板，眼睛狠狠地剜了光潜一眼，而后一屁股坐在地上大声哭喊："你们来看看！来瞧瞧啊！他仗着自个儿人高马大，就这么欺负人呢！把我爸害惨了不说，这会还想要我死呢！我真是心里有苦都没处说去啊我！呜呜呜呜……"

光潜略略皱起了眉头，还是蹲下身去，想要扶起罗珠。哪里晓得，罗珠抬头就朝着光潜肩膀上狠狠地咬了一口，还红着眼睛，甚是得意地望着他。"兔子急了还咬人呢！你们别觉得我没钱没势就好欺负了！大不了就跟你们拼了！"咒骂声贯穿整个走廊，围观的人越来越多。那些窃窃私语仿若一把把刀子，句句扎在程程的胸口上。

她的面色苍白，张了张嘴，本想说些什么。可是但凡瞥了眼此刻仍在病榻上静卧着，丝毫也没有动静的罗无名，她却是终究一句话都说不出来。程程并不确定，此时的罗无名是不是能听得到病房里的熙攘。但是倘若他是清醒的时候，看到这一幕，恐怕心里比谁都难过吧？

"哟！大老远的听见丧气声，还以为是哪家孝女在哭呢！走近了一看，原来是老罗家里头那不争气的女儿啊。也亏得老罗平日里口口声声叫着'囡囡'，总是挂念着你那些破事儿。看看你这个好囡囡，都干了什么事情了！你就这样尖酸刻薄地指着照顾你爸的人骂啊？你良心还真过得去！既然你这么喜欢被人瞧着，那你跟大家说说，你爸住进养老院以来，你去瞧过几次了？哪一次生病是你陪着的？你爸说要回家来养病，你又说了什么了！你不是会叫么，那就说出来给大家评评理呀！"吴丽娟带着锋利的目光，突然出现在了病房门口。她目露凶光地盯着罗珠，仿佛随时可以跟她打上一架似的。吴丽娟从不怕事，从前跟刘绸打架都没怕过，她难道还会怕罗珠这个后生女么？

周诒在吴丽娟身后，轻轻扯了扯她的衣角说："老吴，算了，这在医院里呢，又不是别的地方……"

吴丽娟甩开周诒的手，厉声道："有些人就是下作，我不在这里看着，还指不定怎么欺负程程呢！平时什么都不管，屁都不见放一个，什么时候都是程程帮着在忙前跑后的。没说过一句'谢'字就算了，这会人出事了，屎盆子还往程程脸上扣，我能咽得下这口气？！我就是要告诉她，别以为咱们程程没人，我这把老骨头可就是要给她撑腰！"

到底是欺软怕硬，眼见着吴丽娟凶狠，罗珠嗓子里咕噜不清地嘟囔了一声，却是不敢当面回击什么。她瞪着眼睛，脖子往回缩了缩，活像老鼠见了猫似的，有几分防备的样子。

"小罗啊，这事儿你不能怪程程一个人的，到底是我们自己商量着要去婚宴，程程她也不知情。老罗这人还没醒，咱们争执着也没什么意义，不妨还是想想办法，看看这治疗的事情怎么办吧。"陶斯甬顿了顿，缓缓说道。

"嗷哟，你们行啊，能耐啊，倚老卖老都围着欺负我一个呢！啧，说得好像这里面就我一个坏人一样，你们这些间接杀人的凶手倒是成好人了！这都什么世界啊？这不是颠倒黑白嘛。好呀，治疗，说得轻巧。钱哪里来？去哪里治疗？万一我爸恢复不了以后怎么办？"罗珠倏地起了身来，步步逼近道。

"我这里还有一些工作时候攒的积蓄，我都拿出来给罗叔治病。

罗叔这儿还有一本存折,原来托我们保管,我给他放在财务那边了。存折里的钱也可以核算下,取出来应应急。其他的,我会再想想办法,借一些钱过来。"程程应声道。

一听罗无名还有存折放在养老院里,还是她不知道的,罗珠心下一下就气不打一处来,更是觉得怒火攻心。

"啪"的一声,罗珠伸手就重重打了程程一巴掌:"谁说你可以动我爸的钱的?狗东西,我爸的钱是你随便能动的!藏了存折不说,这会拿出来装好人了,天晓得你是不是从里头贪了钱了。我看你们养老院就没一个好东西,全都是吃人不吐骨头的!"

程程腮帮上渐渐鼓了起来,五个手指印清晰可见,看得光潜心疼不已。

"你怎么还打人呢!到底有没有素质了!"

"素质!放你娘个狗屁素质!我就是打了你又能怎么样!"罗珠大声骂着,又是一掌拍在了光潜的头颈上。

光潜猝不及防,眼睛瞬间就冒了金星,整个人脑子里也是"嗡嗡"直叫。

吴丽娟实在顾不上旁的了,脑子一充血,一下就跟着上去抓住了罗珠的胳膊。罗珠到底年轻许多,但凡一做劲,那就把吴丽娟甩得直摇晃。

眼见着两个人一拉一扯,难解难分,沈伯业也坐不住了,忙上去帮着架住了罗珠。罗珠两只手就死命拽着陶斯甬的衣角,无论如何拉扯都不肯松手。她那一头黑发乱七八糟地落在脸上,只想着既然撕破了脸,谁都别想好看。一时间,闹成一团,等到保安赶来的时候,罗珠身上衣服也只剩半件了。

"你们这帮老不死的,以多欺少,不要脸啊!呜呜呜……我爸还在床上躺着呢,你们就这么欺负我,简直不是人啊!"罗珠一面哭嚎着,一面挣扎。

"你们也别得意!别以为我怕你们几个老不死的,我再也没钱也要找律师跟你们打官司，不告死你们我就不姓罗！也叫你们看看，到底是我罗珠无理取闹，还是你们这帮老不死的蛮不讲理！"罗珠高声说着，好似音量越大，她就越是正确。

"你们来呀！来呀！大不了把我打死在医院里！"保安架住罗珠的时候，她像疯了一样叫着。

陶斯甬扶着一旁的柱子站直了身，他身上的衣领都被扯乱了。虽然他来的时候头发是梳刷过的，这个时候却也是显得很凌乱，还带着些许狼狈。

罗珠用狰狞的目光望着一众人，而后用各种恶毒的言语咒骂着，程程想要上前去劝说一句，直接又被拉住了手指给狠狠咬了一口。罗珠疯了，逮住一个咬一个，压根就不看来的人是谁，连带着医生、护士还有保安，都一块遭了殃。

……

天马养老院办公室内，热得好像生了烟。程程白瘦的额头上，细细的汗珠已经滚到鼻尖上来了。她的脸上有些发烫，前不久，罗珠打在那儿的手掌印还没有消退。

"院长，对不起，这次的事情我也没想到。我会尽力把责任担起来，不连累咱们养老院的。"到了这会儿，程程实在说不出别的话来了。

张大雄的目光一直紧紧的盯着她，那阴浸的目光简直看得人背后发寒。程程实在受不了这样的目光探究，只得率先开了口。

"糊涂！糊涂！糊涂！"张大雄连声斥责了三声，而后一下就把案上的资料夹给甩到了地上。

程程觉得有些眩晕，好像头顶的天花板也跟着压了下来一般。好好的新婚，明明应该是十分欢喜的日子，这会应该在海外度蜜月。谁又曾想得到，事情会发展到这个地步？

"对不起……"

"对不起？对不起有什么用！那个罗珠本来就难对付，先前我就三番两次提醒你了，注意点，别跟这群老人走太近了！我雇你过来是干活的，可不是什么真要付出什么真感情做什么圣母好嘛！这下好了，惹出事情来了，老人家不听劝，硬是要来你婚宴，结果呢？结果呢！好端端的白给养老院惹了一身骚！"张大雄面色涨红地说着，显然也是气得够呛。

"这个罗珠，算是抓到把柄了，这一次不把我们养老院告破产她是不会罢休的！遇上冤家对头了，我也真是倒了血霉了，怎么就摊上你们这些不懂事的！"

窗外漆黑一片，起了夜风，窗子噼里啪啦地作响。听到敲门声，光潜忙去开了门，果然看见程程站在家门口。

程程面色苍白，摆了摆手，只说没胃口吃饭，直接进了屋内倒头就要睡觉。光潜知道她这些天压力特别大，也不去吵她，只帮她盖了棉被就蹑手蹑脚出了屋外做一些零碎的家务。

到了半夜，光潜不大放心，就进屋去瞧一眼。等他俯下身，却听到程程呼吸有些喘重。他心下想着不好，就伸手探了探她的额头，还真是烫得吓人。

昏黄的光线下，光潜看着一头乱发的程程，下巴都消瘦地成了尖。他心里有些发酸，这么白白净净的一个小姑娘，毕业了哪儿也不去，心甘情愿就跑到养老院去干这种苦差事。可是到头来，怎么就弄成这副光景了呢？

光潜紧紧握住程程手的刹那，她似乎是有些感知，眼皮跟着略略颤抖起来。他怜惜地抚了抚程程的额头，"程程，我去给你拿体温计来，看看情况，你别怕啊。"也不知道是不是真的听到了光潜的话，程程的眼睛突然睁开了来。她那一双原本带着光彩的眼珠子，晦暗地望着光潜，愣愣地看着，一动也不动的。此时此刻，光潜从她的脸上看不出丝毫的神色，好像她的魂儿都被抽空了似的。

"程程？"光潜轻轻唤了一声，程程眼皮一阖，一下又昏睡了过去。

至此，光潜意识到情况不好。他忙翻箱倒柜找出了温度计，待得一量，更是吓了一大跳程程竟然高烧到了四十一度。

因为高烧，程程就昏睡着，整个人面色苍白，毫无生气。她的嘴唇上起了一层白皮，好像被烧得十分干燥。但凡抓着她的手心，都能感知到她周身的那股焦躁劲。

光潜没有犹豫，帮程程罩了一件外套，就直接把人背下楼，车子一脚油门踩进了医院急诊。到了急诊处，光潜仍旧背着程程不肯放下，直到护士提醒了一声，他才意识到这会已经到医院了。

医生拿着听诊器，悉心检查着，又看了程程的喉咙和耳朵，然后用木片撬开程程的嘴巴，仔细看了一圈。他注意到，程程脖颈处开始有一片细细密密的红疹子，"恐怕是感染，建议入院观察两天，具体检查下吧。"

光潜心下"咯噔"一声响："感染？什么感染？"

"患者应该是最近接触过某些细菌感染源，或者身体抵抗力下降，因为所引发的红疹。具体原因还需要做下检测，这样才能对症下药。"医生耐心说道。

短暂的惊愕以后，光潜还是竭力镇定了下来。他办了住院手续以后，回家拿了简单的换洗衣物，然后就守护在病房里。

这些天，医院里进进出出的次数太多了，光潜从来没有想到过，有一天住进来的人会是程程。程程一贯善解人意，有些压力她也不会展露在脸上。这一次罗无名的事情，予程程而言打击颇大，倘若说养老院真的因此关闭而开不下去，很难想象程程知道以后会如何。光潜静默地坐在角落里，凝视着昏睡的程程。他调暗了灯光，双手交叠在胸前，思忖着，该为程程做些什么……

住院以后，程程连续高烧了好几天。整个人昏昏沉沉的，好像用药都不管用似的。光潜伏在她的身旁，就听着她稀里糊涂地说着话。

一串一串的人名，再加上些许词语。虽然说得不连贯，但是光潜还是听出来了，即便是生病了，程程心里头还是挂念着养老院的这些个老人们。

到了夜里，程程难得醒过来一次。光潜捏着她的手心唤她名字，她也没有任何的反应。整个人就这样直愣愣地望着光潜，一副没有心魂的样子。这还不是最难的，最让光潜觉得难受的是，平日里生龙活虎的程程，每次吃药以后都还跟着莫名其妙地发颤起来。他每次都急着按铃叫护士、医生，可是每次人来了，也就说是药物过后的正常反应。眼见着程程连带着牙齿都跟着哆嗦，那真叫光潜看了心疼的不得了。程程生病的事情，家里人他谁也没告诉，这些天，所有的压力都由着他一个人扛下来了。他恨不得自己再多几双手，好好地抱着程程，多给予她一些温暖。

有时候，程程额头上满是汗珠，光潜就拿着毛巾，一点点的给她揩拭干净了。可是她太虚弱了，就是出汗都好像能随时要她的命一般。整个人的面色就是惨白的，没有一丝血色。

病房里，光潜靠坐在椅子上。他那双硕大的眼睛，到了这会已经顶着两个大眼袋。明明已经是累得不行了，可是他的眼里还是有股子劲儿在支撑着他。一切不过刚刚开始，谁都不知道后面还会发生什么事情呢。光潜的这种"倔"，但凡进了天马养老院里头，那就是带着火点子的，好似一个随时都能被点燃的炮仗一般。原本很爱跟光潜闲聊的几个前台女孩子，到了这会见了他，都识趣地侧过身去。有些索性直接就借口去厕所，好避开他这周身的火气。

院长办公室里头，光潜和张大雄一见面，两个人的面色便都没放松过。

"我说小姚啊，你可别怨我心狠。这次的事情，就是你们年轻人太不懂事了，这哪能随便招惹这院里的人呀？你看看，出事了，这责任我是担不起的了。那个罗珠口口声声说要告到我们养老院关门，我平时夹紧尾巴做人，没想到还能遇到这样的倒霉事，我也真是不知道说什么好了。"张大雄絮絮叨叨地说着，用眼角的余光观察着光潜的神色。

光潜冷笑一声："院长，这事儿也不能全怪程程一个人吧？她这是心地好，什么事儿都愿意一肩扛，可是不代表她就活该遭罪吧？她现在还在医院里头，生病着呢。您这样说话，我这听了心里头也是不舒坦。罗珠要告谁，那不是我们能决定的。我今天来就是给程程告个假，她这恐怕还得继续住院。别的我看话不投机，咱们也不用多说了。"

"嗨，你这小伙子，这怎么说话呢？有你这样说话的么？我张大雄的年纪比你可是大了不止一轮了，这世道，什么样的人我没见过？可别在我这儿耍威风，我看她这病得蹊跷，指不准还装的吧？不就是想逃脱责任么，啧……"张大雄咂吧着嘴不满道。

光潜就杵在原地，许久都没有动过。他的眼眸底下升起一股火焰，好似随时能烧到张大雄身上一般。他攥紧了拳头，恨不得即刻就给他吃上一拳，好叫他说话积点德。平日里，程程因着张大雄的关系，在养老院的工作没少受委屈。如今程程都病倒在医院里了，他竟然还说这样的风凉话，这便叫光潜心里头无论如何都咽不下这口气了。光潜垂下了头，狠狠地咬着牙关，额上的青筋蹦跃着，好像脸上的肌肉都"滋滋"地冒着硝烟。

"我告诉你啊，年轻人可不要年轻气盛，犯了冲动。我这要是一个电话叫保安进来，你被送到派出所去，这将来可就毁了啊。寻衅滋事什么的，够你进局子喝两壶了。"张大雄居高临下地鄙睨着，似乎认定了姚光潜不敢轻易动手。

"砰"的一声响，光潜身后忽然窜出一个人影，一拳就朝着张大雄的脸上打了下去，"光潜你让开，要打让我这个老头来！"光潜惊愕地睁大了眼睛，却看见竟然是沈伯业突然出现在了办公室里。这个头发早就没剩几根老人，这个平时最为老实的一个人，竟然扎扎实实地给张大雄吃了一拳！

"你说的这是人话么？是人话！人家程程都病倒了，活该你挨揍呢。要我说，这一拳还不够，我还恨不得踹你一脚呢。"吴丽娟骂骂咧咧地走了进来。随之而来的还有陶斯甬和周诒，周诒看着张大雄坐到了地上，脸上略微显得有些局促。她有些扶也不是，不扶也不是，似乎有些难以定夺。陶斯甬望了诸人一眼，而后踱步过去将张大雄扶起，要他坐回办公椅上，"院长，刚才你们的对话，我们在外头都听见了。光潜是个很有前途的年轻人，你这样说，不厚道。"

张大雄揉着脸，脸上一半青，一半红的，鼓着腮帮道："好呀！好呀！你们真是！真是……"

"一人做事一人当，反正我也一把年纪了，不怕事。有什么事情啊，你冲着我来，别为难年轻人。"沈伯业指着张大雄大声说道。

到了这会，张大雄拍着大腿，嗓子跟被什么堵住了似的，咕噜道："谁为难他了？那是他们给我找麻烦好嘛！我简直倒了血霉了，怎么惹上你们这帮人！"

吴丽娟双手交叠在胸前，冷冷地瞥了张大雄一眼，"老沈，你行啊。我平日都没看出来，你还这么有男子气概呢！得，往后啊，'窝囊废'这话我就收回了。"

沈伯业有些不好意思地低下头，搓了搓手说："其实也不是这样，我这……"

"院长，这事儿吧，老沈是有些冲动。但是他也是爱护程程这小夫妻俩，情有可原，也请你多担待。遇到这种事情，谁也不想的，但是有困难，大家就一起想想法子，总是能度过去的嘛。"

眼见着张大雄要打电话叫保安进来，周诒忙止住了他的手，打了个圆场。

"如果是请律师的事情，也不用多担心，我已经请了老友帮忙，去咨询本城的资深大状何律师了。有他帮我们打官司，是非曲直，总是能说得清楚一些的。"陶斯甬按下张大雄的肩头，要他坐回到位置上，缓声说道。

眼见着势单力薄，嘴上说不过这些人，张大雄只得咽下这个哑巴亏。他狠狠地拍了拍桌板说："行行行，我这尊重长辈老人，不跟你们一般见识。啊！走吧走吧，别聚在我这儿了，看了我都心口犯疼！"

花园不远处，因为张世襄去世，建筑公司停工的基建仍然矗立在那里。

陶斯甬回身看了眼光潜，轻声道："光潜啊，你赶紧回医院去吧，程程那里还需要人看着吧？"透过树荫，陶斯甬望着姚光潜的这一双眼睛，里头已经看不到任何新婚的欣喜与雀跃了。这一场变故，实在太过突然，谁又想得到呢？短暂的好时光，就这么真真切切地结束了，而程程还病倒在了医院里头。想到这些，陶斯甬心里也很不是滋味。

姚光潜礼貌笑了笑："谢谢你，陶叔叔。"

若是不相识的人，看他这样笑，怕是也看不出这笑里面的忧愁与无奈。可是陶斯甬看得见，其他老人也同样看得见，每一个人几乎都能感受到这一份心情。

吴丽娟长长地舒了一口气出来："老陶说得对，你赶紧回去吧。这些日子还要照看程程呢，可辛苦你。官司的事情你别在意，大不了就是我们上庭去争辩，一把年纪了，也没什么可怕的。"

"别的事情我不知道怎么讲，可是这回的事情，是我们连累程程了。她是个好姑娘，是我们对不住她。"周诒一贯为人平和，这会说起这些来，却是多少在唇角添了一丝愁绪来。

"现在后悔也晚了，事儿都闹成这样了……"沈伯业轻声嘀咕道。

吴丽娟一下就敛了面色，"我这前头才夸你一句呢，这会又跑出来伸手要挨打的意思了。什么后悔不后悔的，这世上就没有后悔药可吃。事情就这么着了，你说这些给人添堵么不是？"吴丽娟心里头其实也觉得后悔，可是话由着沈伯业说出口，她便多少有些觉得无法容忍了。这话是把责任摊在每个人头上了，虽然仔细论起来是这样没错，可是说者无心，听者有心，这其他人要是听了伤了里子，那也是不好轻易瞧出来的。

"其实老沈也没别的意思，他就是担心程程和大家呢。"陶斯甬拍了拍沈伯业的肩膀，摇头道："这事情反复讲下去也没意思，反正律师那边，我已经请朋友去沟通了。只要有人能接咱们的事儿，那就应该坏不了，至少这养老院总不好关门了的。"

"要是到时候真让关门了，咱们能去哪儿呢？"周诒轻声嘀咕了一句，这一次她心里头也是完完全全没底了。此话一出，周遭即刻便安静了下来，这到底是一个棘手的问题。大家都低着头，看着自个儿的脚尖，似乎谁都没有想过这个问题。从住进养老院那一刻开始，就想着是在这儿要住到油尽灯枯的时候。

可是这会，要是输了官司，保不住养老院，关门大吉了，那他们这一批人可又得重新找一个养老院来居住了。

年轻人有冲劲、有胆量，挪个地方跟玩儿似的。可是老年人不一样，上了年纪，就不喜欢轻易换地方了。适应一个新的环境对他们而言，并不是一件容易的事情。

"这事儿不能光由着叔叔、阿姨你们烦恼，我这边也会想法子托人打听打听有什么口碑不错的养老院。多少为官司做一个预备，有准备总比没有好。你们都是程程最关心的人，我想她这会儿在的话，应该也会这样说的。"光潜若有所思道。

第二十三章

狭路相逢

连续住院多日，总不见好转，就在这一天的夜里，程程突然哼唧了两声，出了一身的汗。

光潜看程程情况不寻常，忙又按铃叫来了护士和值班医生。医生拿了听诊器过来看诊，就听着程程轻声唤了一声："光潜……"

姚光潜简直不可置信，昏睡在病床上的程程竟然开口叫他名字了！他一会捏着程程的手腕，一会不住地抚摸着她的额头。

程程的眼睛满是疲倦，可是隐隐约约的，光潜就是知道，她在看着他，她知道他在身边呢。顿时，光潜心下又是酸涩又是欢喜的，他简直恨不得即刻将程程拥在怀里，紧紧地搂着。神经紧绷了那么多天，终于等来程程苏醒了。想及这些，光潜觉得整个人一下就跟着放空了。他就将脸埋在程程的手心里，一动也不动地感知着她的温度。

程程到底年轻，就算是生了一场大病，这会恢复起来也比寻常人要快许多。光潜陪着她下床走动、晒太阳，不过两日，她就肉眼可见地恢复了许多活力。

为了让程程静养，关于这些天的事情，他一件也没跟她提。即便程程自个儿说到了，光潜也是打着马虎眼就随便糊弄过去了。他打算到时候代表程程出庭，独自去面对这一场艰难的官司。程程自然知道光潜的秉性，在电话打听清楚以后，她便直接跟光潜摊了牌："这次上庭我跟你一块去，说什么也不能缺席了。"

"你别说傻话了，你身体才刚好一点呢，去上庭干什么？这不是自己折腾自己么？"光潜坚定地望着程程，"凡事有我在呢，你别担心。"

程程急了，一把扯住光潜的袖子，"说什么你自个儿去呢，这不是把我撇开，你一个人面对压力？光潜，咱们已经结婚了，是夫妻，那就该共进退，你这样实在是生分了。"

光潜自然也知道程程脾气执拗，听她这么一说，不由得心下思忖半晌，而后说道："这样吧，这事情过几天再说。你多休息、休息，这些事情不值得你操心呢。"

程程连连摇头说："光潜，这事情你要是准备一个人扛下来，那完全没必要。你要是这么做了，我才是真的会气你，气你不把我当一家人。"

光潜揽住程程的肩头，将她轻轻拥入怀中说："好了，我真是说不过你……"

养老院由着陶斯甬出面，请了本城知名的何律师代理官司。而罗珠那边也是下了血本，请了一位全国知名的律师出来营造了舆论声势。这一次，不从养老院这帮人手里讹出点钱来，她是誓不罢休了。

开庭日之前，陶斯甬还是抓着最后一丝希望，去找了罗珠一趟。他希望能够与罗珠再商议一次，看看是不是有私下协商解决的机会。

陶斯甬特地起了个早，天还没亮的时候就洗漱完，出了养老院匆匆赶到罗家。这个时候恰是罗珠一家子吃早饭的时候，昨天夜里在房间里守了罗无名一夜，到了这个时候她也是累得够呛。身前放了一碗稀粥，喂了孩子又喂自己，嘴里"呲溜"地喝着。等到听见敲门声开了门，一看是陶斯甬，罗珠便气不打一处来，"这里不欢迎你，你走吧。"

门关闭之前，陶斯甬伸手挡住了去路，"我就进去看一眼老罗，说几句就走，不会打扰你太久的。"

罗珠轻哼一声，看着陶斯甬身后也没旁人，也便默许了下来。

陶斯甬进门先去看了眼在卧室打着氧气筒的罗无名，他就静静地躺在那里，一点声息也没有，好像这个世界的纷扰是一点都感知不到了。

他悄悄地带上门，也顾不上其他的，只得自己找了一张凳子坐下来，说道："看老罗这样，我心里也难过呢。其实，他之前在养老院的日子也不算寂寞，大家也喜欢跟他在一块排戏。"

"咣"的一声响，罗珠拿筷子敲了碗，讥笑道："这么说，我还要感激你们照顾我爸了？呵呵，我确实要谢谢你们呢，这会叫我爸躺在床上跟个活死人似的，动不动还要请人来帮忙轮流看护，我还要带个孩子，简直活得不像样了！"

"如果你只是想要赔偿，那我们可以私下再商量。你这样坚持要走程序，上法庭，对大家来说感情上都是一种伤害。有什么要求，你可以再提提，凡事总是好商量的。"陶斯甬压低了声音，尽量用一种恳切的口吻说道。

罗珠一面听着，一面嘴里继续喝着稀粥。她不自觉地眯起了眼睛，似乎在思量着陶斯甬的话。可是她一直没出声，似乎还在等着什么。

"我个人可以先把养老院的床位退掉，这样五十万的押金拿回来，可以给老罗治病先垫上。其余的，我再想想办法，只求你多宽限一些时候。"陶斯甬微微阖眼，缓声说道。

罗珠手里的碗筷早就放了下来，她的嘴角一扯，不由得挑眉笑道："要是早说这话，还至于闹到这个分上吗？这要是谈得拢，那当然不走程序更好，我也省力气，谁愿意给自己找麻烦呢？"

"那你要是觉得合适，我可以今天给你写一张字据，算是当个凭证，我……"

"现在养个孩子多贵啊，区区五十万就想打发人啦？你以为打发个要饭的呢！我告诉你啊，我虽然没上过大学，可是我脑子清爽，晓得厉害。这一天三顿饭，管着老的看病，还要管着小的，伸手哪哪都要钱，就五十万能管多久啊？我看你也是个体面人，都说你是什么专家是吧？那这些道理，你不可能不懂吧？"罗珠打断了罗无名的话，话里有话道。

这是逮着机会，要敲竹杠的意思了。陶斯甬不会不明白罗珠的意思，他咬了咬牙，点头道："老罗不仅仅是我们院友，还是戏友，该花多少就多少吧。不如你说个具体的数出来，只要我还撑得住，我就……"

撑得住……要多少算撑得住呢？要是退了养老院的房间，陶斯甬也便无处可归了，身上也没多少钱了，恐怕自己生存下去都是个问题了。

"不是我狮子大开口，硬要跟你这么个老头过不去。这年头，可以花钱的地方实在太多了。光就我们请的那护工吧，三天两头跟我们提着要涨工钱。医生也说了，我爸这情况，什么时候能醒过来都是个问题。那万一他这辈子都不醒了呢？我总是要多筹划筹划，也不好叫一家子都喝西北风去是吧？"罗珠眼珠子一转，又是一出主意在心里。

"两千万吧，我看两千万差不多了。搬家到大房子里，给我爸换个好的疗养环境。护工、阿姨什么的也要请起来。还有这吃饭什么的，也不能刻薄了他。就光这些，那就得好多钱呢。我也不要多，就一千万，那就不起诉你们养老院和那个什么柳程程了。"

罗珠这话一说出口，陶斯甬的面色便瞬间变得苍白一片。他有些错愕地望着罗珠，实在很难想象，她说这话到底是真的想要和解，还是只是拿着话腼应人的。如果她真的是这么想，这也实在是太狮子大开口了。别说两千万了，就是两百万他都不一定拿得出来呀。

两千万这个数字实在太沉重了，就算几个老人合在一块想破脑子都几乎不可能凑得出来。陶斯甬的手不自禁的有些发抖起来，他死命地按着自己的手腕，并不想这些情绪外露出来。

"这样吧，我回去再好好想想……"

陶斯甬一开口，每一个字都很是无力。这是客套话，给两个人都有一个台阶下。实际上，明天就是开庭的时候了，说什么都来不及了。

身后传来罗珠一阵的嘲讽声："给不起钱还有脸上门来了！我呸！"

抬脚迈出罗家的一刹那，陶斯甬心下想着，不来了，这儿再也不来了。他就宁可把棺材本都给了老罗，也决计不愿意再踏进这里半步了。

……

关于和罗珠的官司，消息自然早就传遍了整个养老院上上下下。人心惶惶之余，自然也少不得嚼舌根的。有人说，要不就程程和几个老人们再商量下，给对方一笔钱，破钱消灾。就算给不起打个欠条也好，总归好过养老院开不下去，所有人都没地儿住。又有人说，这罗无名就是个祸害，既然一身的毛病就不该再住进来拖累其他人了。亏得陶斯甬几个人不嫌弃，还整日与他一块唱戏活动，真是白惹了祸事上身。这些话，直接的、间接的，但凡进了陶斯甬的耳朵里，他就觉得心里很不是滋味。这些人的嘴皮子里，其实还藏了另一层意思，那就是觉得陶斯甬与程程这些人实在是惹事精，还不赶紧自己解决了麻烦，别连累了他们。

陶斯甬唱了一辈子的戏，演了无数的角色，去过无数的地方。要说人多口杂，他是明白难以避免的。可是但凡想起罗珠的那番话，他总觉得心里头有些难受，他的自尊心时时作祟着，叫他坐立不安。

夜里，陶斯甬打开了阳台的门，倚靠在栏杆上。不远处花园的工事旁，闪出一对夜鸟，在半空中盘旋着，而后划过池边，搅乱了一池静谧，漾起一圈圈的水波……

陶斯甬缓缓阖上了眼睛，他原本放心不下的是儿子知远。没有想到，现在养老院的这帮老伙计们和程程小两口，竟也成了让他牵挂的对象。这或许是他入住养老院之初并没有想到过的,老来的友情与亲情,与年轻时候不尽然相同,似乎更多了一份深沉的味道。不管接下来官司结果如何,他一定会与老伙计们携手走到最后的……

清早,下了一场大雨。养老院外,浮了一层若隐若现的雾气,在那些梧桐树顶上不尽缭绕着。冷风掠过,吹下些许水珠点点,周诒下意识地拢了拢身上的围巾,这天真是说变就变,一昼夜的工夫,竟然又这样冷了。

养老院前的停车场空荡荡的,一个人影也没有,只有一辆灰白色的车子停靠在树下。四周湿湿答答的,总有些潮湿的味道。

"走了,老陶。"沈伯业拎了拎衣领,虽然头上的头发早已经脱落殆尽,他还是极为仔细地梳刷了后脑勺的那一撮白发来。

陶斯甫扯开嘴角,四下看了看几个老伙计,而后笑了一声:"要是都准备好了,那咱们就出发了,车子都等在外头了。"

"等会儿,老吴还没来呢。"周诒回身张望了下,并没有看见吴丽娟的身影,"她说还要换个衣服,一会儿就到。"

沈伯业抖了抖眉头说:"就这个女人事情多,这就去个法院而已,又不是去看她表演。"

"啧啧啧……沈伯业,瞧瞧,可算被我逮着了吧。趁着我不在,背后说我坏话呢?"吴丽娟似笑非笑地踩着高跟鞋走了过来。她特意换了一身大红的旗袍,上面点缀了喜鹊与栀子花,显得格外的喜气洋洋。

"欸,我这哪是说你坏话呢。我意思是都在等你呢,可别耽误了开庭的时间。"沈伯业嘟囔道。

"你个老头没见过世面似的,世面事情都不懂。瞧见没,我这一身叫战袍,意欲旗开得胜。我就不信了,咱们几个还掰不过罗珠那丫头啊?"吴丽娟说着低头抿了抿碎发,"反正要我说也没什么事,咱们就去看个热闹。"

吴丽娟与沈伯业斗嘴，总是精神气十足。几个人面面相觑，而后都低头轻声笑了起来。车子驶出养老院的时候尚早，平日里熙熙攘攘的人群不见了踪影，只有几个清洁工在打扫着路面。十字路口的红绿灯处，车子暂时停顿了下来，周诒凝视着窗外的暗色，似是自言自语轻声道："这天看着怎么也不放晴呢？"

"刚下完雨呢，等会儿总会云开见日头吧。"吴丽娟应了一声。

法院门口，程程与光潜，还有何律师以及许丁等人早早就等在了那儿。张大雄借口推脱身体不舒服，没打算出席这一次审判。

光潜握了握程程的手问道："怎么冷冰冰的，早上不是戴手套出来了么？"

程程摆手道："戴手套怕是办事不方便，我想了想还是不戴了吧。"

何律师瞥了眼程程的公文包说："看样子是有备而来哦。"

程程笑言："就是之前跟您要的文件资料，我提前熟悉一下，至少保证不给您添乱。"

话音才落地，何律师笑了起来："你们要对自己有信心，这才是关键的第一步。"

听何律师这样说，光潜不禁问道："我忍了挺久的了，原来程程不让我问。可是我还是想问问何律师，您觉得这一次，咱们官司胜出的希望大么？"

"是非曲直，总有个公正的判定，你们要对自己有信心。"何律师推了推鼻梁上的镜架，笃定道。

到法院的必经小道旁，是一处市民公园。三三两两的中老年人在石阶下耍着太极拳、跳着广场舞。

陶斯甬本想在车上闭目养养神，可是听到车窗外隐隐约约传来的乐声，又免不了为之所吸引。他略略抬起头来，看着沾了灰尘的车窗外，那些人影缓缓掠过，却与他好似两个世界。

车子里很安静，好像与外头的城市一块隔绝开来了。从前在剧团的时候，但凡心里有些惆闷，他就这样坐在车子里冥思。即便只有短暂的片刻，也能让他感受到一种难以言喻的安全感。

"到了。"不知道是谁说了一声，车门徐徐开了出来。

蓦然间，陶斯甬觉得心里头莫名有些惶然，好像每个人都在跟着晨间的节奏迈向前方的广场。而他突然就愣在路口，有些茫然得好像失去了重心。

"老陶，跟上呀。"沈伯业扭头，忙唤了一声。

"欸，来了。"陶斯甬蹒跚而去，好像步子还带着些许的颠簸。

"怎么了？是身体不舒服么？"沈伯业两步并到陶斯甬身旁，关切问道。

陶斯甬摇头笑笑："没事，是昨天夜里没休息好，早上起来还有些恍惚。"

沈伯业"哧"的一声笑道："我以为，就我这么怂，夜里睡不着，原来你也一样呢。"

不过几步路，老人们便与程程夫妻俩会合了。几个人寒暄了几句闲话，又与何律师沟通了一些细节问题，也便预备进入法院里了。

"啧，看看，那是谁来了？"吴丽娟指着台阶下的人影，鄙睨道。

众人顺着吴丽娟的手指的方向望去，就看见罗珠戴着一副墨镜，跟着罗家的代表律师正朝这儿走来。

"真是冤家路窄。"罗珠摘下墨镜，狠狠瞪了诸人一眼，"你们就准备好输官司赔钱吧！"

吴丽娟突然凑近罗珠身旁，皱起鼻子，作势嗅了下，"哟哟哟，我说谁呢，身上就一股子乳臭未干的臭味，可熏得我哟，刚才老远就闻到了。"

罗珠自然也是不好相与的，听吴丽娟这样说，旋即把脚一蹬，嚷嚷道："真是个老泼妇！"

吴丽娟一眼就把罗珠睨住了，打鼻子里冷笑出声来："我要是老泼妇啊，那你就是小泼妇呗。大家彼此彼此，不要客气。"

"咣啷"一声，罗珠一下就把手边的拎包摔到了不锈钢的柱子上，

"你个害人精，老泼妇！真是没脸没皮了，害了我爸不说，还一嘴的肮脏话，你真好意思你！"

"不要跟她吵了，咱们这是在法院门口呢，多不体面啊。"周诒忙上前挽住吴丽娟的手，劝解道。

"我跟你讲，她这种不知道天高地厚的小泼妇我算是见多了。你不给她吃几句话，还以为咱们好欺负呢。看她那蹬鼻子上脸的样子，可真叫我看不惯。不说说她，我这心里就过不去。"

吴丽娟说着走到罗珠跟前，啐了一口在地上，"我告诉你啊，别以为我们年纪老了就好欺负了。拿着镜子照照你自个儿的样子，一副贪婪样，这会也好意思把你爸给搬出来说事呢！"

眼见着吴丽娟咄咄逼人凑近身来，罗珠下意识地后退了两步，"你……你这是贼喊捉贼！明明你们害了我爸，我是受害者家属，有什么不好意思的！"

"哦？受害者家属？你爸生病，有段时间不能自理的时候，在他床前端茶倒水伺候的人是程程，可不是你啊，你也真好意思说呢。这话不如你就留着，咱们到里头去说，说给大家伙听听，好叫大家评评理啊。看你是不是真是个大孝女呢！"吴丽娟终究忍不住，伸手便戳了下罗珠的眉心道。

这一下算是彻底激怒了罗珠，她突然抬起头来，龇着牙尖声喊道："你个烂舌头的老东西！看我不收拾你！"罗珠冲上去就夹住吴丽娟，两个人一拉一扯，一路拽着打到了马路上。周诒急得不行，上去就想拉架，哪里晓得，罗珠一把狠推，她整个人就向后仰。

幸而陶斯甬眼疾手快，接住了周诒，要不然这会要是摔到了地上，恐怕又得医院走一遭了。

陶斯甬与沈伯业商量着，一人拉一边，可是怎么也不能把扭打的两人分开。眼见着吴丽娟的旗袍都给扯烂了，两个女人的叫喊声也便愈发地尖锐起来。

"住手啊！都给我……住手！"

沙哑的嗓音从身后传来，原本打的难解难分的罗珠下意识地一哆嗦。她原本抓住吴丽娟的手渐渐松弛了下去，而后愣愣地叫了一声："爸……"

这个时候，诸人这才看到，竟然是原本昏迷在床上的罗无名，正由着看护推了轮椅过来。罗珠腮帮子原本还是鼓鼓的，可是在看到罗无名的一刹那，就跟泄了气的皮球似的，瞬间没了丝毫战斗力。她不知道为什么罗无名偏偏这个时候出现，简直坏了她的计划。眼见着到手的千万赔偿好似飘渺了起来，罗珠整个人的面色也灰白了。

"囡囡啊，你还晓得我是你爸么？"罗无名面色紧绷着，每说一个字都极为用劲。

"我……我这也都是为了你好嘛。"罗珠吞吞吐吐地说着，低下了头。

"为了我？为了我什么？"罗无名追着逼问了一句。

陶斯甬上前，俯下身道："老罗，你身体还不是很好，要么先回去吧。没什么要紧的事情呢，你别操心了。"

罗无名豁然抓住陶斯甬的手，颤颤巍巍地盯着他看，眼里有几分悲愤，又有几分无奈。

"老陶，你难道还想瞒着我嘛？我没醒的这些天，都发生了什么事情呀……是我惭愧，没教好女儿呀……"

"爸，你被他害成这样，怎么还帮他们说话呢。咱们一定得要告他们，不然你这罪白受了！"罗珠霍然抢过罗无名的手，紧紧握着说道。

罗无名起先没有吭声，只是吃力地靠在轮椅坐背上。罗珠低着头，搓弄眼角，开始啜泣起来："爸，你是不知道啊，你昏迷这些天，我是怎么照顾你的。我一头要顾着小的，还得照料你，还得旷工被扣工钱，真的是没有比我更命苦的了。"

"囡囡啊，我是个没文化的人，但从小我就跟你讲，做人要讲良心。"罗无名靠近了罗珠的耳畔，沉声道。

"可我也不是无理取闹啊，你看看，倒是你这帮所谓的老朋友，在逼着你女儿我呀。"罗珠嘴上一哆嗦，口不择言喊道。

看着罗珠的样子，罗无名当真觉得失望极了。

他略略仰起头，凝视着她，缓缓说道："囡囡，从我捡到你那天开始，我就发过誓，要尽自己的可能，给你最好的。这几十年来，我不停奔波，就算是捡瓶子、纸板，我都一刻没敢停下过。但凡哪儿有散工，我更是一样不落下。"

罗珠不敢直视罗无名的眼睛，她只是躲闪着，想要说些什么，却始终说不出口来。

"自打你有了孩子以后，我晓得你忙得很。又要上班，又要照顾家里，也是最缺钱的时候。我存折里还有几万块钱，放在养老院了，我全拿来给你，总算是帮衬尽力过了。可是旁的，你就不要动那歪脑筋了，不该是你的，就不要伸手去拿呀……"说着，罗无名颇带惆怅地吁了口气。他这个捧在掌心里的养女，疼惜了大半辈子，可是却教成了这个德行，实在叫他有些不知道从何说起。

罗珠使劲地摇了摇头，双手掩了面，忽然失声痛哭起来，"爸！我对不住你！呜呜呜呜……"

罗无名无力地伸出手来，将罗珠护在怀里。就好像一只老母鸡，在紧紧地护着自己的鸡仔。这么多年了，他既当妈，又当爸地把罗珠养育成人了。原想着好日子该来了，谁又曾想到过，还会有这么多的风风雨雨与波折呢？

罗无名松开罗珠的手，而后自己滑动着轮椅，徐徐驶向陶斯甬与程程等人。却见他突然郑重做了个鞠躬的姿势："说起来还真觉得不好意思，给你们添麻烦了。"

程程忙上前扶住罗无名的手说："罗叔叔，您别这样。这本来也没什么事情，哪里说得上麻烦呢？"

罗无名轻轻拍了拍程程的手背道："该说的，必须要说。如果不跟你们道歉,恐怕我就是死了都不会闭眼睛的……"

……

罗无名的及时出现,制止了一场闹剧的发生。罗珠主动提出撤诉,先前围绕在养老院上空的阴霾似乎也跟着一扫而尽。

| 第二十四章 |

莱芒湖

清晨的钟声响起,陶斯甬在花园里抬了头,望向不远处的工事。听闻最近换了一家建筑公司接手,改造计划如约进行中。

天上的太阳白亮地挂着,陶斯甬瞥了眼,想着也只有十月小阳春,才有这样模糊不堪又眨眼睛的光亮。这个时候,他难免又忆起从前,知远总喜欢在这个时节跑到山上去疯耍。秋高气爽,脚不沾地,整个玩得那叫一个痛快。

陶斯甬脚下的步子越走越缓,直到了梧桐树下,他才刹住了脚。窸窸窣窣的,叶子随着风连成一片,发出一阵规律性的声响。

"陶叔叔。"出其不意的,程程出现在了陶斯甬的身后。

"诶?你不是这几天病假,应该在家休息的么?怎么又来养老院了?"陶斯甬关切问道。

程程站定后,沉吟半响,方才开口道:"来消息了……"

"哦?"陶斯甬极为认真地端详着程程。他眼里闪着光,似是诧异,又是激动。陶斯甬在戏台上风华翩跹一世,如今也只有这句话能叫他心底再激起波澜来了。

飞机降落在日内瓦机场的那一刻,天边的天色早已经敛凝下沉。下飞机的时候,陶斯甬仰起头来看了眼日内瓦的天空,不过十月,这里与中国的天气已经是判若两样。

瑞士入冬很早,十月便已经是低温天气。陶斯甬与许丁、程程一块,从行李转盘上拿了行李箱出关。熙熙攘攘的旅行团匆匆掠过,倒是让陶斯甬刹那间有了种错觉,好似这番并没有来瑞士,而是在国内的某个机场。

从日内瓦开往洛桑的火车内,暖气已经开启。陶斯甬凝视着窗外,寒意愈来愈浓,空气好似冷凝在了窗沿边上。火车轰鸣而过,冲破寒气而去,如同带着一车人在水中破浪而行。一个小时以后,三个人出现在洛桑的火车站外,辗转地铁到了终点站莱芒湖畔。这里有一座名为 Beau-Rivage Palace 的酒店。1861 年开业的老牌酒店,古典的建筑里处处都是历史的气息。酒店对面就是绝美的莱芒湖景致,天气好的时候,总能望见对岸阿尔卑斯山积雪皑皑的雪山顶。

一块用过午饭以后,程程与许丁各自回房先作歇息片刻。陶斯甬一个人下了楼,在湖边漫步着。附近有一座大理石雕铸成的立像。陶斯甬凝视着它,可以想得出,从前它也是一尊洁白如玉的雕像,现在早已经变成了冷灰色。它身上所赋予的也便成了风、雨、露水,甚至是不远处天鹅掠过的痕迹。这多么像人啊,一旦衰老了,身体便会出现各种病痛与忧患,沧桑与岁月并存着。

走了约莫七八分钟,陶斯甬拢了拢衣领,停下了步子。前面都是临湖而建的私人别墅,旁边有一大片整洁的沙滩。那些别墅周遭,是没有围墙的,多半也就是用一丛栏杆隐隐隔离而已。里面的花园,路过的行人也可以一窥究竟。即便是暗沉的秋冬节气,屋子也能显露着属于自己的生机。院子里的玫瑰簇拥着,湘帘叠叠,时而随风飘荡着。

有人开了窗,隐约可见窗台上的花瓶,里面是一束芬芳的郁金香,随着里头琴音流淌而出。

未有经过战争洗礼的城市,总是能保留有厚重的历史沉淀。陶斯甬喜欢这里,往年随剧团出访的时候,偶尔来这里度过一个夏日假期,也是一件惬意的事情。现在再看,早已经过了旅游旺季的时候,亭台楼阁在一片树荫间静默着,好似都在等着来年的日光。不过下午四五点,天色便完全暗了下来,不论是谁这时候伫立在湖边,想来都会觉得有些许沉醉吧?

对岸是法国的依云小镇,灯光辉映。洛桑湖畔的月牙灯光亮起,交织成一片带有梦意的清波。这一份带着孤寂的恬静,叫陶斯甬心底觉得有几分隽妙。这是儿子知远喜欢的地方,爱屋及乌,他又何尝不多几分喜爱呢?

要说到了这会,他还有什么心愿的话,那也便是想与知远在这儿喝一杯咖啡,聊一聊闲话家常。思子之情横溢在陶斯甬的眉间,他期盼着能够早一些见到知远……

清晨的莱芒湖,仿若初醒的美人,伸出一只手腕揽着娇儿。宽阔的湖面上天鹅成群游过,白浪之间,水波阵阵,真是一个清旷的早间。

在酒店用过早饭以后,陶斯甬、许丁以及程程和本地华人社团的负责人李佳佳见了面。佳佳年芳三十,在本地经营着一家不大不小的餐馆。因为诚信经营,菜品又不错,在本地也算小有名气。佳佳为人很是热情,带着一行人到了市中心的 Palud 广场。根据她的说法,陶知远很有可能就住在这附近,有人曾经看到过他在这里出没。

Palud 广场是由古旧的石砖铺陈而成的,一汪喷泉矗立在中央,总有几分清澹的雅趣。不时有孩童经过嬉笑着、徘徊着,那泉水倒映在眼里,似乎也能叫人有几分迷蒙。

四人先后闪入一扇古铜做就的小门,进入了一座建立于 19 世纪末的公寓。

"叮咚、叮咚……"程程按下了门铃,许久,里头都没有动静。

许丁疑惑道:"是不是没人在家,来的不是时候?"

佳佳低头看了眼腕上的手表:"我之前已经事先跟屋主邮件联系过了,应该会在家的吧。"

陶斯甬略略垂下头,轻声道:"就是不凑巧吧,没事,要么我们先回去吧。"

"欸，陶叔叔，来都来了，可能人家刚才没听见呢？我再试试。"程程说完又踮着脚按了按门铃。

这一次，屋内响起了窸窣的声响，显然里头确实有人住着。

"有什么事情？"门骤然打开了，一个金发碧眼的姑娘揉着碎发，用法语问道。

佳佳笑了笑，用法语解释道："你好，我是之前邮件联系你的李佳佳。我们来就是想请问下，你是不是认识一个叫陶知远的人？"

"什么？你在说什么名字？"那姑娘眼中闪过一丝诧异，稍纵即逝。

佳佳一字一字清晰道："知远，陶知远，他来自中国，或许你认识他么？"

那姑娘摇了摇头，用手遮住额头道："这里并没有这个人，你们找错了吧。"

她的身后有一团白色的灯光，映射在陶斯甬的眼中，又亮又冷。

"不好意思，打扰了。"陶斯甬对着这姑娘抱歉的笑了笑，率先下楼去了。

"欸！老陶，话都还没问清楚呢，你着急走什么呀？"许丁三步并作两步，忙追了过去。

陶斯甬刹住了脚步，转过身道："你也看见了，她就一个人住呢，哪还有其他人在的样子。知远肯定不在这里了，也许是之前消息有误呢？洋人总是这样的，经常认不清楚亚洲人的脸，指不准是看到哪个年轻小伙子，就看走眼了说是知远呢。"

"就算是找错了，也不妨碍咱们多问几句啊。你跑那么急干嘛，好像做错什么事情似的。"许丁说着，就要拉陶斯甬重新上楼去。

陶斯甬摆了摆手，"别费劲了，刚才那姑娘的样子你又不是没看见。再回去，那不是叫程程跟小李白跟着捱白眼么？"

许丁抿了抿嘴，"老陶，你说实话，该不是来瑞士就打退堂鼓了吧？"

公寓门口的路灯，昏黄灯光映照着陶斯甬的面庞，他略略垂着头，并没有去看许丁。沉吟半晌，他方才沙哑着嗓子开口道："许丁啊，我们认识多久了？"

许丁那张老脸皱成一团，"我比你进剧团晚两年，怎么也有个五十多年了吧。好端端的，突然说这个干嘛？"

陶斯甬朝着许丁瞅了一眼，他脸上还是一副疑惑的样子。认识许丁五十多载，他是陶斯甬为数不多足以信任的朋友。

"我是想说，你这老头，眼睛也太尖了点，看破了还去说破干嘛？"陶斯甬半嗔半笑地摇头说了句。

"得，你这个在舞台上风光无限的陶先生，私底下也有退缩的时候呢。"许丁调侃了一句。

"咱们这老胳膊老腿的，来一趟瑞士不容易。我知道，你这个人面皮薄，有些话吃不住。要我说呢，刚才那姑娘的话我是听不懂，但我会瞧人啊。我看她那眼神就晓得，应该也是个不错的姑娘。刚才也没好好沟通过，不如你多聊聊几句，看看是不是会有别的收获呢？"

许丁孜孜不倦地劝陶斯甬回楼上去再瞧瞧，听着这些话，陶斯甬心里头多少涌起一些暖意。许丁总是这样的，一根筋认死理，但是作为朋友，真是没得说。

"行行行，就听你的。我再蹭着说几句，看看是不是能有线索。"陶斯甬脸上绽开了一抹笑意。

程程与李佳佳仍旧等在楼道口，眼见着陶斯甬和许丁重新回来了，两个人都禁不住相视看了一眼。方才那姑娘关了门，她们也是一筹莫展，敲门不是，不敲门也不是，总归有些尴尬。

陶斯甬抱歉地点了点头，"累你们好等，刚才出去透了口气，要不我再敲门问问吧。"

"叮咚、叮咚……"

"怎么又是你们？我想刚才我说清楚了，这里没有你们要找的这个人呢。"金发姑娘皱着眉头说道。

"很抱歉，打搅了。烦请给我一分钟时间，我还有话想说。陶知远是我唯一的儿子，有些话我想当面跟他说。或许你不认识他，但是万一有一天，你遇到一个年轻人叫这个名字，能不能帮我告诉他，我挺想他的？"陶斯甬半阖了眼，轻声说道。

佳佳在旁边帮忙翻译成法语，金发姑娘伸出了手，迟疑了一番又放了下去。

"这是我住的酒店地址和联系方式，麻烦您要是有消息，还请联系我们一下。"陶斯甬递了一张事先写好的纸条过去，郑重地鞠了一躬。

他悄然转过身去，用衣服袖子抹了抹眼角。实际上，陶斯甬自己心里也明白，恐怕找到知远的希望实在是渺茫。

"好的，有消息我会联系你们的。对了，我叫 Emma……"金发姑娘接过了纸条，看了眼上头的字迹，喃喃道。

四个人出了公寓外，佳佳执意要请陶斯甬等人去店里吃饭。盛情难却之下，陶斯甬只得欣然应允。

佳佳的店隐匿在 Pichard 路一栋老楼的楼上，店内装潢虽然简单，陈设却很讲究。佳佳亲自下厨做了几样地道的南方小菜，又备了一锅佛跳墙作前汤。许丁吃着赞不绝口："不是我吹牛啊，好多年前，我们跟剧团来瑞士，在山顶吃的饺子，可贵了。十块钱瑞士法郎没几个，还不好吃呢。你这个中国菜做的，那叫一个正宗啊，可算帮我这个中国胃解馋了。"

"谢谢了，听您这样说，我心里别提有多高兴了。您多吃点啊，还有其他的小菜，一会都会端上来的。说好了啊，今天这顿我请了的。"佳佳脸上漾开了笑颜。

陶斯甬忙摆手道："这样不好，你是开门做生意的，哪能占你这点小便宜呢。该多少钱就出多少钱，你可千万要收下，要不然，我这心里头过意不去。"

眼见着陶斯甬面色沉凝,佳佳看得出来,这是个较真的人。

"叔叔,这样吧,这一顿,算我请的。回头您再来,有一收一,我这一块钱都不会给您落下的。我这店里来来往往的,除了几个留学生朋友,很难得见到国内来的客人呢,我是真高兴。"

程程笑道:"既然是这样,那我们带来的一些特产,你也必须得收下了。有来有往,这样才符合咱们中国人做事的标准吧?"

佳佳"哧"的一声笑,"好了好了,怕了你们了。真是客气得很,那我恭敬不如从命,就收下你们带来的那些特产了。可别说啊,我好几年没吃到正宗的桂花酥、龙须糖了,还真想念呢。"

"是我们要谢谢你才对,这么辛苦陪我们在外头跑,这还请我们吃饭,想想就觉得不好意思呢。"陶斯甬接着说道。

"其实……我是见了陶叔您,才想起来,或许您儿子知远,我也是见过的。光看照片的时候,我就觉得眼熟,一时想不好。看了您本人在这儿,我就想起来了。"佳佳拿过一柄紫砂茶壶,细细地斟着茶。

陶斯甬抬起头来,原本黯然的眼中闪过一丝光亮,"哦?"

"有一次半夜,我店里关门的时候,看见有人醉倒在店门口。一看就是中国人的面孔,我就帮忙送到医院去了。"佳佳跟着在陶斯甬对面坐下,"我还记得他的那双眼睛,跟陶叔一样狭长上挑。"

陶斯甬倏地从位置上立了起来,"他怎么会醉酒呢?发生了什么?后来呢?"

佳佳轻轻拍了拍陶斯甬的手腕,"陶叔别急,喝茶。后来医生检查了,说是没什么要紧的,就是醉得厉害所以没醒。我垫付了医药费,留了电话,如果有什么万一,医院也可以联系我。后来倒是没有再接到过医院的电话,那人应该是离开了的。"

陶斯甬紧紧捏着茶杯的边沿,力道大了,手指关节都泛了白。

"这孩子心里苦,我都知道呢……可是怎么能醉酒呢,也不知道照顾自己的……"他喃喃说着,心里却是一股说不清楚的酸涩在翻滚着。作为一个父亲,听见儿子这样低迷的状态,要说不心痛,实在是很难。

"既然陶知远住在这附近的广场方向,你有没有可能日常有再见过他呢?"程程随即又问了一声。

"诶,这大概是两三年前的事儿了,后来我就没见过他了。今天也是仔细端详了陶叔的脸,看着他似曾相识的眼睛,我才想起这件事情来。"佳佳叹息道。

"没事的,老陶,这都是几年前旧事了,说不准知远这会已经心情好转,生活得不错了呢?"许丁关切地望着陶斯甬说道。

陶斯甬哽咽着摆了摆手说:"他只要过得好,我就算见不着他的面,那心里头至少也会替他高兴。"

连续多日,寻人之事都没有起色。程程便建议,趁着深秋时分,不如去莱芒湖泛舟一游,也可以顺带帮助陶斯甬缓解下心情。

湖边的 Migros 超市里买了气泡水、葡萄酒、芝士,又临时租了一艘小船,程程、陶斯甬与许丁三人便自己划出岸去。对岸的依云小镇虽然清晰可见,看起来岸线也是有限。但是如果亲身划船在湖水上,就又会觉得有几分宽阔了。看着眼前相近的阿尔卑斯山,以为不过数步之遥,其实还有相当远的距离。临行前,佳佳特意建议说,可以划船到薇薇镇上,那儿是离阿尔卑斯山最近的地方之一。如果巴士,大概也就是十多分钟的距离,划船总归是在用桨,一个年轻女孩子和两个老人,摇摆了半个小时也便都觉得疲倦了。

茫茫的湖上,船儿摇曳着,陶斯甬凝视着岸边的大树,总有一种个人太过渺小的感觉。

"程程啊,我看咱们这样划船过去,等到了薇薇镇中心,恐怕都要天黑了。不如我们就地折返吧?"陶斯甬提议道。

许丁与程程一合计,都觉得今天划船过去是不现实的了。于是索性打了个转头,又朝着洛桑的方向划行而去。岸边是成片的葡萄庄园,这个时节,正是收获的时候。山上有许多的小屋子,里面都是传承了几代的酿酒人。葡萄庄园的半山腰,一般又都设有一些椅凳,供远足和登山的人休憩之用。

陶斯甬远远望去,似乎能看见半山腰上坐着两个人影,依偎在一处。不知道为什么,即便看不清楚他们的脸面,他也可能想象这对恋人的姿态应该是放松而没有拘束的。

气泡水、瑞士菜饼披萨、芝士,吃得差不多了,也正是下午四五点的光景了。周遭已经渐渐暗了下来,只有阿尔卑斯山的山顶雪峰还折射着些许的日光。这会山脚下的景色也便更是旖旎了,湖光粼粼连成一片,恣意游荡的白鹅,再看着白雪皑皑的山头,澹然欲流的云朵,所谓岁月静好,也不过如此了。

船靠岸的时候,晚风已经扬起,这个时候的昼夜温差颇大,一旦没了太阳,那便跟入冬已经没了什么区别。浪随着风扬起,船便多少有些颠簸起来。下船的间隙,陶斯甬还觉得略略有些站不住脚跟。等真正踩到路面上的时候,陶斯甬已经觉得冲锋衣都挡不住的一阵寒意升起,整个人的面色也有些发白。

回酒店添置了衣物,三人又出现在了李佳佳的中餐馆中。

陶斯甬特意提议叫了一份瑞士人喜欢的中餐套餐来看看,等到上菜的时候,也就能瞧见是一盘摆放讲究的烤鸭、一份咕噜肉、一份白切鸡,还有就是一碗酸辣汤。

菜下面都放置了一个小蜡烛保温,桌上的玫瑰吐露芬芳。格子纹的桌布上刀叉整齐地排列着,一顿中餐加了西式的礼仪,好似也跟着郑重其事了起来。

"陶叔,你们今天玩得怎么样?"佳佳一面揩着手,一面上来笑着问了一声。

陶斯甬抿嘴笑了笑:"体力不济,划船到半路就折回了,不过自然景致是真的好啊。"

佳佳笑笑说:"那你们多吃点,补充点体力。过几天城里可能就要下雪了,要是赶得着,去一小时车程外的山上滑雪也是很不错的。"

"叮当、叮当",门口的风铃因为人的推动,而响起清脆的碰撞声。

四人齐齐地望向入口,就看见一个意想不到的身影立在那儿。

| 第二十五章 |

当时只道是寻常

当 Emma 带着那一头标志性的长发突然出现，叫在场的所有人都吃了一惊。没有人会想到，时隔数日，竟然还会再见到她。

"也许这个时候来找你们，有些打扰了。我很抱歉。"Emma 能说中文，并且是一口带了浓重申城腔的中文。

陶斯甬缓缓抬起头来，凝视着 Emma，她的脸色十分平静，好像这样一句中文从她嘴里说出来十分的稀松平常。可是话音但凡落在他的耳里，心下掩埋了的伤口就好像又被重新揭开了来。他的心里隐隐作痛，甚至都没有勇气直接去问她，是不是真的认识知远。

到了瑞士以后，多少个日夜他都没有好好睡过觉。Emma 的出现，却如同蚕丝一般，一点点的在陶斯甬的脑海里卷成了一个蚕蛹，好似无论如何都没法去理清似的。

这两天，程程和许丁一直在宽慰着他，他也不断跟自己说："知远或许现在不在瑞士了……"

可是如今看着眼前的人，他又怎么能够说服自己去放弃呢？仿佛原本没了希望的事情突然又有了一线生机，悲喜交加的纠葛心绪，实在不能用言语来形容了。

"Emma，请坐吧，一块吃个晚饭好么？"陶斯甬深吸了口气，而后发出了邀请。

Emma 揩了把额头上的汗珠，这样冷的天气，谁曾想竟然也能出汗呢？

"不了，我来就是想说，你们不是在找陶知远么？我知道他在哪里，明天我带你们去找他吧。"

一阵长久的沉默过后，Emma 终于迸出一句话来。她发觉到陶斯甬在注视着她，似乎想要探究些什么。Emma 并没有想过现在去解释些什么，她很快又低下了头，喃喃道："那么明天早上 8 点，餐馆楼下见了。"

"哦，好的，谢谢你能来。"陶斯甬起身，目送着 Emma 下了楼。

门缝里，一阵冷风灌入，直吹到陶斯甬的面颊上。他觉得刚才喝下去的那些茶水，似乎都在肚子里头变成了一团团的热气，在翻滚、在迸跃。

他从来没有想到过，竟然这么快就能见到知远了……

夜里，下起了冷雨。漫漫夜空里，"噼里啪啦"地落起了雨滴。雨水打在酒店的窗户上，陶斯甬微微阖了眼睛。他将一张与爱姝还有知远的全家福紧紧地拥在胸前，眼眶渐渐有些濡湿了。

……

酒店咖啡厅，程程亲自给许丁斟了一杯英式红茶："许叔叔，您这会儿找我下来，恐怕不只是为了喝茶吧？"

闻言，许丁笑了笑："你这姑娘果然聪明，真是什么都瞒不住你。经过这些天的相处，我想我们也算熟人了吧？那我就开门见山地问了，我想知道，老陶身体到底是怎么了？我总觉得他有事情瞒着我，是不是？"

听许丁这样讲，程程手里的茶杯，刚举起一半，竟就突然滑了一下。要不是她眼疾手快立马端稳了，恐怕即时又要闹了笑话。程程接过许丁递过来的纸巾，擦拭半响，方才幽幽开口道："许叔叔，有些事情，我们养老院是有规定的。我想，我也有义务和责任，替陶叔叔保密。还请原谅，我实在不能多说什么。"

"这样说倒是也在意料之中。"许丁低头抿了口茶，摇头笑道，"老陶这个人，有时候固执起来是很厉害的。几十年的老朋友了，我也是拿他没辙呢。你也别见怪，我这个老头子话多，但到底也是想着老陶好的。"

"嗯。"程程轻声应了一声。

第二天清晨，天色阴霾，满是冷峻的味道。寒风一阵阵地掠过，不时传来路边野菊的清香。

Emma准时出现在了佳佳餐馆楼下，几人一块搭乘慢行火车，离开了洛桑市区，朝着日内瓦方向行进着。

约莫离日内瓦三站路的地方，下车又绕过桥下走到一处郊野的公交车站。这样冷的清晨，郊野的空气里漂浮着清冷的湿气，周围静悄悄的一片，空无一人。

大家都很有默契似的，谁都没有先出声。等了半个小时时间，这才登上了一辆绿色的小巴。

颠簸了一会，到下车的那一刹那，陶斯甬突然愣在了地上，有些挪不动路。身后是几座仓库，然后便是枯黄的田野，这种前不着村，后不着店的地方，难道就是知远居住的处所么？

不远处，有一株硕大的梧桐树，如今叶子早就脱落殆尽，只留下苍黑的树干在风中挺立着。个把焦黄的叶子，在地上瑟瑟发抖地滚动着。Emma带着诸人走到了梧桐树下，而后深吸了口气："到了，他就在里面。"

这是一座位于郊野的小墓园，没有看墓人，也没有行人路过。铁门早就跟着生了锈，门上的拉环不见了踪影，替代它的是一根极为简陋的铁丝，就那般缠绕在上头。

陶斯甬的脚底板有些发麻，好像有无数根细细密密的针尖在扎着他。门边那比人还高的野草，把铁门栏都给挤得东倒西歪的，看起来好像随时要跟着倒塌一般。

陶斯甬长长地吸了口气，他隐隐约约的有些预感到，里面等着他的是什么了。难道这就是他的命么？注定他这辈子就是不能从绝境里挣扎着重新活一遍么？

没等 Emma 再开口，陶斯甬径自扯开铁丝，就跟着上了台阶进入了墓园。墓碑一座座地耸立着，年份跨越了三百年之多。古墓的墓碑上满是青苔，看起来是许久没有人来过了。

走到了墓园底部，陶斯甬骤然看见一张白白净净的脸面，贴在墓碑的高处。他瞬间觉得眼神有些浑浊不堪，模模糊糊的总有些看不清楚似的。

陶斯甬重重地揉了揉眼睛，战栗着身子朝前走了两步。

"老陶！"许丁失声叫了起来，他从来没有想过，陪着陶斯甬到瑞士来寻子，最终的结果竟然是这样的。

陶斯甬的手无力地抓在墓碑上，仿若被针扎一般缩了缩身子，"老许，你看看，是他……是知远呢……"

"老陶，算了，我们还是走吧。一定是认错了，知远不可能在这里，他不可能呀！"许丁大声叫着，不愿意去直视墓碑上的字与照片。

陶斯甬猛地松开手，喃喃道："知远啊，我找得好苦啊。你竟然在这里睡着了呢……"

他的身子一晃，眼见着就要厥倒了。程程忙上前扶住陶斯甬，连声道："陶叔叔，我扶您出去坐坐，休息一下。"

陶斯甬摆了摆手，像梦游一般蹒跚走上台阶，紧跟着双膝一软，一下就跪倒在了墓前，满面凄然地喊出一声："知远呐……"

墓碑上挂着一个鲜花的花圈，一朵朵姹紫嫣红，与这节气不相容。陶斯甬在冷眼中望着，觉得那些都成了血泪的凝结，手扶着墓碑，哀恸不已。

那种悲痛郁结，寸心都为之灼伤的痛楚，简直叫他痛不欲生。他终究放声号啕大哭起来，一想起这辈子再也见不到知远了，便觉得肝肠寸断！

知远已经长眠于地下了，唤他，他不能作声。哭他，他也毫无知觉。天地又可知，老来丧子是多么的哀痛？！

哭了许久，陶斯甬已然不知道自己竟然还活在这世上。他的嗓子彻底哑了，眼睛也肿了一大圈。整个人浑浑噩噩的，饭也不吃，茶水也不喝，把自己关在房间里三天都没有出门。

程程、许丁、佳佳，轮流在门口唤着陶斯甫，他也不理不顾，一点声息也没有。程程实在是急了，不得已，又跑到 Emma 公寓去搬救兵。

Emma 来的时候，手里端着酒店厨房刚做好的意大利面。她敲了敲门，"叔叔，是我，Emma，你开个门，吃点东西吧。"话音落地，屋内依旧毫无动静。程程贴在门上听着，急得已经红了眼眶，她真是不知道怎么办才好了。

"你难道不想知道，知远在瑞士这几年是怎么过的么？"Emma 敲了敲门，刻意放大了声量，"他并没有忘记你这个父亲！并没有！"

门"吱呀"一声开了，陶斯甫一脸悲痛凄楚地站在门口。程程与许丁复又见到他，都激动地拉着陶斯甫的手，又哭又笑。

陶斯甫轻轻拍了拍许丁的手，又对着程程、佳佳点了点头，而后对着 Emma 低声说道："请进吧。"

几个人进了房中，陶斯甫一落了座，脸上又是一脸泪痕，他捂着脸，实在是有些抬不起头来。

Emma 在临窗的沙发上坐下，苦笑了一声："我是知远的未婚妻，他刚来瑞士那会，我们就在博物馆画展上认识了。知远不喜欢吵闹，就跟我一块在郊区租了一间公寓。瑞士治安一直不错，就算在郊区，也很安全。知远是个念旧的人，住了几年就不愿意再搬家了。知远后来报考了艺术学位课程，业余时间还教我学中文。那段日子，真的特别好。我们会一块在沙滩上晒太阳，也会一块去滑雪，又或者去博物馆看艺术品。后来，我们就订婚了，但是他却越来越忙碌，有很多的画家、艺术展，都找上了他。因为他的敏锐嗅觉和品味，几乎已经成了本城一场成功展览的保障。"

陶斯甫迟缓地点了点头道："他从小就天马行空，想法特别多，是很有艺术细胞。"

Emma笑笑，不置可否："两年前，他终于走到了事业巅峰，成了艺术圈里炙手可热的人。可是在某天回家的路上，他却抱着我哭泣了起来。他说他尽力了，总是用工作和各种忙碌的琐碎去麻痹自己，可是总不能做到去忘记他的父亲。即便几年不联系，可是父亲还是深深的植在他的心中。"

陶斯甬转过身去，揩了揩眼角说："谢谢你，Emma……"

"他其实一直在等着你，等着再与你见面。他并没有放弃你们之间的父子缘分，反倒因为这段距离而愈发思念。要不是那一场突如其来的车祸……或许今天坐在这里与你聊天的人应该是知远……"Emma哽咽地笑着，"他很寂寞，也很需要安慰。他的内心其实一直都是一个小孩子，在等待着他的父亲。"

说到这里，Emma已然说不下去，只是将脸埋在手心里，啜泣着。陶斯甬伸出微微战栗的手，拍了拍她的肩膀。

Emma忽然抱住了他，然后在陶知远手心里塞了一本本子。

"这个拥抱，是代替知远给你的。这是知远的日记本，我保存了很久了，现在也该交到你手里了。知远去世以后，我就一直在打听你的消息，后来知道你要住到养老院去了，我就把知远余下的存款都汇到了中国。我想，他不会希望有人因为他而感到伤心……多保重，叔叔。"

回国的航班上，陶斯甬用湿巾揩了把脸，而后他的目光就停留在那本知远留下的日记本上。他搓了搓脸，醒了醒神，这才将身子坐直了，而后将日记本展开默念起来。

翻了几页，他骤然看见上面有一封信，是写给他的。却见那信上写着：

父亲：

　　自从那一年不告而别离开申城，已经有许多年了。如果不是看着来时的机票，我很难想象，竟然已经离开了这么久。

来瑞士的时候,路途很遥远,可是也没有觉得太累,因为过去上学的时候,我也总是这样路途奔波。

母亲还在世的时候,咱们一家三口能聚合的日子总是特别少。我总是会找很多的借口回家,就算是只呆一两晚也好,这样就能多陪伴母亲。可是她的去世,对我而言,实在太过残忍。在她牌位前烧纸钱的时候,我只觉得心都跟着碎了。谁能想得到,就在你去外省的途中,母亲就这样突然过世了,我到现在都还不敢相信,这究竟是不是真的?

你匆匆赶回来的时候,母亲已经彻底咽了气。看你的泪水,我却觉得分外的愤怒。我在想,天呐,你怎么还有脸来哭,你知不知道她一直在等着你!

想起那些年,你常年在外奔波不着家,母亲总是在家里独自等待着你。那种样子,我但凡一想起来,便要忍不住多恨你几分。

可是母亲跟我不一样,即便以前你这样不近人情,她若是在世,恐怕还是会深深爱着你。只要看见你回家,那枯瘦的脸上就会有笑容,又总是忙不迭地为你做一些家常饭菜。

咱们家有白色粉墙,脱了漆的大门,还有杨柳环绕的小道。母亲总是穿着一件洗的发了黄的衬衫,就站在门口等着我们归家。她其实根本不知道,我们什么时候会回去,可是总是站在那儿等着,好像从来都不知道累似的。

我不知道你是不是注意得到,你每次回家的时候,总是特别整洁。一切的陈设就跟你出家门的时候一模一样,纤尘不染。那是母亲的辛劳,也是对这个家的爱护。

记得小时候,你太忙,教我识字认画的还是母亲。她甚至还教我怎么看星星,告诉我很多民间神话传说。我觉得母亲博闻强识,其实是个很了不起的人。可她却为了你,甘心在家中奉献了一辈子。

我其实很想,她晚年能多享福,多休息,可以出去走走看看。可是万万没有想到,意外竟然就这样突然降临了。

我真的很苦恼,也很生气,更是悲痛。我想我没法做到平心静气去面对你,因而才起了念头,要永远的离开家,离开你,永远都不要再见面。

可是等我到了瑞士,时间越久,却越发现心里头根本放不下你。所谓骨肉亲血,即便好多年不相见,都能叫我感到灼心的痛楚。

有几次,我面对着莱芒湖,甚至痛苦得恨不得跳下去。可是 Emma 总是告诉我,人应该直面自己的内心,而不是永远困住自己。

时间确实是最好的良药,等到我静下心来,能够好好回顾过去的岁月,似乎又觉得你并没有我从前认为的那样冷酷与残忍。

倘若有可能,你应当也是不愿意这么快就失去母亲,也失去我的吧?我唯一一次跟你一块出国,就是在瑞士,那年的雪绒花真是好看。

我原本要怨你,因为事业忽略了我和母亲,如今想来,这一切似乎只有怨命运吧。其实只要等到你退休了,也便空闲下来了,你一直都是一个有计划的人,肯定也想着要带母亲一块去游历山水的吧?

要说母亲去世的痛苦,你应该也是不亚于我的……

在瑞士几年的痛苦,让我换了一个人。痛苦的滋味不好受,可是我也发现我心里还深深地爱着你这个父亲。中国人的感情总是说要含蓄,可是这种含蓄也叫我十分烦闷。

面对灵魂的时候,就要心内流血,这些年我总是痛苦也就是因为如此。父亲,其实我很想你,想念和你一块说笑的日子,也想念咱们的那个小家。

我已经是个成熟的人了，有很多的过往或许应该要学着放下。如果有可能的话，父亲，我们是不是可以再一块去一趟雪山上，看那些雪绒花呢？

| 第二十六章 |

怨曲重招，断魂在否

天马养老院内，扩建工程因为市政相关领导单位的沟通和促进得以继续进行。新的表演大厅率先落成，依着老人们喜欢的古朴式样装点着，但凡有人新来，总会为之感到惊叹。

陶斯甬梳了一个今晚表演的发型，而后换了一身颜色极为鲜嫩的真丝戏袍在身。鬓边配的是同色的饰品，这都是他压箱底的宝贝，今天可算全拿出来了。

表演厅的入口处，看着花团锦簇，一派热闹之象。一众预备观赏今晚演出的老人们，都早早地换了新式的衣衫，就坐在位置上等着主角登场。

新的表演厅很宽敞，是典型的中式传统风格的样式。老人们坐的都是软垫木椅，地上踩的是寸把厚的红色地毯。每隔了两张椅子，还配有一个茶几，上头放着一个龙泉窑的青瓷细瓶，里头插的都是今晨新鲜折来的梅花。

舞台上搁满了各色乐器，申城剧团的人如数坐在木架椅子前，各自拿着小鼓、笙箫一类的乐器。硕大的铜锣映衬着顶上的照射灯，显得金光灿灿。

程程特意将台下的灯光调暗，坐在角落的位置上，目不转睛地盯着舞台上看着。

陶斯甬的身影缓缓出现在了帘幕后头，他的身子微微倾斜着。等到帘幕徐徐拉开的一刹那，数道灯光齐齐射向他的周身，一个婀娜的身影瞬间出现在了诸人眼前。

今天要表演的,还是那场《玉堂春》里的"三堂会审"桥段。这是陶斯甬学戏之处最先掌握的曲目,也是他用来与大家告别演出的最佳选择。

许丁随之而出,他与陶斯甬分别饰演多角,却听他率先开口:"本院,王金龙。蒙圣恩放我八府巡按,奉命巡查山西。也曾在洪洞县下马,查得旧案之中,有谋杀亲夫一案,不知我那苏三,因何牵连在内?因此将人犯提到太原复审。少时升堂,就先审此案。正是一朝身荣耀,岂能忘旧情?"

陶斯甬那袭婀娜身影,在帘幕上随着剧情推动而摇曳着。伴奏声愈来愈低沉,逐渐转了凄凄的调子,好像把苏三满腔的怨都吹了出来。

"启禀都天大人:犯妇之罪,并非自己所为,乃皮氏大娘花了银钱,将犯妇买成一行死罪。临行起解之时,监中有人不服,替犯妇写下申冤大状,又恐被皮氏等搜去,因此藏在刑枷之内。望求大人开一线之恩,当堂劈桎开枷。哎呀大人哪!犯妇纵死九泉,也是甘心瞑目的了哇……"

唱着唱着,陶斯甬觉得自己的嗓子已然咽住了。许丁身上的那身戏服,好像一团火渐渐在他眼中燃起。

他与许丁对着戏,迷迷蒙蒙地想起从前学戏时候的样子。若是唱不出来,师傅就要急了,非得要拿板子打手心呢。

陶斯甬身子略略一摇晃,乐声跟着停滞了下来。程程见状,倏地离了座,忙跑到舞台一侧,着急问道:"陶叔叔,您还好么?要是不行,我扶您下来休息下。"

陶斯甬摆了摆手,而后朝着台下观众席鞠了一躬。他什么也没多说,不过对着奏乐的师傅们抱了一拳,乐声重新奏起。

乐声愈吹愈急,那面铜锣高高的越过了木架,敲得金光闪烁人目。

一种难以言喻的痛楚,逐渐从喉咙里爬了出来。先是喉管,然后是舌尖,慢慢的,好似嘴唇已经不由得陶斯甬去控制了。

这个时候,他心底里只有一个念头,要把戏唱完,完完整整地唱完。

许丁默默地凝视着陶斯甬,眼圈虽然泛了红,仍旧把戏给接了下去。

陶斯甬的眼睛渐渐失去了聚焦点,好像不远处的许丁,还有台下的程程,以及那些特意来看他戏的老伙计们,一张张脸面好像越来越远了。

唱到最后,陶斯甬的嗓子已经彻底哑了。他发不出声音,却还拼命蠕动着唇角,最后一刻,他要留给观众一副笑脸。这是他能用自己残存的意志,所能做到的极致了。

"砰"的一声,陶斯甬的眼睛终于阖了下去。他跌坐在舞台上,感受到呼吸的急促与周身的疼痛。

彼时,陶斯甬的脑子"嗡嗡"作响。可是他分明知道,这会儿许丁、剧团的乐师,还有程程夫妻俩、吴丽娟、周诒、沈伯业,甚至是罗无名,都在他身旁呢。

他紧紧绷住的面庞瞬间松了下来,突然又睁开了眼睛。这会儿,他就看见半空中似乎有什么温温软软的东西包围住了他,仿佛在慢慢升起。

"爱姝、知远,你们来接我啦……"陶斯甬朝着天花板伸出手,嘴角漾起了幸福的笑颜。

程程顺着陶斯甬指的方向望去,却是什么都没有。她仿佛瞬间明白了什么,泪水止不住地往下淌。

"睡吧,斯甬,你累了。"

隐隐的,陶斯甬仿佛看到了爱姝捧起他的脸,如从前那春风和煦地呢喃着……

番外

鸳鸯锦

  暑期过得太快，爱姝才回老家与母亲相聚数日，这会儿又要独自赶回申城的学校去上课了。离别前的日子,爱姝总觉得有些睡不着。

  分别的哀伤渐渐侵袭到了她的心头，爱姝想要抓住它，看清楚它的模样，可是又总觉得有些难以描述。这并不是她第一次离开家，可是每一次她都会觉得难过。

  或许是因为少小离家，寄宿在申城亲戚家中念书的缘故，爱姝的内心总是比寻常的同龄女孩子更加细腻一些。这个时候，她并不会想到，多年以后，看尽世间人来来去去，倒是成了她的常态。

  窗外冷风掠过，扬起一片姜花簌簌而落。窸窸窣窣的声响一起，爱姝就知道，一定又下雨了。夜半雨滴穿庭而过的时候，总是容易叫人心思走神。

  第二天一大早，天还没亮，爱姝就被一片脚步走动的声音给吵醒了。她掀开帘子，向外望去，太阳连个角都没露出来，还早得很。

  等到她回过身来，却突然看见母亲已经坐在她的床前，在那儿收拾着衣裤。潘母的手脚总是很轻，明知道爱姝已经醒了，还是这般不愿意惊扰到她。

  "妈，天还没亮呢，我看这会儿五点都没到吧？火车还得中午才走呢，你这会过来帮忙也太早了吧？赶紧回屋去休息吧。"爱姝开口说道。

  潘母笑笑，垂着头轻声说道："你这丫头，等你将来有了孩子，就晓得我这份心了。我是怕你丢三落四的，万一忘记了东西，还得托人给你捎到申城去，到时候有你好等的。"

爱姝面色一红，"什么孩子不孩子的，我可不想这么快嫁人。念书多有意思啊，书中自有黄金屋，书中也肯定有知己，有书陪着我就够了。"

"我还以为你是长大了的，谅你是个孩子，净说胡话呢。"潘母笑着摇了摇头，轻轻刮了刮爱姝的鼻尖。

爱姝扭过头，将枕头一盖，说道："太困了，我还是要再睡会。"

等到母亲关门的刹那，爱姝的眼睛就直愣愣盯着床上的帘帐看着。她的心气实在太高了，平日里学校那些个示好的男同学，她愣是一个都瞧不上眼。

要说书里有知己，那倒是真的，至少书里有她喜欢的模样和品性。爱姝暗暗下过决心，她决不会像母亲一样违逆着本心，为了那些所谓的身不由己，而委曲求全一生。她一定会找一个自己真正爱的人，并且可以为他付出一切……

到了早上八点的光景，潘家定的黄包车已经到了门前。一家子都挤满了厅堂里，等着爱姝出来。

爱姝的父亲是本地小有名气的商人，开了一家不大不小的米行。要说平日里，吃穿什么的倒是也没苛待她们母女。只是为人实在有些粗糙，举止也谈不上什么得体。

"爱姝，你快一点，都几点了。我看你早饭别吃了，直接跟我去车站吧。反正早点摊位有东西可吃，这比家里浪费时间要强。"潘父有些不耐烦地进屋催促了一声。

"哎呀，时候还早呢，你就不能让孩子再多睡一会儿啊？"潘母小声嘀咕道。

"你这哪里是教孩子，我看是在害她。这眼皮子底下这个样子，你还能指望她念书能好啊？"潘父的眉梢挂了下来，脸上渐起不快。

"好了好了，多大的事情，也值得爸叫这样大声的。我走就是了!"爱姝手里拎着两箱行李,适时出现在了内厅里。

潘母诧异地望着爱姝,心想着,这孩子,什么时候起来的都不知道,竟然这么快就梳洗好了。

行李由家里打杂的帮忙捆绑好,送上了黄包车。里面装的都是日常洗漱、被褥被套一类的东西。另外还有一个竹编箱,是爱姝随身用的。

潘母心里放心不下,还是执意跟着爱姝一块上了黄包车,要亲自送她到火车站门口。潘父横竖不满地瞪了两眼,只得另拦了一辆车子,一块前往火车站。

潘母一向身体不好,还有晕车、晕船的毛病。因而不管家业如何,若说要出远门,就算是去申城看女儿都是一件不大可能的事情。上了黄包车没几分钟呢,她就觉得有些眩晕,胃里面更是一阵阵的胃酸翻滚着。爱姝眼角瞥见母亲灰白的面色,便知晓她肯定是晕车了。

爱姝倔强地要母亲靠在她身上,然后替她按摩着肚子,总想她身子能好受一些。黄包车跑得很快,爱姝手里的热水也跟着洒了大半。

清晨时分,街头的店铺多半才刚开门。稀稀疏疏的人不时经过路口,爱姝也没心思看旁的,只是不断关注着母亲的情况。

约莫过了半小时,过了一座石板桥,再走半里路,也就是火车站了。

爱姝扶着母亲下了车子,父亲也差不多一块到了。一行人就进了一家小饭馆里头,挑了一处位置,要了一些简单的早点吃食,就算是打发过了。

往申城方向的火车是最拥挤的,乘客熙熙攘攘的,一早就挤满了人群。行李送上车子以后,潘父便催促着潘母快走。

潘母平日在家也是个不多话的人,可是到了这会,总是不想太早离开。爱姝还没走呢,就是陪她多坐一会儿,那也是好的。

爱姝转过头,凝视着母亲,她的侧颜是静默的。渐渐地,爱姝看到母亲眼里有了泪珠,缓缓淌了下来。她瞧在眼里,内心也是无限的煎熬。说起来，她本是想安慰母亲几句，可是话到嘴边，总是被泪水掩埋。

"你这人也真是的，舍不得爱姝也不至于这样。真要是放心不下，也不怕身子不舒服，那就跟爱姝一块去申城呗。"说这话的时候，潘父脸上堆满了不悦的神色。

潘母连连摇了摇头，扭头揩了泪水，便万般不舍得跟着一行人下了车子。

火车的笛声鸣叫着，爱姝趴在窗口，望着外头母亲的面庞，却不敢眨眼睛。她生怕一眨眼，眼泪又要落下来，还要徒惹得母亲伤心。

爱姝低头深吸了口气，展露了一丝勉强的笑意。车子渐渐随着铁轨驶离了车站，和离人纠葛的心绪缠绕在一处。

……

行驶了不知道多久，火车总算是到站了。虽然是白日里，可是因着是阴天，整个车站很是黯然。车站门口的灯塔，在白雾里闪着淡黄色的光晕。

爱姝拎着大包小包下了火车，一出站，就能看见不远处邃黑的江水。这江水来得汹涌，时不时地，扎实而沉重地轰打在岸边，那声响倒是怪吓人的。

"阿姝！"姑母瞧见了爱姝的身影，忙打了一声招呼。

爱姝一见她，心下倒是跟着沉了一分。姑母潘玉往日总是要忙着在报社多开工赚钱，哪里会有时间来接站的。所谓无事不登三宝殿，恐怕姑母不是无缘无故出现在这里的。

"姑母，你怎么来了？我一个人叫车过来也是容易的呀，何必你亲自跑一趟。"爱姝抬起头来，嫣然笑道。

潘玉双眸微微一动，"瞧你说的，都是一家人，跟我客气什么？我来接个站而已，有什么大不了的么？"她欢欢喜喜地从爱姝手里接过一只箱子，"你妈也真是的，每次都叫你带这么多东西过来。姑母家里什么没有呀，真是叫你多花气力呢。"

"妈也是好意，不想你多花钱。想着到底已经是借住了，哪里好再占了姑母便宜呢？"爱姝轻声说道。

潘玉睁大了一双眼睛，笑道："你这丫头就是会说话，性子又稳，我看谁要是娶了你做老婆，那才是真有福气了。"

"这都是没有边的事情，我心思都还在念书上呢。"

姑母这话自然不是空穴来风，她藏在后头的话，简直是昭然若揭。爱姝也不着急，不过四两拨千斤，将话给挡了回去。

"阿姝，你这是念书念傻了。难道你忘了，你爸自小给你订了一门亲事，是柳家的孩子呢？这男孩子啊，也是男大十八变呢。别看那柳峻生小时候不大说话，现在长得那叫一个周正，还说得一口流利的英文呢。我看那做派，你应当是喜欢的。"

潘玉滔滔不绝地说着，显然已经是与柳峻生见过面了。

"姑母，那就麻烦你，先把我这些行李带回去吧。我还有些事，走开下啊，有劳了。"没有等到潘玉再开口，爱姝已经拦了一辆过路的黄包车，将姑母和行李一块撑了上去。

转过身，快步朝前走。这会儿，爱姝并不知晓要去哪里，但是她心下分明知道，要是方才与姑母继续说下去，恐怕自己的自尊心也受不了了。说什么自幼订婚，那都是老派作风了，都什么年代了，她一个受过新式教育的人，要接受这样的安排？

也便是这一瞬间，爱姝突然明白了，离家之前，母亲为什么会有那样一番话来。

她有些恍惚地走着，不知不觉就到了人民剧院的门口。走了没几步，突然抬起头来，这个时候就看见一个风度翩翩的男人，跟她只隔了数步之遥。

人民剧院的窗台下，陶斯甬与爱姝就这般极其微妙地见了第一面。彼时，两人只隔了几步之遥，陶斯甬低着头，缓缓而过。因着平日练功的关系，陶斯甬走路的体态总是比旁人要轻盈许多。那一日，他穿着一身最为普通的蓝色布衣，裤脚随着脚步的点落而起起伏伏着。

他的姿势、体态、神色，就似一叶扁舟，独行于江海之上。才看了这人一眼，爱姝便已经深深为之沦陷。

她心里莫名有一种随着铜锣翘起的节奏，仿若一颗心，也能跟着陶斯甬同行着。他身上的那种决然的风度与气质，是一身粗布蓝衣都掩饰不住的。

如果说，在遇见陶斯甬之前，爱姝对男女之情还停留在书上的话，那么这一刻，她总算体会到了什么叫做一眼万年。她不自觉地望着他，简直无法去自控自己的情感。

而陶斯甬呢，乍一看爱姝，就觉得好似从前在哪里见过她一般。他从来没有想过，在申城，还能有女孩像爱姝这样清丽透彻，就好似一块璞玉。

她的琼鼻杏眼，但凡瞧上一眼，好似都能丢了魂似的。她对着他笑，却又一点都不轻慢，那种与生俱来的诗书气，真叫陶斯甬一下就着了迷。

剧院的窗台，就是西厢院中那堵墙，一样穿着蓝色布衣的现代张生与崔莺莺，便这样相识了。

陶斯甬信步走入小巷，爱姝却觉得有种难言的心绪在起伏着。她迟疑了一会，还是凑到剧院看门的老人跟前，问道："刚才那个人是谁呀？"

"嗐，还能是谁呀，我们这儿的头号名角，陶斯甬，陶先生呀。一看你这姑娘就是没听过他的戏吧？"看门人笑着回道。

陶斯甬……爱姝心里默默地念着这个名字，她要自己牢牢记在脑海中，不能忘却。

数日以后，潘玉突然拿了两张戏票过来，说是这周末，申城剧团要在人民剧院上演全本的《玉堂春》。

爱姝听姑母这样说，料她不是单纯看戏，原是想要开口拒绝。等看到票面上"陶斯甬"三个字的时候，又瞬间改了主意。

"好吧，我去。"

声色淡淡的，潘玉听了却是高兴，没想到今天爱姝开窍了，还肯赏脸一块去看戏呢。她原本就与柳峻生相商好了，趁着看戏的机会，好让他们正式见个面，说说话什么的。

到了看戏的日子，潘玉一早就从箱底翻出了一身长衫出来，用热水瓶子滚过，算是熨烫过了。这周身上下，但凡能拿出来的好东西，她几乎都挂在了身上。

爱姝倚在椅背上，静默地看着姑母梳头。姑母的头发脱落得厉害，早早就秃了好几块斑块。这会儿梳子正把头发向后掩盖，以挡住这些恼人的斑块。梳子刮过发丝，发出"吱啦"的声响。爱姝望着镜子，却渐渐出了神。她开始想象，陶斯甬会在《玉堂春》里如何登场，又会做什么样的打扮。

他那样风骨的人，想来就算是扮了女装，那也比一般人要气质出尘吧？

"爱姝，想什么呢？看你那入神的样子，赶紧去换衣服呀。"潘玉催促道。

"嗯。"爱姝含糊应了一声，有些懒懒地起身上楼去换衣服。

要说梳洗打扮，她的兴致真是没有姑母好的。她只是想再见见他，仅此而已⋯⋯

因为是姑母一块去的，事先便有黄包车在门口等着。

爱姝搀扶着潘玉下车的刹那，剧院周遭早已经是一片灯火辉煌，人影幢幢。方才离得老远，爱姝就闻到了她印象里剧院常有的味道，那是混杂着痱子粉、樟脑丸，还有一些说不清楚的烟味。

剧院一旁的玻璃窗内，是一副陶斯甬放大了的相片，上头粉末浓妆，扮相可比寻常女人都要美艳许多。

潘玉注意到了爱姝的神色，不免也朝着那海报看了一眼："啧啧，看看啊，一个大男人，打扮起来，竟然比女人还好看，可真了不得呢。"

这个时候，剧院门口点票的，拿着喇叭喊了声："要看戏的抓紧入场啊，要开始啦！"

爱姝忙推了潘玉一把说："姑母，咱们快进去吧。"

一踏进昏暗的剧院内，爱姝的心就怦怦直跳，她也说不清楚为什么，就觉得很紧张，很欢喜。

"是潘家姑姑到了吧？"柳峻生一袭长衫，很快迎了上来。

爱姝只瞧了一眼，便料定这事是他事先与姑母商量好的。潘玉拉着爱姝，在她耳畔低声道："瞧瞧，这就是峻生了，可是一表人才吧？"

爱姝不愿搭理，不过含糊应了一声，便跟着一道去了楼上包厢。那包厢里头，一张八仙桌上，早已摆满了干湿果碟，又放了各类茶包。一张不小的八仙桌，竟然被摆放得满满当当。

剧院的人，因着来的都是柳峻生请的客人，因而也多了一份客气。剧院的管事还亲自上来招呼了茶水，这才放心下了楼。剧院包厢总共就两间，中间缺口处，恰是竖了一块流云镶云母片的屏风隐隐隔开。因而实则两块包厢是连在一处的，说说闲话什么的，也很是方便。

柳峻生满面春风地和潘玉说着闲话，爱姝是有些回避的。但架不住姑母几次三番起话头，柳峻生也是处处客气，她也不能做得太过了。因而只得点了点头，算是见过礼了。

眼见着爱姝同他打招呼了，柳峻生心下自然喜不自胜。他一双眼虽然是对着戏台上，可是戏台上如今是在干什么，抑或是什么调子起了，他却一概也没心思去理会了。他那一颗心，早已飞到了爱姝这一边。

实则，潘玉多年不看戏了，又觉着难得看一场演出很是新鲜，不时与爱姝交耳说着话。爱姝虽然戏看的不多，但戏本子一类的却是涉猎不少。她也就不厌其烦地跟姑母解释着今天这戏的精彩看点在何处，这才能叫她领悟这里头的兴味来。

猛的一声胡琴，像抛线的珠子一般串了起来，诸人目光都被吸引住了。还没正式开场，台上的铜锣乐声已经敲得声声紧急。一班稚气模样的孩子在台上翻跟头、拿大顶、踢旋风腿，在舞台上来回穿梭着，不断引得现场观众阵阵叫好，把气氛带动得十分热烈。

爱姝转过头来，时不时用眼睛瞄着戏台。这帘幕后头偶尔会探出一两个人影来，虽是化了浓妆，可是爱姝就是知道，这些都不是她朝思暮想的那个人。

就在爱姝昏昏欲睡之际，几只喇叭形的座灯，带着数道注光，把陶斯甬的身影推送到帘幕上去了。

正戏终于开场，陶斯甬周身都是光彩照人、风情万种，当之无愧的全场焦点。

对于男女之间的感情，爱姝并没有真正的经历过，她这些年，顶多就是在那些身边的男同学身上开开玩笑罢了。如今再看着台上的陶斯甬，她心底多少又含了一丝说不出的惆怅来。

戏唱完了，陶斯甬匆匆就下了台去。爱姝的目光追寻着他的身影，直到他彻底消失在了帘幕后头。

潘玉与柳峻生聊得正好，转身手扶着爱姝的肩头，却诧异看着她失魂落魄的样子。

潘玉到底是过来人，又多少有些了解爱姝的性子，她哪能不晓得她这种行为是必有异样的。

爱姝平日素爱念书，那些罗曼蒂克的小说，她也是看了不少的。因而对于书里那种感情，对于她少女的心思而言，又多少有些心驰神往。

潘玉见爱姝的样子，便觉得心下十分的烦躁。她想着，爱姝看着台上一个戏子，还不如瞧瞧眼前实实在在的柳峻生。门当户对，日子和美，难道还有比这更好的事情么？

更何况，这唱戏的不仅仅是在城里的剧院，还时常要下乡，风里来，雨里去，哪里是份安稳的营生？

要是万一，这爱姝跟唱戏的跑了，她要怎么跟远在外地的大哥交代呢？若是仔细论起来，那就都是她这个做姑母的不是了。

潘玉带着爱姝在剧院大门候着，爱姝自然是心思不在的。

她抬头望去，看见那片昏黄的路灯忽明忽暗地闪烁着，路阶好似也跟着晦暗了起来。剧院窗台上的海棠花，香气却比先前寡淡了许多，像一阵湿雾似的，一下子飘散得没了踪影。

一阵汽车喇叭声将爱姝的思绪拉回，她略略低头看着，原来柳峻生早已在车上了。

潘玉推着爱姝上了车子，她便主动坐在倒座上。

柳峻生就说道："潘家姑母，你们都是女士，正面坐着吧。"

见状，潘玉便不推辞，就拉着爱姝一块坐了正向。柳峻生自然而然地坐到了对面，也没有觉得不适意。

潘玉笑道："峻生，汽车上坐倒座，今天你还是头一回吧？"

柳峻生就笑着应了一声："先前也曾坐过的。"说话时，他将顶上的开关一捻，灯就亮了。

爱姝因着有人坐在斜对面，总觉有些不大自在，便低着头抚弄着绢帕。柳峻生自然早就瞧见她这模样了，只若无其事与潘玉说着闲话，余光不时地注视着爱姝。

今儿个进剧院的时候，早已开场，包厢里头有点暗，他自然什么也瞧不见。爱姝穿着一套藕色衣裙，短短的衫袖，一双雪白的胳膊无一点儿首饰。衣领里头露出白皙的脖颈，脚上穿一双半旧的薄底鞋。乌黑的长发梳成两个圆髻，配上她那白净的面孔，倒是越发显得淡素可人。

爱姝一抬头，发现车开进了陌生的地方，看样子，是到了柳家的府上。柳峻生就请她们下车，带着她们一道入了里头。到了大厅，他就说道："这已经算到了我家里了，如今早已夜深。既然凑巧，姑妈与爱姝妹妹都在，那便不如坐一坐再走罢。"

潘玉不禁客套说道："今日剧院一行，已经花费了你许多钞票了，这样夜深，还要在府上叨扰，实在是不好呢。"

柳峻生笑道："不过是随意邀请，也没花费什么。我一向晚睡，这厨房里头，总有预备一些宵夜的。今天也没有别的，大概就是一点爆鳝汤面。巧的是，厨子是你们老乡，行的倒是家乡口味，姑母何不尝尝他的手艺？"

听到说吃面，潘玉一时喜上眉梢，笑说道："我们爱姝最喜欢爆鳝汤面了，倒是可以尝一尝。"

爱姝将头垂下，显得有几分不情愿，便轻声对姑母说道："深更半夜的，我也觉得在人家家中叨扰不便，要么咱们还是先回去。"

柳峻生虽是听不清楚，爱姝说了什么悄悄话。可是从她神态上也能揣摩个几分，因而又说道："不过是随便吃点面，哪里要这样客气的。已经吩咐了厨房，片刻就上桌了，并不妨碍的。吃好了，我就让司机送你们回去。"

盛情难却，潘玉又转而对爱姝轻声道："柳家可是潘家的故交，那也不好薄了峻生的情面，咱们就坐一坐再走，你也别着急嘛。"

爱姝听姑母这样说，知道她是有意的。保不齐一开始就知晓，今天是要来这里做客的。只是有许多的事又不好当场挑明，因而只得咽了声留下来。

柳峻生陪着潘玉与爱姝一道往一楼的别间里坐，不一会，底下的人就送了东西上来。不过是顿宵夜，底下人也依旧先摆了四品碟子菜。柳峻生笑道："姑苏卤鸭、百叶烧肉、松鼠鳜鱼、银鱼炒蛋，你们尝尝。"

最后压轴的自然是爆鳝汤面，由掌勺的师傅亲自端上了桌。这面汤透明如琥珀，不见任何杂质，品相极佳。

柳峻生请潘玉先尝了一口，潘玉夸赞道："汤水清而不油，味鲜而食后口不干，咸淡适中，真当是好手艺。"

吃了一会儿面，柳峻生起了身，亲自给她们斟酒。一路斟到爱姝跟前，她也只得起了身，捧着高脚杯相接。可是她只看着杯脚，未正眼看柳峻生。柳峻生也不着急，只是一副绅士的派头。

潘玉越瞧越觉得欢喜，至少柳峻生看起来还是个有心人。

其实，爱姝确实是喜欢这爆鳝面，可是当着柳峻生的面，实在是没什么胃口，只巴不得赶紧回家。她就应付着挑了几根阳春面吃，又就着汤水尝了几口爆鳝，这就算吃过了。

柳峻生瞧了，只是微微笑着问道："不合你口味？如果觉着不好，还可换些别的浇头。"

爱姝淡声说道："客气了，只是一向吃不多，吃一些便饱了。"

夜深了，柳峻生亲自把人送回到家中。爱姝才进了门，也不过多言语，不过把自己锁在房间里。她实在是觉得有些气闷，想着姑母也有些太过于乱点鸳鸯谱了。目光转到一旁的唱片机上，爱姝的心绪也便更是复杂了。

在她之前的少女时光里，她接触到的男人有老师那般严肃谨慎的，也有如父亲那般鲁莽、动粗的，甚至是报馆里一心工作的木讷业者。他们跟陶斯甬完全不一样，陶斯甬并不像一个纯粹的人。他就像一抹抓不住的影子，飘飘荡荡的，好像随时能被风给吹散了。

爱姝在唱片机上放了黑胶碟片，听着戏文里的唱情，忽而心中起了一丝异样。难道……她不只是那点戏迷的喜欢，还真的爱上陶斯甬了？爱姝被自己的念头吓了一跳，心里头简直是说不出的难受。

女孩子一旦有了自己的秘密，那么她就不会再说出来。爱姝一向内敛，她更是把这种滋味留在心底。就算是苦涩的，也想自己一个人慢慢去品味。

隔了几日，姑母又催促着爱姝与柳峻生去约会。爱姝找了个由头，就说学校里要排演话剧，便逃也似的，快速离开了家里。

爱姝在街上游走着，经过人民剧院门口，终究忍不住去买了戏票，再次跨进了剧院里头看戏。

这一天，她去得早，戏还没开场。想着坐着也无事，就大着胆子，偷偷溜到了后台的化妆间去。等到门一推开，爱姝就闻到了那种熟悉的曼妙气息。门后一排排的挂钩上，挂着陶斯甬的几件戏服。有几样，爱姝识得，是他在戏台上穿过的。梳妆台上，镜子擦得雪亮，可以想象,陶斯甬平日就是在这里化妆的。思忖再三,爱姝忍不住地从挂钩上取下一件戏服,对了镜子比画了一下。她把袖子放在鼻尖前,就闻到一股子男人的味道。

爱姝红了脸,赶忙把衣服又挂了回去。既然陶斯甬还不在这儿,她索性去别的地方看看。后台静悄悄的,爱姝也不知道应该去哪里寻找陶斯甬。她就凭着直觉一直朝里走着,来到一处过道上,这个时候,她才发现,原来陶斯甬竟然就在这里。

陶斯甬一个人,正在琢磨排练着剧目。爱姝紧张地躲在墙的后头,静静地听着他拉嗓子。

听得入神了,爱姝禁不住探出头去,偷偷看着陶斯甬。他的身段如此飘渺,那唱腔、那神色,可真叫人为之痴狂。

等到曲子唱完了,爱姝几乎是忘记自己现在是什么情形了,只是忘我地拼命鼓着掌。

"老王!"陶斯甬皱着眉头睨了爱姝一眼,而后唤了一声。

打杂的老王闻言,连忙跑了过来问道:"陶先生,怎么了?"

"你怎么随便就放人进后台来了?要是影响一会的演出可怎么办呢?"陶斯甬低声说道,"快送这位姑娘出去吧。"

老王连忙转身跟爱姝解释了一通:"姑娘啊,这里是咱们戏班子排练的地方。外头的人不好随便进来的。您看,是不是先出去呢?许是方才迷了路吧?我带您走。"

听了这话,不知道为什么,爱姝的脾气一下就提了上来,一时间竟就不肯走了:"为什么一定要我离开?我就是不走,就是要在这儿呢?"

老王为难的转头看了眼陶斯甬,他先是静默了片刻,而后一言不发地大步跨下了楼梯。爱姝眼睁睁地看着他转身绕过后台,竟然直接就从剧院的大门出去,上了一辆黄包车。

爱姝追了出去,却看见那车夫脚下如风,那辆黄包车早就飞奔得没了影。她真是又气又恨,可是又拿陶斯甬没办法。可是人就是这样的，越是得不到的东西，就越是想要。特别还是爱姝这种，从小就没受过太大挫折的人，更是受不了陶斯甬这种躲避的态度。陶斯甬的慢待，不仅没有叫爱姝及时清醒，她反而陷入了一种无以言表的疯狂中，那已经不是她自己可以控制得住了的。

接下来的日子，爱姝还是经常往剧院跑。舞台上的陶斯甬灼灼其华，光彩照人，爱姝那一双眼睛盯着就没松开过。戏结束了，陶斯甬便匆匆下了后台。爱姝惆怅地望着，看着他一次次地消失在眼前，心事也便更重了。

日子久了，风言风语的传闻自然也到了潘玉耳朵里。她亲自来到剧院门口，终于见到了爱姝失魂落魄的样子。这一幕场景，她再熟悉不过了。从前在申城，但凡女子见了唱戏的，被勾搭得七魂六魄都不在了，鬼迷心窍的还少么？

潘玉感到一阵失望，也因为已经收了柳峻生的些许好处，而不得不担心侄女跟他的婚事是否还有继续的可能了。

爱姝缠着看门人，打听了好几日，终于打听到了陶斯甬的住处。那是剧团的木楼，起居虽然方便，但是比较陈旧。

等她到了住处的时候，就听见"吱啦"的声响，原来是有人在楼下天井里炒菜。因着里面放了不少洋葱，气味俨然呛人。即便爱姝捂住了鼻，还是被这气味呛得直流眼泪。

几番打听之下，她终于知道了陶斯甬的房间。等到上了阁楼，敲了敲门，里面半晌都没有回应。

爱姝也不懊恼，不过轻声道："陶先生在里面么？"

"谁呀？有事么？"这是陶斯甬的声音，听在爱姝的耳里格外的温柔。

"是有事……"爱姝有些支吾地应了一声。

"那请进来吧。"

爱姝小心翼翼地推门而入，这个时候就看见陶斯甬靠在一张躺椅上。他闭着眼睛，似乎是在冥思，又似在休息。一时间，爱姝觉得有些局促，倒是不知道说什么好了。

明明听见了脚步声，却一直也没动静，陶斯甬不得不缓缓睁开了眼睛。这个时候，他就看见爱姝绞着手，正站在他的眼前，直视着他。

"你好，我是潘爱姝。"爱姝红着脸，还是勉强问候了一声。

陶斯甬想了想，还是请她在一旁坐下，给她倒了一杯茶水，"我这儿没什么好招呼的，你将就喝些陈年旧茶吧。"

爱姝的眼睛一动也不动地望着陶斯甬，他的手升落之间，那一份气度与优雅，深深地吸引着她。她觉得自己真的无可救药了，满眼都是他的面庞。屋内光线有些晦暗，可是爱姝却觉得有股子暖融融的东西包围着自己。她从来没有像现在这样激动过。

"姑娘，你这样专门来一趟，是有什么急事么？"陶斯甬还是有涵养，并没急着先赶人。

"我们之前见过的，我来看过你的戏。"爱姝答非所问道。

陶斯甬觑起眼来，望着自己的指尖说："可能是吧，不过每日来的观众太多了，我也不是很记得你的样子了。倒是多谢你来看戏了。"

这话骤然间，落在爱姝燃起心火的胸口，犹如即刻浇了一盆冷水下来。可是爱姝也不计较，不过继续说道："你演的《玉堂春》，是我见过最好的！你的唱腔、身姿，真的是非同一般！"

"谢谢。"陶斯甬的口气仍旧是淡淡的，听不出喜怒。

爱姝抿了抿嘴，她听得出来，陶斯甬这是在刻意保持着距离。她大胆地抬起头来，望着陶斯甬，她要好好看看他的眼睛，是不是里面也映射有自己的身影。

陶斯甬注意到了她探究的目光，将脸别过，低头啜了一口热茶。

"我真的很喜欢……"爱姝激动的要把自己藏在心下的话都脱口而出。

陶斯甬却打断了她的话："我就是个唱戏的，不过勤练苦工，吃的一口手艺饭。别的话我也不知道如何去说合适,不过还是谢谢你的喜爱。"

一开口,就把爱姝的表白给抵了回来,无声无息地将这颗炽热的心给摔碎了。

陷入爱情的女人是盲目的,单方面热恋的人更是如此。爱姝觉得平日的理性与学识在这一刻都化为乌有,她有一种挫败感、无力感,甚至不知道如何是好。她突然站起来走了几步,来到陶斯甬跟前,用一种自上而下的眼神看着他。她要逼着陶斯甬给她正面的回应,她要看看他的眼睛,看看他的心!

可是陶斯甬到底耐得住性子,即便爱姝如此,还是依旧低着头,不过礼貌地笑了笑:"时候不早了,姑娘你早点回去吧,可别叫家人担心了。"

不痛不痒的话,一下就将人拒之千里以外。爱姝皱着眉头,显然还不甘心,可是也没有继续留下来的理由了。

"那我改日再来拜访……"爱姝给自己找了一个借口,好再来见他。

"不必了,这里环境不大好,你一个姑娘家,怕是不方便呢。"

多么冠冕堂皇的理由,要说嘴上功夫,爱姝真的是说不过陶斯甬。

这个男人,这个可恶的男人!爱姝咬着牙,下了楼梯。转弯的一刹那,她回身望了眼那扇木门。她暗暗告诉自己,绝对不会就这样放弃了的!

等到爱姝归家的时候,却看到姑母正站在门口等着她。爱姝少见姑母有这样严肃的时候,她知道一定不是什么好事了。不过爱姝还是问了一声:"姑母怎么出来了?是出了什么事情了么?"

"就是在这儿等你呢。"潘玉也不含糊,不过冷声说道。

爱姝心下"咯噔"一声响,她也不知道姑母今天为什么这样生气。难道是她追着陶斯甬跑的事情被姑母知道了么?就这般心里头七上八下的,她跟着姑母进了屋内去。哪里晓得,潘玉一进门就先去了爱姝的房间,然后看了她一眼,面色十分冰冷。爱姝顺着她方才注视的房间望去,那是陶斯甬演出的戏装相片。一张张的,她都贴在了墙壁上。

两个人相互望着对方,心里憋着一肚子的话。潘玉是埋怨、是不解,更是一种责备。爱姝却躲着她的目光,并不想开口谈任何的事情。

潘玉心里头本就窝着一肚子的火,再看侄女这样子,索性转身就把那一墙的相片都撕了下来。

"我们潘家虽然不是什么大户,但是好歹也有教养!你父亲要是知晓,你在我这儿不光没仔细上学,还不学好跟一个戏子勾勾搭搭,你可叫我怎么交代才好!"

"嘶啦"一声,潘玉将相片撕了个粉碎,"我真是想不通,这个戏子有什么好。不就是长了一副比女人还好看的面孔迷惑你们这些不懂事的小姑娘么?你看看人家柳家的孩子,多知书达理,多懂事,比这个戏子好了不知道千百倍呢!你到底有没有看人的眼光呀!"

爱姝暗暗咬着牙关,面上的肌肉紧绷着,就这样木然地望着潘玉撕了一张又一张的相片。

那都是她好不容易收集起来的陶斯甬的风采,或婉约,或缠绵,或悲伤,他的每个动作对她而言都是致命的吸引。

眼见着墙上最后一张相片也毁于潘玉的手里了,爱姝终究忍不住擎住潘玉的手,苦苦哀求道:"姑母!求求你!不要撕了!求求你不要这样好嘛!"

潘玉看着脚下早已成了碎片的残照,揉着太阳穴,一副痛惜的口吻道:"这世界上还有比柳峻生更适合你的良配么?我告诉你,没了!没有了!他就是最适合你的人!柳家和潘家世代相交,你们的婚事是一早定下的。你父亲还指望着你早点嫁入柳家,也好了了一门心事。你看看你母亲,这些年,为了你操心白了多少头发?你竟然这样任性,随意就把自己一颗心交托给了一个不靠谱的戏子!

你简直丢了咱们潘家的脸面呀！"

她说着，弯腰捡起地上的碎片，拿到爱姝跟前，咬牙切齿道："你看看这个人的眼睛，这是有心的人么？啊？你真是疯了才会看上这么一个人了！男人，有个正经工作最重要，你能不能活得像个正经人家的姑娘呀！"

"不！姑母！你不可以这样说他！陶斯甬是个气度决然的人，他不是你说的什么不正经的人！请你收回刚才的话！"爱姝一下涨红了脸，驳斥道。

潘玉冷笑一声："你看看，我刚才说的什么？你的脑子已经不清爽了，都被这个陶斯甬给洗得换了样了。就你这样的说辞，如果被你父母亲听见了，他们得多么伤心呀！"

爱姝全身无力地靠在椅子上，一脸茫然地望着姑母，喃喃道："不是这样的……"

潘玉从鼻子里冷哼一声，将一面镜子拿到爱姝跟前："你看看你的样子，你自己拿着镜子好好看看！你是不是真的已经被一个戏子给迷得七荤八素，早就不知道自己姓甚名谁了？！我看那陶斯甬就是祸害，你还想着要同他一块，简直做春秋大梦呢！我跟你讲，不要觉得是我这个做姑母的刻意要刁难你。你父亲今日便是在这儿，也定然会觉得十分失望的！"

话到了这个分上，爱姝不过将煞白的双唇紧紧抿着。这是她的倔强，也是她对世俗偏见的抵抗。

"爱姝，你好歹也是念过不少书的好姑娘。不是我说话刻薄，一定要看不起谁。那唱戏的，剧本看多了，戏文唱的也多。早就把自个儿跟那角色混淆了，别说是你了，就是像我这把年纪的，但凡见了唱戏的被勾魂的也不少。可是咱们潘家不行，潘家的姑娘无论如何都不可能嫁给一个戏子！你若是这么做了，那就是逼你母亲悬梁呢！你晓不晓得轻重呀！"潘玉不失时机地数落了一通，这话句句扎在爱姝的心尖上，简直叫她痛不欲生。眼见着爱姝一动也不动地靠在墙角根上,潘玉扭头将那些相片递了过去,"你今天自己做个了断,把相片撕个干净。我就且当你没发生这些事情,也不会告诉你的父亲实情。但是你自己要记住了,切莫再犯了。"

爱姝泪眼迷蒙地望着潘玉,哭声哀求道:"不,姑母,求你了,不要这样逼我。我真的……"

"你是还没出学校,不懂这社会上的深浅。我是你姑母,可不会害你!"潘玉一面说,一面将最后几张相片都给撕了个彻底。

相片裂开的声响,如若在爱姝胸口上划刀子。她眼睁睁地看着自己做了多日的梦,都被撕裂了,一股难言的酸楚之情从肚里涌了上来。她的脑袋发痛,简直要呕吐出来了。这种伤心并不是能用言语去形容的,爱姝只觉得好似自己也一并被跟着撕裂了,简直是肉体过刀山剑树的痛楚!

当夜,爱姝就起了高烧。等到潘玉隔日发现的时候,爱姝早就已经昏迷得不省人事。

潘玉赶忙将爱姝送到了医院里头,又通知了爱姝的父母。医院一住就是几个星期,医生看了,药也吃了,可就是不见好。

爱姝就稀里糊涂地昏睡着,丝毫也没有醒过来的意思,偶尔呢喃几句梦话,也多是在唱着戏词。就连看诊的医生都连连说着奇怪,而后问了缘由,这才不禁跟着叹息了一声。都说心病还须心药医,恐怕这不是吊盐水输液就能解决的事儿了。也难怪这姑娘,迟迟都没有醒过来的迹象。

潘母到病房的时候,看见爱姝模样,只觉得心痛难耐。潘玉与潘父在病房外说着话,一面听着,一面板着脸直捶墙:"这种孽障女儿,真是丢了我们潘家的脸!还不如死了的好!"

潘母轻轻关上病房门的刹那,跟着吓了一跳说:"这是在医院,你轻点声吧。"

潘父吹胡子瞪眼道:"你看看你教的好女儿,平日里都被你纵容成什么样了!如今竟然为了一个戏子,把自己折腾成这个样子,我简直是不想认她这个女儿了!"

"你若是不要认她,那不如咱们也离婚算了。反正都是我教女无方,也实在不该叫你再焦心了。"潘母觑眼望着潘父,冷声说道。

乍一听这话,潘父还有些没反应过来。平日里姿态一贯低调的潘母,突然说了这样重的话,倒是叫他觉得有些始料未及。

潘玉略略有些心虚地看着嫂子道:"嫂子,话也不能这么说,这事情,要怪就得怪那唱戏的陶斯甬。谁叫他勾搭了咱们爱姝,偏就吃准了她涉世未深呢。还好,这柳家孩子懂事,至今就说要咱们爱姝好好养身子,还来医院探望了几回,只说别的事回头再说呢。"

潘母摇了摇头,"妹妹这话说差了,柳家那孩子怎么想,我实在是管不着了。若说要成就一番好事,还要我爱姝差些付出性命来,那这婚事不结也罢。再说,我们潘家的女儿,嫁了柳家也不算高攀,也不用说得好似咱们低人一头似的。"

走廊上气氛十分肃然,潘父紧紧绷着脸,也不吭声。鼻子里的大气直喘着,似乎是气得不轻。

"哎哟,嫂子,照着你这么说,倒是我的不是了?我这在申城辛辛苦苦地帮你们看着爱姝,这从日常到学校,哪一件事情不是我在用心照看着?谁知道会这样呢,我也是冤枉的很呢。"说着,潘玉从眼角挤出两滴眼泪来,看着十分的委屈。

"得了,你们少说几句。我听了都觉得头痛,真是烦躁得很!"潘父不满地嘀咕了一句。

潘母笑了笑,指着自己眼角的皱纹,一字一句道:"这些年,我为潘家上上下下打点,也老了不少了。我从来都不争不抢,就想着家和万事兴。这前头,你说要爱姝与柳家孩子履行婚约,我想着若是对方人品不错,那也是一段佳话。可是现在,爱姝都躺在那儿了,你这做父亲的还说这些风凉话,也实在叫人心寒。反正我把话搁下了,谁若是再叫我爱姝出丁点儿不是,我定与他拼命!"

潘玉一下被压制住了,自然心下十分不快。她的眉梢略略挑了挑,瞧见自家大哥也没准备吭声,看样子,也是在思虑着什么。

既然挑不起事端,潘玉自然也不好做出头鸟,只得把气暗暗咽了下去。

"我是管不得了,脸都丢尽了,就由着你们胡闹去吧!"潘父甩着手快步离开。

……

爱姝站在窗前,脸色十分的惨白,带着一种病后的弱态。经过潘母的悉心照料,她总算是苏醒了过来。这些日子的高烧,并不能浇灭爱姝对陶斯甬的爱意。反而在医院迷迷糊糊的时候,她脑中的思潮格外活跃。她好像做了一个梦,梦里面,她和陶斯甬似乎总是有着千丝万缕的联系。有一种属于爱姝自个儿的快乐便又慢慢在心底滋生开来,它不必被旁人所知晓,更不必被人所批判。

爱姝出院的当日,再次来到剧院门口,彼时,差不多巡演也要结束了。

陶斯甬正从后台出来,他脚步很轻盈,低着头,不知道在沉思着什么。

爱姝看到思念不已的身影,忙追了过去,"陶斯甬!是我!你等等我呀!"

陶斯甬旋即转过身去,这个时候,他脸上半是诧异,已经许久没有看见爱姝了,他还以为这姑娘是知难而退了。哪里晓得,她突然又出现了?陶斯甬不由得沙着嗓子道:"我想,我们之间是不是有什么误会。之前我应该已经说的很清楚了,戏是戏,人是人,姑娘是不是分清楚一些为好?"

"为什么我不能来找你?难道你说的,我就一定要照做么?"爱姝紧紧地盯着陶斯甬,语气多少带着咄咄逼人的冲劲。她一贯温柔,少有这样的时候。这场病,倒是叫她不再顾及任何的枷锁了。

陶斯甬淡淡一笑:"我马上要跟着剧团外出演出去了,你不要再来了。"说罢,他转身就要离开。爱姝一个箭步上前,一手迅速抓过了陶斯甬，另一手拦下了等在人民剧院门前的黄包车，"走吧。"

到底这会是在公众场合，来来往往的行人太多，陶斯甬作为一个戏剧演员，他还需要维持那么一点基本的体面。不得已，他只能跟着爱姝一块坐到了车上。

"去城隍庙！"爱姝对着车夫喊道。

城隍庙在西南面的山顶上，两个人下了黄包车，就沿着台阶拾级而上。草丛里不时有虫鸣声响起，起起落落的，过路人心事不同，感觉也便不大一样了。

半山腰上，一阵风把叶子给吹落了下来。在半空中打着转，一下就飞到爱姝与陶斯甬跟前。爱姝弯下腰，伸手拿了一片落叶在手里，"这几天太阳太毒辣了，连叶子都受不住呢。我看这还没到秋天，树干就要秃了。"

陶斯甬瞥了眼爱姝："人这一辈子很长，总是有聚有散。你以为你看见了一棵大树，其实这树上的枝叶早就枯萎了，说不准里面还有了虫害，谁知道它还能活到什么时候呢？"

爱姝知道他话里有话，不过低着头，半天不作声。她绞着手，犹豫半晌，轻声说道："你为什么要压抑自己的感情？我不信你是个没有心的人！"

陶斯甬哪里遇到过爱姝这样直接率性的女孩子。他只觉得有些尴尬，简直不敢再抬头去看她。

爱姝主动捧起陶斯甬的脸："陶斯甬，我要跟你在一起！"

陶斯甬先是愣住不敢动，而后眼角有些微微的颤着，甚至有些激动："我们相互尊重下对方，好么？"

爱姝诧异地松开了手，后退了一步："你就这么讨厌我么？为什么？为什么呀！"

陶斯甬摇了摇头："你根本就不了解我，你只看见我在戏台上的样子。你不知道，我在人后真正的样子是怎么样的。"

"不！我看到的是你这个人！不是什么戏台上的样子！陶斯甬，

我爱你！"爱姝急切地喊着，一下就用手捂住了他的嘴巴，"你那双眼睛可不像你的嘴巴这样会骗人！"话才说完，她就抱住了陶斯甬，而后双唇在他面颊上轻轻落下。

刹那间，陶斯甬面红如熟透的虾子。他已经完全不敢去看爱姝的眼睛了，要说他当真一点不喜欢这姑娘，那真是说不上的。从第一次见面开始，他心里头也有了这姑娘的影子。可是这么多年漂泊的生涯，也叫他愈发地保持冷静。他不愿意给这个姑娘一个未知的未来，这反而会害了她。想到这些，陶斯甬的双眸亦噙满了泪水，他甩了甩头，眼泪也跟着落了下来。

"你也喜欢我的，对不对！"爱姝凭着直觉，欣喜地喊了出来。她的嘴在发抖，简直不敢相信，他心底竟然有她！

……

这一番交谈之后，两个人都没有再说话。只是默默地在山路上走着，各自想着心事。走到半道，陶斯甬开口道："是我不够担当，竟叫你一个姑娘先开了口。我实在是……"

爱姝听了，也没急着回话，只是往前走了几步，两人已是一同来到了偏僻的小径上。这里人烟稀少，并没有什么人来往，只有风吹着树叶"簌簌"声音，若是不经意听着，倒是很像在下着雨。脚下的草被一阵一阵的吹着，就像湖上的波纹，一层层的向外推着。爱姝看着，未免出了神。

陶斯甬突然主动牵过爱姝的手，一碰触，却是有些泛冷的。他笑了笑，便将她手给握住："算了，不说这些了，又要惹你不痛快了。外头风大，我还是早点送你下山回家吧。"

爱姝摇头道："倒是不打紧的，我倒是觉着能与你在一处随意走走也是好的。"

陶斯甬道："我走得全身都有些发汗了，倒是你手上有些凉了点，是不是身子有什么不舒服的？"

爱姝侧过身，自嘲笑道："相思成疾，如今药到病除。"

陶斯甬抖了抖嘴唇，暗自悔恨："我倒是不知晓，竟然害你病了。"

爱姝正要开口说着什么，却不曾想，一不小心被一块拦路的石头给绊倒了。只听着"哎哟"一声，她这整个人便摔倒在地上了。

陶斯甬忙将她扶坐起，靠在自个儿身上，又替她除去鞋子。仔仔细细看了一番，原来这脚腕上，已经是淤青一片带着血痕了，看来这一摔，摔得还是不轻。

爱姝低下头，打笑道："看看，我总是这样粗笨，体态也不如你轻盈呢。"

陶斯甬略略皱起了眉头："我看你这脚崴了，怕是不好再走了，我背你下山罢。"

爱姝点了点头，不再说话。

陶斯甬蹲下身去，小心翼翼的将爱姝背在身上，回过头去轻声说道："靠好了，我现下就背你下去。"说话间，陶斯甬的唇不经意间划到了爱姝的面颊上，惹得她一下面上就泛了红。

爱姝能清楚地感觉到他的呼吸，挠得她面上有些痒痒的，禁不住笑出声来。

陶斯甬身上背着她，一路走着。听到笑声不断，不禁开口问道："什么事情，这样好笑？"

爱姝闭上了眼睛，微微仰起头，风从她的颈边轻轻的拂过，仿若陶斯甬的鼻息一般。

她抿嘴笑道："偏不告诉你。"

陶斯甬笑着摇了摇头，一下便背着爱姝往下坡跑了起来。

这一路颠簸得厉害，倒是叫爱姝有些抓不住了，吓得花容失色道："诶，陶斯甬，你慢一些啊。"

待得陶斯甬停下的时候，两人已经是到山脚下了。

他将爱姝轻轻地放置到了一块石块上，好叫她坐着。

爱姝略喘了口气，娇嗔道："你倒好，叫你慢一些，你倒是跑得更欢了。"

陶斯甬腼腆笑了笑："再不跑，万一带着你滚下山去可怎么好？"

爱姝乍一听，倒是还没觉得有什么，待得回过神来，便是捶打着陶斯甬肩头："好你个陶斯甬，可不是变着法说我胖么，讨厌……"

陶斯甬旋即握住爱姝的手，凝视着她，慢慢收住了笑意："爱姝，今儿个，我还有话要对你说。"

爱姝见他神色肃然，一时也便不好再开玩笑了，只得绞着手道："说罢，倒是什么事儿？"

"要跟剧团出去的事情是真的，我怕是要离开申城一些时日了。到时候，我就给你写信吧。"陶斯甬平声说道。

爱姝一双杏眼慢慢睁圆了，直抓着陶斯甬的手臂道："你该不会不回来了吧？"

陶斯甬面色一僵："哪里的话，我怎么会不回来呢……"

"可是……你要是真就不回来了呢？"爱姝的声音渐渐弱了下来，带着些许卑微的口气。

这话听在陶斯甬心头，却总是五味杂陈了。他一直觉得之前逃避，是有些对不住爱姝的，没想着，她竟然还能说出这番话来。

陶斯甬一把将爱姝抱在胸前："你怎么知道，等我回来的时候，就不会害怕看不到你呢？"

爱姝用手捂住他的双唇："不许你瞎说……只要你回来，我就在。"

陶斯甬的眉间略有些抖动，只是压着声道："磐石定无转移……"

隔年开春，陶斯甬带着承诺回来了。两个年轻人爱得难解难分，除开唱戏的时候，两个人几乎都是腻歪在一块的。爱情使人快乐，也使人不去计较后果，爱姝很快便怀孕了。

予潘家而言，未婚先孕算不得什么有面的事情。可是到底木已成舟，潘父纵然心下一万个不愿意，此刻也只得应下了这门婚事。

潘家的规矩，婚前是要嫁妆的。陶斯甬亲自请师傅打造了大件的家具，全部都着人一块抬到了潘家提亲。从瓷器到妆台，从被褥到痰盂，事无巨细，几乎样样都准备得稳妥。爱姝的嫁妆自然也不少，那都是她母亲一早就备下的。

潘玉眼见着人家办喜事，可又不是柳家那位，心里头想着媒钱没指望了，自然是心里不痛快。她就找了个由头，对潘母道："你给女儿这样用钱，到时候，你自个儿老了怎么好？难不成，你还有别的压箱底的钱么？"

潘母也不在意，不过笑道："我女儿是我亲生的，我不疼，谁疼？这钱就是要花在刀刃上，要不然平日里省吃俭用做什么？如今既然是大喜日子，我出这些也是应该的。"

眼见着讨不着半点好，潘玉只得面色黯然地噤了声。

陶斯甬带来的嫁妆在潘家的院子里堆积着，木料刷了清漆的味道，布料的染料味道，乃至是草绳的味道，在春日的阳光里，竞相辉映着。

到了出嫁那一日，晴朗的日头，人逢喜事的笑脸，再加上来来往往串门的亲戚们，这热闹的景象真是欢快极了。

"噼啪"！几声鞭炮响，几个孩子点燃了炮仗，整个潘家都弥漫着烟火喜庆的味道。

爱姝坐在房中，穿了嫁衣，虽然看着也没什么名贵的首饰，但看着就像天人一般。她想起了与陶斯甬初见的那一刻情形，那时候她是绝技想不到竟然这样快就嫁给了自己梦中的人。

潘母站在门口，哭了起来，到底是舍不得女儿出嫁。爱姝跟着掉了两把眼泪，还是赶紧擦干净，补了个妆，还劝着母亲多宽心。

潘玉站在门口看了，不过催促道："爱姝，你倒是快点再哭呀，哭了才吉利呢。"

爱姝知道是她姑母，不过将盖头一掀，露出一张皎洁的面容。她看着屋里所有的人，无谓笑道："这都是过去的旧俗了，今天我结婚，高兴，也不用耷拉着脸，大家都一块开开心心的多好。"

眼见着爱姝主意大，潘玉也演不下去了，只得随波逐流一道干笑了两声。爱姝也不要人帮忙，只是自己提着裙摆，大大方方就下了楼。

　　花团锦簇，流光飞舞之间，爱姝站在台阶上，遥望着远处的人群，好似心绪跟着人声时而消弭，时而上升，若那溯海的浪头。

　　陶斯甬缓缓朝着爱姝走了过去，两个人的眼里都有着对方的影子……

　　数月以后，两人的儿子出生了，取名为"知远"。因为在爱姝的眼里，不管陶斯甬走得有多远，她总是知道他会归家的……

云谁之思

  瑞士的冬日总是阴沉沉的,难得一清早,从窗外的人行道上泼进来一溜若隐若无的阳光。陶知远是从这抹随时都可能消失的阳光里苏醒过来的,他半是欢喜,又半是无奈地喟叹了一声。
  几声汽车喇叭鸣叫而起,他知道,这是停车位上的车子要驶出大街的时候了。若是夏日里,各种杂音总是会在清晨从四面八方涌过来。而只要一入冬,周围就太过安静了,有时候甚至连听汽车发动机的轰鸣声都成了一种奢望。
  陶知远靠在一张早已深深陷下去的二手沙发上,他翻动着书籍,从里头找到一张全家福。当时母亲的笑容是多么的甜蜜呀,离家数月下乡演出的父亲总算是归家了,她也终于等来了这么一张心心念念的全家福。
  目光一滑落到父亲的脸上,知远便觉得心下一阵没由来的烦躁。窗外偶尔掠过的人影踩着急促的步调,知远只觉得耳朵里一阵"嗡嗡"作响,连带着额上的青筋也开始抽搐起来。
  负气出走,千里迢迢来到瑞士的时候,知远身上几乎已经剩不下几个钱了。不得已,他只能在市中心的老公寓租了一间地下室安身。夏天的时候,地下室总是潮湿闷热的。幸好瑞士的夏日不算长,熬一熬总是能捱过去的。
  等到了冬天,虽然室内有那么一丁点儿几乎可以忽略不计的暖气,但是知远已经觉得很满足了,这比露宿街头要强多了。只是到底光线十分晦暗，成日里开灯总是少不了的。房子的种种不如意说起来有许多，可是房租只有普通公寓的四分之一价钱。白天的时候，知远就到附近的中国餐馆做侍应生，一面端盘子，一面上菜。有时候厨房里缺人了，他可能还要临时充当帮厨的角色去切菜洗碗。

一个小时的工钱是十五瑞郎，有时候晚上加班，他还能额外多得一些加班费。再加上餐馆包餐，对法语一无所知的知远而言，这实在是一份来之不易的工作。

一个月下来，勉强可以付清房租，还能有些结余。城中的其他餐馆，到了周日多半是休息不开门的。中国人不管在哪里总是最勤快的那批人，不用说，周末的时间，老板娘都会叫知远过去帮忙。

可是光打这一份工，知远感觉还远远不够。他索性把晚上睡觉的时间也利用起来，一面在火车站的便利店深夜打工，一面在无人的时候偷偷拿出法语书籍自学法语。

工作时间太过紧凑，对于时间的管理，知远几乎已经把每一分钟都用到了极致。半夜下班到家里，通常只有三个多小时的睡眠时间。他总是能保证自己在十分钟内洗漱完，然后睡够这三个小时来保证第二天的工作精力。

公寓不远处有一个小酒吧，很多喜欢朋克艺术的小年轻会聚集在那里，喝得烂醉。有时候，知远醒过来，还能听到有人在他的窗边梦呓似的说着胡话。

鹅毛大雪飘飘然而至，圣诞终于到了，人们纷纷回家寻找家庭相聚的温暖，而中餐馆和便利店也需要打烊几日。

室外的路上，积雪已经有寸把厚了。知远看了眼窗外，几乎已经被一片白色给笼罩住了。知远披上一件起了球的大衣，预备独自到莱芒湖边的船上走走。

那儿在办一个临时的奥林匹克艺术展，据说有不错的新兴画家会在船上进行作品展出，且又是免费的。这个难得的机会于喜欢艺术的知远而言，自然是不可错过的。

出地铁站的时候，道路两边的路灯齐齐映射在雪路上。路上几乎没有人，甚至连天鹅的脚印都瞧不见一个。陶知远像梦游一般，一步步踩在雪地里，朝着那艘游船艰难地跋涉而去。踏上甲板的一刹那，一片强光映射过来，刺得知远眼睛都睁不开了。

知远定了定神，望着这一片展览，只觉得好像进了珍贵的宝藏储藏室。开头是一些介绍奥林匹克历史的相片和物件，等走到尽头，便是一些现代风格的艺术油画了。强烈的白炽灯映照在画布上，照得上头的人物栩栩如生。知远望着眼前的画，不由得陷入了沉思。

"这画上的女人真美，就像一只被困的小野猫。"不知道是谁说了一声。

知远回过身望去，就看见一位姑娘正站在他的身后。这姑娘笑着，露出一排洁白齐整的牙齿。她的脸上化着淡妆，眼窝深邃，蓬松的金发在她的头上更显女人味。

"你好，我是 Emma。"

Emma 大大方方地自我介绍着，她的笑容令知远觉得有些眩晕。知远腼腆地笑了笑，而后转身便要离开。

"不，你不要走。你也喜欢这幅画，对么？"Emma 突然追了过去，擎住了知远的手，"请你告诉我，我说的是不是对的？"

知远诧异于 Emma 的主动，他略略点了点头，说："画上的人，眼睛是会说话的。她的心灵虽然困顿，可是精神上却仍旧保持着少女的纯真，我确实是喜欢这幅画的。"

Emma 突然握住了知远的肩头，"我就知道，你一定是喜欢这画的！你知道吗？我也喜欢，并且在这里看了许多天了，可是却没有其他人喜欢这画。只有你，先生，只有你一个人在这画前驻足了！天知道我有多么激动！"

距洛桑坐汽车约十几分钟的地方，有一个名叫薇薇的小镇。薇薇镇上有一处梯田，梯田向上有一座用石头堆砌成的城堡，看起来很是稳固。欧洲的城堡多是大同小异，古旧的城墙上，开了春便会被蔓蔓青萝攀沿覆盖着。据说拿破仑曾经在这里驻足过,只要站在城堡前,便会不自禁回想着欧洲的历史。那些金戈铁马的荣光,还有盛极一时的气势,仿佛都随着这些青萝被掩埋掉了。

陶知远站在城墙边上,手扶着砖瓦,遥望着山脚下的莱芒湖,还有对岸阿尔卑斯山的雪山顶,这景致,难免叫他起了几丝感慨。

Emma 侧过身去,目光从连绵不断的葡萄架上一直扫到知远的面庞。他的目光飘渺深幽,可真叫她深深为之迷恋。

知远报读了洛桑大学的艺术课程,系里的亚洲人不多,多半是欧洲内陆来的学生。知远作为一名中国人,自然很快就受到了瞩目。学业繁忙,还要兼顾着打工赚生活费,有时候还要往来于艺术展上。知远的脚步总是忙碌且没有停歇,像今天这样,与她单独相处的时光,Emma 也便格外珍惜。

"我的头发已灰白,但不是因年迈,也不是像某些人那样骤感忧惶,一夜之间变得白发斑斑;我的肢体已佝偻,但不是因劳累,漫无尽头的歇息耗尽了活力,是地牢的囚居把它摧毁。"知远在苍茫暮霭中向下一望,对着 Emma 轻声吟诵着,"Emma,你猜猜,这是谁的诗?"

Emma 已经跟着知远学了一段时间的中文了,这首诗并不能难倒她:"我想,这应该是拜伦的《西雍的囚徒》吧?"

知远笑笑,轻轻刮了刮 Emma 的鼻尖,"我只想说,你真聪明。是了,这就是拜伦的诗。上次咱们一块去蒙特勒,同游西雍城堡的时候还是冬日里。你看这鸟语花香的周遭,真不敢相信,春天这么快就来了。"自从到了瑞士以后,知远便把母亲去世的事情深深埋在心底。他希望忘却家事,能够专注到学业上去。可是他愈想要淡忘,却愈觉得痛苦,脑海里时不时会晃过那个颀长的身影,想起那个叫父亲的人。

"南风吹来,天空的灰暗自然不再。就算是久病的人,见了这样的天气应该也会觉得欢快吧。知远,虽然我从来不问你的来历,也不问你的过去,可是我想让你知道,我希望你的脸上能多一些笑容。"Emma望着知远消瘦的面庞,轻声说道。

"我真幸运,能遇到你这么好的姑娘。"知远身子微微向前倾了倾,他的眼眸里都是Emma的影子,"我的故事很长,如果可以写出来的话,或许可以成为一部长篇小说了。我的家在中国南方,一个叫申城的地方。我的母亲是个十分和善的人,总是用她的全部爱意支持着我和父亲。她也是一个很伟大的女人,我的外公家中曾经并不应允她的婚事,可是她还是选择了跟随漂泊的父亲。她吃过许多年的苦,可是从来也不抱怨。家里的餐桌上,每天总会有一束她从菜市场买回来的新鲜姜花,这是她对生活的热情。"

"可是有一天,姜花枯萎了,却再也没有人去问津了。我的心就跟那束枯萎的姜花一样,跟着一块失去了自我,甚至心碎到无以复加。说起来母亲离开已经有许多日子了,可是我的心仍旧在流着血,始终不能痊愈。我没法原谅我的父亲,这辈子都无法原谅!他终究负了母亲,也对不住她!他是罪人!"

Emma在旁边静静地聆听着,知远从来没有在她面前表现出这样一种脆弱的姿态。她看到了他的彷徨,也看到了他的无助与伤心。

她轻轻地将知远拥住,在他耳畔轻声道:"我很抱歉让你想起了伤心事。可是一切都过去了,知远……"

月儿渐渐爬上了树梢,凄清的月色下,恋人之间的心绪更加微妙了一些。Emma望着知远的侧脸,缝隙洒下的月光正覆在他的脸上。

他的神色很痛苦,仿佛那些经历并不曾走远,沉默有时候是因为过于悲痛。

"恕我直言,知远,你那双忧郁的眼睛里,并没有如你所说的这样憎恶你的父亲。我看见了爱,你心里其实还想念着你的父亲,对么?"Emma轻叹了一声。

闻言,知远张了张嘴,脸上的肌肉有些微微抽搐着。他似是想要辩驳些什么,可是话涌到了嗓子眼,却是什么也没说出口。

"或许,你应该面对自己真实的内心。有些事情已经造就,不可能挽回了,能珍惜的总是眼下的,不是么?你还记不记得,上一次,你帮史密斯先生鉴定了一幅画。你当时说,画里的父亲是深爱着自己的孩子的,你能感受到。你的情感总是那么细腻,我相信,你对父亲的情感也是一样真挚的吧?"Emma 恳切说道。

知远只是双手扶着头,靠在树干上静默想着心事。实则,他一直都在逃避着面对自己的感情,甚至并不明确是不是要再去回忆曾经的父子情。他曾经在母亲的牌位前发过誓,这辈子都不会原谅父亲。可是扪心自问,他难道真的就可以忘记父亲了么?倘若事情是这样容易的,也便不会如此痛苦了。知远古井般的心,渐渐泛起了涟漪,多年以来深藏心坎的某样东西,似乎在渐渐脱离尘埃,显示出它本来的样子。

"知远?"Emma 担忧地唤了一声。

知远环抱住 Emma,轻声道:"我想这个问题,我们下次再讨论吧,我现在心下有点混乱。"

"对不起,我……"Emma 还没说完,知远便打断了她的话。

"你不需要这样,我知道,你也是为了我好。只是我觉得人的情感实在太复杂了,我从来都没有想过要直面自己的内心。我承认,我心里还有一个念想,就是小时候父亲第一次带我来瑞士的时候,一起在雪山上看雪绒花的情形。我一想起那个画面,就觉得心底里十分柔软,并且想要我的父亲。可矛盾的是,我却为自己画了个框,去恨他、排斥他,甚至想要永远不再见他。"

"等这个学期的课业结束吧,我们再好好聊一聊这个话题。是你为我打开了一扇门,可以鼓起勇气去正视自己的真实情感。谢谢你,Emma。"知远在 Emma 额头轻轻点了一下,动容说道。

下班以后,Emma 慢慢走到公交车站,报社的工作实在太忙,一天下来也累得够呛。

"Emma!"

一声清脆的声音响起，一辆黑色的奔驰跑车在公交车站旁停了下来。

Emma 略略低头，果不其然，是知远的同学孙露露。孙露露是今年新入学的中国学生，知远总算是有了一个同胞同学了。只是不知道为什么，知远似乎不是很喜欢与这个同学交往，有意无意的，总在躲避着什么。

想着出于礼貌，Emma 还是笑着招呼道："露露，你这会儿怎么在这儿？是在附近逛街么？"

孙露露"噗嗤"一声笑着，指着汽车后座道："哪里是出来逛街的，就是来找你的呀。上车吧。"

盛情难却，Emma 还是上了车子。沿着莱芒湖一路向上行进，朝着日内瓦城而去。Emma 望着路边的景致，难免思念起知远来，这些日子，知远去了巴黎，陪同一位艺术家参加一场拍卖会，还不知道什么时候回来呢。

日内瓦湖畔，一家装饰奢华的时装店前，车子终于停了下来。

孙露露牵起 Emma 的手说道："这家业主，原来是专门给英国皇室做高定的。她是我的朋友，眼光很独到。这店里头，都是最新款的时装，有些甚至还没有正式售卖呢。我就想着带你来瞧一瞧，是不是有合适的款式？"

"这……我最近也没什么场合需要穿礼服，我就陪你看个热闹吧。"Emma 耸肩道。

孙露露抿嘴笑道："那不是正好陪我去出席一个晚宴？今天日内瓦城里有一个宴会，我找不到人一块去。不如你行行好，跟我做个伴好吗？"由不得 Emma 拒绝，孙露露直接拉着她进了店内。

橱窗里的一袭袭长裙，艳丽夺目。Emma 虽然想要拒绝她的提议，可是到底面子薄，想着又是知远的同胞同学，总不好拂了她的脸面，因而只得默声进去看个究竟。

琢磨了一会，Emma 婉转道："露露，承蒙你的好意，要是陪你去宴会也行。只怕是这里面的礼服,我一样都买不起,去了也不合适呢。我这会儿,身上这一身简简单单的就蛮好了,多谢你。"

露露摆手笑道:"瞧瞧,我就知道你会这样说。陶知远心气高,你也是个一样的性子。我要是硬说买了送给你,怕是亵渎呢,那便不如带你来这里瞧瞧。你放心,这家店里的时装,也是有租借业务的。你若是看得上眼,那就出个押金就成。"

从帘幕后头出来一个法国女人,一身淡红色的西装,剪的俏丽的金色短发,面庞瞧着玲珑剔透,倒真是像极了瓷娃娃。一见是露露来了,她忙上前用法语喜迎道:"孙小姐,你好。这一位就是今天来试衣服的小姐么?"

孙露露笑道:"是了,这位是 Emma 小姐,烦请挑一件合身的晚宴礼服给她。"

店主上上下下仔细地打量着 Emma,见她一双蓝色眼眸清亮,顾盼之间盈盈流转。虽然就穿了一身简单的衬衫,却一点也掩饰不住气韵。

她不禁暗暗感叹着,想她见过的美人也不算少了,却少有 Emma 这样清丽脱俗的,真当是叫人赏心悦目。

"Emma 小姐,这边请。"店主客客气气地将 Emma 迎到了试衣间内。

"多谢你,有劳了。只怕是我这身形,不太好挑衣服呢。"Emma 回道。

店主挑眉笑笑:"哪里的话,你身形娇小,只要挑着合适的礼服,也是美极了的。"

试衣间的帘子后头是一排排的欧洲新款时装,在琉璃灯的映照下,华光四射。店主一排排地甄选着,不时地蹙着浓密的眉头。忽而,她瞧见了衣架上刚熨烫完的一身杏色礼服,不禁喜色道:"Emma 小姐,试试这一身怎么样?"

她边说,边帮 Emma 试穿上身。

Emma垂眸望着长镜，这是一款杏色浅花缎的长礼裙，束着腰身，又挖着鸡心领，显得脖颈有如白天鹅一般细长。领子上头镶嵌着一圈细碎的宝石，不仅不落俗艳，对于平日里不着华服的Emma来说，反倒平添了几分典雅的兴味。

"怎么样？我就说这身不错吧？就像给你量身定做的一样合适。"店主笑道。

Emma轻咬着下唇："不知道是不是过于华丽了一些，平日里也不曾这么穿过，总觉得这镜中的人好像不是自己呢。"

店主笑着将她推出了试衣间，对着孙露露摆手道："嗨，快看，是不是像天使一样美丽的人儿？"

露露笑笑，连连夸赞道："我就知道，来找你，一准没错。"

去宴会场地的路上，露露心情极佳，将跑车的顶棚给收了下来。凉风打入，将发丝吹乱了，她也丝毫不介意。

Emma坐在副驾座上，静静地望着车窗外掠过的景致。入夜的日内瓦湖上，喷泉直入天际般地喷洒着。

瑞士的城市多半都有自己的风格，独独日内瓦城，因为汇集了太多的外国人，反而成了法语区难得一个可以说一说英语的地方。国际化的都市，生活亦是多姿多彩的。Emma平日里习惯了和知远在洛桑小城生活，热闹的城市似乎总是与他们保持着一段距离。

酒店门口，娇红腮帮的金发女郎披散着长发，回眸对着身旁的情人风情万种地笑着。车轮飞滚着进入了停车位，大片的树荫仿若能将Emma的思绪一并给掩藏起来。

孙露露转过身来笑道："Emma，我们到了，下车吧。"

两人一并来到了酒店宴会大厅前，桌子上一水的月白桌布，许多的净瓶，供着芬芳郁金香。

厅外的花台上，虾子红、橘黄、乌金、粉紫，那些盛开的郁金香，都风姿灼灼。绿油油的叶子中间，一朵一朵地簇拥着，煞是好看。廊檐下，是从英国专门运来的瓷盆，也都栽种上了新到的白玫瑰，偶也可见桑子红的玫瑰映衬其间。宴会厅入口的门框上头，窗户架子旁，亦扎了许多的花架，也是随处配着郁金香。满屋的鲜花缭绕，仿若置身万花丛中。大厅中央的波斯地毯早已撤下，大理石的地板擦得干干净净，权当是为舞会准备的。角落里，几张长案按着半圈的样式打绕起来。

上头陈设着黄油饼干、乳酪蛋糕、榛子酥、鱼子酱面包、松茸汤等吃食。底下的侍应生们也早已将意大利咖啡、法国红酒等陆续供上了桌。

台上奏着乐声的乐师，是洛桑音乐学院的高材生，个个手艺了得。

Emma抬眼望了望一旁的摇摆挂钟，晚上六点的功夫，宾客们已经来者如云了。

出席宴会的男人必然着一身西装领结，女人也少不得一身体面的礼服。这衣香鬓影、五光十色的场景，叫人看得一时有些目不暇接了。

Emma原就不是一个爱出风头的人，因而一踏进这厅里，就被众人关注的目光看得浑身不自在，只得直垂下脸去。如今她脚上穿着一双白绸底子的高跟鞋，恰是方才孙露露在下车前递给她的。两个人身形虽不相似，鞋码倒是出奇一致。也亏得孙露露想得周到，连鞋子也早有准备。

一位绅士笑嘻嘻地走上前去，朝着孙露露招呼道："哟，孙小姐可算来了，欢迎之至啊！"

孙露露也不正眼看他，只笑着对Emma说道："走，我带你先去喝一杯柠檬水润润嗓，一会儿介绍朋友给你认识。"

Emma不作声，只默默跟在露露后头，来到了桌案前。孙露露说是要去和朋友打声招呼，便先离开了。

独自喝了一会饮料，Emma突然瞧见了一个熟悉的身影站在那儿，正与其他宾客打着招呼。待得定睛瞧清楚了，竟然是知远！陶知远就站在那堆男男女女里间，侧身望去，那黑压压的眉毛与睫毛底下，双眸就如风吹过湖畔，时而露出水样的青光。今天这样的场合，本该是穿西装的，他却一反常态，只穿了一身服帖的开衫。虽然没有华服傍身，也算是周身明朗。

Emma 暗暗揣摩着，看知远的打扮，多半也是出差在外途中，被友人临时拉过来参加宴会的了。她隐隐记得，知远好似有个朋友，是日内瓦本城人。

知远与这些人在谈着话，不时地笑着。他身旁那位妙龄女郎，听到兴起时，"咯咯"地娇笑连连。这位女郎自然不是旁人，正是孙露露。

孙露露今儿个穿着一身石榴红的透空纱舞裙，妖娆迷离，风光无限。那一身的风情，甭说男人见了要起火，就是女人见了也得起三分的心思。一颦一笑间，她总是不经意地往知远身上靠着，明眼人都知晓，她这颗心全都在知远身上了。

至此，Emma 隐隐有了一个念头，恐怕孙露露带她来这里，目的并不简单。

一会儿工夫，中央舞台的乐师，已经将提琴的弦子拉起。Emma 倒是识得这曲子，乃是柴可夫斯基的《花之圆舞曲》。

孙露露嗔哆道："知远，你这家伙，可是一直躲着我，今天请我跳一支舞吧。"

知远冷声回道："我跳不来的，就不献丑了。在场的男士都比我要精通，你可以找他们。"

孙露露媚眼迷蒙，情意绵绵地望着陶知远，两只雪白的胳膊交叉一扭，耸肩笑说："我也跳得不太好呀，但是嘛，带你一块倒是绰绰有余了。"

她边说，边将手伸到知远跟前："陶先生？"

知远无奈，略上前一步，牵过孙露露的手。但是他的头却离她的肩膀甚远，两人跟着乐声，一路舞到了人群中间。

孙露露的父亲站在二楼高处，手里抽着一根雪茄烟。他的眼睛半阖着,透过水晶灯的光环,俯瞰着知远和孙露露的背影,嘴角流露出一股不明意味的笑意。孙露露的父亲孙淳,是专门靠着倒卖艺术品发家的。如今他在欧洲开了多家公司,自然是财大气粗,业内无论是谁都要卖他三分薄面。

孙淳看中了知远的才华和能力,他料定有知远在侧的话,将能帮助公司跃上更大的舞台。再加上孙露露本身对知远有意,父女俩自然是不谋而合了。

今日来的男女宾客,多半是会跳舞的。一对对璧人,花团锦簇间互相厮搂拥抱,滑过来,踅过去,舞池中央格外热闹。

少数几个人在桌案前,喝咖啡吃点心。Emma 也不着急,就在角落里静静候着。她相信知远,也相信两个人之间的感情。她并不认为,一场舞会就能毁灭他们的关系。

孙露露凑在知远耳旁说道:"有许多话是一定要跳着舞才能说的,你总说自个儿跳得不好。可是你知道么?你可是顶好的华尔兹舞伴呢。你要是现在对我笑一笑,可是会使天底下的女人都妒忌我呢。"

她边说,边躲到知远的怀里笑着,把唇上的口红印到知远的开衫上:"你呀,总对我不冷不热的,不过就是仗着我喜欢你罢了。"

知远面上淡漠,只是靠前了几分,在她耳鬓边轻声道:"你不用在我身上白费心思,我已经有女朋友了,我只想跟她在一块。"

孙露露微微愣住。本该是柔情蜜意的时刻,脖颈后却微微觉着有些凉。她顿了顿,而后娇笑道:"知远,你也是男人,难道你就不想在事业上大展宏图么?你知道的,我家里就是做艺术品这一块的。你的才华和能力,需要一个更好的平台来衬托。Emma 就是个普通的瑞士女孩子,她根本不能给你带来任何有用的东西。可我不一样,我能给你想要的一切。"

知远冷眸凝视着孙露露,"不,你根本比不上她。她就是她自己,谁都不能替代的。"说着,知远只是保持着礼貌的距离,带着孙露露穿过来,绕过去,直到一曲结束,便走到一旁,自顾着开了一罐德国啤酒。

这时候,孙露露的哥哥孙巍一直在打量着案头这边,瞧着 Emma 一个人坐着很久了,就主动上前来说道:"这位小姐舞一定是跳得很好的了?"

Emma 微微笑道:"没跳过呢,实在是不懂得怎么跳。"

孙巍对着 Emma 笑说:"你跳得不好,我跳得更不好,两个都不会跳舞的初学者,同在一处跳舞也不错呢?"

恰好中央舞台已经重新奏起悠扬乐声,孙巍已经伸出手来,却不曾想,知远突然上前一把上前握着他手道:"孙先生,你瞧她,也不是很情愿的样子,倒是不如陪你妹妹露露跳一曲呢。"

孙露露被拽了上来,这时候要是翻脸,实在是不合适。她只能顺势点着哥哥孙巍的肩头,合着拍子,一齐在人堆里舞着。

角落里就剩下知远和 Emma 两个人了。Emma 低着头,闷闷地喝着饮料水。她的眼睛就盯着鞋面,也不去看知远。

"Hi,Emma,我回来了。"知远对着 Emma 温柔笑了笑。

Emma 抿了抿嘴:"我没想到,咱们会在这里见面。原来还想着等你回来,咱们一块去中餐馆吃点庆祝一下呢。"

"你应该不喜欢这儿吧?"知远略略低下头,牵过 Emma 的手道。

Emma 点头:"我总觉得跟这里的氛围格格不入,就想着舞会早点结束,好快点离开呢。"

不容 Emma 再多说什么,一双有力的大手早已搂上腰肢。恍惚间,知远将她一把抱入了舞池。

Emma 白皙的脸上一下子通红了起来,手也不知该往哪里摆放才好,一时竟有些窘迫。

"来都来了,不如尽兴嘛。我带你跳一支舞吧。"知远脸上满是笑意。

当着许多人的面,Emma 并不敢贴近知远的身体,只是一路被拽着,有些生硬地走着,因而舞姿瞧着也很是怪异。

知远唇角一勾,一个转身,便将Emma整个搂入怀中,很感兴味地瞅着,即便他那双皮鞋早已不知被踩了多少回。

孙巍瞥着不远处知远和Emma的动向,因而跳得也不是很用心。

孙露露双手搭在他的肩头,"哧"的一声笑起:"大哥,不用多想了,她是知远的女朋友。你就算看上了,也跟你没什么关系了。"

"也不用尽笑话我,我看你自己,倒是偷鸡不成蚀把米。整了舞会想要跟陶知远套近乎,结果呢?最后还不是给人家白白做嫁衣。我看你也是,清醒清醒,可别再想着跟人家一块的事儿了。"孙巍无不嘲讽道。

孙露露面色一阵发白:"大哥,哪有你这样说话的!"

"行了,自家人,也用不着打肿脸充胖子。我看今晚最失望的还是父亲,你到时候还是好好想想,怎么跟他解释吧。当初,可是你拍着胸脯保证的,说是一定能把陶知远拿下。"孙巍挑着唇角说道。

这话听在露露心里,自然很不是滋味。

"哎呀!灯怎么灭了!"随着一声尖叫,舞池中央登时乱作了一团。大厅里头黑压压的一片,伸手也不见五指。

Emma欲要起身,却始终被牢牢地环抱住,耳边隐隐传来知远的声音:"Emma,这个时候很容易发生踩踏,你别乱动,跟我来。"Emma清晰地听到大厅内乱作一团的哭喊声,人群里爆发了凄惨的叫声。Emma只觉着脚下倒了成片的人,可是也分不清到底是谁,只觉得脚尖一时离了地面,人就被横打抱起。

"知远,我们要去哪儿?"Emma心下有些惶恐,她完全不知晓,接下来还会发生什么。

她愈加挣扎,知远就抱得愈紧:"我担心你要被人撞倒,现在太乱了,还不知道什么时候会来电呢。"

Emma紧紧闭着眼睛,就由着知远去。

知远小心翼翼地将Emma放置在沙发上,等到她抬眼,环顾四周,此刻他们已是来到了相对安全的酒店后院。

天上新月、灿烂星斗，若不是这外头的嘈杂声不断，这该是一个甚美的夜晚。月光照到了陶知远的脸上，好像已经记不清楚有多久，Emma没有如此近地端详过他了，即便此时只能看到一张模糊的轮廓。月色朦胧间，隐隐透着一阵阵发膏的香味。知远的发须总是一丝不苟的，他总是习惯要用发膏的。

思绪间，知远早已伸手掠过Emma腰肢。Emma下意识地别过脸去，也不敢看他的眼睛。

随着一声细微的"窸窣"声响起，原来是知远不过是从沙发上拿出了一把手电筒来。只见他轻轻一捻，这手电就发出了光束来。只是可惜，这是一只损坏了的手电筒，因而照明并不大稳定，时明时暗，只能凑合用着。

待得光线照到Emma身旁，却见她正一只手伸到肋下，去扣那的钮子。原来方才大厅一阵慌乱，这礼裙的钮子也不知道何时迸开了几颗。只是月光晦暗，她使劲扣了好一会，也并没有扣上。

这裙面是厚实的缎面覆盖着，实则什么也瞧不清楚。知远面上看着并无波澜，却隐隐觉着有些莫名悬悬的，总觉关情。此时若是能把天边的月牙掐下来，别在Emma的云鬟边上，可真的当得上一句"美人如花隔云端"了。

Emma定了定神，只得歪身坐着，发髻蓬蓬地斜掠下来，似一尊不动的仙人雕像。她的眼睫毛浓密卷长，那睫毛的影子翩然，就像一只蝴蝶停在颊上，时而摇曳着双翅。

方才走得匆忙，她还把一只绸鞋踢掉了，也浑然不觉。此时，没有鞋的脚只得踩在另一只的脚背上，显得略略有些尴尬。察觉到知远的目光停留在自个儿的脚背上，Emma愈加觉着有些窘迫起来，便起了身想要走到旁边去。无奈一时站立不牢，竟又跌坐了下去。

知远笑着摇头，也不管她乐不乐意，就将她无鞋罩着的那只脚抬起，小心翼翼地搁置在自个儿身上。细细瞧着，她的脚踝上有些许粉尘的痕迹，还夹杂着血丝。原来里面赫然还有一片玻璃酒瓶的渣滓倒插在那里。

知远禁不住皱起了眉头,伸手从一旁桌上拿起一瓶伏特加,整瓶倾倒而出。又从身上摸出一把瑞士军刀,依样用酒淋过以后,方才熟练地将玻璃渣滓剔出来。而后他撕下白衬衫的边角,替她仔细包扎起来。

知远觑着Emma,面色发白,额上渗出些许汗珠,显然很是疼痛,却仍旧一声不吭。

"如果觉得痛,叫出声来就是了,不用强忍着。刚才我只做了初步的伤口处理,我想我还是要带你去医院急诊看下。"

Emma低声道:"要不咱们直接回家吧,就别去医院了,大半夜的,排队也要很久呢。"

"那要是里面没清理干净发炎了怎么办?不可以的,医院一定要去!"

知远甚少有口吻严肃的时候,Emma听了只觉得耳根子隐隐有些发红。他是担心她的……

夜深了,电车和公交车都已经停开了。街上已经没有行人,路旁的房子上,窗帘都拉拢着。月光升过了屋顶,空气寒冽。Emma披着大衣外套,走在知远前面,低头看着地上的雪印子。她的发髻落了下来,垂到脖颈上,稍显有些凌乱。夜里的冷风,吹到眼睛里,那滋味不好受。

知远是从拍卖会直接被拉到这场舞会里来的,马不停蹄地奔波,实则已经十分疲惫了。好不容易在火车站门口拦到了一辆出租车,两个人赶忙钻进了车里,准备去医院。

"Emma……"知远轻声唤道。

Emma转过头来问:"怎么了?知远?"

"等开春的时候,我带你回一趟中国吧。我想带你去看看申城,还有……"

"还有你的父亲,对么?"Emma一双眼珠子紧紧地盯着知远,期盼着从他嘴里得到一个肯定的答复。

　　知远的脸起先是僵凝着的,他的眼睛一动也不动地望着车窗外。而后他眼角的泪水一点点地淌了出来,却没有去擦拭。

　　Emma 从认识知远开始,从来没有看见过他这样的脆弱。知远是个特别要强的人,万不得已,是绝对不会这样失态的。

　　即便是从前,他的心里藏了许多的悲苦,他也不愿意将这些负面的情绪都宣泄出来。可是这一刻,Emma 却明明白白地感受到,那股属于知远的无奈与彷徨。

　　她没有去安慰知远,只是静静地等待着他的泪水止住。她知道,他的心里还有他的父亲,还有那个在申城的家。

　　人虽然已经走远了,可是那颗心,从来都没有离开过。

　　司机突然踩了油门,在高速公路上狂驶了起来,窗外的景致渐渐模糊……

　　"知远,我爱你……"

　　"我也是……"

夕阳之下

陶斯甬去世以后，吴丽娟便觉得继续留在养老院似乎也无戏可唱了。再者张世襄走了，她家中也无人可以牵挂的。如果说剩下的岁月，是漫漫的煎熬与等待的话，未免有些太过寥落。

吴丽娟发了狠，她不能被年纪给制约住了。趁着自己身体还好，也没有其他老友那般病痛折磨在身，况且还有拆迁款，她为什么不出去看看世界，来一把夕阳红呢？

吴丽娟总是说干就干，似乎只要下定了决心，就没有做不成的事情。出国的前一天，她穿上了红色的旗袍，成了航班上最显眼的那个人。她就是要像夕阳一般，把整个飞机都照亮了，吸引所有人的目光。

谁说老年人就一定要低调，要安静呢？

登机的时候没有人送行，可是吴丽娟还是不断地朝着窗外招手，像花蝴蝶似的摆动着臂膀。她咧开嘴，笑嘻嘻地跟个个空乘打着招呼，坐到位置上就开始不断发出动静。

周遭的外国人，看着这个中国老太太，穿得浑身通红，还特别健谈，都对她报以善意，笑着点了个头。

温哥华是吴丽娟到的第一个城市，她住了不到小半年，就算是出尽了风头。她总爱跟年轻的女孩子说，周末她跟哪个老头去约会了，又有哪个便利店的小伙子恭维她云云。

说话的时候，吴丽娟眼里都是光彩。她似乎没有觉得自己已经老了，爱不动了，甚至反而觉得自己生命里有许多的空白还需要填补。

年轻姑娘看着她的手,都已经起了褶皱,可是心境却如此年轻,自然脸上也就愈加多了一份钦佩。

温哥华的华人很多,会装扮的老太太也不少。吴丽娟学会了浏览时装网站,一天一身装扮,简直跟办时装展似的。

朋友一看见吴丽娟一身金光灿灿地过来,就开玩笑说,她以前一定是中国的贵族。吴丽娟也很大方,就笑嘻嘻地说,自己是个"破落贵族",所以来温哥华是穷开心来了。

她的时间表真的很满,各色各样的朋友,派对挤满了她的时间。吴丽娟还抽空去做了医美,脸上拉皮以后就变得平整了,好似又恢复了年轻时候的漂亮样子。

人一漂亮,眼角也就多了一份略略傲娇的自信。不管是什么样的人要与她交朋友,倘若说只是被外表吸引,她肯定不会与这个人深交。

有个平日里一块学习瑜伽的年轻华裔姑娘要结婚了,吴丽娟受邀参加了她的婚礼。一座古典的教堂里,她再次见证了一对年轻新人的幸福结合。

吴丽娟出场的时候,坐在第一排,她就像一抹来自中国的红太阳,周身吸引到了所有人的眼球。

特意设计过的发型,炯炯有光的眼神,再加上发髻边上那两枚闪亮的耳坠,简直美丽得让人忽略了她的年纪。

红旗袍是吴丽娟的战袍,婚礼这种重要场合肯定是要傍身的,听着旁人夸赞她的模样,她心里也跟着乐呵。但是她晓得分寸,又绝不会去主动抢了新娘子的风头。

适当的时机,她就披上一件白色的披肩,将旗袍的火头盖住。吴丽娟懂得尊重年轻人,年轻人自然也喜欢跟她交往。

慢慢地,所有人都愿意把快乐的消息与她分享,也时常有人与她请教快乐自信的秘诀是什么。每每这个时候,吴丽娟总要想起天马养老院的那帮老伙计。她只是对着大家笑笑，不置可否，似乎过去是一本神秘的书，不由得人去探究。

住了几个月，吴丽娟大抵不太满意温哥华的温吞生活节奏了。她又重新做了个决定，直接买了机票飞到了拉斯维加斯。

要说打麻将，吴丽娟是一把好手，可是说到打扑克，她就到底有些逊色了。可是好在她够自信，从来也没觉得这些事情是为难的。

到了拉斯维加斯以后，她就现学现卖，直接在当地的俱乐部学会了打牌。牌局玩的多了，手艺也精通，一块的牌友又多不胜数。

"哎哟！吴女士，你又来了。我可是见到你就输，还输得一塌糊涂。这次可得让让我，不能总叫我做常败将军吧？"说话的是牌友老张。

吴丽娟嚷嚷着笑道："你这人忒不会说话了，我分明是福星高照呢，你们见了我，那流水的钞票不是活络起来了？要是不敢玩啊，你就走，我也不稀罕你这个牌搭子。"

一通奚落，诸人听了倒是哄笑一堂，吴丽娟话里的幽默，正是对了胃口。

打牌的时候，吴丽娟的头总是扬得最高的，她的倔强，她的不服输，还有那一身的装扮，都是整个俱乐部的焦点。

赢了牌，吴丽娟也很有肚量，总是会和牌友们一一握手，然后郑重说一句"谢谢"。

离开的时候她就一个人穿插而出，那一身火红的旗袍扫到了每个人的眼睛。吴丽娟来到拉斯维加斯不到数月，就已经成了城里的华裔名人。很快又有人慕名而来，邀请她去派对跳舞。吴丽娟欣然应允，并且与初见的每一个人都相处得不错。

舞会到尽兴处，有人送了吴丽娟一个礼盒。她不徐不疾地打开来看，里面是一束火红的大马士革玫瑰，就如她的旗袍一般璀璨。

吴丽娟垂下了眼眸，微微笑着拈了一朵玫瑰，然后别到了发髻边上。她站到舞台上，对着台下诸人举起了酒杯，一杯香槟马上就下了喉咙。

"吴女士，派对怎么样？"有人笑着问候了一声。

吴丽娟扭头道："这酒还不够味儿呢。"

这话半是玩笑，半是诚恳。对方听了只瞥了眼吴丽娟手里的酒杯，"你酒量可真不错呢，这酒酒精浓度很高的。"

吴丽娟又从侍应生手里拿过一杯香槟，当着这人的面一饮而尽，"可不要把我当作老太太看待哦，我的酒量可是一点都不比你们差的。要是拼酒，那都不在话下呢。"

酒喝够了，吴丽娟就下了舞池去找舞伴跳舞。有着酒劲助兴，她就跳得额外欢快。

"我不会跳舞啊！"吴丽娟高兴地喊了一声，身体的扭动却没有停下来。

音乐的节奏越发激烈，吴丽娟的舞步也跟着跳得十分奔放自如。甚至方才与她搭话的那个年轻小伙子，都险些跟不上她的脚步，还显得有些笨拙。

起先，吴丽娟还想要照顾舞伴的节奏。等跳了一会儿，她便已经忘却了刚才的想法，由着自己胡乱舞动起来。

吴丽娟的身子飘来飘去，圈子也越来越大，步子踏得火花四射，那一阵音乐的旋律好像一阵狂风，连带着把吴丽娟的发鬓也给吹乱了。

她头发上扎着的蝴蝶结顺着她的姿态，在发尾横飞起来，而后落在了地上。吴丽娟浑然未觉，一步步地踩踏着这枚饰品，直到这个蝴蝶结被踩得不像话了，已然完全稀巴烂。

吴丽娟仰起头来，望着天幕，乐声越发高亢，她的兴致也便越高。其他人都跳舞累了，在一旁喝些饮料酒水，吴丽娟却还没有停下来，她成了舞池里唯一的女王。

等到乐声戛然而止，一曲结束的时候，奏乐人和在场的其他宾客都集体起身鼓起了掌。他们从来没有想到过，一位老太太，还是一位从中国来的老太太，竟然能如此有活力，如此恣意！

吴丽娟大大方方地朝着大家挥了挥手，再三鞠躬致谢。她一面揩拭着额上不断落下的汗水，一面又从侍应生手里拿了香槟继续喝。

"女士，你再喝下去，怕是一会要倒在路边了。"方才一起跳舞的小伙子善意劝解道。

吴丽娟打了个响指说："不要有任何的偏见，我都说了，我酒量很不错的，我今天就是喝到天亮，也不会倒下！我就像永动机，你知道么！"

小伙子大声笑了起来，对着吴丽娟竖了一个大拇指，这便是心服口服的意思了。

到了周末的时候，吴丽娟也很晓得要找些痛快的事情，诸如去跑马场也成了她日常生活里的一部分。

跑马场的场地宽阔，日照也很厉害，吴丽娟要去的话，一定得戴那盏白色的宽沿帽才行。白色的衬衫配一条西瓜红的长裤，看起来也是洋气十足，很是精神。

周末时候的跑马场是最热闹的，吴丽娟刚去的时候不大懂得怎么去玩。可是她好在兴致高，总是不厌其烦地用着她那磕磕巴巴的英语去问别人问题。一次听不懂就问两次，两次听不懂就问三次，总而言之，她一定会把每场跑马赛给问明白才会去下注。

现场的人看似很有经验，纷纷选了一匹靠边上的黑马，说是这马数字吉利，看着也是好彩头，押了一定中。

吴丽娟打量了一番，偏不信邪，总觉得这马按照她的看法，黑不溜秋的也不见得就好。她就选了一匹白马，暗暗等着比赛的那一刻。

有人听见她下注了一百块美金，不由得低声提醒了一声："女士，这匹白马可不是什么好家伙。之前已经连输过六场了，你怎么笃定它能赢呢？"

吴丽娟便无谓地耸耸肩："直觉而已，往往最不被看好的，最后倒是最容易爆冷，不是吗？"

比赛的枪声响起，黑马率先冲了出去，看起来比其他马都要跑得快。看台上的看客们都激动地挥舞着手里的帽子、衣服，纷纷替自己押注的马匹欢呼着，加油着。

吴丽娟亦嘶吼道："冲呀！我的白驹加油！"

她实在太兴奋了，以至于没喊几声，脸就红到了脖子根。她的声音喊哑了，白马竟然奇迹般地跃上前去，在冲刺的时候，突然以以一敌百的姿态，直接超越了黑马！

吴丽娟得了头彩，心情十分畅快。出了跑马场，她并没有直接回住处，反而直接到街头，找了几个流浪的孩子，将奖金亲手塞到了他们手里。

看着孩子们的笑容，吴丽娟只觉得心里都开了花。

……

天马养老院内，老伙计们陆陆续续离开以后，沈伯业渐渐患上了严重的失眠症。

医生说可能是年纪大了，睡眠本来就浅，再加上他心事挂念太多，造就了精神上的压力。

沈伯业家里头的三个孩子，小女儿沈霏最不省事。在某一天夜里，她一个人收拾了行李，悄悄搬家到了外地，重新开始生活。

她并没有提前知会家人，事后只是辩驳，说是为了更好的生活。而实际上，沈伯业对自己的小女儿再清楚不过，她就是想逃离这个让她无所适从的环境，去一个新的地方喘一口气而已。

就在不久前，沈伯业下了狠心，写了一份遗嘱请律师公证。家里的老房子，他不准备留给孩子了，而是决定过世以后，律师帮忙监督卖掉，然后把钱捐给养老院用。

几个儿女自然反对得厉害，奈何沈伯业转了性子，不管他们如何去闹，坚决也没有要修改遗嘱的意思。

与丈夫分居，又没有儿女的沈霏，眼见着最后一样依靠也没了。

就算是她有啃老的心思，如今也没有这个条件了。

沈霏走的那一刻，谁也没有告诉，多少还有一层负气的意思。没想到活了大半辈子，竟然过得这样潦倒，她实在是没法接受。

至于沈伯业那个二儿子沈乔，与媳妇陈小红之间也渐渐起了不可调和的矛盾，家宅也不安宁。矛盾的起因都是因为孩子念书的学区房问题，两人跟着起了颇大的争执。

陈小红看来，儿子念不成好学校，多半都是沈乔没出息的缘故。

一则老房子指望不上，沈伯业断了他们啃老本的念头。再者丈夫更指望不上，赚的钱给家里喝西北风还差不多。

陈小红急得干瞪眼，还跑去养老院找了沈伯业好几次。她就是想沈伯业帮帮忙，能不能想想办法借钱买个学区房也好。

可是经历了这么多风雨，沈伯业已经不是从前那个只会退缩的人了。对于媳妇的不合理要求，他直接选择了拒绝。

沈伯业直言，学区房是他们自己小家庭的事情，他帮不上，也实在是爱莫能助。如果人一辈子只有看到祖产那点眼界，恐怕这辈子也走不了多远。

去一趟养老院得不到一点好处，还要被沈伯业数落一通，陈小红自然心里头窝着火。回了家中，她便找了个由头与沈乔大吵了一架。

两人撕破了脸，越闹越难堪，甚至闹到了派出所调解。眼见着家里日子一天不如一天，陈小红咬咬牙，主动提出了离婚，想着一别两宽，各自过活不拖累也好。

沈誉看着弟弟离婚，心里也不是滋味，他去劝慰了沈乔两句。哪里晓得，沈乔这会儿听不得软话，见大哥才开口，那眼泪就"哗啦哗啦"地往下掉。

等情绪平复了，兄弟俩心平气和地去了天马养老院，见了父亲沈伯业，都低着头先为上次争着分家的事情认了个错。

沈伯业拍了拍两个儿子的肩头，长长地舒了口气出来。他不像老罗一样有病痛，需要靠药物维持生命。他也不像老周那样，得了阿尔兹海默症，时不时记不得身边的人，日子过得稀里糊涂。

他更不像吴丽娟，在一番涅槃之后，能欣然走出自己的舒适区，在外头笑傲世界，各处游历。

作为一名普通的鞍钢厂职工，到了这会儿，能看到两个儿子醒悟过来，踏踏实实地去过自己的日子，那真的比什么都要强。

程程仍旧每天会来探视沈伯业，嘘寒问暖，照看日常，一件都不落下。沈伯业只要看见程程的笑脸，他就觉得心里别有一番寄托，至少生活总还充满了温暖。

几年后，周诒的阿尔兹海默症病情加重，她甚至开始忘却自己的名字。

思前想后，程程联络了周诒远在美国的家人。为了帮助周诒更好地进行治疗，她还是需要想办法送周诒离开这里。毕竟她心心念念的儿子还有孙女，几乎都在美国。要说有什么牵挂，也便是那儿了。

这世上的事情，大都是无巧不成书。就在程程送周诒去机场的路上，还真就碰上了才恢复了身子的罗无名，他在街边与罗珠吵着架，气得一塌糊涂。

罗无名红着脸，脸上冒着粗汗，几个趔趄，竟然直接就在街边瘫倒在地上，一动也不动了。

程程在车子里亲眼见到了这一幕：罗无名那只手停顿在半空不动，张开的嘴巴也不再合拢，然后整个人慢慢地滑下去，滑出一个很奇怪的姿势，最后瘫在地上一动不动。

一旁路过的行人吓得尖叫起来，两手不停地拍打膝盖，活像是走夜路碰上了鬼，惊诧得不得了。有几位好心的过路人弯腰想去拉罗无名，哪里拉得动丝毫？

这些人只好抬得头，一个劲地大呼小叫，以期能找到真正帮忙的人。

很快有其他人围了上来，有伸手翻罗无名眼皮的；有吆喝着回家搬担架，要帮忙送罗无名上医院的；也有自作主张去掐罗无名的虎口和人中的，各种人齐聚，一时间街边乱哄哄围成一团。

程程和周诒赶紧叫人把车子停住，几个箭步冲到路边，拨开人群挤到罗无名面前。她率先蹲下身，先翻罗无名的眼皮看，又靠在他胸口上听了听，赶忙就做起了心肺复苏的按压。

旁边有人连声庆幸："好了好了，有人管就好了，看架势还有点专业的样子。"又有热心的人主动维持秩序，吆喝人群让出一小片空地，好让程程施展身手。没多久，医院的急救车闻讯而来。幸亏程程会急救按压，给罗无名抢回了宝贵的急救时间。

医生在车上的时候，不时拿出听诊器，替罗无名听了脉。又不慌不忙打开药箱，拿一粒琥珀色半透明的药丸出来，一掰两半，用一把压舌铁片撬开罗无名的齿缝，把药丸塞进他口中。

程程和周诒在一旁瞧着，只觉一股辛辣之气直冲鼻腔，不由得都缩了缩鼻子。

医生又当面拿出半尺长的针筒，用酒精药棉拭擦一遍，照准罗无名手臂的一个位置，从从容容扎了下去。

他边扎边捻，眼见得长长的针头渐渐没入皮内，周诒到底害怕这一幕，她屏息静气，眼珠紧盯医生那双修长灵巧的手，满脸都是崇敬和惊叹。

一路都有车子主动靠边让行，等救护车送到急诊室的时候，罗无名的眼珠在薄薄的眼皮下开始翕动起来。

接手的护士当即就喊道："醒了！醒了！"

几个医生忙过来一块联合看诊，最后得出的一致结论，这是罗无名二次中风了。

眼见着罗无名的事情要紧，周诒索性就把去美国的机票改期了，她想要看罗无名安顿好才甘心。要是这么撒手不管直接走了，恐怕她这辈子心里头都过意不去。

住院观察了几日，实在是没什么变化，程程只能帮忙办理了出院手续。走的时候，护士和医院聘请的护工来帮忙，好不容易将罗无名抬到了车子里。

罗无名瘦得只剩皮包骨头，几个人狠劲一抬，肩上轻飘飘的分量实在说不上重量。

等把罗无名送到家中，程程这才发现，原来罗珠早已经收拾行李离开了这里。只剩下一个嗷嗷待哺的孩子，坐在地上哭得抽抽咽咽，极其可怜。

将罗无名安置到卧室以后，程程出来对周诒说道："周阿姨，我看您还是改签明天的航班走吧。这儿有我来照看，您就放心吧。"

周诒皱着眉头，直摇头道："罗珠这孩子，着实是个没良心的主，这是一走了之了呢，也不准备管孩子和老罗的死活了。这么一老一小的，我看着实在揪心，总想着，要是在这儿，好歹也能帮着照看呢。"

程程跟着轻叹了一声："这事儿怕是落不着您身上，您自个儿也生病着呢，还是我想想办法吧。"

周诒瞥了眼床上一动不动的罗无名，看着未免太过凄凉。想着他打小就没过过几天好日子，好不容易在养老院安生了几日，竟然因为中风病倒了。

大家好不容易盼着他恢复了一些，竟然这次又二次中风了。最后还落着这么一个没女儿搭理的下场，实在是可恨、可恼，也可怜。

"可是你还年轻啊程程，你总有一天得要有自己的孩子。到时候你还要兼顾养老院的工作，这怎么有时间照顾老罗和他们家这可怜的孩子呢？"周诒摇了摇头，始终还是放心不下。

一阵暮风掠进窗内，窗前盆栽里那些芜蔓的蒿草，都萧萧瑟瑟抖响起来。程程身上那件宽大的外套吹得飘起，覆盖到她身上，偶然间还挡住了脸。

程程伫立在原地，不禁合起了双手，抱在胸前。她觑起眼睛，凝视着窗外那暮云沉沉的天空。寒风把她那一头乌黑的长发，吹得统统飞涨起来。

其实，程程和光潜结婚也没几年，她想象得到，收养罗家这个孩子会有多困难。更何况，罗无名还是二次中风，她肩上的担子也决计不会清浅。可是到底是与罗无名相处了许多时日的，这个时候，要她做到见死不救，撒手不管，那程程也是绝对做不到的。

她心里头掂量着周诒的话，觉得心下有些愈发地沉重起来。

"周阿姨，再难，日子总还得过下去。就想想办法吧，我想市政府那边应该也可以提供一些补助便利的，最近老年人的各种优惠政策很多的，我再去看看吧。"程程嘴里含糊回道。

她略略阖眼，看了眼手上的手表，已经到了给罗无名吃药的时间。于是她开始按着医生吩咐的剂量，去拿药和温水。

两人进到卧室的时候，程程就觉得好像有什么东西粘在脸上滚动着。猛地一看，就见躺在床上的罗无名眼睛睁得老大老大，死鱼样瞪住她不动。程程心里"咯噔"一跳，她到底是在养老院里见多了场面的。这样的情形，恐怕是不太妙了。

于是她想了想，对周诒说："周阿姨，我看我们还得马上送罗叔叔去医院，他看起来情况又不大好了，恐怕……"

周诒扭头看了眼，就瞧见罗无名喉咙里呼呼作响，很吃力地抬手指往外头，费了半天劲，却是一个字也说不出来。

她思忖再三，皱了皱眉头，一瞬间仿佛明白了似的，忙出了外头将那小孩抱了进来。

罗无名就靠在床头，眼睛睁望着门口。直到看见周诒抱着孩子进来了，仿若提了一口气上来，吃力道："小囡，你妈妈走了。你现在给我跪……跪，给程程阿姨跪下。"

罗无名这一说话，嘴角处就有红红的血沫子冒出来，看着十分狰狞可怕。孩子实在还小，一下吓得小脸煞白，不敢出声。

程程忙把孩子搂在怀里，对罗无名道："罗叔叔，这都是自家人，好端端的要孩子跪什么？这是做什么呀？您别这样。"

罗无名呼哧着说："叫她跪……跪着，罗家已经没人了，这是我们罗家唯一的孩子了。程程啊，我对不住你，可是你就行行好，帮我收了她吧。"

程程揪心道："罗叔叔，按理说，这孩子亲妈还在世，也不该提收养的事情。可是看您这情况，我也不得不这么考虑。可能中间会有比较多的波折，不过您放心，我一定会尽力照顾好这孩子的。大不了，我将来不生孩子，一心一意帮您带好她就是了。"

罗无名闭了眼睛，极为动容说："我不行了，可是这孩子，她实在可怜……可怜得很啊。程程，我也实在是对不住你，又给你添麻烦了。要是有来世啊，我就是当牛做马，也一定报答你这恩情呀！"

话到这里，也不知道孩子是不是听懂了，竟然一下子"哇"地放声大哭起来。

罗无名听了哭声，心下愈加觉得哀痛："我当年这么辛苦，才把罗珠给养大，好生待了她这么些年。总以为，人心总是肉长的，她心里头应该是晓得好赖的。可是自从上一次，她那样讹诈你们以后，我就觉得实在是没脸再同你们说话了。"

"老陶过世以后，我就自己办了退住手续，一定要求搬出来住，就是不想再给你们添麻烦了。想着这些年，在养老院，你虽然不是我家亲生孩子，可是待我们的心，却比亲生的还要实在，还要好！我真的觉得我上辈子是走了狗屎运了，竟然能遇到你这么好的姑娘帮忙照看。"

说着，罗无名脸上的眼泪就"簌簌"往下淌，周诒忙拿了纸巾去揩拭，却怎么也擦不干净。

罗无名每说一句话，嘴边就冒出一串血沫。

程程到底不忍目睹，一把抱过了孩子，制止罗无名："罗叔叔，别说了，什么都别说了，您赶紧休息会儿。这孩子跟着我，虽不能说有什么大富大贵，但我一定想法子把她养大成人。"

听了这话，罗无名就觉得心下提着的一口气，渐渐松了下来："我放……放心了。程程啊，我就信你，你知道么？我就信你一个人……"

周诒忙捏了捏孩子的手,催促道:"孩子,跟你外公说,你会听程程阿姨的话,啊?听到没?"

孩子自然还不会说话,由程程抱到了罗无名床前。罗无名一把拽住她的小手,老泪纵横。一旁的周诒背过身去,止不住也是泪流满面。

罗无名艰难地拖了一段时间,终于算是放下了一桩心事。还没等车子送到医院,就先两腿一蹬过世了。

罗家这家里头早已没有可以办事的人,程程只得帮忙检点罗无名留下的东西。这才发现罗家家中非但分文不剩,还因为罗珠在外头欠了一屁股的债,如今竟然全挂在了罗无名的名下。

不得已,程程暂时把孩子带回家中,拿出她与光潜仅有的一些积蓄,替罗无名还了一些债务,又紧着剩下的钱办了丧事。

周诒原本还不肯走,程程好说歹说,总算是软磨硬泡劝服了她。等把周诒再次送到机场,亲眼看着去美国的航班起飞了,程程心下才彻底放下心来。

说起来,此前程程与光潜原本是计划着有一个自己的孩子。如今既然打算要收养罗家这个小孩,也就打乱了一切的计划。

这个孩子,不知道为什么,格外懂事听话,人见人怜。程程和光潜也就打心底里把她当成自己的孩子来疼爱。

小夫妻俩为了能名正言顺收养孩子,不断地往来相关部门,晓之以情、动之以理。最后在多方关怀下,孩子的名字正式上在了程程与光潜的户口之下。

程程做主,给孩子起了个名字,叫柳玉。想着罗无名他们生前最喜欢的那曲《玉堂春》,也算是叫孩子与老一辈有了某种意义上的联结,总算没有忘本。

罗无名他们虽然走了,留下的孩子却变成了程程与光潜骨血里的一部分。日渐相处之中,他们已经无法割舍,成了真正的一家人。

夫妻俩都加倍拼命地工作和兼职赚外快，他们都想要给柳玉更好的生活和未来。只要孩子在，希望就在，《玉堂春》的乐声也不会消逝……

夕阳之下，人间仍旧有爱。

图书在版编目（CIP）数据

玉堂留故 / 不知春将老著. -- 上海：上海文艺出版社, 2023
ISBN 978-7-5321-8573-3

Ⅰ.①玉… Ⅱ.①不… Ⅲ.①长篇小说－中国－当代
Ⅳ.①I247.5

中国版本图书馆CIP数据核字(2023)第028344号

发 行 人：毕　胜
策 划 人：李伟长
项目统筹：冯　凌
责任编辑：江　晔　余　凯
美术编辑：钱　祯

书　　名：玉堂留故
作　　者：不知春将老
出　　版：上海世纪出版集团　上海文艺出版社
地　　址：上海市闵行区号景路159弄A座2楼　201101
发　　行：上海文艺出版社发行中心
　　　　　上海市闵行区号景路159弄A座2楼206室　201101　www.ewen.co
印　　刷：上海盛通时代印刷有限公司
开　　本：890×1240　1/32
印　　张：9.875
插　　页：2
字　　数：257,000
印　　次：2023年3月第1版　2023年3月第1次印刷
Ｉ Ｓ Ｂ Ｎ：978-7-5321-8573-3/I.6753
定　　价：58.00元
告 读 者：如发现本书有质量问题请与印刷厂质量科联系　T：021-37910000